견인 도시 연대기

1

모털엔진
MORTAL
ENGINES

모털엔진
MORTAL ENGINES

필립 리브 지음 · 김희정 옮김

부·키

지은이 **필립 리브**는 영국 판타지 소설계의 대표 작가이자 일러스트레이터. 2001년 『모털 엔진』을 출간하면서 곧바로 베스트셀러 작가 반열에 올랐고, 이듬해 이 책으로 '네슬레 스마티즈 어워드' 금상을 수상했으며 영국 최고의 문학상인 '휘트브레드 상' 최종 후보에 올랐다. 이후 그의 소설들은 『가디언』 『데일리 텔레그래프』 『타임스』의 호평 속에 워너브라더스 등의 메이저 영화사와 피터 잭슨 같은 유명 감독들이 영화 판권을 사들이는 등 출간될 때마다 화제를 모으고 있다.
주요 작품으로 '견인 도시 연대기' 4부작인 『모털 엔진』 『사냥꾼의 현상금』 『악마의 무기』 『황혼의 들판』 외에 『라크라이트』 『아더 왕, 여기 잠들다』 '버스터 베일리스' 시리즈 등이 있다.

옮긴이 김희정은 서울대학교 영문학과와 한국외국어대학교 동시통역대학원을 졸업했다. 현재 가족과 함께 영국에 살면서 전문 번역가로 활동하고 있다. 옮긴 책으로 『영장류의 평화 만들기』 『내가 사는 이유』 『우주의 마지막 책』, 함께 옮긴 책으로 『코드북』 『두 얼굴의 과학』 『그들이 말하지 않는 23가지』 등이 있다.

견인 도시 연대기 1 모털 엔진

2018년 11월 27일 개정판 1쇄 인쇄
2018년 12월 4일 개정판 1쇄 발행

지은이 필립 리브
옮긴이 김희정
펴낸곳 부키(주)
펴낸이 박윤우
등록일 2012년 9월 27일
주소 03785 서울 서대문구 신촌로3길 15 산성빌딩 6층
전화 02) 325-0846 ㅣ 팩스 02) 3141-4066
홈페이지 www.bookie.co.kr ㅣ 이메일 webmaster@bookie.co.kr
제작대행 올인피앤비 bobys1@nate.com

ISBN 978-89-6051-675-5 (04840)
ISBN 978-89-6051-677-9 (전4권)

이 도서의 국립중앙도서관 출판예정도서목록(CIP)은 서지정보유통지원시스템 홈페이지(http://seoji.nl.go.kr)와 국가자료공동목록시스템(http://www.nl.go.kr/kolisnet)에서 이용하실 수 있습니다.(CIP제어번호: CIP2018036473)

차례

PART ONE

1. 대 사냥터 11

2. 밸런타인 26

3. 쓰레기 처리관 41

4. 아웃컨추리 49

5. 런던 시장 56

6. 스피드웰 66

7. 하이 런던 81

8. 무역 밀집촌 94

9. 제니 하니버 103

10. 13층 엘리베이터 114

11. 에어헤이븐 118

12. 가스백과 곤돌라 130

13. 부활군 142

14. 길드홀 155

15. 적수 늪지대 162

16. 오물 탱크 179

17. 해적 타운 192

18. 베비스 206

19. 카자크해 220

20. 블랙 아일랜드 236

21. 엔지니어리움 249

22. 슈라이크 261

23. 메두사 270

PART 🦅 TWO

24. 연맹의 스파이 283

25. 역사학자들 292

26. 바트뭉크 곰파 303

27. 아켄가스 박사의 기억 321

28. 극락 산맥의 이방인 328

29. 집으로 341

30. 영웅의 금의환향 348

31. 도청자 358

32. 처들리 포메로이의 통찰 367

33. 새로운 시대의 여명 382

34. 불꽃놀이를 위한 아이디어 395

35. 대성당 407

36. 뼈의 그림자 419

37. 새의 길 425

추천의 글 429
초신성처럼 빛나는 상상력과 통찰 – 홍인기(SF 평론가, 경제학자)

PART ONE

대 사냥터

바람이 세차게 불고 하늘은 잔뜩 찌푸린 어느 봄날, 런던 시는 바닷물이 말라 버린 옛 북해를 가로질러 작은 광산 타운을 추격하고 있었다.

좋은 시절 같았으면 이렇게 보잘것없는 사냥감이나 쫓고 있을 런던이 아니었다. 위대한 견인 도시(Traction City)로 명성을 날리던 전성기에는 런던도 북쪽 얼음 황무지부터 남쪽 지중해 해안까지 넓은 벌판을 누비면서 이런 작은 마을과는 상대도 안 되는 커다란 도시들을 사냥했다. 하지만 최근 들어 사냥감을 찾는 게 갈수록 어려워지면서 런던마저 다른 대도시들의 굶주린 눈초리에 시달릴 지경이 되었다. 이런 대도시들을 피해 런던이 습하고 산이 많은, 역사학자 길드에 따르면 옛날에 영국이라는 섬이 있던 지역이라는 서쪽 지방으로 슬금슬금 숨어 다닌 지가 벌써 10년. 지난 10년 동안 런던이 그 음습한 언덕들 사이에서 가뭄에 콩 나듯 먹은 것이라고는 고작

해야 조그마한 농업 타운과 정착 거주지 몇 개가 전부였다. 그러나 최근 런던 시장은 이제 런던도 북해의 대(大) 육교(land bridge) 너머에 있는 대(大) 사냥터로 다시 나설 때가 되었다고 선언했다.

그런데 해저 바닥을 절반도 채 건너기 전에 망루를 지키던 보초들이 20마일 전방에서 염전을 긁어 먹고 있던 광산 타운을 발견했다. 런던 시민들은 이를 신의 계시로 여겼다. 심지어 신이나 계시 같은 걸 좀처럼 믿지 않는 런던 시장조차도 이것이 동쪽을 향한 여정에 좋은 징조라고 생각해 추격을 명령할 정도였다.

위험을 감지한 광산 타운은 재빨리 달아나기 시작했다. 하지만 런던을 움직이는 거대한 캐터필러 바퀴들은 오랜만에 벌어진 사냥에 신이 난 듯 이미 속도를 높이고 있었다. 여러 겹으로 쌓아 올린 웨딩 케이크마냥 일곱 층의 갑판으로 구성된 거대한 무쇠덩어리 런던이 굉음과 함께 광산 타운을 맹렬히 뒤쫓기 시작하자 아래쪽 갑판들은 엔진에서 나오는 자욱한 연기에 휩싸였다. 흰색 저택들이 자리 잡고 있는 위쪽 갑판 맨 꼭대기 층에 위치한 세인트 폴 성당의 십자가는 황폐해진 땅 위 2000피트 높이에서 찬란한 금빛을 뿌려대고 있었다.

❀ ❀ ❀

톰은 런던 박물관의 자연사관에서 전시물을 청소하던 중에 추격이 시작됐음을 알아차렸다. 쇠로 된 바닥에서 진동을 느끼고 천장을 올려다보니 매달아 놓은 고래랑 돌고래 모형들이 삐걱거리며 좌우로 흔들리고 있었다.

놀라지는 않았다. 열다섯 살이 되도록 한 번도 런던을 떠나 본 적이 없는 톰은 런던의 모든 움직임에 익숙했다. 런던이 방향을 바꾸고 속도를 높이기 시작했다는 것 정도는 그냥 그 자리에 서 있기만 해도 알 수 있었다. 짜릿한 흥분이 온몸을 스쳐 갔다. 런던 시민이라면 누구나 본능적으로 갖고 있는 사냥의 긴장감이었다. 사냥감을 볼 수 있을 정도로 가까워졌을지도 몰라! 톰은 들고 있던 빗자루와 쓰레받기를 팽개치고는 벽에 손을 갖다 댔다. 보통 내장이라고 부르는 아래층의 거대한 엔진실에서 울려오는 진동을 느껴 보기 위해서였다. 보조 엔진들이 차례로 켜지면서 나는 소리들이 마치 몸 안에서 거대한 북을 두드리기라도 하는 듯 가까이 느껴졌다.

그때 전시실 끝에 있는 문이 벌컥 열리면서 처들리 포메로이가 뛰어 들어왔다. 머리 위에 항상 얹고 다니는 부분가발은 옆으로 돌아가 있었고 동글동글한 얼굴은 화가 나서 빨개진 상태였다. "퀴크의 이름을 걸고…?" 뭔가를 말하려던 포메로이는 미친 듯이 돌아가는 고래 모형들과 오랜 잠에서 깨어나 날아갈 것처럼 요동치는 박제 새들을 보고는 소리를 질러 댔다. "내츠워디 견습생! 이게 도대체 무슨 일인가?"

"추격전이 벌어진 것 같습니다." 톰은 역사학자 길드의 부위원장으로 런던에서 그토록 오래 산 사람이 어떻게 런던의 박동을 듣고도 무슨 일이 벌어졌는지를 모를 수 있는지 의아했다. "아마도 괜찮은 사냥감인 것 같아요. 보조 엔진들까지 모두 켜는 걸 보면요. 정말 오래간만이네요. 이제는 런던도 운이 트이는 걸지 몰라요!"

"흥!" 포메로이는 유리로 만들어진 전시용 캐비닛들이 힘겨워하는 엔진 소리에 박자를 맞추기라도 하듯 함께 끼긱거리기 시작하자 몸을 움찔하면서도 코웃음쳤다. 그의 머리 위로 박물관에서 제일 큰 모형이자 흰긴수염고래라고 불리는 몇 천 년 전에 멸종된 동물이 천장에 매달린 밧줄 끝에서 그네처럼 흔들리고 있었다. "운이 트였다고? 그럴지도 모르지, 내츠워디. 그래도 이 건물에 제대로 된 충격 완화 장치를 해 주는 게 우선이야. 엔지니어 길드 것들이 뭘 좀 제대로 안다면 말이지! 이렇게 흔들리면 남아날 표본들이 몇이나 되겠나! 저게 얼마나 섬세한 것들인데…. 이러면 안 되는데…. 이러면 안 되는데 말이야!" 포메로이는 길고 검은 가운에 달린 호주머니에서 점박이 무늬 손수건을 꺼내 이마에 난 땀을 훔쳤다.

"저, 부위원장님, 관측 전망대에 가서 잠깐만 구경하고 와도 될까요? 단 30분만이라도요. 이렇게 신나는 추격은 몇 년 만에 처음이라…." 톰은 용기를 내어 물었다.

포메로이는 어이가 없다는 표정이었다. "말도 안 되는 소리 말아, 견습생! 이 망할 놈의 추격 놀음 때문에 떨어진 먼지들을 보고도 그런 말이 나오나? 전시물들을 모두 다시 닦고 손상된 곳은 없는지 재점검해야 해."

"너무하세요! 전시관 전체를 방금 다 닦았는데!" 톰은 자기도 모
르게 소리쳤다.

톰은 자신이 큰 실수를 저질렀음을 바로 깨달았다. 처들리 포메로
이가 길드 회원 치고 그렇게 성질이 못된 사람은 아니었지만, 그렇
다고 겨우 3등 견습생 따위가 이런 식으로 말대꾸하는 걸 그냥 지
나칠 리도 없었다. 포메로이는 허리를 꼿꼿이 펴고(그래 봐야 세로가
가로보다 조금 더 길지만) 똑바로 섰다. 너무나 엄한 표정이어서 길드
표시가 무성한 눈썹에 가려져 안 보일 지경이었다. "인생은 불공평
한 거야, 내츠워디 견습생! 더 까불면 추격이 끝나는 즉시 내장 갑
판 작업에 배치해 버릴 줄 알아."

3등 견습생이 해 내야 하는 여러 가지 지긋지긋한 일 중에서도 내
장 갑판 작업이야말로 톰이 가장 싫어하는 것이었다. 톰은 얼른 입
을 다물고 번쩍번쩍 광이 나게 잘 닦여진 포메로이의 신발코를 향
해 얌전히 눈을 내리깔았다.

"여기서 7시까지 일하라는 명령을 받고 왔으면 7시까지 일해야
하는 거야." 포메로이의 설교는 계속됐다. "나는 그 사이에 표본들
이 이렇게 심하게 흔들려도 괜찮을지 다른 큐레이터들하고 상의를
좀 해 봐야겠어."

포메로이는 혼잣말로 계속 투덜거리면서 서둘러 전시관을 나갔
다. 그가 걸어간 쪽을 한참이나 지켜보던 톰은 비참한 기분으로 팽

개쳤던 빗자루와 쓰레받기를 주워 들고는 다시 일을 시작했다. 사실 톰은 박물관 전시실에서 일하는 것 자체가 싫지는 않았다. 특히 이 자연사관은 톰이 좋아하는 곳이었다. 좀이 슬은 동물 모형들과 항상 미소를 보내 주는 흰긴수염고래 등이 어쩐지 친근하게 느껴졌기 때문이다. 일에 싫증이 나면 톰은 상상 속에서 피난처를 구하곤 했다. 상상 속의 톰은 항상 영웅이 되어 공중 해적들의 손아귀에서 아름다운 소녀를 구해 내고 반(反) 견인 도시 연맹의 공격으로부터 런던을 보호하며 영원히 행복하게 살아갔다. 하지만 자신을 제외한 모든 런던 사람들이 몇 년 만에 처음으로 제대로 된 추격전을 즐기고 있는 지금 같은 순간에 어떻게 몽상이나 하고 있겠는가?

톰은 20분을 기다렸다. 하지만 처들리 포메로이는 돌아오지 않았다. 박물관에는 아무도 없었다. 수요일은 일반 입장객을 받지 않는 데다, 길드의 고위 회원을 비롯한 1등, 2등 견습생 대부분이 쉬는 날이었기 때문이다. 딱 10분만 밖에 나갔다 온다 해서 무슨 큰일이 벌어지진 않겠지. 톰은 청소 도구들을 덩치 큰 박제 야크 뒤에 숨기고 춤추듯 흔들리는 돌고래 그림자 사이를 가로질러 문을 향해 달려갔다.

전시실 밖 복도에서는 아르곤 램프들이 어지럽게 춤을 추며 쇠 벽에 빛으로 그림을 그리고 있었다. 검은 가운을 입은 길드 회원 둘이 빠른 걸음으로 지나갔다. 아켄가스 박사가 새된 소리로 투덜거리는 게 들렸다. "흔들려도 너무 흔들려! 도대체 이런 상황에서 35세기 골동품 도자기들이 견뎌 낼 수 있겠어?" 톰은 아켄가스 박사와 다른 길드 회원 한 명이 코너를 돌 때까지 문 안에서 기다렸다가 살며시 빠져나와 잽싸게 가장 가까운 계단으로 향했다. 그리고 이제는 사라져 버린 아메리카라는 곳에서 숭배하던, 동물 머리를 한 신 '미키'와 '플루토'의 대형 플라스틱 조각상이 있는 21세기 전시관을 지나 주 전시관으로 나왔다. 수십 세기 동안 천만다행으로 부서지지 않고 보존되어 내려 온 고대인들의 유물이 전시되어 있는 주 전시관과 다른 보조 전시관들을 가로질러 톰은 달려갔다. 그곳에 전시되어 있는 물건들은 궤도발사 원자탄과 '60분 전쟁'이라는 이름을 가진 맞춤형 바이러스 폭탄들 때문에 지구 전체가 거의 전멸한 그 끔찍한 고대 전쟁을 버텨 낸 유물들이었다. 톰은 잠시 후 박물관 옆문을 통해 소란스럽고 북적이는 토트넘 코트 로드*로 들어섰다.

런던 박물관은 제2갑판의 중심부인 블룸스베리** 지역에 자리하고 있었다. 박물관 지붕 위로 불과 몇 미터 되지 않는 곳에 제1갑판의 바닥이 녹슨 하늘처럼 걸려 있었다. 톰은 토트넘 코트 로드 엘리베이터 역 바깥에 설치된 공중 고글 스크린을 향해 복잡한 길을 헤치고 나갔다. 행여 누가 볼까 걱정하지도 않았다. 공중 고글 스크린

---

* Tottenham Court Road. 21세기 런던 번화가 중의 하나. 특히 소형 전자제품 상가가 밀집되어 있고, 블룸스베리라고 부르는 동네의 서쪽 구획으로 인식되는 길이다. 대영박물관이 자리하고 있다.

** Bloomsbury. 21세기 런던 중심부 지역으로 고급 주택가와 대학, 쇼핑가, 박물관, 병원들이 밀집되어 있어서 비교적 중산층, 지식인들이 많이 모여 사는 곳이다. 런던 최초의 '광장'이 만들어진 곳이기도 하다.

앞에 모인 인파들 사이에 낀 후에야 톰은 처음으로 사냥감의 모습을 볼 수 있었다. 저 아래 제6갑판에 설치된 카메라에 잡힌 사냥감의 모습은 흐릿한 청회색 그림자처럼 보였다. "사냥감은 솔트후크라는 도시입니다." 스피커에서 아나운서의 목소리가 흘러나오고 있었다. "인구 900명의 광산 도시인 솔트후크는 현재 시속 80마일로 동쪽을 향해 이동하고 있습니다. 그러나 네비게이터 길드는 해가 지기 전에 런던이 충분히 따라잡을 것으로 예측하고 있습니다. 대육교를 지나면 이런 사냥감이 더 많을 것이 확실합니다. 친애하는 시장님께서 런던을 다시 동쪽 땅으로 몰고 가기로 결정한 것이 얼마나 현명한 일이었는지를 보여 주는 또 하나의 증거라고 할 것입니다…."

시속 80마일! 톰은 입을 딱 벌렸다. 엄청난 속도였다. 이 순간을 관측 전망대에서 얼굴에 바람을 맞으며 즐기고 싶은 마음이 간절했다. 어차피 포메로이한테 엄청 혼날 게 확실한 마당에 몇 분 더 논다 해서 뭐 그리 큰일이 벌어지겠나 싶기도 했다.

톰은 재빨리 블룸스베리 공원으로 달려갔다. 갑판 가장자리에 있는 블룸스베리 공원은 실외 공간으로, 한때 나무와 작은 연못들이 있는 제대로 된 공원이었으나 지금은 사냥감이 귀해지면서 생긴 식량 부족 현상을 해결하기 위해 양배추 밭과 해조류 양식장이 들어서 있었다. 하지만 런던 시민들이 지나가는 풍경을 구경할 수 있도록 갑판 가장자리 바깥쪽으로 발코니를 조금 높이 돋워 만든 관측 전망대는 원래 모습 그대로였다. 톰은 서둘러 가장 가까운 전망대 쪽으로 다가갔다. 전망대는 공중 고글 스크린 근처보다 더 붐볐고, 역사학자 길드 회원들의 검은 가운도 상당수 보였다. 톰은 애써 아무렇지도 않은 표정을 하고는 전망대 앞쪽으로 밀고 들어가 난간 너머를 바라봤다. 솔트후크는 이제 5마일밖에 떨어져 있지 않았다. 굴뚝에서 새까만 연기가 잔뜩 나오는 걸로 보아 최고 속도로 내빼고 있는 게 분명했다.

"내츠워디!" 누군가 톰을 큰 소리로 불렀다. 간이 콩알만 해진 채 뒤돌아보니 멜리판트였다. 체격이 럭비 선수 같은 1등 견습생 멜리판트는 얼굴 가득 함박웃음을 띠고 떠벌여 댔다. "정말 신나는 일이야! 통통한 염전 광산 도시라니. 게다가 C20 육상 엔진까지 갖고 있다니 우리 사냥감으로 안성맞춤이야!"

허버트 멜리판트는 깡패 중에서도 제일 골치 아픈 부류의 깡패였다. 그냥 때리거나 변기 같은 데 머리를 처박고 끝내는 게 아니라 상대방 비밀까지 샅샅이 뒤져 그 사람이 제일 싫어하는 게 뭔지를 찾아내서는 쫓아다니면서 끈질기게 놀려 대는 부류였던 것이다. 멜리판트는 몸집이 작고 수줍음도 많이 타는 톰을 놀리길 좋아했다. 톰에겐 편들어 줄 친구마저 없으니 거리낄 것이 없었다. 톰은 멜리판트에게 복수할 힘도 없었다. 멜리판트는 부모가 돈을 내서 1등 견습생이 된 몸이고, 자신은 일가친척 하나 없는 천애의 고아인데다 3등 견습생에 불과했기 때문이다. 톰은 멜리판트가 자신에게 말을 건 이유가 바로 톰 뒤에 서 있는 예쁜 역사학자 클라이티 포츠한테 멋지게 보이기 위해서라는 걸 잘 알고 있었다. 톰은 얼른 고개를 끄덕여 주고는 다시 추격전으로 시선을 돌렸다.

"저것 봐!" 클라이티 포츠가 소리쳤다.

런던과 사냥감 사이의 간격이 빠른 속도로 줄어들자 어두운 색의 커다란 물체 하나가 공중으로 날아오르더니, 이어서 비슷한 것들이 줄지어 솔트후크에서 하늘로 올라가는 것이 보였다. 비행선들이었다! 관측 전망대에 있던 사람들이 환호성을 올렸다. "비행 무역상들이야. 솔트후크가 이제 끝장이라는 걸 알고 우리가 잡아먹기 전에 떠나는 거지. 지금 도망치지 않으면 비행선이랑 거기 실린 물건까지 다 우리 몫이거든." 멜리판트가 아는 척을 했다.

톰은 클라이티 포츠가 멜리판트의 말에 전혀 관심을 보이지 않는 것을 보고 통쾌했다. 포츠는 톰보다 한 해 위인데다 이미 길드 시험을 통과해 이마에 역사학자 길드를 상징하는 문신을 하고 있는 만큼 그 정도는 다 알고 있는 것이 분명했다. "저것 봐!" 포츠는 톰을 향해 눈짓을 하고 웃으면서 다시 소리쳤다. "날아가는 모습이 너무 아름답지 않아?"

헝클어진 머리가 눈을 가리지 않도록 쓸어 올리면서 톰은 비행선들이 하늘 높이 날아올라 먹구름 사이로 사라지는 것을 바라보았다. 그는 잠시 자기도 그 비행선들과 함께 구름 위 햇살 가득한 곳으로 날아가는 상상을 했다. 아버지, 어머니가 역사학자 길드에 맡기지만 않았더라도 커다란 고속 비행선에서 일하며 온 세상을 구경할 수 있었을 텐데! 푸르른 태평양 위를 떠다니는 푸에르토 안젤레스, 얼어붙은 북쪽 바다를 가로질러 미끄러져 다니는 아크에인절, 누에보 마야의 피라미드 도시들, 그리고 한자리에 눌러앉아 정착 거주지를 이루고 사는 반 견인 도시 연맹의 본거지들….

하지만 그런 상상은 박물관에서 보내야 하는 지루한 오후를 위해 아껴 둬야 할 백일몽에 불과했다. 사람들이 다시 환호성을 올리는 소리에 톰은 퍼뜩 정신을 차렸다. 추격전이 거의 끝나 가고 있는 것 같았다. 톰은 비행선은 잊고 솔트후크에 주의를 집중했다.

이제는 솔트후크의 위쪽 갑판에서 뛰어다니는 사람들의 형체가 개미만 하게 보일 만큼 거리가 좁혀져 있었다. 덩치 큰 런던한테 쫓기고 있는데 숨을 곳은 한 군데도 없으니 얼마나 무서울까! 하지만 톰은 솔트후크를 불쌍히 여기면 안 된다는 것을 알고 있었다. 큰 도시는 작은 도시를 먹어 치우고, 작은 도시는 더 작은 마을을 먹어 치우고, 작은 마을은 자기보다 더 작은 정착촌을 먹어 치우고…. 이것이 자연의 법칙이었다. 위대한 엔지니어 니콜라스 퀴크가 런던을 최초의 견인 도시로 만든 이래 지난 천 년 동안 온 세상이 이 도시진화론 법칙에 따라 살아 왔다. "런던! 런던!" 관측 전망대에 있는 사람들의 환호 소리에 톰도 목소리를 보탰다. 잠시 후 사람들의 응원에 답이라도 하듯 솔트후크의 바퀴 중 하나가 떨어져 나갔고, 얼마 지나지 않아 타운 전체가 비틀비틀 멈춰 서고 말았다. 이어 솔트후크의 굴뚝들이 부서지면서 공포에 질린 사람들로 가득한 거리를 덮쳤지만, 그때부터는 런던의 아래쪽 갑판에 가려져 솔트후크의 모습이 더 이상 보이지 않았다. 하지만 갑판 바닥에서 느껴지는 진동을 통해 런던의 거대한 유압식 입이 '탁' 닫히고 있음을 알 수 있었다.

런던 시내 여기저기에 있는 관측 전망대들에서 함성 소리가 터져 나오고, 갑판을 떠받고 있는 기둥에 매달린 확성기에서는 〈자랑스러운 런던〉의 멜로디가 울려 퍼졌다. 전에 한 번도 본 적 없는 낯선 사람이 톰을 부둥켜안고 "잡았다! 잡았다!" 하고 외쳐 댔지만 톰은 전혀 기분 나쁘지 않았다. 그 순간만큼은 톰도 관측 전망대에 서 있는 사람 모두를, 심지어 멜리판트까지도 사랑했다. "잡았다!" 톰도 그 낯선 사람의 품에서 빠져나오며 함께 외쳤다. 갑판 바닥이 다시 한번 울렸다. 저 아래 어디선가 런던의 거대한 쇠 이빨이 솔트후크를 꽉 물고 들어 올려 내장 갑판으로 끌어들이고 있는 것이 분명했다.

"내츠워디 견습생도 함께 갈 수 있을지 모르겠네…." 클라이티 포츠가 톰에게 말했다. 톰이 몸을 돌리자 포츠는 톰의 팔에 손을 대고 미소 지으며 설명했다. "켄싱턴 가든*에서 축하 파티가 열릴 거야. 춤도 추고 불꽃놀이도 벌어질 텐데, 같이 갈래?"

---

* Kensington Gardens. 21세기 런던의 하이드 파크 서쪽에 자리 잡은 공원. 왕립 공원으로 시작해서 대중에게 공개된 이후 하이드 파크보다 더 고급스러운 이미지로 인식되어 왔다. 런던의 최고급 주택가 및 쇼핑가에 근접해 있어서 유행에 민감한 중상류층이 많이 가는 공원이다.

사람들은 보통 3등 견습생을 파티에 초대하지 않았다. 특히 포츠처럼 예쁘고 인기가 많은 여자들은 더 그랬다. 톰은 잠시 포츠가 자신을 놀리고 있는 건 아닌지 생각했다. 하지만 멜리판트만큼은 포츠가 톰을 놀리기 위해 그런 말을 했다고 생각하지 않는 것 같았다. "내츠워디 같은 부류는 안 되지." 하면서 포츠를 끌어당겼기 때문이다.

"왜 안 되는데?" 포츠가 반문했다.

"글쎄, 뭐…." 네모난 얼굴이 달아올라 거의 포메로이만큼이나 빨개진 멜리판트가 더듬거렸다. "거의 하인이나 진배없는 3등 견습생이잖아. 길드 마크는 평생 꿈도 못 꾸고 큐레이터 보조나 하고 말 거야. 안 그래, 내츠워디?" 멜리판트가 비아냥거리듯 물었다. "네 아버지가 죽기 전에 제대로 견습 생활을 할 만한 돈을 남겨 놓지 못해 안되긴 했다만…."

"그건 네가 상관할 바 아냐!" 톰은 분노했다. 그렇지 않아도 추격전을 보면서 느꼈던 행복감은 사라지고 초조해지기 시작한 참이었다. 하라는 일을 팽개치고 도망친 사실을 포메로이가 알면 무슨 벌을 받을지 걱정이 되어서였다. 톰은 지금 멜리판트가 놀리는 걸 받아 줄 기분이 아니었다.

"아래쪽 갑판 빈민가에서 살다 보면 그런 일을 피할 수 없겠지." 멜리판트는 잘난 척하면서 클라이티 포츠 쪽으로 돌아섰다. "내츠워디 부모는 저 아래 제4갑판에서 살았거든. 덕택에 런던이 엎어질 뻔한 사고가 났을 때 둘 다 빈대떡처럼 납작하게 눌려 버렸지. 철퍼덕 하고 말이야!"

톰은 주먹을 휘두를 의도는 전혀 없었다. 일이 그냥 그렇게 되었을 뿐이었다. 생각하고 말고 할 겨를도 없이 주먹이 나가고 만 것이다. "아악!" 무방비 상태에서 일격을 당한 멜리판트는 비명을 지르더니 벌러덩 자빠졌다. 그런 멜리판트의 모습에 포츠는 웃음을 참는 기색이 역력했고 누군가는 싸움을 부추기고 있었다. 그런 와중에 톰은 그저 부들부들 떨고 있는 자기 주먹을 내려다보며 자신이 어떻게 이런 일을 저지를 수 있었는지 의아할 뿐이었다.

멜리판트는 톰보다 덩치도 훨씬 더 크고 힘도 셌다. 이내 정신을 차리고 일어선 그를 포츠가 말렸지만 다른 역사학자 길드 회원들이 싸움을 부추겼다. 초록색 재킷을 입은 네비게이터 길드 견습생들도 그의 주위를 둘러싸고는 "싸워라! 싸워라!" 하고 외쳐 댔다.

솔트후크가 런던의 상대가 되지 않는 것처럼 자신도 멜리판트의 상대가 되지 못한다는 걸 잘 알고 있는 톰은 얼른 한 걸음 물러났다. 하지만 몰려든 사람들 때문에 더 이상 움직이지 못하고 있는 사이, 바로 멜리판트의 주먹이 뺨으로 날아오고, 무릎이 다리 사이에 꽂혔다. 톰은 눈에 눈물이 가득해서는 몸을 웅크린 채로 이리저리 비틀거리다 소파처럼 커다랗고 푹신한 물체에 가로막혀 머리를 박고 쓰러졌다. 그러자 그 푹신한 물체에서 비명이 터져 나왔다. "아아악!"

눈을 들어 보니 바로 앞에 동그랗고, 빨갛고, 덤불숲 같은 눈썹이 난 얼굴이 우스꽝스러운 가발을 쓰고 서 있었다. 그 얼굴은 자신에게 머리를 들이박은 주인공을 알아보고는 더 빨개졌다.

"내츠워디!" 마치 나팔 같은 소리가 터져 나왔다. "퀴크 맙소사! 도대체 지금 무슨 수작을 부리고 있는 건가?" 처들리 포메로이가 외치고 있었다.

MORTAL ENGINES

2

밸런타인

이런 연유로 다른 견습생들은 모두 솔트후크 사냥 축하 파티
에서 즐거운 시간을 보내는 동안, 톰은 내장 갑판으로 내려가 일을
하게 된 것이었다. 포메로이의 사무실에서 길고 낮 뜨거운 설교("내
명령을 그런 식으로 무시하다니! 내츠워디… 게다가 상급 견습생을 폭행해?
불쌍한 자네 부모님이 이 일을 아신다면 뭐라고 하겠나?" 등등)를 들은 그는
토트넘 코트 로드 역에서 아래쪽 갑판으로 내려가는 엘리베이터를
기다렸다.

엘리베이터는 굉장히 붐볐다. 위쪽 객실에는 거만한 표정의 엔지
니어 길드 회원들이 가득했다. 엔지니어 길드는 런던을 이끌어 가
는 네 개의 대(大) 길드 중에서도 가장 위세를 떨치는 곳이었다. 톰
은 대머리에 고무로 만든 흰색 롱코트를 입은 엔지니어 길드 회원
들을 볼 때마다 소름이 돋았기 때문에 아래쪽 객실에서 서서 가기
로 마음먹었다. 객실에는 '움직임은 곧 생명이다! ─ 움직이는 런던

의 주축 엔지니어 길드!'라는 표어와 함께 런던 시장이 엄한 눈으로 내려다보는 포스터가 여기저기 붙어 있었다. 엘리베이터는 아래로 내려가면서 베이컬루, 하이 홀본, 로 홀본, 베스널 그린* 등에서 정차했고 그때마다 승객들이 한 무리씩 밀려 들어왔다. 덕분에 톰은 뒤쪽 벽까지 밀려가 숨도 쉬기 힘들 정도가 되어 버렸다. 밑바닥에 도착해 드디어 시끄럽고 붐비는 역으로 나왔을 때는 그곳이 내장 갑판임에도 불구하고 안도의 한숨이 나올 지경이었다.

내장 갑판은 사냥한 도시들을 해체하는 곳으로, 잡아먹힌 도시들이 쇠이빨이 달린 유압식 입을 통해 들어와 최종적으로 중앙 엔진실에 도착하기 전까지 중간중간 거쳐야 하는 악취 나는 작업장과 지저분한 공장들이 모여 있었다. 톰은 이곳이 지독히도 싫었다. 항상 시끄러운데다가 일하는 사람들도 더러운 차림에 위협적인 태도가 몸에 밴 하층 갑판 출신들이었기 때문이다. 이들 중에는 '맹장교도소'에서 파견된 복역수들도 있었다. 내장 갑판에서 일하다 보면 열기 때문에 두통이 생기고, 유황 냄새 때문에 재채기가 나는데

---

* 엘리베이터가 아래로 내려가면서 점점 21세기 런던의 서쪽 지명에서 동쪽 지명으로 이동하고 있다. 런던 서쪽에는 상대적으로 고급 주택가와 고급 쇼핑가, 그리고 중상류층들이 주로 향유하는 문화 공간들이 자리 잡고 있다. 웨스트 엔드(West End)라고도 부르는 이 지역에는 금융가를 제외하고는 거의 모든 편의, 문화 시설 및 공공 기관들이 자리 잡고 있다. 반면 이스트 엔드(East End)라고 부르는 동쪽은 역사적으로 노동자들의 거주지와 창고, 공장들이 있었던 곳으로 20세기 후반 들어 점점 고급화되고 있지만 여전히 서민적인 지역으로 남아 있다.
톰이 거주하는 시대의 런던에서도 고급스러운 상층 갑판에는 서쪽의 지명이 사용되었다가 아래로 내려갈수록 마치 동쪽으로 이동하는 듯한 느낌의 지명들이 연이어 나오고 있다.

다 복도에 켜 놓은 아르곤 램프가 자꾸 깜빡여서 눈도 쉬 피곤해졌
다. 하지만 역사학자 길드에서는 잡은 사냥감을 분해할 때면 항상
길드 회원들을 입회시켰다. 불행히도 오늘 밤에는 톰도 그 길드 회
원들 사이에 끼어 사냥감에서 나오는 책과 골동품들은 역사학자 길
드의 재산이며 벽돌, 철, 석탄만큼이나 역사도 중요하다는 것을 거
칠고 노련한 내장 갑판 작업 십장들에게 계속 상기시켜야 했다.

　복닥거리는 엘리베이터 역에서 겨우 빠져나온 톰은 초록색 타일
들이 붙은 파이프 모양의 긴 터널을 지나 세찬 불길이 이글거리는
'소화 흡수 작업장' 위로 설치된 여러 개의 철제 다리들을 건너 역
사학자 길드 창고 쪽으로 향했다. 다리 아래로 솔트후크가 갈기갈
기 분해되고 있는 것이 보였다. 거대한 런던의 뱃속에 들어온 가엾
은 솔트후크는 상대적으로 무척 작아 보였다. 노란색의 거대한 해
체용 기계들이 선로를 따라 다니기도 하고, 크레인에 매달리고, 거
미 다리 같은 긴 유압식 다리를 달고 경중경중 다니면서 솔트후크
를 공략 중이었다. 솔트후크의 바퀴들과 차축은 이미 분해를 마친
상태였고 이제 차대 분해 작업이 진행되고 있었다. 허니문카만큼이
나 커다란 둥근 전기톱이 갑판을 자르자 불꽃들이 사방으로 어지럽
게 튀었고, 용광로와 제련소에서 나오는 열기가 세찬 파도처럼 톰
을 덮쳤다. 스무 걸음도 채 걷기 전에 톰의 검은 제복 가운은 겨드
랑이부터 축축이 젖어 들었다.

　하지만 역사학자 길드 창고에 도착해 보니 상황이 생각만큼 나쁘

지는 않았다. 솔트후크에는 박물관이나 도서관이 없었고, 고물상에
서 구해 낸 몇 안 되는 골동품들은 이미 제2갑판으로 보내기 위해
상자에 포장 중이었다. 운이 좋으면 일을 빨리 끝내고 사냥 축하 파
티의 말미라도 즐길 수 있을지 모를 일이었다! 톰은 어떤 길드 회원
이 오늘 일의 책임자인지 궁금했다. 아켄가스나 웨이머스 박사면
끝장이었다. 둘 다 할 일이 있든 없든 상관없이 근무 시간 끝까지
잡아 두는 사람들이었기 때문이다. 하지만 포티 퓨터타이드나 미스
플림이라면 기대를 해 볼 만했다.

그러나 책임자 사무실로 서둘러 걸음을 옮기던 톰은 오늘 내장 갑
판 작업의 책임자는 자신이 상상했던 것보다 훨씬 더 중요한 인물
임을 알아차렸다. 역사학자 길드의 문장이 새겨진 근사한 검정색
전기차가 사무실 밖에 주차되어 있었고, 그 차 옆에는 길드의 고위
간부 제복을 입은 사람 둘이 대기하고 있었다. 둘 다 고급스러운 옷
에 비해 거친 인상이었다. 톰은 그 둘이 누군지 바로 알아차렸다.
공중 해적이었다가 과거를 뉘우치고 20년째 길드 회장의 충성스러
운 하인 노릇을 하고 있는 퓨시와 겐치였다. 이 둘은 또 길드 회장
이 탐험을 나설 때마다 그 유명한 '13층 엘리베이터'를 조정하는
파일럿 역할도 했다. 너무 빤히 쳐다보지 않으려고 애쓰면서 톰은
속으로 '밸런타인이다!'라고 외쳤다.

테데우스 밸런타인은 톰의 영웅이었다. 고물 수집상이었다가 런
던에서 제일 유명한 고고학자로 이름을 날리게 된 밸런타인은 역사

학자 길드 회장까지 오르면서 포메로이 같은 사람의 질시와 불만의 대상이 되었다. 톰의 기숙사 침대 머리맡에는 밸런타인의 사진이 붙어 있었고, 그의 책 『실용주의 역사학자의 모험』과 『아메리카 사막―총, 카메라, 비행선과 함께한 죽은 대륙 횡단기』는 읽고 또 읽어서 거의 외울 지경이었다. 톰의 인생에서 가장 자랑스러웠던 때는 가짜 골동품 식별법에 대해 쓴 에세이로 견습 학교 시상식에서 밸런타인에게 직접 상을 받은 순간이었다. 톰은 아직도 위대한 밸런타인이 그날 한 연설을 토씨 하나 빠뜨리지 않고 기억하고 있었다. "견습생 여러분, 역사학자 길드야말로 런던에서 가장 중요한 길드라는 걸 잊어서는 안 됩니다. 상인 길드만큼 돈을 많이 벌지는 못하지만 우리는 돈보다 훨씬 가치 있는 지식을 만들어 냅니다. 네비게이터 길드처럼 런던이 가는 길을 인도할 책임을 지고 있지는 않지만 우리가 고대 지도와 항해도들을 보존하지 않았다면 네비게이터 길드가 어떻게 그 임무를 수행할 수 있겠습니까? 또한 엔지니어 길드가 지금까지 개발한 기계는 모두 올드―테크의 편린들에 기초하고 있습니다. 고도로 발달한 고대 기술의 유물들을 우리가 발굴해 내고, 박물관에 보존했기 때문에 가능한 일이 아니겠습니까?"

그날 상을 받고 덜덜 떨며 간신히 "감사합니다."라고 내뱉었던 톰은 밸런타인이 자신을 기억할 거라고는 상상도 못 했다. 하지만 톰이 사무실 문을 열고 들어서자 그의 영웅은 하던 일을 멈추고 미소를 머금더니 "내츠워디 군이군, 그렇지? 가짜를 알아보는 전문가!

오늘 조심해야겠는걸, 잘못했다가 정체를 들킬지도 모르니!" 하는
것 아닌가?

그다지 재미난 농담은 아니었지만 견습생과 고위 길드 회원 사이
에 존재하는 어색한 분위기를 깨기엔 충분했다. 긴장을 푼 톰은 더
이상 문 근처에서 머뭇거리지 않고 포메로이가 준 쪽지를 밸런타인
에게 전하기 위해 그가 앉아 있는 책상 쪽으로 다가갔다. 밸런타인
은 벌떡 일어나 그 쪽지를 받았다. 큰 키에 잘생긴 얼굴, 흰머리가
적당히 섞인 검은색 머리에 까맣고 단정한 턱수염을 기른 그는 마
흔 살 정도 되어 보였다. 모험가다운 회색빛 눈에는 장난기가 넘쳤
다. 짓궂은 질문이라도 생각났다는 듯 눈썹을 치켜 올리자 이마에
있는 푸른 눈동자의 제3의 눈—과거를 보는 역사학자 길드의 상
징—이 마치 윙크를 하는 것처럼 보였다.

"싸움이라? 멜리판트 견습생이 얻어맞을 짓을 했겠지?"

"제 어머니, 아버지에 대해 뭐라고 했습니다." 톰은 작은 소리로
대답했다.

"그랬군." 밸런타인은 톰의 얼굴을 보면서 고개를 끄덕였다. 또
한번 지루한 설교를 각오하고 있는 톰에게 그는 "데이비드 내츠워
디와 레베카 내츠워디가 부모님이시지?"라고 물었다.

"네." 톰은 머뭇거리며 대답했다. "하지만 대 경사 사고가 났을 때
저는 여섯 살밖에 안 됐었고… 제 말은… 부모님에 대한 기억이 별
로 없습니다."

다시 고개를 끄덕이는 밸런타인의 눈에 슬프고 다정한 빛이 떠올랐다. "두 분 다 훌륭한 역사학자들이셨지. 자네도 부모님의 뒤를 이어 훌륭한 역사학자가 되길 바라네."

"물론입니다…. 아니, 그게 아니라… 저도 그렇게 되고 싶습니다!"톰은 불쌍한 부모님을 생각했다. 칩사이드 지역의 일부가 아래쪽 갑판으로 무너져 내리는 사고로 두 분이 함께 돌아가신 이후 지금까지 부모님에 대해 밸런타인처럼 말해 준 사람은 아무도 없었다. 톰은 눈물이 차오르는 것을 느꼈다. 밸런타인에게는 뭐든지, 그야말로 뭐든지 다 말할 수 있을 것 같았다. 그래서 부모님이 얼마나 그리운지, 자신이 얼마나 외로운지, 그리고 3등 견습생 생활이 얼마나 지루한지 모두 털어놓으려는 찰나, 사무실로 늑대 한 마리가 걸어 들어왔다.

굉장히 크고 털이 하얀 그 늑대는 보관실 쪽 문으로 들어오더니 톰을 보자마자 날카롭고 누런 이빨을 드러내면서 톰 쪽으로 달려왔다. "아아아아!" 톰은 비명을 지르며 의자 위로 뛰어 올라갔다. "늑대다!"

그때 문 뒤에서 "예의 없이!"라고 외치는 소녀의 목소리가 들려왔다. 잠시 후 목소리의 주인공이 허리를 구부리고 서서 늑대의 하얀 턱 밑을 간질이는 것이 보였다. 맹수는 불처럼 이글거리던 눈을 지그시 감았다. 만족스러운 듯 흔드는 꼬리가 소녀의 옷에 부딪혀 소리를 냈다. 소녀는 웃으며 톰에게 말했다. "애는 양이야. 아니, 애가 늑대인 건 맞는데 양처럼 순하다는 말이야."

"톰." 재미있다는 표정으로 밸런타인이 말했다. "소개할게. 이쪽은 내 딸 캐서린이고, 그 옆은 강아지."

"강아지요?" 의자에서 내려오며 톰은 자신이 바보처럼 느껴졌지만 아직도 조금은 그 늑대가 무서웠다. 처음 봤을 땐 분명 서클 파크의 동물원에서 탈출한 놈인 줄 알았다.

"이야기가 좀 길지." 밸런타인이 말했다. "캐서린은 원래 항해 도시 푸에르토 안젤레스에서 살았어. 다섯 살 때 어머니가 돌아가시면서 나한테 왔는데 그 즈음에 내가 얼음 황무지 지역을 탐험하고 돌아오는 길에 강아지를 선물로 가져왔지. 그때까지만 해도 앵글리시*를 잘 못하던 캐서린이 이놈을 보자마자 '강아지!' 하고 말했는데 어쩌다 보니 그게 이름이 돼 버렸어."

"길이 잘 들어서 물거나 하지 않아, 걱정 마." 캐서린은 미소를 머금은 채 톰을 안심시켰다. "아빠가 아주 새끼일 때 발견하셨어. 엄마 늑대는 총으로 쏠 수밖에 없었지만 강아지는 차마 죽일 수 없으셨대. 배를 간질여 주면 좋아해. 아빠 말고 강아지 말이야."라고 말하며 웃음을 터뜨린 캐서린은 짙고 숱이 많은 머리에 아버지를 닮은 회색 눈동자를 가졌고, 자기 아버지처럼 웃는 표정이 눈부셨다.

---

* Anglish. 톰이 사는 런던의 공식 언어. 21세기의 영어(English)에 뿌리를 두고 있지만 오랜 세월이 흐르면서 앵글리시라는 언어로 변천했다.

통이 좁은 실크 바지에 올 여름 하이 런던*에서 대유행인 하늘거리는 긴 블라우스를 입고 있었다. 톰은 그냥 멍한 얼굴로 그녀를 쳐다봤다. 밸런타인의 딸을 사진에서 본 적이 있지만 이렇게 아름다울 줄은 꿈에도 몰랐다.

"봐." 캐서린이 말했다. "널 좋아하잖아!"

어느새 강아지가 톰의 가운에 코를 대고 킁킁거리고 있었다. 그러더니 커다란 꼬리를 흔들어 대며 축축한 분홍색 혀로 톰의 손가락을 핥기 시작했다.

"강아지가 좋아하는 사람들은 저도 결국 좋아하게 되더라고요, 아빠. 정식으로 소개 좀 해 주세요." 캐서린이 말했다.

"좋아. 캐서린, 이쪽은 톰 내츠워디 군이란다. 내 작업을 돕기 위해 여기로 파견됐지. 강아지와 톰의 인사가 끝나면 톰은 가서 작업을 마무리해야 할 거야." 밸런타인은 톰의 어깨에 손을 올리면서 친절한 목소리로 말을 이었다. "할 일이 그리 많지는 않네. 같이 작업장을 한번 둘러본 다음에…." 잠시 말을 멈춘 밸런타인은 포메로이가 보낸 쪽지를 다시 흘낏 보더니 잘게 찢어 책상 옆 재활용 수거통에 던져 버렸다. "그런 다음에는 가도 좋아."

톰은 밸런타인이 자기를 그냥 가게 해 줬다는 사실과 그가 작업장

---

* High London. 저자는 이 책 여러 곳에서 중의법을 사용한다. 하이 런던은 런던 상류층을 의미하는 동시에 물리적으로 위쪽 갑판(상류층이 사는)을 암시한다.

까지 몸소 내려왔다는 사실 둘 중에 어떤 것이 더 놀라운지 판단이
서질 않았다. 고위직 길드 회원들은 보통 덥고 연기가 자욱한 곳에
서 하는 더럽고 힘든 작업들은 견습생들에게 시키고 자신들은 편안
한 사무실에 앉아 있곤 했다. 그런데 밸런타인은 직접 여기까지 내
려와 길드 가운을 벗어 던지고 펜을 조끼 주머니에 꽂은 채 문가에
서서 미소 지으며 톰이 오길 기다리고 있는 것이다.

"자, 가지." 톰의 영웅, 위대한 탐험가 밸런타인이 말했다. "빨리
시작해야 빨리 끝나잖아. 그래야 켄싱턴 가든에 가서 재미나게 놀
지."

　일행은 계속 아래로 내려갔다. 강아지와 캐서린까지 동행한 채 아
래로 내려가 창고를 지나 다시 나선형 철계단을 따라 소화 흡수 작
업장으로 갔다. 솔트후크의 분해 작업이 한창 진행 중이었다. 이제
남은 것은 쇠로 된 뼈대뿐이었는데 기계들이 그것마저 뜯어내고 있
었다. 갑판이랑 대들보 역할을 하는 철골들은 용광로에서 녹여 재
활용을 위해 보내고 산더미 같은 벽돌과 기와, 목재, 소금, 석탄 등
은 컨베이어 벨트를 통해 내장 갑판의 중심부로 실어 보냈다. 가구
를 비롯한 나머지 물건들도 고물 처리반에 의해 빠른 속도로 정리
되고 있었다.

고물 처리반이야말로 이쪽 세상의 왕이었고, 자신들도 그 사실을 잘 알고 있었다. 그들은 고양이처럼 날쌔게 좁은 철골 다리들을 타고 다녔다. 또 컬러 고글을 쓰고 으스대며 땀으로 번들대는 가슴을 드러낸 채 작업하곤 했다. 톰은 늘 이 고물 처리반 사람들이 무서웠다. 하지만 밸런타인은 아무렇지도 않게 그들을 불러 모아 박물관에 가져갈 만한 물건을 보지 못했는지 묻곤 했다. 가끔은 그 사람들과 농담도 하고 가족들의 안부도 물었다. 그리고 누구에게나 톰을 "내 동료 미스터 내츠워디"라고 소개했다. 톰은 자랑스러움에 가슴이 부풀어 올랐다. 밸런타인이 톰을 어른으로 대우했기 때문에 고물 처리반 사람들도 그를 어른으로 대했다. 소개를 받을 때마다 기름때 묻은 모자 챙에 손을 대고 웃으면서 자신들의 이름을 말하는 것만 봐도 알 수 있었다. 대부분의 사람들이 '렌'이나 '스멋저'라는 이름을 가진 것 같았다.

"위쪽 박물관에서 이 사람들에 대해 무슨 말을 하든 신경 쓸 것 없네." 여러 명의 렌 중 한 명을 따라 골동품을 보관해 놓은 수레 쪽으로 가면서 밸런타인이 말했다. "이 사람들이 가난한 아랫동네에 살고 말투가 저속하다고 해서 바보들이라 생각하면 오산이야. 작업이 한창 진행 중일 때 여기 내려오면 배우는 게 많지. 역사학자들도 못 보고 넘길 만한 물건들을 고물 처리반원이나 고물 수집상이 찾아내는 걸 수없이 봤거든⋯."

"네⋯." 대답을 하면서 톰은 캐서린 쪽을 흘깃 쳐다봤다. 그는 역

사학자 길드 회장과 그의 아름다운 딸을 감탄시킬 만한 일을 하고
싶었다. 이 쓰레기 더미에서 올드-테크의 유물 조각이라도 찾아낼
수 있다면! 그럴 수만 있다면 저 부녀가 톰과 헤어져 안락한 하이
런던으로 돌아가서도 톰을 잊지 않을 텐데. 이 작업장을 함께 둘러
본 후 헤어지고 나면 다시는 그들을 못 볼지도 모르는 일이었다!

　그들을 놀래켜 주고 싶은 마음에 톰은 서둘러 렌이 가리키는 수레
로　다가갔다. 사실 작은 도시의 골동품 가게나 나이 든 부인들의
유품 사이에서 종종 올드-테크 유물들이 발견되곤 했다. 공기보다
무거운 비행 기계라든지 컵에서 저절로 익는 라면 같은, 전설로만
전해 내려오는 고대의 물건들을 실제로 발견하는 장본인이 되는 순
간을 상상해 보라! 설령 엔지니어 길드에서 사용하지 못하는 물건
이라 하더라도 박물관에 보관될 가능성은 얼마든지 있었다. 자세한
설명과 함께 '미스터 T. 내츠워디 발견'이라는 라벨이 붙은 채 전시
용 캐비닛에 보관될 물건을 찾을 수만 있다면…. 톰은 설레는 마음
으로 고물 더미를 살폈다. 각종 플라스틱 조각, 램프 스탠드, 납작
하게 눌린 장난감 땅자동차(ground car)…. 그때 작은 쇠 상자가 톰
의 눈길을 끌었다. 상자를 집어 들고 뚜껑을 연 그는 자신을 쳐다보
는 얼굴과 눈이 마주쳤다. 은색 디스크에 자기 얼굴이 비친 것이었
다. "밸런타인 회장님! 보세요! 시디*예요!"

　밸런타인은 상자 안에 손을 넣어 디스크를 빼 냈다. 살짝 기울이
니 표면에 무지갯빛이 감돌았다. "맞아, 고대인들은 정보를 저장할

때 이것들을 사용했지. 컴퓨터에 넣어서 말이야."

"중요한 물건일 가능성이 있을까요?" 톰이 물었다.

밸런타인은 고개를 저으며 말했다. "미안하네, 토머스. 고대인들이 미개한 정착 거주지에서 살긴 했지만 전자 기계 기술은 지금 런던의 엔지니어들이 상상도 못 할 만큼 앞서 있었지. 이 디스크에 설령 무슨 정보가 남아 있다 해도 그 정보를 읽을 길이 전혀 없다네. 하지만 좋은 발견인 건 맞아. 혹시 모르니까 잘 보관하고 있게."

톰이 디스크를 다시 상자에 담아 자기 호주머니에 넣는 사이 밸런타인은 돌아서서 다른 일을 보기 시작했다. 그러나 캐서린은 톰이 얼마나 실망했는지 알아차린 것 같았다. "내 생각엔 정말 소중한 물건인 거 같아. 수천 년의 시간을 견뎌 낸 거라면 뭐든 다 소중하다고 생각해."라고 말하면서 톰의 손에 자기 손을 잠시 갖다 댔기 때문이다. 캐서린은 "저 고약한 엔지니어들한테 필요가 있든 없든 소중한 골동품임엔 틀림없어. 난 시디로 만든 목걸이가 있는데⋯."라고 덧붙이며 톰에게 미소를 지어 보였다. 그녀는 톰의 백일몽에 등장하는 소녀들만큼이나 아름다웠지만, 그들보다 훨씬 더 친절하고 재미있었다. 이제부터 톰이 상상 속에서 구출해 내는 아름다운 소

---

* seedy. 저자는 21세기에 사용되던 CD 대신 발음은 같지만 철자가 다른 seedy라는 표기법을 선택했다. 'Compact Disc'(압축 디스크)라는 개념이 톰이 사는 시대에는 이해할 수 없는 기술이 된데다, 오랜 세월이 흐른 후 런던인들이 사용하는 앵글리시가 21세기의 잉글리시와 달라졌다는 것을 짐작할 수 있는 대목이다.

녀들은 모두 캐서린 밸런타인의 모습을 하게 될 것이 분명했다.

더 이상 흥미로운 물건은 나오지 않았다. 솔트후크는 드러난 해저 바닥에 깔린 소금을 파내는 데 바빠 과거 유물을 파내는 것 같은 비실용적인 일에는 전혀 신경 쓰지 않았던 게 분명했다. 그러나 밸런타인은 창고로 돌아가는 대신 일행을 이끌고 계단 한 층을 올라가서 좁은 다리를 건너 이주민 사무실로 향했다. 그곳에서는 솔트후크의 주민들이 줄을 서서 이주 사무관에게 자기 이름을 대고 숙소와 노동 센터를 배정받고 있었다. "내 근무 시간이 아니더라도 난 사냥감을 잡고 나면 항상 여기 오곤 하지. 고물 수집상들이 제5갑판의 엉터리 골동품상들한테 물건을 팔아 치우고 사라지기 전에 만나야 하니까."

사냥감을 잡으면 항상 고물 수집상들이 섞여 들게 마련이다. 이들은 어느 도시에도 소속되어 있지 않았고 대 사냥터를 직접 걸어 다니며 올드-테크 유물들을 찾아다니는 사람들이었다. 솔트후크 시민들이 풀 죽은 모습으로 길게 늘어서 있는 줄 맨 뒤에 다른 사람들보다 더 남루한 차림을 한 사람들 몇몇이 모여 있었다. 그들은 발목까지 오는 긴 누더기 코트를 입고 더러운 목에 먼지를 막는 마스크와 고글 등을 걸고 있었다. 고물 수집상들이었다.

다른 런던 시민들과 마찬가지로 톰도 사람들이 실제로 맨땅에서 산다는 건 상상만 해도 끔찍한 일이라고 생각했기 때문에 캐서린 그리고 강아지와 함께 뒤에서 머뭇거렸다. 하지만 밸런타인은 망설임 없이 그 고물 수집상들에게 다가섰다. 그들은 금세 밸런타인 주변을 에워싸고 흥정을 하기 시작했다. 검은 코트를 입은 사람 하나만 흥정하는 무리에 끼지 않고 조금 떨어진 곳에 서 있었다. 톰은 키가 크고 마른 그 사람이 어쩐지 자기 또래의 여자 같다고 생각했다. 하지만 사막 유랑민들처럼 검은 스카프로 얼굴을 감싸고 있었기 때문에 확실하지는 않았다. 톰은 밸런타인이 그 검은 스카프를 두른 사람 근처에서 고물 수집상들에게 자신을 소개하고 "역사학자 길드에서 살 만한 물건이 있나요?"라고 묻는 것을 보고 있었다.

어떤 사람은 고개를 끄덕였고, 어떤 사람은 고개를 저었다. 들고 있던 가방을 뒤지는 사람도 있었다. 그때 검은 스카프를 두른 그 소녀가 자기 코트 안쪽에 손을 넣으며 이렇게 말했다. "밸런타인, 너에게 줄 것이 있어."

그러나 말소리가 너무 작았기 때문에 톰과 캐서린 말고는 아무도 그 말을 듣지 못했다. 말소리가 난 쪽으로 두 사람이 돌아서는 순간, 그 소녀는 갑자기 길고 가느다란 칼을 휘두르면서 앞으로 쑥 나섰다.

3

쓰레기 처리관

생각할 겨를이 없었다. 캐서린이 비명을 지르고 강아지가 으르렁거리자 소녀는 잠시 망설였고, 그 순간 톰은 몸을 날려 밸런타인의 심장을 향해 칼을 휘두르는 그녀의 팔을 낚아챘다. 소녀는 사납게 소리치며 몸을 뒤틀었고, 칼을 갑판에 떨어뜨리자 톰의 손을 뿌리치고 복도 쪽으로 뛰어갔다. "잡아라!" 밸런타인이 소리를 지르며 쫓아가려 했지만 칼을 보고 놀란 사람들이 웅성거리며 모여드는 바람에 움직일 수가 없었다. 고물 수집상들 중 몇 명이 총을 꺼내 들자 커다란 딱정벌레처럼 완전 무장한 런던 경찰들이 군중을 헤집고 나서며 "런던에서 총기 사용은 불법이다!"라고 외쳤다.

톰은 사람들의 머리 위로 용광로의 희미한 불빛에 비친 어두운 그림자를 봤다. 그 소녀는 벌써 철골 다리 끝까지 뛰어가 민첩한 동작으로 사다리를 올라가고 있었다. 뒤를 쫓아간 톰은 사다리 꼭대기로 올라가는 그녀의 발목을 잡기 위해 손을 뻗었다. 불과 몇 센티미

터 차이로 발목을 놓쳤는데 바로 그 순간 쉬익 소리가 나면서 사다
리에서 불꽃이 튀었다. 놀라 뒤를 돌아보니 경찰들이 이쪽으로 석
궁을 겨누고 있었다. 톰은 "쏘지 마세요! 제가 잡을 수 있어요!"라
고 외쳤다.

톰은 있는 힘을 다해 사다리를 올라가기 시작했다. 암살 미수범을
잡을 절호의 기회였다. 심장이 흥분으로 가득 차 힘차게 뛰는 것이
느껴졌다. 그토록 오랫동안 꿈꿔 온 모험을 지금 이 순간 직접 체험
하고 있는 것 아닌가! 미스터 밸런타인의 목숨을 어느 누구도 아닌
바로 자신이 구한 것이다! 톰은 이제 영웅이 된 것이다!

소녀는 이미 높이 매달린 철골 다리들을 건너 용광로 구역으로 향
하고 있었다. 캐서린이 아직도 자기를 보고 있길 바라며 톰은 계속
쫓아갔다. 갈수록 다리들이 이리저리 갈라지고 좁아져서 폭이 1미
터도 채 되지 않았다. 아래쪽 소화 흡수 작업장에서는 소동에 아랑
곳없이 일상적인 작업이 계속되고 있었다. 자기들 머리 위에서 이
런 극적인 추격전이 벌어지고 있다고는 아무도 생각지 못하는 것
같았다. 어두운 그림자와 앞이 보이지 않을 정도로 짙고 뜨거운 수
증기를 헤치며 아무리 달려도 소녀는 계속 톰보다 몇 미터 앞서 있
었다. 낮게 걸린 파이프 밑을 지나갈 때 그녀가 얼굴에 쓰고 있던
스카프가 파이프에 걸려 벗겨졌지만 얼굴은 보이지 않았다. 톰은
그녀가 예쁘게 생겼을까 궁금했다. 반 견인 도시 연맹에서 파견한
아름다운 암살자….

톰은 고개를 숙여 파이프에 걸린 스카프 밑을 지나면서 셔츠 단추 하나를 풀었다. 숨을 헐떡이며 현기증 나는 나선형 철 계단을 뛰어 내려가 소화 흡수 작업장으로 나온 톰은 컨베이어벨트와 거대한 지구본처럼 생긴 가스 탱크들이 드리운 그림자 사이를 쏜살같이 달려 갔다. 소녀가 지나가자 일을 하던 죄수들이 놀라서 얼굴을 들었다. 톰이 "잡아라!" 하고 소리쳤지만 죄수들은 그저 입을 벌린 채 톰이 지나가는 것을 쳐다보기만 했다. 그러나 잠시 후 뒤를 돌아본 톰은 죄수들을 감독하던 엔지니어 길드 회원 한 명이 쫓아오기 시작한 것을 알고 소리친 것을 후회했다. 밸런타인의 암살 미수범을 잡는 공로를 시시한 엔지니어 길드 회원 따위에게 빼앗길 수는 없는 일이었다. 톰은 더 속도를 냈다. 암살범은 꼭 자기 손으로 잡고 싶었다.

전방에는 통로의 대부분을 차지하는 커다랗고 둥그런 구멍이 나 있었고 그 구멍 주변으로 녹슨 난간이 둘러쳐져 있었다. 쓰레기 처리관이었다. 소녀는 용광로에서 나오는 뜨거운 재 때문에 여기저기 까맣게 그은 그 검은 구멍 앞에서 어느 쪽으로 갈까 망설이듯 잠깐 멈칫했다. 그 사이 톰은 좀 더 가까이 다가갔다. 소녀가 메고 있던 가방이 앞으로 뻗은 톰의 손가락에 걸려 땅에 떨어졌다. 소녀는 획 돌아서서 톰을 마주 봤다. 용광로에서 나오는 빨간 불빛이 그녀의 얼굴을 비쳤다.

소녀는 톰보다 조금 어려 보였고 소스라칠 정도로 끔찍한 얼굴을 하고 있었다. 흉측한 상처가 이마에서 턱까지 뻗어 있는 얼굴은 누

군가 초상화를 그렸다가 화가 나서 함부로 지워 버린 것처럼 보였
다. 입은 옆으로 비뚤어져서 영원히 비웃는 듯한 표정으로 굳어 있
었고, 코는 형체도 없이 뭉개진데다 하나밖에 남지 않은 눈은 겨울
바다처럼 차갑게 톰을 노려보고 있었다.

"왜 그놈을 죽이는 걸 방해했어, 왜?" 소녀는 분노에 가득 차 쉰
목소리로 물었다.

톰은 너무나 충격을 받아 움직이긴커녕 입도 뻥긋하지 못하고 못
박힌 듯 그 자리에 서서 그녀를 보다가, 소녀가 바닥에 떨어진 자기
가방을 집기 위해 몸을 굽히자 비로소 정신을 차리고 뒤를 돌아봤
다. 하지만 톰을 맞은 것은 호루라기를 불며 쫓아온 경찰들이 쏘아
대는 석궁 화살들이었다. 엄청난 양의 화살이 갑판 바닥과 머리 위
파이프에 맞아 불꽃을 일으키며 떨어졌다. 그 순간 소녀가 갑자기
가방을 떨어뜨리고 거친 욕지거리를 내뱉으며 옆으로 쓰러졌다.
"쏘지 마세요!" 톰은 이렇게 소리치며 경찰들에게 팔을 휘둘렀다.
그러나 경찰들은 톰은 아랑곳하지 않고 가스 탱크 뒤쪽의 나선형
계단을 내려오면서 화살을 들이부었다. 톰이 화살에 맞든 말든 상
관없는 듯했다. "쏘지 마세요!"

비틀거리며 일어선 소녀를 보니 석궁 화살이 무릎 위를 관통한 것
같았다. 다친 곳을 틀어쥐고 있는 그녀의 손가락 사이로 금방 피가
고였고, 쓰레기 처리관 주변을 따라 설치된 난간을 잡고 가까스로
일어서면서 몰아쉬는 숨소리에는 거친 흐느낌이 섞여 있었다. 그

뒤에는 쓰레기 처리관의 구멍이 커다란 괴물의 아가리처럼 검게 도사리고 있었다.

"안 돼!" 그녀가 무슨 짓을 하려는지 알아챈 톰은 소리쳤다. 이제는 더 이상 영웅이 되었다는 우쭐함을 느낄 수 없었다. 그저 그 끔찍한 얼굴의 불쌍한 소녀에 대한 미안함과 그녀를 이 구석으로 몰고 온 장본인이 자신이라는 죄책감만이 들 뿐이었다. 톰은 소녀가 구멍으로 뛰어들지 않기를 간절히 바라면서 소녀 쪽으로 손을 내밀며 말했다. "미스터 밸런타인을 해치도록 놔둘 순 없었어." 내장 갑판의 소음 위로 자기 목소리가 들리게 하려면 소리를 질러야만 했다. "좋은 사람이야. 친절하고, 용감하고… 진짜로…."

그러자 소녀는 코도 없이 뭉개져 버린 얼굴을 톰에게 들이댔다. "날 봐! 용감하고 친절한 그 밸런타인이 나한테 무슨 짓을 했는지 잘 보라고!"

"무슨 말이야?"

"직접 물어보시지!" 그녀는 마치 비명처럼 소리를 질렀다. "헤스터 쇼한테 무슨 짓을 했는지 밸런타인에게 직접 물어보란 말이야!"

경찰들이 더 가까이 다가왔다. 갑판에 울리는 경찰들의 발자국 소리가 몸으로 느껴질 정도였다. 소녀는 톰의 등 너머로 경찰들 쪽을 흘끗 쳐다보더니 통증을 못 이겨 비명을 지르면서도 다친 다리를 난간 위로 들어올렸다. "안 돼!" 톰은 사정조로 말했다. 그러나 너무 늦었다. 소녀의 남루한 코트 자락이 바람에 휙 날리는 듯하더니 이내 눈앞에서 사라졌다. 톰은 앞으로 몸을 날려 어두운 쓰레기 처리관 안쪽을 살폈다. 차가운 바람이 획 불어왔다. 진흙 냄새와 짓이겨진 풀 냄새가 섞여 있었다. 런던이 지나가는 땅에서 나는 냄새였다.

"안 돼!"

뛰어내린 것이다. 런던에서 뛰어내려 죽음을 선택한 것이다! 헤스터 쇼! 그 이름을 기억해야만 했다. 기억했다가 런던이 모시는 여러 신들께 기도할 때 그녀의 명복을 빌어 주고 싶었다.

연기와 수증기 사이로 얼핏얼핏 사람 그림자가 보이기 시작했다. 눈만 내놓고 구멍 안에서 갯벌을 살피는 바닷게처럼 조심스럽게 천천히 다가서는 경찰들을 뚫고 밸런타인이 맨 앞으로 뛰어나왔다. 가스 탱크 그림자 사이로 톰은 자기 뒤를 쫓아온 어린 엔지니어가 충격을 받은 표정으로 서 있는 걸 봤다. 톰은 그에게 미소를 지어 주고 싶었지만 얼굴이 굳어 버린 것 같았다. 그런데 다음 순간 짙고 검은 연기가 불어닥치면서 아무것도 보이지 않았다.

"톰! 괜찮나?" 밸런타인이 물었다. 오래 뛰었을 텐데 숨도 헐떡이는 것 같지 않았다. "그 애는 어디 있지? 어디로 갔어?"

"죽었어요." 톰은 자신이 바보 같다고 생각하면서 대답했다.

밸런타인은 난간을 잡고 서서 쓰레기 처리관 안쪽을 쳐다봤다. 떠도는 연기가 밸런타인의 얼굴에 거미줄 같은 그림자를 던지고 있었다. 그의 눈에 이상한 빛이 떠오르고 얼굴은 뭔지 모를 긴장으로 굳

어서 하얗게 질린 것처럼 보였다. "그 애를 봤나? 얼굴에 상처가 있
던가?"

"네." 톰은 대답을 하면서도 밸런타인이 그 소녀의 상처를 어떻게
알고 있을까 궁금했다. "끔찍했어요. 눈 하나가 없고 코는…." 그러
다가 톰은 그 소녀가 내뱉은 끔찍한 말들이 생각났다. "그리고 그
애는…." 하지만 톰은 그녀가 한 말을 밸런타인에게 그대로 옮기는
것이 잘하는 일일지 판단할 수 없었다. 거짓말에다 미친 소리임에
분명하기는 했지만 말이다. "그리고 그 애는 자기 이름이 헤스터 쇼
라고 했어요."

"쿼크 맙소사!" 밸런타인은 마치 절규하듯 소리쳤고 톰은 놀라서
뒷걸음질쳤다. 아무 말도 하지 말걸 하는 생각이 간절했다. 하지만
다시 눈을 들자 밸런타인이 예의 그 다정한 미소를 띠고 톰을 바라
보고 있었다. 그의 눈은 슬픔으로 가득 차 보였다. "걱정 마라, 톰.
그리고… 미안하다…."

톰은 커다란 손이 어깨 위에 가볍게 얹혀지는 걸 느꼈다. 그리고
그 다음에 정확히 어떤 일이 벌어졌는지 톰은 훗날까지도 확실한
결론을 내리지 못했다. 그저 어깨 위에 얹힌 손이 이상한 각도로 꺾
이면서 자기를 툭 밀치는 듯했고, 다음 순간 쓰레기 처리관의 난간
너머로 자기 몸이 꺾이면서 헤스터 쇼가 그랬던 것처럼 밑으로 하
염없이 떨어진 기억밖에 없었다. 쇠로 된 관의 매끄러운 표면 어딘
가에 잡을 데가 있지 않을까 하는 희망으로 팔을 허우적거렸지만

아무 소용도 없었다. 밸런타인이 날 밀다니! 커다란 목구멍처럼 뻥 뚫린 관을 따라 깜깜한 암흑으로 떨어지면서 톰이 느낀 감정은 두려움보다는 놀라움에 가까웠다.

4
아웃컨추리

정적. 정적. 톰은 이 정적을 이해할 수 없었다. 런던이 이동을 하지 않을 때라 하더라도 기숙사에서 소음이 들리지 않는 상태는 상상할 수도 없었다. 환기팬 돌아가는 소리, 멀리서 엘리베이터가 덜컹거리며 다니는 소리, 다른 견습생들의 코 고는 소리 등등. 그런데 지금 온 사방이 침묵에 휩싸여 있는 것이다. 머리가 아팠다. 그러고 보니 온몸이 아팠다. 침대도 좀 이상했다. 뭔가 차갑고 미끈거리는 것이 만져졌다. 마치….

진흙…처럼! 톰은 숨을 들이쉬며 벌떡 일어났다. 그리고 자신이 누워 있던 곳이 3등 견습생 기숙사가 아니라, 참호처럼 깊게 파인 도랑가에 있는 커다란 진흙 더미였음을 깨달았다. 뿌옇게 밝아 오는 희미한 새벽빛 사이로 망가진 얼굴을 한 그 소녀가 그리 멀지 않은 곳에 앉아 있는 것도 보였다. 그러니까 쓰레기 처리관으로 미끄러져 떨어진 것은 꿈이 아니었다. 런던에서 실제로 떨어진 것이다.

게다가 맨땅에 헤스터 쇼와 단 둘이 남게 되다니!

톰은 두려움에 휩싸여 신음 소리를 냈다. 소녀는 톰 쪽을 흘낏 쳐다보더니 얼른 눈길을 돌렸다. "아직 살아 있기는 하군. 죽은 줄 알았지." 마치 톰이 죽었든 살았든 아무 관심 없다는 듯한 말투였다.

톰은 손바닥, 무릎, 발가락을 제외하고는 가능한 한 진흙에 몸이 닿지 않도록 네 발로 기듯 엎드렸다. 팔이 맨살이라는 걸 깨닫고 자기 몸을 내려다보니 온몸에 멍이 들어 있고 윗도리를 벗은 상태였다. 역사학자 길드의 가운은 근처 진흙 위에 놓여 있었지만 셔츠는 보이지 않았다. 기어서 소녀 옆으로 간 후에야 톰은 그 애가 자기 셔츠를 긴 끈 모양으로 찢어발기고 있다는 걸 알았다. 그걸로 상처난 자기 다리를 감을 붕대를 만들고 있는 모양이었다.

"야! 그거 내가 가진 셔츠 중에서 제일 좋은 거였단 말이야!" 톰이 소리치자 소녀는 쳐다보지도 않고 "그래서? 이건 내가 가진 다리 중에서 제일 좋은 거였는데."라고 대꾸했다. 톰은 얼른 가운을 입었다. 쓰레기 처리관을 미끄러져 내려오는 사이에 더러워진데다, 여기저기 찢어진 가운의 구멍 사이로 아웃컨추리*의 찬바람이 사정없이 스며들었다. 톰은 부들부들 떨면서 자신의 몸을 팔로 감쌌다. '밸런타인이 날 밀었어! 내가 아웃컨추리로 떨어지다니! 밸런타인이 날

---

* out-country. 견인 도시 사람들이 도시 밖의 맨땅을 부르는 말. 맨땅은 야만스럽고, 위험하며, 근접하지 못할 곳이라는 선입견이 다분히 들어간 호칭이다.

밀었어! 아니 그럴 리가 없지. 아마 사고였을 거야. 내가 미끄러지는
걸 밸런타인이 잡으려고 한 거겠지. 맞아, 그랬을 거야.'

헤스터 쇼는 다리에 붕대 감는 일이 끝나자 바로 일어섰다. 마른
피로 뻣뻣해진 더러운 칠부 바지를 상처 위로 내리다가 바지 자락
이 상처에 닿자 신음 소리를 냈다. 그러고 나서는 형체도 없이 다
찢어져 쓸모없어진 셔츠를 톰 쪽으로 던졌다. "내가 그놈을 죽이도
록 놔 뒀어야 했어." 헤스터 쇼는 그렇게 말하고 돌아서서 화가 잔
뜩 난 몸짓으로 다리를 절며 진흙 구덩이를 넘기 시작했다.

톰은 충격적이기도 하고 당황스럽기도 해서 그녀가 멀어지는 것
을 멍하니 쳐다보고만 있었다. 거기 혼자 남겨지고 싶지 않다는 생
각이 든 것은 헤스터 쇼의 모습이 진흙 둔덕 너머로 사라지고 난 후
였다. 이 침묵 속에 혼자 있느니 누구하고라도, 설령 그것이 헤스터
쇼일지라도 함께 있는 게 나을 것 같았다.

그는 찢어진 셔츠를 던져 버리고 뛰기 시작했다. 끈적끈적한 진흙
에 미끄러지고 돌조각과 나무뿌리에 걸려 자꾸 넘어졌지만 톰은 쉬
지 않고 달렸다. 왼쪽으로 깎아지른 듯 깊은 도랑이 입을 벌린 채
톰을 삼킬 것처럼 도사리고 있었다. 진흙 둔덕의 맨 꼭대기에 올라
서서야 톰은 자신이 방금 지나친 둔덕과 깊은 도랑이 똑같은 모양
을 한 수백 개의 둔덕과 도랑들 중 하나에 불과하다는 것을 깨달았
다. 런던의 바큇자국이 낸 일정한 패턴의 무늬가 자로 그은 듯 똑바
로 멀리 뻗어 있었다. 톰은 아스라이 먼 곳에 있는 고향의 모습을

바라봤다. 하층 갑판의 엔진이 내뿜는 검은 연기에 휩싸인 채 동이 터오는 하늘을 배경으로 멀어져 가는 런던을 보면서 톰은 갑자기 향수로 가슴이 서늘해졌다. 점점 더 작아져 가는 저 산더미 같은 도시에 톰이 태어나서 지금까지 만난 모든 사람이 타고 있었다. 상처 난 다리를 끌며 분기탱천한 모습으로 런던을 쫓아 급히 걸어가고 있는 헤스터 쇼를 제외한 모든 사람들이 다 거기 있는 것이다.

"잠깐!" 톰은 반쯤 뛰고 반쯤 허우적거리며 따라갔다. "헤스터! 미스 쇼!"

"날 내버려둬!" 그녀가 쏘아붙였다.

"지금 어디로 가는 거야?"

"당연히 런던으로 돌아가야지!" 그녀가 대답했다. "꼬박 2년 걸렸어. 아웃컨추리를 혼자 걸어 다니면서 런던을 찾아 헤맸단 말이야. 작은 도시들에 올라타 런던이 먹어 주길 기다리기도 하고. 간신히 런던에 들어가서 고물 수집상들 말대로 작업장을 돌아다니는 밸런타인을 겨우 만났는데, 그런데 어떻게 됐지? 어떤 바보 멍청이가 끼어들어서 그놈의 심장을 도려내는 걸 방해했잖아!" 헤스터 쇼는 걸음을 멈추고 톰을 바라봤다. "네가 끼어들지만 않았어도 밸런타인을 죽이고 그 자리에서 나도 죽어 버릴 수 있었어. 그랬다면 지금쯤 난 평화롭게 잠들어 있을 텐데!"

톰은 그녀를 노려봤다. 그런데 자기도 모르게 눈물이 가득 차올라 눈이 따끔거리기 시작했다. 헤스터 쇼 앞에서 바보처럼 구는 자신이 너무도 싫었지만 어쩔 수가 없었다. 지금까지 벌어진 일로 인한 충격과 여기 혼자 버려졌다는 두려움이 밀려들면서 진흙 범벅이 된 볼에 하얀 자국을 남기며 눈물이 주체할 수 없이 흘러내렸다.

돌아서려던 헤스터는 그 자리에 멈춰 서서 톰을 바라봤다. 톰에게 무슨 일이 벌어지고 있는지 잘 이해가 되지 않는다는 표정으로 한참 서 있던 그녀는 마침내 "울고 있잖아!" 하고 말했다. 놀라움이 섞인 그 목소리는 조금 전보다 훨씬 부드러웠다.

"미안." 톰은 훌쩍거렸다.

"난 절대 안 울어. 울 줄 몰라. 밸런타인이 우리 엄마 아빠를 죽였을 때도 안 울었어."

"뭐라고?" 울던 끝이라 톰의 목소리가 떨렸다. "미스터 밸런타인은 절대 그런 짓을 할 사람이 아냐! 늑대 새끼도 차마 죽일 수 없어서 데려다 키웠다던데, 너 거짓말하는 거지!"

"그러면 넌 왜 여기 떨어졌는데?" 그녀는 조롱하듯 물었다. "그놈이 널 밀었지? 단지 날 한 번 봤다는 죄로."

"거짓말이야!" 톰은 다시 한번 소리쳤다. 그러나 그는 자신을 밀어붙이던 그 커다란 손의 느낌을 기억해 냈다. 동시에 하염없이 밑으로 떨어지던 그 느낌과 밸런타인의 눈에 번뜩였던 이상한 빛도 기억이 났다.

"내 말이 맞지?" 헤스터가 물었다.

"밸런타인이 날 밀었어." 톰은 스스로 놀라면서 중얼거렸다.

헤스터 쇼는 놀랍지도 않다는 듯 어깨를 으쓱했다. 마치 "그렇지? 이제 그놈이 어떤 놈인지 알겠지?" 하고 말하는 듯했다. 그러더니 갑자기 돌아서서 걷기 시작했다.

톰은 급히 그녀 곁으로 가서 함께 걸었다. "같이 가자. 나도 런던으로 돌아가야 해. 내가 도와줄게."

"네가?" 헤스터는 코웃음을 치더니 톰의 발 앞에 있는 흙에다 침을 뱉었다. "밸런타인의 심복인 줄 알았는데. 이제 그놈 죽이는 걸 돕겠다고?"

톰은 고개를 저었다. 자신이 뭘 원하는지 알 수 없었다. 가슴 한구석에는 지금까지 모든 것이 오해였고, 밸런타인이 여전히 자신의 친절하고 용감한 영웅이었으면 하는 마음이 있었다. 밸런타인이 살해당해서 불쌍한 캐서린이 아빠 없이 혼자 남게 되는 걸 원치 않는다는 것만은 확실했다. 하지만 어떻게든 런던에 돌아가야 하고 그것이 혼자서는 절대 해낼 수 없는 일이라는 것도 확실했다. 어쨌거나 톰은 헤스터 쇼에 대해 책임감을 느꼈다. 그녀가 부상당한 것이 자기 잘못이라는 생각이 들었기 때문이다. "걷는 걸 도와줄게." 톰이 말했다. "다쳤잖아. 도움이 필요할 거야."

"난 아무 도움도 필요 없어." 헤스터가 사납게 쏘아붙였다.

"같이 런던을 쫓아가자." 톰은 약속했다. "난 역사학자 길드의 회원이야. 내 말을 들어줄 거야. 미스터 포메로이한테 이야기하면 돼. 밸런타인이 정말 그런 짓을 했다면 법의 심판을 받게 될 거야."

"법이라고?" 그녀는 코웃음을 쳤다. "런던에서 밸런타인은 법 그 자체야. 그놈 런던 시장의 오른팔 아냐? 역사학자 길드의 회장에다가. 내가 먼저 죽이지 않으면 날 죽이고 말 놈이야. 아마 너도 죽일 걸. 샤아악!" 헤스터는 칼을 빼 톰의 가슴을 가르는 시늉을 했다.

해가 뜨고 있었다. 젖은 진흙에서 수증기가 피어올랐다. 런던은 쉬지 않고 움직여서 마지막으로 봤을 때보다 눈에 띄게 작아져 있었다. 한번 사냥감을 먹고 나면 런던은 보통 며칠 동안 한자리에 서서 쉬곤 했다. 멍멍해진 뇌의 어디엔가 그래도 감각이 좀 남아 있었는지 톰은 '런던이 어딜 향해 저렇게 죽어라 가고 있는 거지?' 하는 생각을 했다.

바로 그때, 헤스터가 기우뚱하더니 푹 쓰러지면서 상처 입은 다리가 획 접혔다. 톰은 서둘러 그녀를 부축해 일으켰다. 헤스터는 톰에게 고맙다는 인사를 하진 않았지만 그렇다고 그를 밀쳐 내지도 않았다. 톰은 그녀의 팔을 자기 어깨 위에 두르고 그녀를 부축했다. 둘은 그렇게 런던이 지나간 자취를 따라 동쪽을 향해 진흙 언덕 사이를 걷기 시작했다.

MORTAL ENGINES

5
런던 시장

제1갑판을 둘러싸고 있는 서클 파크의 우아한 잔디 정원과 꽃밭 위로 빛나는 태양이 떠올랐다. 관상용 식물로 둘러싸인 예쁘장한 호수와 이슬로 반짝이는 오솔길, 그리고 클리오 하우스의 뾰족한 쇠 지붕이 새벽빛을 받아 반짝였다. 밸런타인의 저택 클리오 하우스는 공원 가장자리의 무성한 삼나무 숲 사이에 마치 거대한 소라 껍데기처럼 자리 잡고 있었다.

클리오 하우스의 맨 꼭대기 층에 있는 침실에서 눈을 뜬 캐서린은 거북이 등껍질로 만든 블라인드 사이로 흘러 들어오는 햇빛을 바라보며 누워 있었다. 자신이 지금 행복하지 않다는 것은 알겠는데 왜 그런지 생각이 나질 않았다.

그러다가 전날 저녁에 일어난 사건이 기억났다. 내장 갑판에서 아빠가 공격받았던 일과 친절한 그 견습생이 암살범을 추격하다 불쌍하게 죽임을 당한 일이 모두 머릿속에 되살아났다. 캐서린도 아빠

뒤를 쫓아갔지만 그녀가 쓰레기 처리관에 도착했을 때는 이미 모든 일이 끝나 있었다. 젊은 엔지니어 견습생 한 명이 자기가 입고 있던 고무 코트만큼이나 하얘진 얼굴로 비틀거리며 그 자리를 떠나고 있었고, 한쪽에선 아빠가 창백하고 화난 표정으로 경찰들과 이야기를 나누고 있었다. 캐서린은 아빠가 그런 표정을 짓고 있는 것도, 그렇게 갈라지고 부자연스러운 목소리로 이야기하는 것도 처음 봤다. 게다가 그 이상한 목소리로 캐서린에게 당장 집에 돌아가 있으라며 퉁명스럽게 명령하기까지 했다.

마음 한구석에는 웅크리고 다시 잠에 빠져들고 싶다는 생각이 간절했지만, 내려가서 아빠가 무사하다는 걸 다시 한번 확인하고 싶기도 했다. 이불을 젖히고 일어난 캐서린은 그 전날 아무렇게나 벗어서 바닥에 던져 놓은 옷들을 다시 주워 입었다. 옷에서는 아직도 용광로의 연기 냄새가 났다.

그녀는 암모나이트 화석의 속처럼 둥근 지붕 아래 난 나선형 복도를 따라 아래층으로 서둘러 내려갔다. 하지만 중간에 식당 문 밖 복도의 벽감에 서 있는 역사의 여신 클리오 동상 앞에서 잠깐 고개를 숙여 존경을 표하는 것은 잊지 않았다. 다른 벽감들에는 아빠가 탐험지에서 가져온 보물들이 놓여 있었다. 질그릇 조각이나 부서진 컴퓨터 자판의 일부, 그리고 스토커들의 녹슨 쇠 해골 조각 등이었다. 스토커는 잊힌 전쟁에서 싸웠던 반기계 병사들이었다. 스토커 해골에 박힌 유리 눈들이 캐서린을 불길한 눈으로 쳐다보고 있었다.

아빠는 네모난 모양으로 지어진 집 가운데에 커다랗게 조성된 정원에서 아직도 드레싱 가운을 입은 채 커피를 들고 화분들 사이를 왔다갔다하면서 심각한 얼굴로 생각에 잠겨 있었다. 눈을 보니 지난밤 한숨도 자지 못한 게 분명했다. "아빠!" 캐서린이 물었다. "무슨 일이에요?"

"아, 케이트!" 아빠는 캐서린의 애칭을 부르며 다가와 그녀를 꼭 껴안았다. "굉장한 밤이었지!"

"그 애가 너무 불쌍해요." 캐서린이 속삭였다. "불쌍한 톰! 아직 아무것도… 못 찾았나요?"

밸런타인은 고개를 저었다. "그 암살범이 뛰어내리면서 톰까지 같이 끌어내렸단다. 둘 다 아웃컨추리의 진흙탕에 파묻혀 버렸거나 런던의 바퀴 밑에 깔렸거나 했겠지."

"아…." 캐서린은 작게 한숨을 쉬면서 테이블 가장자리에 기대앉았다. 깊이 생각에 잠긴 탓에 강아지가 다가와 무릎에 커다란 머리를 갖다 대는 것도 알아차리지 못했다. '불쌍한 톰!' 그녀는 속으로 생각했다. 정말 상냥했고, 또 잘 보이고 싶어 하는 빛이 그토록 역력했는데…. 캐서린은 톰이 정말 좋았다. 아빠한테 부탁해 클리오 하우스에서 톰이 할 수 있는 일을 찾아 자기랑 강아지가 톰과 좀 더 사귈 수 있게 해 달라고 부탁할 생각까지 했었다. 그런데 이제는 죽어서 혼은 암흑의 나라로 날아가 버리고 몸은 차갑게 식은 채 런던이 지나온 길 어딘가 더러운 진흙 속에 파묻혀 있는 것이다.

"시장님 기분이 좋지 않아." 밸런타인이 시계를 흘낏 쳐다보면서 말했다. "런던이 대 사냥터로 다시 돌아온 첫날 암살범이 내장 갑판에 잠입해서 돌아다니다니. 그 문제 때문에 우리 집에 몸소 찾아오신다고 했단다. 기다리는 동안 아빠랑 같이 있을래? 내 아침 식사를 좀 먹으렴. 테이블 위에 커피가 남아 있고, 빵이랑 버터도 있고…. 난 입맛이 없구나."

캐서린도 입맛이 없었지만 음식 쪽을 한번 쳐다봤다. 테이블 한 켠에 남루한 가죽 가방이 놓여 있었다. 그 소녀 암살범이 어젯밤 내장 갑판에 떨어뜨리고 간 것이었다. 가방 속에 있던 물건들이 박물관의 괴상한 전시물처럼 죽 늘어서 있었다. 쇠 물병, 구급상자, 끈 몇 개, 오래된 군화 안창보다 더 질겨 보이는 마른 고기 몇 조각, 그리고 사진이 붙어 있는 구겨진 종이 한 장이 전부였다. 캐서린은 그 종이를 집어 들었다. 신분증 같아 보였는데 '스트롤'이라는 도시에서 발행한 것으로 더럽고, 바래고, 접혀진 부분이 너덜너덜했다. 쓰여 있는 글씨들을 보기 전에 캐서린은 사진으로 먼저 눈을 돌렸다. 그러고는 너무 놀라 크게 숨을 들이쉬었다. "아빠! 이 얼굴!"

밸런타인은 캐서린이 그 종이를 들고 있는 걸 보고 황급히 낚아채면서 화난 목소리로 소리쳤다 "안 돼, 케이트! 이건 네가 보면 안 되는 자료야! 아니, 아무도 보면 안 되는 물건이야…."

그는 라이터를 꺼내 들고 그 종이 모서리에 불을 붙인 뒤 책상 위에 있는 재떨이에 조심스럽게 담았다. 그런 다음 밸런타인은 다시 서성거리기 시작했고, 캐서린은 앉아서 그런 아빠를 바라봤다. 런던에 도착한 후 10년 동안 아빠는 그녀의 가장 친한 친구였다. 둘은 같은 것을 좋아했고, 같은 농담에 웃었으며, 서로에게 아무 비밀도 없었다. 하지만 사진 속의 그 소녀에 대해 아빠가 뭔가를 숨기고 있는 것이 틀림없었다. 지금까지 아빠가 이렇게 걱정하는 걸 본 적이 없었다. "그 애는 누구예요, 아빠?" 캐서린이 물었다. "탐험 다니다 알게 된 사람이에요? 그러기엔 너무 어리고, 그리고… 그 얼굴은 대체 어쩌다 그렇게 된 거예요?"

밖에서 발소리가 들리더니 문을 두드리는 소리가 나고 곧이어 퓨시가 방으로 들어왔다. "시장님이 오고 계십니다, 대장님."

"벌써?" 밸런타인이 놀란 목소리로 말했다.

"네. 시장님 차가 공원을 가로질러 오고 있는 걸 방금 겐치가 봤다고 합니다. 기분이 별로 안 좋아 보였다는데요."

밸런타인도 기분이 별로 좋아 보이지 않았다. 그는 의자 위에 던져 놓았던 윗도리를 서둘러 입고 손님 맞을 준비를 했다. 캐서린은 도와주겠다며 손을 내밀었다가 밸런타인이 손을 젓자 얼른 아빠의 볼에 입만 맞춘 다음 강아지를 데리고 그곳에서 나왔다. 응접실의 커다란 타원형 창문을 통해 시장의 흰색 공무용 차가 클리오 하우스 문 안으로 들어오는 것이 보였다. 빨간 제복을 입은 군인들 한 무리가 차 앞에서 뛰어오고 있었다. 전통에 따라 비프이터*라고도 불리는 시장 호위병들은 정원 여기저기에 어설픈 조각들처럼 자리 잡았고, 겐치와 다른 하인들이 시장의 차 문을 열었다. 차에서 내린 시장은 집 쪽으로 성큼성큼 걸어왔다.

매그너스 크롬은 지난 20년 동안 런던을 다스려 왔지만 아직도 시장처럼 보이지 않았다. 캐서린의 역사책에 나오는 런던 시장들은 땅딸막한 키에 통통한 몸집, 그리고 불그스레한 얼굴에 항상 즐거운 표정을 띤 그런 사람들이었다. 하지만 크롬은 막대기처럼 깡말랐고, 얼굴 표정은 막대기의 두 배 정도 딱딱해 보였다. 게다가 다른 시장들이 그토록 자랑스럽게 즐겨 입었던 주홍색 가운마저 입지 않고 아직도 엔지니어 길드의 하얀 고무 롱코트를 걸치고 다녔다. 이마에는 역시 엔지니어 길드의 상징인 붉은 바퀴 모양 문신을 하고 있었다. 이전 시장들은 시장으로 취임하면 특정 길드가 아니라 시 전체를 공평하게 다스린다는 의미에서 길드 문신을 지우곤 했다. 하지만 크롬이 권력을 잡으면서 많은 것이 변했다. 어떤 사람들은 한 사람이 엔지니어 길드의 회장과 시장직을 겸임하는 것이 불공평하다고 불평했지만, 그들마저도 크롬이 유능하다는 사실은 부인하지 못했다.

캐서린은 크롬 시장을 좋아하지 않았다. 아빠한테 항상 잘 해 주

---

* Beefeater. 런던 타워의 죄수들(주로 높은 신분의 정치범들)과 타워에 보관되어 있던 영국 왕실의 왕관 및 보물을 지키는 임무를 수행했던 근위병들. 시장 호위병들을 '비프이터'라고 부르는 것은 견인 도시 사람들이 고대 영국의 관습과 단어들을 사용하고 싶어 한다는 것과, 오랜 세월에 걸쳐 그 의미가 얼마나 왜곡되었는지를 시사한다. 한편 이들이 지키는 것이 고대 영국에서는 죄수, 견인 도시 런던에서는 시장이라는 것은 저자의 개인적인 유머이기도 하다.

긴 하지만 그래도 시장을 한 번도 좋아해 본 적이 없었다. 특히 오늘 아침은 나가서 공손하게 인사하고 어쩌고 할 기분이 전혀 아니었다. 그래서 그녀는 현관의 둥근 조리개문이 열리는 소리가 들리자마자 강아지한테 따라오라고 속삭이면서 위층으로 올라가기 시작했다. 첫 번째 코너를 돌아서자마자 캐서린은 얕게 파인 벽감에 들어가 숨었다. 강아지가 소리를 내지 않도록 한 손을 강아지 머리 위에 얹은 채 캐서린은 숨을 죽이고 가만히 서 있었다. 아빠에게 뭔가 대단한 문제가 생긴 게 틀림없었다. 아빠는 캐서린을 어린아이 취급하며 아무 말도 안 해 주지만 그렇다고 계속 이렇게 궁금해하고만 있을 수는 없었다.

몇 초 후 겐치가 정원으로 통하는 문을 여는 소리가 들렸다. 겐치는 모자를 벗어 들고 절을 하면서 "이쪽입지요, 나리." 하고 우물거렸다. "계단 조심하십시오, 시장님."

그 뒤를 이어 바로 크롬이 들어섰다. 그는 잠깐 멈춰 서서 파충류를 연상시키는 묘한 동작으로 고개를 이리저리 돌렸다. 캐서린은 그의 눈길이 얼음 황무지에서 불어오는 바람처럼 복도를 쓸고 지나가는 것을 느꼈다. 그녀는 벽감 안쪽으로 몸을 더 바싹 붙이고 쿼크와 클리오에게 들키지 않게 해 달라고 기도했다. 크롬은 캐서린이서 있는 곳에서도 고무 코트가 서로 닿으며 나는 소리와 숨소리가들릴 만큼 가까이 다가왔다. 하지만 겐치가 다시 한번 정원은 이쪽이라고 안내하자 다행히 크롬은 발길을 돌렸고 그렇게 위험한 순간이 지나갔다.

캐서린은 한 손으로 강아지의 목줄을 단단히 붙잡고 문 쪽으로 다가가 귀를 기울였다. 아빠의 목소리가 들렸다. 그녀는 아빠가 분수대 옆에 서서 정원으로 들어서는 시장을 맞으며 인사하는 장면을 상상했다. 아빠는 날씨가 좋다는 말로 인사를 건넸지만 차갑고 가느다란 시장의 목소리가 아빠의 말을 가로막았다. "어젯밤 벌어진 일에 관한 자네 보고서를 읽었네. 온 가족을 다 처리했다고 장담하지 않았었나?"

캐서린은 마치 뜨거운 것에 데기라도 한 듯 화들짝 놀랐다. 저 늙은이가 어떻게 감히 우리 아빠한테 저런 식으로 말할 수 있단 말인가! 더 이상 듣고 싶지 않았다. 하지만 호기심에 굴복한 그녀는 다시 문에 몸을 붙이고 귀를 기울였다.

"과거로부터 살아 돌아온 망령처럼…." 아빠가 말하고 있었다. "그 애가 어떻게 탈출했는지 알 수가 없어. 게다가 그렇게 빈틈없이 민첩하게 행동하는 것은 또 어디서 배웠는지…. 하지만 이젠 죽었잖아. 그 애를 잡은 톰 내츠워디도 죽었고…. 불쌍한 내츠워디!"

"그건 확실한가?"

"크롬, 둘 다 런던에서 떨어졌지 않나?"

"떨어졌다고 해서 꼭 죽었다고 확신할 수는 없어. 지금 이동하고 있는 곳은 땅이 부드러운 지역이거든. 죽지 않았을 수도 있어. 사람들을 몇 명 내려보내서 즉시 확인을 했어야 했어. 그 애가 자기 어머니 연구를 어디까지 알고 있는지 아무도 모른다는 걸 잊었나? 우리쪽 준비가 완전히 끝나기 전에 런던이 메두사를 갖고 있다는 사실을 다른 도시에 발설하기라도 하면…."

"알아, 알아." 밸런타인이 약간 신경질적으로 대답하면서 의자를 끄는 소리가 났다. 아마도 의자에 털썩 주저앉은 것 같았다. "내가 직접 13층 엘리베이터를 타고 가서 시체들을 찾아 보도록 하지."

"그건 안 돼!" 크롬이 명령조로 말했다. "자네와 자네 비행선은 다른 할 일이 있네. 자네는 런던보다 앞서서 날아가 우리의 목표물과 런던 사이에 장애물이 없는지 살펴봐 주게."

"크롬, 그런 일은 계획위원회 소속 정찰선들이 할 일이지 13층 엘리베이터가 할 일은 아니지 않은가."

"아냐!" 크롬이 다시 잘라 말했다. "런던 시가 어디로 향하는지 아는 사람이 너무 많으면 안 돼. 그것 말고도 또 한 가지 할 일이 있는데 자네 아니면 믿고 맡길 만한 사람이 없어."

"그 애는 어떻게 하고?" 밸런타인이 물었다.

"그 애 걱정은 하지 말게." 크롬 시장이 말했다. "그 애를 끝까지 추적해서 자네가 덜 끝낸 일을 마무리하기에 적당한 에이전트가 하나 있어. 믿을 만하니 자네는 비행선 준비나 철저히 하도록 해."

밀담은 거기서 끝났다. 캐서린은 시장이 자리를 뜨기 위해 채비를 하는 소리가 들리자 얼른 몸을 피했다. 캐서린의 머리는 런던 박물관의 고대 테크놀로지관에 전시되어 있는 빨래 건조기보다 더 어지럽게 돌아가고 있었다.

방으로 돌아온 그녀는 방금 들은 이야기에 대해 곰곰이 생각해 봤다. 수수께끼를 풀기 위해 두 사람의 대화를 엿들었지만 풀리긴커녕 더 복잡하게 꼬이기만 했다. 확실한 건 아빠에게 비밀이 있다는 사실 하나뿐이었다. 지금까지 한 번도 캐서린에게 뭔가를 숨기거나 비밀로 한 적이 없는 아빠였다. 아빠는 그녀에게 무엇이든 이야기해 주고, 그녀의 의견을 묻곤 했다. 하지만 그 아빠가 이제 시장에게 "과거로부터 살아 돌아온 망령" 운운하면서 에이전트를 보내 그 소녀 암살범을 추적하려 하고 있었다. 대체 어떻게 한다는 거지? 톰과 그 소녀가 아직도 살아 있을 가능성이 있다는 말일까? 그리고 시장은 아빠를 정찰 비행에 내보내면서 왜 무슨 임무인지 극비로 하는 걸까? 런던이 어디로 가고 있는지를 왜 알리고 싶어 하지 않는 걸까? 그리고 메두사라는 건 대체 뭘까?

MORTAL ENGINES

6

스피드웰

그날은 하루 종일 터벅터벅 걸었다. 대 사냥터의 부드러운 진흙 위로 런던이 할퀴고 지나간 상처를 따라 둘은 한 걸음 한 걸음 투쟁하듯 앞으로 나아갔다. 지평선 가까이에 보이는 런던은 시간이 갈수록 점점 작아졌다. 자신에게는 전부라 할 수 있는 그 도시가 동쪽으로 빠르게 멀어져 가는 걸 보면서 톰은 런던이 지평선 너머로 완전히 사라지는 건 시간문제라는 것을 깨달았다. 갑자기 외로움이 엄습해 왔다. 역사학자 견습생으로 지내면서 즐겁다고 생각해 본 적이 없었는데 이제는 박물관에서 지낸 몇 년이 아름답고 금빛 찬란한 꿈처럼 느껴졌다. 까다로운 아켄가스 박사와 뽐내기 좋아하는 처들리 포메로이를 그리워하게 될 줄이야. 외풍이 솔솔 들어오던 기숙사의 2층 침대도 그리웠고, 심지어 고된 일과마저도 그리웠다. 단 몇 분 동안 만난 것이 전부였지만 캐서린 밸런타인이 보고 싶었다. 눈을 감으면 그녀의 얼굴이 선명하게 떠올랐다. 친절한 회색 눈동자, 예쁘장한 미소…. 그녀는 자기 아버지가 어떤 사람인지 모르는 게 분명했다.

"앞 좀 보고 걸어!" 헤스터 쇼가 날카롭게 말했다. 그 소리에 눈을 떠 보니 톰이 헤스터를 엄청나게 깊은 바큇자국의 바닥으로 떨어뜨리기 일보 직전이었다.

한 발짝 내딛은 다음 또 한 발짝 내딛는다는 마음으로 쉬지 않고 걸었다. 어느 순간부터 런던에서 제일 그리운 것이 음식이라는 생각이 들기 시작했다. 길드의 구내식당에서 나오는 음식은 맛과는 거리가 멀었지만 그래도 없는 것보다는 나았다. 이렇게 굶고 있는 상황에서는 더욱 그랬다. "내 배낭을 낚아챈 게 후회되지, 런던 보이? 그 안에 말린 개고기가 들어 있었단 말이야." 아웃컨추리에서는 뭘 먹고 사는지 묻자 헤스터가 대답했다.

이른 오후쯤에는 런던의 거대한 바퀴를 운 좋게 피한 잿빛 덤불을 발견했다. 헤스터는 시들시들한 이파리를 조금 따서 돌 두 개 사이에 넣고 으깼다. "익히면 맛이 조금 더 괜찮아지는데." 구역질 나는 즉석 생야채 죽을 먹으며 헤스터가 말했다. "내 배낭에 불 피울 도구들도 있었다고."

조금 더 걷던 헤스터는 바퀴가 지나가 깊게 팬 곳에 물이 고여 생긴 작은 연못에서 개구리를 잡았다. 톰한테는 먹어 보라고 권하지도 않았지만, 톰도 그녀가 개구리를 먹는 모습을 보지 않으려고 애썼다.

톰은 도대체 헤스터가 어떤 부류의 사람인지 감을 잡을 수 없었다. 그녀는 대부분 아무 말 없이 걷기만 했고, 간혹 말이라도 붙일라치면 무서운 눈초리로 노려보곤 했기 때문에 톰도 입을 닫고 걷기만 했다. 하지만 어떨 때는 갑자기 몇 마디씩 던지기도 했다. 예를 들어 "지금부터 오르막길이야. 무슨 말이냐면 이제 런던이 속도를 늦출 거라는 거지. 오르막길을 전속력으로 달리면 연료를 엄청나게 낭비하게 되거든."이라고 말하고는, 한두 시간 동안 아무 소리도 안 하다가 또 갑자기 "우리 엄마는 항상 견인 도시라는 게 바보 같은 거라고 하셨어. 1000년 전쯤에는 견인 도시에 살 이유가 있었대. 지진에, 화산에, 북쪽에서 계속 내려오는 빙하에…. 하지만 지금은 계속 굴러다닐 필요가 없는데 저러는 거야. 사람들이 너무 미련해서 그만둘 줄을 모르는 거지."라고 말하기도 했다.

헤스터의 어머니가 했다는 말은 견인 도시를 반대하는 사람들이 할 법한 소리여서 위험하게 들리기는 했지만, 톰은 그녀가 말을 할 때가 더 좋았다. 하지만 톰이 계속 대화를 이어 가려고 하면 그녀는 다시 입을 딱 붙이고 손을 올려 얼굴을 가리곤 했다. 깡마른 그 몸 안에 마치 두 명의 헤스터가 들어 있는 것 같은 느낌이었다. 밸런타인을 죽이는 것 말고는 다른 아무것도 생각하지 않는 복수의 화신 같다가도, 가끔은 그 끔찍한 얼굴 뒤에서 머리 회전이 빠르고 재치 넘치는 소녀가 머리를 내밀었다가 재빨리 숨곤 했다. 그는 헤스터가 약간 돌아 버린 건 아닐까 하는 생각도 했다. 부모님이 살해당하는 장면을 직접 목격했다면 누구든 돌지 않을 수 없을 것 같았다.

"무슨 일이 있었던 거니?" 톰은 부드럽게 물었다. "내 말은, 네 어머니랑 아버지 말이야… 그게 진짜 밸런타인이…?"

"입 닥치고 걷기나 해." 헤스터가 말했다.

해가 지고 나서도 한참 후에야 둘은 차가운 바람을 피할 만한 곳을 찾을 수 있었다. 간신히 찾아낸 장소에 함께 웅크리고 들어가 앉은 그녀는 갑자기 이야기를 하기 시작했다.

"난 맨땅에서 태어났어. 아웃컨추리 같은 땅하고는 다른 곳이야. 여기서 서쪽으로 한참 가면 오크 아일랜드라는 곳이 나와. 아주 옛날에는 대 사냥터의 일부였다는데 여러 번 지진이 나면서 주변이 물에 잠기고 섬이 됐대. 육지에서 너무 멀어 배고픈 도시들도 공격하지 못하고 바위가 많아서 수륙 양용 도시들도 올라오지 못하는 섬이었어. 아름다운 곳이야. 푸른 언덕과 깎아지른 듯한 절벽, 우거진 참나무 숲 사이로 시냇물이 흐르고, 나무에는 이끼가 껴서 마치 늙은 개처럼 털이 부숭부숭했지."

톰은 몸을 부르르 떨었다. 런던 시민이면 누구나 맨땅에는 미개한 야만인들만이 산다는 걸 알고 있었기 때문이다. "난 단단한 갑판 바닥에 발을 딛고 사는 게 훨씬 나은데." 톰이 슬쩍 말을 해 봤지만 헤스터는 듣지 못한 것 같았다. 마치 자기 의지와는 상관없이 상처로 비틀어진 입에서 이야기가 저절로 흘러나오는 것 같았다.

"그 섬에 '방랑의 끝'이라는 마을이 있었어. 오래 전에는 움직여

다니던 도시였지만 큰 도시들을 피해 도망 다니는 데 질린 사람들이 도시 전체를 바다에 띄워 오크 아일랜드로 가져와서는 바퀴랑 엔진을 떼 내고 언덕 옆에 뿌리를 내렸어. 같은 자리에 100년 넘게 있었을 거야. 이제는 옛날에 이동해 다녔던 도시라는 게 믿어지지 않을 정도로 변했지."

"맙소사!" 톰이 비명에 가까운 소리로 말했다. "견인 도시 골수 반대자들이잖아!"

"우리 엄마랑 아빠는 마을에서 조금 떨어진 곳에 살았어." 헤스터는 톰의 말을 완전히 무시하고 이야기를 이어 갔다. "집이 습지 가장자리에 있었어. 만조 때면 바닷물이 습지까지 깊게 들어오곤 했지. 아빠는 농사를 지었고 엄마는 역사학자였어. 너처럼. 물론 너보다 훨씬 더 머리가 좋았지만 말이야. 엄마는 여름마다 올드-테크를 발굴하러 비행선을 타고 떠났다가 가을이 되면 돌아오곤 했어. 겨울밤이면 엄마 서재가 있는 다락방에 올라가 치즈 토스트를 먹으면서 엄마의 모험 이야기를 들었지.

그러던 어느 날 밤이었어. 벌써 7년 전 일이네. 밤중에 잠이 깼는데 다락방에서 싸우는 소리가 들렸어. 사다리를 타고 올라가 봤더니 밸런타인이 거기 있는 거야. 그놈은 그 전부터 알았었지. 엄마 친구여서 근처에 오면 엄마를 만나러 오곤 했거든. 그날 밤에는 전혀 친구 같아 보이지 않았지만…. 밸런타인은 계속해서 '그 기계를 내놔, 판도라. 메두사를 나한테 넘겨.'라고 말했어. 나는 너무 무서워서 방으로 들어가지도, 사다리를 내려가지도 못하고 그 자리에 얼어붙어 있었지. 밸런타인은 내 쪽으로 등을 돌리고 있었고, 엄마는 문제의 그 기계를 들고 나를 향해 서 있었어. 엄마는 '지옥에나 가 버려, 테데우스. 이건 내가 찾아냈어. 내꺼야!' 하고 소리쳤어. 그러다가 밸런타인이 칼을 꺼내 들더니… 그러더니…."

헤스터는 잠깐 말을 멈추고 숨을 가다듬었다. 이제 그만 이야기를 멈추고 싶었다. 그러나 한번 기억의 물살을 타고 나니, 파도가 저절로 그녀를 그날 밤, 그 방으로 데려가 버렸다. 벽에 붙어 있던 엄마의 별자리표에 뿌려진 핏자국이 마치 새로 생긴 별자리 같았던 순간까지 생생하게 되살아났다.

"그러고 나서 그놈이 돌아섰는데 내가 모든 걸 봤다는 사실을 알아차리고 나한테도 칼을 휘둘렀어. 내가 얼른 사다리에서 뛰어내린 덕에 얼굴만 다치고 말았던 거야. 밸런타인은 내가 죽었을 거라 생각했는지 날 그냥 내버려뒀어. 그놈이 엄마 책상으로 가서 서류를 뒤지는 소리가 들리자 난 얼른 일어나 도망쳤지. 부엌 바닥에는 아빠가 쓰러져 있었어. 심지어 개들까지도 다 죽어 있었지.

집에서 뛰쳐나가 보니 정원에 세워 둔 밸런타인의 검은 비행선 옆에 그놈 부하들이 기다리고 있더군. 그놈들이 쫓아왔지만 난 무사히 보트하우스까지 뛰어가 아빠 보트를 물에 띄웠지. '방랑의 끝' 마을까지 가서 도움을 구하려고 했던 것 같아. 그때만 해도 어렸으니까. 의사를 불러오면 엄마 아빠를 구할 수 있을 거라 생각했어. 하지만 다친 데가 너무 아프고 피도 많이 흘러서…. 어찌어찌 보트를 묶은 줄을 풀고 올라타자마자 물결에 휩쓸려 바다로 떠내려갔지. 정신을 차려 보니 이미 대 사냥터 쪽 기슭에 배가 닿아 있었어.

그 뒤로는 아웃컨추리에서 살았지. 처음에는 아무것도 기억하지 못했어. 꼭 칼을 맞아 갈라진 머리 틈 사이로 기억들이 다 빠져나가 버리고 남아 있는 기억도 뒤엉켜 버린 것 같았지. 하지만 천천히 기억이 되돌아오기 시작했어. 그리고 어느 날 밸런타인을 기억해 냈고 그놈이 무슨 짓을 했는지도 기억해 냈지. 그 순간 난 그놈을 찾아내서 우리 엄마 아빠를 죽인 것과 똑같은 방법으로 죽이겠다고 다짐했어."

"그 기계가 무슨 기계였는데?" 오랫동안 침묵이 흐른 후 톰이 물었다. "그 메두사라는 것 말이야."

헤스터는 어깨를 으쓱했다.(너무 어두워서 어깨를 으쓱하는 것이 보이지는 않았지만 톰은 때가 잔뜩 낀 코트 안에서 그녀의 어깨가 올라갔다 내려가는 소리를 들었다.)

"우리 엄마가 발견한 물건 중 하나였겠지. 올드-테크. 중요한 물건 같아 보이지 않았어. 쇠로 만든 축구공처럼 생겼는데 여기저기 부딪혀서 울퉁불퉁했지. 하지만 바로 그 물건 때문에 그놈이 엄마를 죽인 거야."

"7년 전이라…." 톰이 속삭였다. "미스터 밸런타인이 역사학자 길드의 회장으로 임명된 때야. 아웃컨추리에서 뭔가 찾았는데 크롬

마음에 쏙 들어서 처들리 포메로이처럼 경력이 더 많은 사람들을 제치고 밸런타인이 회장이 됐다는 소문이 돌았거든. 하지만 실제로 뭘 발견했는지는 아무도 모르고, 그 메두사라는 것도 처음 듣는 소리야."

헤스터는 아무 말도 하지 않았다. 몇 분 후 코 고는 소리가 들리기 시작했다.

톰은 잠을 이루지 못한 채 헤스터의 이야기를 곱씹으며 오래도록 앉아 있었다. 그는 박물관에서 지루한 작업을 견뎌 내기 위해 상상하던 모험담들을 떠올렸다. 아웃컨추리에서 아름다운 소녀와 함께 흉악한 범죄자를 추격하는 꿈을 꿨지만 아웃컨추리가 이렇게 축축하고, 춥고, 다리 아프고, 자기가 쫓는 흉악한 범죄자가 런던과 자신의 최고 영웅이었던 사람이라는 시나리오는 한 번도 상상해 본 적이 없었다. 게다가 모험을 함께할 아름다운 소녀는….

그는 희미한 달빛 아래 잠든 헤스터 쇼의 망가진 얼굴을 내려다봤다. 자면서도 한껏 찡그린 것처럼 보였다. 이제 그녀를 좀 더 이해할 수 있었다. 헤스터 쇼는 밸런타인을 증오했지만, 자기 자신을 더 증오하고 있었다. 너무 흉측하게 생긴 자신을, 그리고 부모가 다 죽었는데 혼자만 살아 있는 자신을 증오하고 있는 것이다. 대 경사 사고가 일어났을 때 자신이 어떤 느낌이었는지 기억이 났다. 밖에서 돌아와 보니 완전히 납작하게 무너진 집과 어머니, 아버지가 돌아가셨다는 소식만이 톰을 기다리고 있었다. 그는 자신이 뭔가 잘못해서 그런 일이 벌어졌다는 느낌을 지울 수 없었다. 그 자리에서 어머니, 아버지와 함께 죽지 못한 것이 잘못이었다.

'이 아이를 도와줘야 해.' 톰은 생각했다. '미스터 밸런타인을 죽이게 내버려두진 않겠지만 진실을 밝혀낼 방법을 찾을 수 있겠지. 만일 헤스터 말이 사실이라면…. 내일은 런던이 속도를 조금 늦출 거고 이 아이 다리는 좀 나아질 테니 해 지기 전에 런던에 도착할 수 있겠군. 그러면 누군가 우리가 하는 말을 들어줄 거야….'

❅ ❅ ❅

하지만 다음날 아침에 눈을 떠 보니 런던은 생각보다 훨씬 더 멀어져 있었고, 헤스터의 다리 상처는 어제보다 더 심해진 상태였다. 그녀는 걸음을 옮길 때마다 신음 소리를 냈고, 얼굴은 내린 지 오래된 눈처럼 회색빛으로 변해 갔다. 게다가 상처에서 피가 계속 나와 감아 놓은 붕대를 모두 적시고 부츠로 흘러내리고 있었다. 톰은 어제 셔츠 누더기를 버린 것과 구급상자가 들어 있는 헤스터의 가방을 잃어버리게 한 것이 후회스러워 자신을 책망했다.

오전 11시 무렵 뿌옇게 내리는 빗속으로 뭔가가 보였다. 런던의 바큇자국 근처에 용광로에서 나온 부스러기나 잿덩이 같은 것들이 흩어져 있었다. 어제 그곳을 지나간 런던이 필요 없는 것들을 배설해 놓은 흔적이었다. 그 옆에는 이상하게 생긴 작은 마을이 정차 중이었다. 자세히 보니 사람들이 쓰레기 더미 위를 오르락내리락하면서 녹은 쇳조각이나 타다 남은 연료를 골라내고 있었다.

그걸 보고 용기를 얻은 둘은 걸음을 재촉했다. 이른 오후 무렵 그들은 마을의 커다란 바퀴 밑에 도착했다. 톰은 한 층짜리 갑판으로 이루어진 그 마을을 신기하다는 듯 쳐다봤다. 마을 전체를 다 합쳐 봐야 런던의 커다란 저택 한 채보다 작았다. 누가 목공 일을 했는지 몰라도 못 한두 개 박아 놓고 요행을 바라는 얼치기 목수가 지은 마을이 분명했다. 작은 헛간같이 생긴 시청 건물 뒤로 실험적인 모양의 엔진에서 커다랗고 꾸불꾸불한 굴뚝들이 불규칙하게 솟아 있었다.

"어서 오세요!" 키가 크고 하얀 턱수염을 기른 한 남자가 더러운 갈색 가운을 펄럭이며 쓰레기 더미에서 내려왔다. "스피드웰에 잘 오셨습니다. 나는 오르메 뤠이랜드 시장입니다. 앵글리시 할 줄 아세요?"

헤스터는 의심스러운 눈빛으로 약간 물러섰다. 그러나 톰은 그 늙은 남자가 꽤 친절하다는 생각을 하면서 앞으로 한 걸음 나섰다. "안녕하세요, 시장님. 저희에게 음식을 좀 나눠 주실 수 있으신지요? 그리고 제 친구가 다리를 다쳐서 의사한테 보여야 하는데…."

"난 네 친구가 아니야." 헤스터가 뒤에서 작은 소리로 쏘아붙였다. "그리고 내 다리 아무 문제도 없어." 하지만 헤스터는 백지장처럼 창백한 얼굴에 식은땀을 흘리면서 온몸을 떨고 있었다.

"어차피 스피드웰에는 의사가 없어요." 뭬이랜드 시장은 웃으며 말했다. "한 명도. 그리고 음식은…. 요즘 경기가 너무 안 좋아서…. 물물교환할 만한 거 갖고 있으면 거래할 용의는 있지요."

톰은 입고 있던 가운의 주머니를 더듬었다. 돈이 아주 조금 있기는 했지만 오르메 뭬이랜드에게 런던 돈이 무슨 소용이겠나 싶어서 계속 주머니를 뒤졌다. 그때 톰의 손에 뭔가 단단한 물건이 집혔다. 내장 갑판에서 발견한 시디였다. 톰은 그것을 꺼내 들고 생각에 잠겨 들여다보다가 뭬이랜드에게 건넸다. 언젠가 그걸로 캐서린에게 줄 선물을 만들 생각이었다. 하지만 지금은 음식이 더 중요했다.

"예뻐! 아주 예뻐!" 오르메 뭬이랜드는 디스크를 이리저리 기울여 보다가 디스크 위에 생기는 무지개를 보며 감탄했다. "별 소용은 없는 물건이지만 며칠 묵어 갈 숙소와 얼마간의 음식 정도는 줄 수 있겠군. 음식이 그리 좋지는 않지만, 굶는 것보단 나을 거요."

❀　❀　❀

뭬이랜드의 말은 과장이 아니었다. 음식은 정말 좋지 않았다. 그러나 톰과 헤스터는 눈 깜짝할 사이에 앞에 놓인 음식을 싹 비우고 더 달라며 그릇을 내밀었다.

"해조류로 만든 음식이에요." 부인이 푸르스름한 죽 같은 걸 그릇에 떠 담는 것을 보며 오르메 뭬이랜드가 말했다. "엔진실에 있는 가마솥에서 기른 해조류지요. 맛은 고약하지만 요즘 같은 불경기에는 몸과 영혼이 이별하지 않게 도와주죠. 우리끼리 얘기지만 요즘처럼 경기가 나쁜 적은 없었답니다. 이번 쓰레기 더미를 찾았을 때 얼마나 기뻤던지."

톰은 고개를 끄덕이며 의자에 기대앉아서 주변을 둘러보았다. 뤠이랜드의 방은 치즈 모양의 아주 작은 공간이었다. 시장 저택이 이렇게 생겼을 거라고는 상상도 못 했다. 하지만 뤠이랜드라는 사람 자체도 톰이 상상하던 시장의 모습은 아니었다. 남루한 차림의 이 노인이 다스리는 시민들은 자기 가족이 전부인 것 같았다. 아들, 딸, 손주, 조카, 그리고 지나가는 도시에서 만나 결혼한 그들의 배우자들이 시민의 전부였다.

그러나 뤠이랜드는 결코 행복한 사람이 아니었다. "견인 도시를 다스리는 게 쉬운 일이 아니에요." 그는 이 말을 반복했다. "전혀, 전혀 쉬운 일이 아니죠. 옛날에는 좀 나았는데. 그때는 스피드웰 같은 건 너무 작아 사냥할 가치도 없었기 때문에 꽤 안전하게 살 수 있었어요. 그런데 이제는 사냥감이 너무 드물어져서 만나는 도시마다 우리를 잡아먹으려 한단 말입니다. 며칠 전에도 사냥꾼 도시를 피해 도망치느라 죽을 뻔했죠. 프랑크어를 쓰는 빌르 모빌르* 타입이었어요. 그렇게 괴물같이 큰 도시한테 스피드웰이 무슨 소용이 있겠어요? 그런데도 우리를 추격하더라니까요."

"스피드웰이 무척 빠른가 보군요." 톰이 말했다.

"그럼요." 뤠이랜드가 자랑스러워하며 대답했다. "최고 시속 100 마일까지는 족히 낼 수 있죠. 우리 오르메가 해낸 일이에요. 저 엔진들이 다 이 천재 남편 작품이랍니다." 뤠이랜드의 부인이 거들었다.

"저희를 도와주실 수 있나요?" 톰은 시장 쪽으로 몸을 기울이면서 말했다. "런던에 가야 합니다. 가능한 한 빨리요. 스피드웰이라면 금방 따라잡을 수 있을 텐데…. 가는 길에 쓰레기 더미도 많을 거고요."

"젊은 양반, 농담 그만 하시오." 뤠이랜드는 고개를 저으며 말했다. "런던이 버리는 쓰레기는 따라가면서까지 주울 가치는 없어요. 특히 요즘은 더 그렇죠. 거의 모든 것을 재활용하는데다 사냥감이 드물어져서 버리는 게 거의 없으니…. 옛날에는 대 사냥터에 산더미 같은 쓰레기가 여기저기 쌓여 있었는데…. 아, 그 시절에는 쓰레기 더미에서 온갖 것들을 다 찾을 수 있었죠. 하지만 이젠 달라졌어요." 그는 몸서리를 치면서 덧붙였다. "런던 근처에 가까이 갈 생각은 꿈에도 없어요. 런던뿐 아니라 어느 도시나 마찬가지예요. 큰 도시들은 당최 믿을 수 없다니까. 언제 돌아서서 한입에 꿀꺽 삼켜 버릴지 모르는 노릇이라…."

---

* Frankish, Ville-Mobille. 견인 도시 런던이 고대 영국의 수도 런던에서 기원했듯, 다른 나라에서 기원한 견인 도시들도 있다. 빌르 모빌르는 불어로 '움직이는 도시'라는 뜻으로 앵글리시를 쓰는 런던식 견인 도시와는 뭔가 다른 타입이라는 것이 암시되고, 프랑스어에서 기원했을 법한 프랑크어를 사용하는 것으로 묘사된다.

톰은 고개를 끄덕였지만 실망한 표정을 감출 수는 없었다. 헤스터는 고개를 숙이고 있었다. 잠이 들었든지 의식을 잃었든지 둘 중 하나인 것 같았다. 톰은 오랫동안 걸은 뒤 배불리 먹어서 온 식곤증이길 바라면서 그녀가 괜찮은지 살펴보려고 일어섰다. 그 순간 뤠이랜드가 말했다. "하지만 젊은 양반, 밀집촌까지는 데려다 줄 수 있소."

"어디요?"

"무역 밀집촌 말이오! 작은 마을들이 모여 있는 곳이지. 여기서동남쪽으로 한 이틀만 가면 도착해. 우리도 그리로 가는 길이었고."

"거길 가면 마을들이 아주 많아요." 뤠이랜드 부인이 말했다. "거기서 런던에 데려다 주겠다는 마을은 못 찾아도 부탁을 들어줄 비행 무역상 정도는 찾을 수 있을 거예요. 밀집촌에는 비행 무역상이있게 마련이거든."

"저는…." 톰은 말을 잇지 못했다. 속이 이상했다. 방이 기울어지면서 초점이 안 맞는 고글 스크린처럼 빙빙 돌기 시작했다. 헤스터는 의자에서 미끄러져 바닥에 쓰러진 상태였다. 뤠이랜드가 모시는신의 형상들이 벽에서 미소 짓고 있었다. 그중 한 신이 오르메 뤠이랜드의 목소리로 말했다. "비행선이 있게 마련이지, 톰. 무역 밀집촌에는 항상 비행선이 한두 대 있어."

무릎이 꺾이면서 주저앉는 톰에게 뤠이랜드 부인이 물었다. "해조류 더 드시겠수?" 아스라이 먼 곳에서 그녀의 말소리가 들려왔다. "약효가 도는 데 이번에는 엄청나게 오래 걸렸네요. 그죠, 여보?" "당신 다음번엔 좀 더 많이 넣어야겠어." 뤠이랜드가 대답하는 소리도 들렸다. 그때 카펫의 물결무늬가 튀어나와 톰 주변을 감싸더니 그를 바닥으로 끌어 내렸다. 톰은 솜처럼 부드러운 잠에 빠져들어 캐서린의 꿈을 꿨다.

MORTAL ENGINES

7

하이 런던

최상층 갑판은 제1갑판의 메이페어와 피카딜리*에 형성된 붐비는 쇼핑가, 그리고 런던을 구한 영웅 쿼크의 동상이 위치한 쿼크 서커스 광장**을 모두 내려다볼 수 있는 곳에 있었다. 여러 개의 거대한 기둥 위에 자리 잡고 있는 이 최상층 갑판으로 인해 런던은 마치 왕관을 쓴 것처럼 보일 때도 있었다. 런던을 이루는 일곱 개의 갑판 중 제일 높고, 제일 작고, 제일 중요한 갑판이 바로 이 최상층 갑판이었다. 건물은 고작 세 개밖에 없지만 그 건물들이야말로 명실상부 런던에서 가장 중요하고 멋진 건물들이었다. 런던의 전진

---

* Mayfair, Piccadilly. 메이페어는 21세기 런던의 고급 쇼핑가와 주택가가 함께 있는 지역이다. 영국은 물론 전 세계에서 가장 집세가 비싼 곳으로 꼽힌다. 고급 쇼핑가가 밀집한 리전트 스트리트, 옥스퍼드 스트리트, 그리고 리전트 스트리트와 피카딜리 스트리트가 만나는 곳에 위치한 피카딜리 서커스 광장이 모두 이 지역에 있다.

** 21세기 런던의 트라팔가 광장을 연상시키는 대목. 국립 미술관이 있는 트라팔가 광장에는 트라팔가 해전에서 승리한 넬슨 제독의 동상이 있다.

방향을 앞이라고 봤을 때 최상층 갑판 제일 후방에 위치한 길드홀 타워에는 크고 작은 길드의 사무실이 모여 있었고 각종 길드들이 한 달에 한 번씩 모여서 평의회를 여는 회의실도 있었다. 그 반대편에 검은 유리들이 새의 발톱처럼 날카롭게 솟아 있는 건물은 엔지니어리움으로, 그곳이야말로 런던의 운명을 좌지우지하는 진짜 결정들이 이뤄지는 곳이었다. 그 두 건물 사이에 서 있는 것은 세인트 폴 성당이었다. 퀴크가 견인 도시를 건설하면서 고대 기독교 믿음의 성전이었던 세인트 폴을 이곳 최상층 갑판으로 옮겨 온 것이다. 그러나 이제는 옛날의 영광을 찾아보기 힘들 정도로 문제가 많은 건물이었다. 원래 견인 도시용으로 지어진 건물이 아니기 때문에 런던이 이동할 때 생기는 진동으로 인해 오래된 돌벽이 굉장히 불안정해진 상태였다. 그래서 무너지는 것을 막기 위해 수많은 버팀목을 대고, 발판들을 세워 계속 보수 공사를 했기 때문에 보기에도 별로 좋지 않았다. 그러나 엔지니어 길드에서는 이 건물을 완전 복구해서 일반 시민에게 다시 공개하겠다고 약속했다. 성당 주변에서 귀를 기울이면 건물 안에서 보수 공사를 하는 사람들이 사용하는 드릴과 해머 소리를 어렴풋이 들을 수 있었다.

매그너스 크롬도 관용차를 타고 엔지니어리움으로 가는 길에 세인트 폴 성당의 그림자 밑을 지나면서 그 소리를 들었다. 그의 얼굴에 희미하고 은밀한 미소가 떠올랐다.

엔지니어리움 안쪽은 창문에 끼운 검은 유리 때문에 햇빛이 거의 들어오지 않았다. 차가운 네온등이 쇠 벽에 빛을 던졌고 공기 중에는 약한 소독약 냄새가 감돌았다. 크롬은 하이 런던 전체에 진동하는 따뜻한 봄날의 꽃향기와 새로 깎은 잔디 냄새를 안 맡을 수 있어서 반가웠다. 그가 서둘러 로비로 들어서자 젊은 여성 견습생이 차렷 자세를 취했고, "닥터 트윅스에게 안내해!"라고 명령하자 번쩍이는 대머리를 깍듯이 숙였다.

견습생은 시장을 대기 중이던 모노레일 전차까지 안내했고, 시장을 태운 한 량짜리 전차는 엔지니어리움 중심을 관통하는 나선형 레일을 따라 위로 올라갔다. 사무실과 회의실, 실험실들이 있는 층을 수없이 지나면서 반투명 유리창 너머로 이상한 모양을 한 기계들이 잠깐씩 보였다. 어디를 봐도 열심히 일하는 엔지니어들이 보였다. 올드-테크의 조각들을 가지고 연구를 하는 엔지니어도 있었고, 쥐와 개를 대상으로 실험을 하는 엔지니어, 그리고 내장 갑판에 있는 엔지니어 길드 유치원에서 견학을 온 대머리 아이들을 안내하고 다니는 엔지니어도 보였다. 크롬은 깨끗하고 환한 조명이 있는 엔지니어리움 안에 있을 때 가장 아늑하고 행복했다. 이곳에 오면 왜 자신이 그토록 런던을 사랑하는지, 그리고 런던이 계속 전진할 수 있는 방법을 모색하는 데 왜 평생을 바쳐 왔는지 선명하게 알 수 있었다.

오래 전 젊은 견습생 시절, 크롬은 사냥감이 점점 고갈되어 가고 견인 도시들은 더 이상 생존할 방법이 없을 것이라는 요지의 비판적인 보고서를 읽은 적이 있다. 그는 그 보고서를 쓴 사람들이 틀렸다는 것을 증명하기 위해 평생을 바쳐도 좋다고 다짐했다. 길드의 최고 위치까지 서서히 싸워 올라갔고, 시장 자리를 확보한 것은 시작에 불과했다. 그가 실행한 엄격한 재활용 및 낭비 방지법들은 임시방편에 지나지 않았다. 이제 진짜 계획을 만천하에 공개할 수 있는 날이 얼마 남지 않았다.

그러나 먼저 그 헤스터 쇼라는 여자아이가 말썽을 부리지 않도록 확실히 처리해야 했다.

전차는 위층 실험실 중 한 곳 앞에 조용히 멈춰 섰다. 하얀 코트를 입은 땅딸막한 여자 엔지니어가 초조한 표정으로 실험실 입구에서 기다리고 있었다. 에바드니 트윅스는 런던에서 가장 능력 있는 엔지니어 중 한 명이었다. 꼭 정신없는 옆집 아줌마처럼 생긴데다, 실험실 벽을 꽃과 강아지 사진으로 장식(길드 회칙 위반 사항)해 놓기는 하지만 일에 관한 한 빈틈이 없었다. "안녕하세요, 시장님." 트윅스는 절을 하면서 억지웃음을 지어 보였다. "이렇게 와 주시다니 영광입니다. 제 아이들을 보러 오셨나요?"

"슈라이크(Shrike)를 보러 왔소." 크롬은 그렇게 잘라 말하며 트윅스를 무시하고 실험실 안으로 들어갔다. 트윅스는 지나가는 도시가 일으킨 바람에 나부끼는 이파리처럼 크롬의 뒤를 춤추듯 따라갔다.

실험실 안쪽으로 걸어 들어가면서 크롬은 놀라서 절을 하는 엔지니어들과 유리로 된 물체들이 반짝거리고 있는 선반들, 녹슬어 가는 철 뼈대를 공들여 재생하고 있는 작업대를 지났다. 트윅스 박사 팀은 몇 년 동안 집중적으로 스토커들을 연구해 왔다. '부활군'이 라고도 부르는 이 스토커들의 잔해가 가끔씩 아웃컨추리에서 발견 되곤 했다. 그러나 최근 들어서는 녹슬어 버린 잔해보다 한결 나은 자료를 손에 넣을 수 있었다.

"슈라이크에 대한 연구를 마쳤소?" 크롬은 성큼성큼 걸어가며 물 었다. "우리에게 더 이상 쓸모가 없을 거라는 게 확실하오?"

"우리가 알아낼 수 있는 것은 모두 알아냈습니다, 시장님." 트윅 스가 마치 새가 지저귀듯 답했다. "슈라이크는 정말 재미있는 연구 대상이었어요. 하지만 너무 복잡해서 오히려 자기 자신에게 해가 될 정도였습니다. 자기 나름의 성격을 만들어 내는 지경에까지 이 른 걸로 보여요. 게다가 그 소녀에 대한 이상한 집착은…. 새로 제 작하는 모델들은 훨씬 단순하게 만들 자신이 있습니다. 슈라이크를 해체할까요?"

"아니!" 작고 둥그런 문 앞으로 다가간 크롬이 작은 스위치에 손 을 대자 문이 열렸다. "슈라이크한테 한 약속을 지킬 생각이오. 맡 길 임무도 있고."

문 안쪽은 어둡고 기름 냄새가 났다. 건너편 벽 쪽에 키가 큰 뭔가 가 꼼짝하지 않고 벽에 기대어 서 있었다. 크롬이 방으로 들어서자 두 개의 초록빛 둥근 눈에 헤드라이트처럼 불이 번쩍 들어왔다.

"미스터 슈라이크!" 크롬이 말했다. 그를 잘 모르는 사람이 들었다면 그가 기분이 좋은 줄 착각할 정도로 밝은 인사였다. "오늘 기분이 좀 어떤가? 자고 있던 걸 깨우지나 않았는지 모르겠군."

"나는 잠을 자지 않아." 어둠 속에서 대답이 들려왔다. 마치 녹슨 쇠들이 맞물려 돌아가는 것 같은 소름 끼치는 소리였다. 그 목소리에 익숙한 트윅스 박사마저도 몸서리를 쳤다. "나를 다시 검사하고 싶나?"

"아니네, 슈라이크." 크롬이 대답했다. "자네가 1년 반 전 처음 나를 찾아왔을 때 했던 요구 기억하나? 그 헤스터 쇼라는 애 말일세."

"그 애가 살아 있고 런던으로 오고 있다고 나는 이미 이야기했다."

"자네 말이 맞았네. 그 애가 나타났어."

"그 애는 어디 있는가? 이리로 즉시 데려오라."

"미안하지만 그럴 수 없네. 쓰레기 처리관으로 뛰어내려 아웃컨추리로 사라져 버렸어."

마치 주전자에서 수증기가 새는 것처럼 길고 느리게 '쉬잇' 하는 소리가 났다. "그 애를 쫓아가야 한다."

크롬은 미소를 지었다. "자네가 그렇게 말해 주길 기다리고 있었네. 우리 길드의 고스호크 90호 정찰 비행선이 이미 대기 중이야. 그 애가 떨어진 자리를 찾을 때까지 조종사가 런던이 지나온 자리를 되짚어 가 줄걸세. 그 애와 그 애의 일행 둘 다 죽었으면 모든 게 잘된 것이고, 둘 중 하나라도 살아 있으면 그 자리에서 없애 버리게나. 나에게 시체를 가져와야 해."

"그 다음엔?" 소름 끼치는 목소리가 물었다.

"그 다음엔 슈라이크…." 크롬이 대답했다. "자네가 간절히 원하는 그걸 가질 수 있도록 해 주겠네."

❀ ❀ ❀

참 이상한 일이었다. 런던은 마치 사냥감이 눈에 보이는 곳에 있는 것처럼 계속 빠른 속도로 이동하고 있었다. 하지만 대 사냥터의 북서쪽에 펼쳐진 잿빛 진흙 평야에 다른 도시라고는 눈을 씻고 찾아 봐도 없었다. 시민들은 모두 시장이 무슨 계획을 세우고 이러는지 궁금해했다. "계속 이런 식으로 이동할 수는 없는 노릇이잖아." 캐서린은 하인 중 한 명이 중얼거리는 것을 들었다. "이렇게 동쪽으로 계속 가다가는 우리를 한입에 삼켜 버릴 큰 도시들한테 사냥당하고 말걸." 그러나 집사 일을 보는 맬로 여사는 소곤거리는 목소리로 이렇게 대꾸했다. "아직도 모르겠나, 이 눈치 없는 사람아? 밸런타인 나리가 몸소 그 뭐야, 정찰 비행을 나가신다잖아. 나리하고 매그너스 크롬 시장이 뭔가 엄청나게 좋은 계획을 세운 게 분명해. 내기를 해도 좋아."

뭔가 엄청나게 좋은 일이 있을지는 모르지만 그게 도대체 무엇인지는 아무도 추측해 내지 못했다. 계속되는 엔지니어 길드와의 회의를 마치고 점심시간에 집으로 돌아온 밸런타인에게 캐서린이 물

었다. "왜 아빠가 직접 정찰 비행을 가셔야 해요? 그런 건 네비게이
터가 할 일이지 세상에서 제일 유능한 고고학자가 할 일이 아니잖
아요. 불공평해요!"

밸런타인은 참을성 있게 한숨을 쉬었다. "시장님이 아빠를 믿기
때문이야, 케이트. 금방 돌아올 거야. 석 주 내지 한 달이면 돼. 그
보다 더 길어지지는 않을 거야. 자, 아빠랑 같이 비행선 격납고에
가서 퓨시하고 겐치가 아빠 비행선을 어떻게 손봐 놨는지 보자."

❁   ❁   ❁

60분 전쟁 후 비행선 기술은 심지어 고대인들조차 꿈꾸지 못했을
만큼 발달했다. 밸런타인은 20년 전 아메리카 탐험 여행 당시 찾은
올드-테크 유물의 대가로 크롬이 지불한 돈의 일부를 이용해 자신
의 비행선, 일명 13층 엘리베이터를 특별 제작했다. 그는 13층 엘
리베이터야말로 지금까지 만들어진 비행선 중 최고라고 자부했고
캐서린도 그걸 믿어 의심치 않았다. 물론 밸런타인은 13층 엘리베
이터를 다른 천한 비행선과 함께 제5갑판의 비행선 항구에 두지 않
았다. 그 대신 클리오 하우스에서 수백 미터 떨어진 개인용 비행선
정박장에 보관했다.

캐서린은 아빠와 함께 햇살이 가득한 공원을 지나 비행선 정박장
을 향해 걸어갔다. 격납고와 그 앞의 조그만 광장은 사람들과 차량

들로 분주했다. 퓨시와 겐치가 곧 떠날 여행에 필요한 물건들을 싣고 있었기 때문이다. 강아지는 먼저 다가가 쌓여 있는 상자들과 드럼통에 코를 박고 킁킁거렸다. 말린 고기, 비행선을 띄우는 데 필요한 가스, 약품, 비행선이 펑크 났을 때 고치는 도구들, 선크림, 가스 마스크, 내화 작업복, 총, 비옷, 외투, 지도 제작 도구, 휴대용 난로, 여벌 양말, 플라스틱 컵, 비상용 고무 보트 세 척, 그리고 '특허 받은 핑크표 아웃컨추리 진흙 신발—핑크와 함께라면 진흙도 문제없어요!'라는 상표가 붙은 상자 등이 비행선에 실리길 기다리고 있었다.

13층 엘리베이터는 격납고 그늘 아래에 서 있었다. 늘씬한 몸체에 검은색 방탄 외피를 두른 13층 엘리베이터는 몸체 대부분이 방수천으로 만든 스크린에 가려져 있었다. 캐서린은 여느 때와 마찬가지로 그 커다란 비행선이 아빠를 태운 채 하늘로 날아오르는 장면을 생각하면서 가슴이 부풀어 오르는 것을 느꼈다. 하지만 한편으로 아빠가 자기를 두고 떠날 거라는 슬픔과 아빠가 돌아오지 않을 수도 있다는 두려움이 섞여 마음이 무겁기도 했다. "아빠랑 함께 갈 수 있으면 얼마나 좋을까!" 캐서린이 자기도 모르게 말했다.

"이번은 안 돼, 케이트." 아빠가 대답했다. "언젠가 같이 갈 수 있는 날이 오겠지. 아마도."

"제가 여자라서 그런 거예요?" 캐서린이 물었다. "여자라도 상관 없잖아요. 제 말은, 고대에는 여자도 남자들이 하는 일을 다 할 수 있었고, 지금도 비행 무역상들 중에는 여자 조종사들이 많은데….
아빠도 여자 조종사와 일한 적 있잖아요. 아메리카 탐험 때 같이 간
그 조종사 말이에요. 사진을 본 적이 있는 것 같은데….”

“그게 아니야, 케이트.” 딸을 끌어안으며 밸런타인이 말했다. “위
험할지 몰라서 그래. 그리고 네가 나처럼 탐험가 나부랭이가 될까
봐 걱정이 돼서 그런단다. 난 네가 집에 머물면서 학교를 마치고,
아름답고 교양 있는 하이 런던의 숙녀가 됐으면 좋겠어. 그리고 무
엇보다도 강아지가 내 수프 박스에 오줌 싸는 걸 좀 말려 주면 좋겠
구나.”

강아지를 수프 박스에서 끌어내 엄하게 혼을 낸 다음 부녀는 함께
격납고 그늘에 앉았다. 캐서린은 “그렇게 중요하고 위험한 임무를
수행하러 가는 곳이 어딘지 제가 알면 안 되나요?”라고 물었다.

“규칙상 말할 수 없는데….” 밸런타인은 딸을 흘낏 훔쳐보면서 말
했다.

“아빠, 제발….” 캐서린이 웃으며 말했다. “우린 친구잖아요. 아
니에요? 제가 아무한테도 말하지 않을 거라는 거 아시잖아요. 런던
이 어딜 향해 이렇게 서둘러 가는지 알고 싶어 죽을 지경이란 말이
에요. 학교에서도 애들이 그 이야기밖에 안 해요. 요 며칠 내내 동
쪽을 향해 전속력으로 달리고 있잖아요. 심지어 솔트후크를 먹고
나서도 하루도 안 쉬었고.”

“실은 말이야, 케이트.” 마침내 밸런타인이 입을 뗐다. “사실은 말

이야, 크롬이 아빠더러 샨 구오를 한번 둘러보고 와 달라 했단다."

샨 구오는 반 견인 도시 연맹의 대표적인 도시였다. 반 견인 도시 연맹은 옛 차이나 땅 중에서 지금까지 남아 있는 부분과 옛 인도 지역을 차지하고 사는 야만적인 도시들로, 높고 험준한 산맥과 대 사냥터 동쪽 가장자리에 위치한 늪지대 덕분에 배고픈 견인 도시들의 공격을 피해 왔다. 캐서린은 지리 수업 시간에 샨 구오를 비롯한 반 견인 도시 연맹 지역에 대해 배운 것을 떠올렸다. 대 사냥터와 반 견인 도시 연맹 지역을 가로막고 있는 산맥을 넘을 수 있는 길은 단한 군데인데 그 길마저 악명 높은 요새 도시 바트뭉크 곰파가 차지하고 있었다. 이름부터 '방패벽'을 의미하는 바트뭉크 곰파의 총부리에 수없이 많은 견인 도시들이 소멸해 갔다. 이와 관련된 사건들이 견인 도시 역사의 최초 몇 세기를 장식하고 있었다. "왜 거길?" 캐서린이 물었다. "설마 런던이 그쪽으로 간다는 건 아니시죠?"

"런던이 그쪽으로 간다고 말한 적 없다." 밸런타인이 대답했다. "하지만 우리가 샨 구오로 가지 않으면 안 될 날이 올지도 모르지. 언젠가 그쪽으로 방향을 틀어 반 견인 도시 연맹의 방어벽을 부수지 않으면 안 될 수도 있어. 사냥감들이 얼마나 귀해졌는지 너도 알잖아. 굶주린 견인 도시들이 이젠 서로 잡아먹기까지 하잖니."

캐서린은 몸을 떨었다. "다른 해결책이 있을지도 모르잖아요." 그녀는 포기하기 싫었다. "다른 도시의 시장들과 이야기하면 뭔가 해결책을 찾을 수 있지 않을까요?"

밸런타인이 나직하게 웃었다. "미안하지만 도시진화론이라는 건 그런 식으로 돌아가는 게 아니란다, 케이트. 다른 도시를 잡아먹지 않으면 우리가 잡아먹히는 세상이야. 하지만 걱정 마라. 크롬을 믿어도 좋아. 뭔가 방법을 찾아낼 거야."

캐서린은 고개를 끄덕이면서도 언짢은 느낌을 피할 수 없었다. 아빠의 눈에 다시 뭔가에 사로잡힌 듯, 쫓기는 빛이 떠올랐기 때문이다. 그 소녀 암살범에 대해 아빠가 아직 완전히 다 털어놓지 않은 게 분명한데, 지금 보니 그것 말고도 자기한테 숨기는 게 더 있다는 생각이 들었다. 이번 정찰 비행 그리고 시장이 품고 있는 계획과 관계있는 비밀임에 분명했다. 이 모든 게 서로 연결되어 있는 걸까? 아트리움에서 엿들은 것에 관해 까놓고 직접 물어볼 수도 없는 노릇이었다. 자기가 염탐했다는 걸 인정해야 했기 때문이다. 하지만 아빠가 어떤 반응을 보일지 떠보기 위해 캐서린은 다시 물었다. "이번에 가시는 일이 그 끔찍한 여자애랑 관계있는 거예요? 그 애가 샨 구오에서 온 건가요?"

"아니." 밸런타인은 즉시 대답했다. 캐서린은 아빠의 얼굴이 순간적으로 창백해지는 것을 놓치지 않았다. "그 애는 죽었어, 케이트. 그 애 걱정은 더 이상 할 이유가 없단다. 자, 가자." 그는 이렇게 말하면서 바로 일어났다. "아빠가 출발하기 전에 며칠 여유가 있으니 그 시간을 최대한 잘 써 보자. 벽난로에 불을 피우고 앉아 버터 바른 토스트도 먹고 옛날이야기도 하면서. 불쌍한 그 애 생각은 이제 그만하렴."

　부녀가 손을 잡고 공원을 가로질러 집으로 향하는데 하늘 위로 엔지니어리움에서 출발한 고스호크 90호가 날아갔다. "보세요." 캐서린이 말했다. "엔지니어 길드도 자기들 비행선이 있는데 굳이 아빠를 제게서 빼앗아 멀리 보내다니 매그너스 크롬은 정말 못된 사람 같아요."

　그러나 아빠는 손을 들어 눈에 그늘을 만든 후, 최상층 갑판을 한 번 돌고 서쪽으로 방향을 틀어 빠른 속도로 날아가는 하얀 비행선을 바라볼 뿐이었다.

8
무역 밀집촌

톰은 캐서린 꿈을 꾸고 있었다. 캐서린과 팔짱을 끼고 박물관의 낯익은 전시실들을 걸어 다녔지만 "내츠워디, 마루 좀 닦아!"라거나 "43세기관 유리 전시물들 먼지 닦았나?"라고 호령하는 큐레이터나 길드 회원들은 보이지 않았다. 톰은 마치 박물관이 자기 집이라도 되는 양 캐서린을 데리고 다니면서 여기저기 마음껏 구경시켜 줬다. 캐서린은 비행선과 런던의 단면 모형을 설명하는 톰을 미소 띤 얼굴로 바라보고 있었다. 박물관에는 줄곧 신음 소리 같은 이상한 음악이 흘러나오고 있었는데, 자연사 갤러리에 가서야 그들은 그 소리가 흰긴수염고래가 그들을 위해 부르는 노래였음을 알아차렸다.

꿈은 점점 희미하게 멀어져 갔지만 고래가 부르는 노래의 묘한 멜로디는 계속 귓가를 맴돌았다. 톰은 가늘게 진동하는 나무 바닥에 누워 있었고, 나무 판자 벽 사이론 아침 햇살이 스며들고 있었다.

천장에는 파이프, 덕트, 튜브 등이 무질서하게 엉켜 있었다. 스피드웰의 난방 및 상하수도관 시스템이었다. 그곳에서 나는 여러 가지 소음이 톰의 꿈속에서 고래의 노래로 들렸던 것이다.

톰은 몸을 뒤척이면서 자신이 누워 있는 작은 방을 다시 한번 살펴봤다. 헤스터가 다른 쪽 벽에 기대 앉아 있었다. 톰이 일어난 것을 본 그녀는 고개를 끄덕이며 아는 척을 했다.

"내가 도대체 어디에 있는 거야?" 톰이 신음하듯 물었다.

"그런 말을 실제로 하는 사람이 있긴 있네. 그런 표현은 책에나 나오는 건 줄 알았는데. '내가 도대체 어디에 있는 거야?' 상당히 재밌군."

"별로 이상한 말도 아닌 걸 가지고 뭘…." 톰은 그렇게 말하면서 다듬어지지 않은 벽과 좁은 철문을 둘러봤다. "아직도 스피드웰에 있는 거야? 어떻게 된 거지?"

"그야 물론 음식 때문이지." 헤스터가 대답했다.

"그러니까 뢰이랜드가 우리한테 약을 먹인 거야? 왜?" 그는 흔들리는 바닥을 겨우 가로질러 문 쪽으로 걸어갔다. "볼 필요도 없어." 헤스터가 말했다. "잠겨 있어." 톰은 그래도 문고리를 돌려 봤다. 헤스터 말이 맞았다. 톰은 벽 틈으로 바깥쪽을 살펴봤다. 문 밖으로 좁은 나무 복도가 있었는데 스피드웰의 바퀴가 돌아가면서 빛을 가렸다 말았다 하는 바람에 상태가 좋지 않은 고글 스크린처럼 사물들이 보였다 안 보였다 했다. 밖으로 아웃컨추리의 풍경이 빠르게

지나가고 있었다. 마지막으로 봤을 때보다 바위도 훨씬 많고 경사
가 심한 것 같았다.

"해가 뜨고부터는 계속 남동쪽으로 가고 있어." 톰이 묻기도 전에
헤스터는 지친 목소리로 말했다.

"그 전부터 달리고 있었는지도 몰라. 나도 잠들었었거든."

"우리를 어디로 데려가는 거지?"

"내가 어떻게 알아?"

톰은 심하게 흔들리는 벽에 등을 기대고 털썩 주저앉았다. "이젠
끝이로군! 런던은 이제 수백 마일 이상 멀어졌을 테고…. 난 이제
다시는 집에 못 가게 생겼어!"

헤스터는 아무 말도 하지 않았다. 얼굴이 백지장처럼 창백해져서
상처가 더 두드러져 보였고, 다리에서 흘러나온 피가 나무 바닥에
까지 스며들어 있었다.

시간이 기어가듯 흘러 겨우 한 시간이 지나고, 또 한 시간이 지났
다. 가끔 복도로 사람들이 지나가면 나무 판자 틈으로 들어오는 가
느다란 햇빛이 가려졌다. 머리 위의 난방 파이프는 계속 시끄러운
소리를 냈다. 마침내 자물쇠 열리는 소리가 들리고 문 아래쪽에 있
는 쪽문이 열리더니 얼굴 하나가 안쪽을 들여다봤다. "모두 괜찮은
가?"

"괜찮냐고?" 톰이 소리를 질렀다. "물론 안 괜찮지!" 그는 문 쪽
으로 다가갔다. 퉤이랜드가 문 바깥쪽에 엎드려서 쪽문(톰 생각에는

원래 고양이 출입용으로 만든 문 같았다)에 얼굴을 들이밀고 있었다. 뭐이랜드 뒤쪽으로는 그 방을 지키는 뭐이랜드 부하의 부츠가 보였다. "왜 이런 짓을 한 거죠?" 톰이 물었다. "우리가 무슨 해를 끼쳤다고!"

늙은 시장은 좀 창피하다는 듯한 표정을 지었다. "자네 말이 맞긴한데 경기가 워낙 좋지 않아서 말이야. 잔인할 정도로 안 좋아. 견인 도시를 경영하는 낙이 하나도 없어. 닥치는 대로 뭐든 하지 않으면 살 수가 없어서 자네들을 잡은 걸세. 노예로 팔려고. 무역 밀집촌에 가면 노예를 쓰는 타운들이 있거든. 거기서 팔 계획이야. 안됐지만 다른 수가 없어. 큰 도시들한테 잡히지 않고 도망 다니려면 새엔진 부품을 좀 사야 해."

"우릴 판다고?" 톰은 노예를 사서 엔진 룸에서 부려 먹는 도시들이 있다는 이야기를 들은 적이 있었다. 하지만 남의 일 같던 그 이야기가 이렇게 자기 일이 될 줄은 상상도 못 했다. "난 런던에 돌아가야 해! 날 팔다니, 말도 안 돼!"

"자넨 가격을 상당히 잘 받을 수 있을 거야." 뭐이랜드는 그것이 마치 톰에게 큰 칭찬이나 되는 것처럼 생색을 내면서 말했다. "건강하고 잘생긴 자네 같은 젊은이는 괜찮은 주인한테 가야지. 내가 신경 좀 써 줄게. 자네 친구는 잘 모르겠어. 어차피 반쯤 죽은 것 같고, 게다가 뭐 인물도 미스 유니버스감하고는 거리가 있고. 어쩌면 자네 둘을 같이 팔아넘길 수 있을지도 모르지. 하나 사면 하나 거저

주기, 뭐 그런 거 말이야." 그러면서 그는 그릇 두 개를 쪽문으로 밀어 넣었다. 개 밥그릇처럼 생긴 둥그런 쇠그릇 하나에는 물이, 다른 하나에는 어제 먹었던 그 푸르딩딩한 해조류 죽이 들어 있었다. "다먹어!" 뤠이랜드는 명랑한 목소리로 말했다. "경매장에서 건강하게 보여야 하니까. 해질녘에 밀집촌에 도착할 테니 내일 아침에는 경매에 붙일 수 있을 거야. 알아, 알아. 나도 미안하게 생각하네. 하지만 별 수 없지 않은가?" 뤠이랜드가 슬픈 듯이 말했다. "경기가 안좋아. 자네도 잘 알잖아?"

쪽문이 쾅 하고 닫혔다. "내 시디는 어떻게 된 거죠?" 톰이 소리쳤지만 아무 대답도 없었다. 바깥 복도에서 뤠이랜드가 방을 지키는 부하에게 이야기하는 소리가 잠시 들리더니 이내 그 소리도 사라졌다. 톰은 그릇 속의 물을 조금 떠 마신 다음 나머지를 헤스터에게 가져다줬다. "도망가야 해!" 톰이 말했다.

"어떻게?"

톰은 주변을 살펴봤다. 문 쪽은 잠겨 있을 뿐 아니라 밖에 지키는 사람까지 있으니 희망이 없었다. 천장에 매달린 파이프 같은 것을 살펴봤다. 하지만 목이 뻐근할 때까지 쳐다보고 있어도 뾰족한 수가 떠오르지 않았다. 파이프 중 어떤 것들은 사람이 들어가서 기어다닐 수 있을 만큼 컸지만 파이프 안으로 들어가는 게 문제였고, 들어갈 수 있다 해도 그 안에서 꾸륵꾸륵 소리를 내며 흐르는 액체가 뭔지 생각만 해도 역겨웠다. 그는 벽을 살피기 시작했다. 벽을 따라

걸으면서 판자들을 하나하나 만져 보다가 톰은 마침내 살짝 느슨한 판자 하나를 발견했다. 그 판자를 잡고 계속 흔들어 대자 조금씩 더 느슨해지는 것 같았다.

느리고, 어렵고, 고통스러운 작업이었다. 판자에서 나온 나무 가시에 손가락 여기저기가 찔리고, 땀이 비 오듯 흘러내렸다. 게다가 복도로 누군가 지나갈 때마다 작업을 멈춰야만 했다. 헤스터는 아무 말 없이 보고만 있었고 톰은 자신을 전혀 돕지 않는 그녀에게 슬슬 짜증이 나기 시작했다. 그러나 저녁이 되어 바깥 하늘에 노을이 지고 전속력으로 달리던 스피드웰이 점점 속도를 늦추기 시작할 즈음 톰은 자기 머리 크기만 한 구멍을 만드는 데 성공했다.

그는 주변에 아무도 없는 것을 확인한 후 구멍으로 머리를 내밀어 봤다. 스피드웰은 키 큰 바위탑들의 그림자 옆을 지나가고 있었다. 광산 견인 도시들이 다 먹어 치우고 바위만 남은 산의 잔해들이었다. 앞쪽에 저절로 생긴 원형 경기장이 보였다. 줄줄이 늘어선 바위탑들 사이에 얇은 주발처럼 파인 지형이었는데 그 안에는 크고 작은 견인 도시들이 잔뜩 모여 있었다. 톰은 지금까지 그렇게 많은 교역 마을과 견인 도시들이 한곳에 모여 있는 걸 본 적이 없었다. "도착했어!" 톰이 헤스터에게 말했다. "무역 밀집촌에 다 왔어!"

스피드웰은 속도를 점점 늦추더니 돛으로 가는 작은 마을들과 큰 마켓 타운들 사이를 헤집고 지나갔다. 지나가는 스피드웰에게 인사를 건네면서 어디서 왔는지, 그리고 팔 물건이 뭔지 묻는 사람들의 목소리가 들렸다. "고철하고 목재!" 뢰이랜드 부인이 대답하는 소리도 들렸다. "진짜 예쁜 시디 하나, 그리고 건강하고 젊은 노예 둘!"

"오, 퀴크 맙소사!" 톰은 구멍을 키우는 일에 한층 박차를 가하면서 중얼거렸다.

"구멍은 절대 우리가 나갈 수 있을 만큼 커지지 않을 거야." 헤스터가 말했다. 그 애는 항상 최악의 사태를 예상하는 데 특히 소질이 있는 것 같았다. 다만 지금까지 그 예상들이 대부분 맞았다는 것이 문제였다.

"그냥 거기 앉아 있지만 말고 좀 돕는 게 어때!" 톰이 쏘아붙였다. 하지만 다음 순간 바로 후회했다. 톰이 보기에도 그녀의 몸 상태가 무척 안 좋아 보였기 때문이다. 톰은 만일 헤스터가 너무 아파 같이 탈출하지 못하면 어떻게 될까 생각해 봤다. 여기다 저 애를 버려 두고 아웃컨추리로 혼자 도망갈 수는 없는 노릇이었다. 그렇다고 여기 남아서 저 더러운 마을 중 하나에 노예로 팔려 가기를 기다릴 수도 없었다.

그런 생각은 가능한 한 하지 않으려고 노력하면서 톰은 구멍을 더 크게 만드는 데 정신을 집중했다. 그 사이 바깥 하늘이 어두워지고 달이 떴다. 밀집촌 어디에선가 음악과 웃음소리가 들려왔고 뢰이랜드 가족들 중 누군가가 다른 마을에 놀러 가려는지 승강 사다리 내리는 소리도 들렸다. 톰은 녹슨 못으로 구멍을 갉아 보기도 하고 그 주변의 나무 판자를 손으로 조금씩 떼어 내기도 하면서 온 힘을 다해 구멍을 넓혀 보려 했지만 별 소용이 없었다. 마침내 너무 절박해진 그는 헤스터에게 말했다. "제발! 좀 도와줘!"

헤스터는 비틀거리며 일어서더니 톰이 웅크리고 있는 곳으로 걸어왔다. 아직 많이 아파 보이기는 해도 톰이 걱정했던 것보다는 조금 나아 보였다. 어쩌면 이제껏 탈출할 만큼 어두워지길 기다리면서 남아 있는 마지막 에너지를 아끼고 있었는지도 모른다. 헤스터는 톰이 만들어 놓은 구멍 가장자리를 손으로 만져 보고 고개를 끄덕이더니 톰의 어깨에 자기 무게를 다 싣고는 다치지 않은 발로 벽을 세게 찼다. 한 번, 두 번 발로 벽을 찰 때마다 구멍 주변의 나무들이 조금씩 부서지고 느슨해지더니 세 번째에는 판자 하나가 바깥쪽 복도로 완전히 나가떨어졌다.

"그건 나도 할 수 있었는데!" 불규칙한 모양으로 뻥 뚫린 구멍을 보고 왜 자기는 그런 생각을 못 했을까 자책하며 톰이 말했다.

"하지만 하지 않았잖아." 헤스터는 이렇게 말하며 미소를 지어 보였다. 톰은 그녀의 미소를 처음 봤다. 비뚤어지고 별로 아름답지 않은 미소였지만 반가웠다. 그 미소를 보면서 톰은 이제 그녀가 자신을 더 이상 귀찮은 존재로만 여기지 않고 인간적으로 좋아하기 시작한 것 같다는 생각을 했다.

"자, 가자." 헤스터가 말했다. "여기 계속 있고 싶으면 말고."

❀ ❀ ❀

달빛이 비치는 진흙탕 너머 수백 마일 떨어진 곳에서 슈라이크는 뭔가를 발견했다. 그는 엔지니어 조종사들에게 신호를 보냈다. 그들은 고개를 끄덕이면서도 "이번엔 또 뭐야? 런던 바큇자국을 따라 몇 번을 더 오르락내리락해야 그 애가 죽었다는 걸 인정하려는지…."라고 투덜거리며 고스호크 90호를 착륙시킬 준비를 했다. 하지만 이런 불만을 아무도 큰 소리로 이야기하지는 않았다. 모두들 슈라이크가 두려웠기 때문이다.

비행선 해치가 열리자 슈라이크가 성큼성큼 걸어 나갔다. 그의 초록빛 눈은 찾고자 하던 것을 찾을 때까지 계속 지평선을 훑었다. 마침내 비에 젖은 채 반쯤 진흙탕에 묻힌 찢어진 셔츠 조각을 발견한 슈라이크는 "헤스터 쇼가 여기 왔었다."라고 딱히 누구에게랄 것 없이 선언하듯 말한 후 그녀의 냄새를 찾기 위해 코를 킁킁거렸다.

MORTAL ENGINES

9
제니 하니버

처음에는 운이 따라 주는 듯했다. 둘은 재빨리 희미한 불이 켜진 복도를 지나 스피드웰의 바퀴 옆에 숨었다. 달빛 아래로 다른 마을들의 형체가 보였다. 집집마다 창문에서 불빛이 새어 나오고, 어떤 마을의 제일 높은 갑판에서는 모닥불이 타오르고 있었다. 밀집촌 변두리 쪽에 있는 광산촌인 것 같은데 시끄러운 파티가 한창이었다.

헤스터와 톰은 스피드웰 갑판의 가장자리를 따라 조심조심 판자다리가 있는 곳까지 갔다. 바로 옆에 있는 마켓 타운과 스피드웰을 잇기 위해 놓아 둔 다리였다. 지키는 사람은 없었지만 밝게 불이 켜져 있었다. 두 사람이 다리를 건너 마켓 타운의 갑판으로 발을 내딛는 순간 뒤에서 누군가가 "이봐!" 하고 외쳤다. 그러더니 곧 "저것봐요, 뭬이랜드 삼촌! 노예들이 도망가요!" 하고 소리를 질렀다.

둘은 뛰었다. 아니, 발을 내딛을 때마다 고통으로 끙끙거리는 헤스터를 톰이 끌고 갔다고 하는 게 더 정확한 표현일 것이다. 계단을 올라 철 다리를 건너고, 방랑 타운들의 수호여신 페리파테티아 (Peripatetia)의 사당을 지나 두 사람은 마켓 타운의 중앙 광장에 이르렀다. 그곳에는 커다란 철창들이 늘어서 있었는데 그중 몇 군데에선 깡마르고 비참한 몰골의 노예들이 팔려 가기를 기다리고 있었다. 톰은 속도를 늦추고 눈에 띄지 않게 애를 쓰면서 자신들을 쫓아오는 소리가 들리는지 온 정신을 귀에 집중하며 걸었다. 다행히도 추격 소리는 들리지 않았다. 뭐이랜드 일가가 쫓아오는 걸 포기한 건지, 다른 타운에서 사람을 쫓는 게 금지되어 있는 건지 모를 일이었다. 톰은 무역 밀집촌의 법이 어떤지 전혀 몰랐다.

"타운의 앞쪽으로 가." 헤스터가 톰의 팔을 놓고 코트 깃을 세워 얼굴을 가리며 말했다. "운이 좋으면 거기 비행선 항구가 있을 거야."

운이 좋았다. 타운의 상층 갑판 앞쪽으로 다른 곳보다 약간 높게 지어진 곳에 작은 비행선들이 대여섯 척 정박해 있었다. 가스가 가득 찬 어두운 색의 기낭이 마치 잠든 고래 같아 보였다. "비행선을 훔칠 생각이야?" 톰이 속삭였다.

"네가 비행선 조종하는 법을 알면 훔칠 수도 있지." 헤스터가 나직한 목소리로 말했다. "저쪽에 조종사 카페가 있어. 보통 사람들처럼 돈을 내고 타야 될 거야."

카페는 오래된 비행선의 승객용 곤돌라를 갑판에 고정시켜 만든 곳이었다. 카페 입구 쪽의 줄무늬 차양 밑에 쇠 테이블 몇 개가 있었다. 테이블 위에 놓인 바람막이용 유리덮개 안에선 촛불들이 타고 있었고, 그중 한 테이블에는 늙은 비행사가 고개를 숙이고 앉아 코를 골고 있었다. 그 사람 말고는 바 근처 어두운 곳에 빨간 가죽 롱코트를 입고 앉아 있는 불쾌한 표정의 동양 여자 한 명밖에 없었다. 그 여자는 이미 사방이 어두워졌는데도 선글라스를 끼고 있었다. 톰이 카운터로 걸어 들어가자 그녀는 몸을 돌려 톰을 빤히 쳐다봤다.

바에서는 콧수염을 기른 키 작은 남자가 유리잔을 닦고 있었다. "비행선을 구하고 있습니다."라고 말하자 그는 별 관심 없다는 표정으로 고개를 들었다.

"어디로?"

"런던이요." 톰이 대답했다. "나랑 내 친구가 런던으로 가야 하는데 오늘 밤 당장 떠나야 합니다."

"런던이라…." 마치 콧구멍에 다람쥐가 한 마리씩 쑤시고 들어가 꼬리만 밖으로 꺼내 놓고 흔드는 것처럼 그 남자의 콧수염이 꿈틀거렸다. "런던 상인 길드에서 발행하는 허가장을 받은 비행선만 런던에 정박할 수 있는데 여긴 그런 비행선이 없소. 스테인스는 그런 종류의 타운이 아니거든."

"내가 도움이 될지 모르겠군요?" 톰 어깨 너머에서 외국인 억양의 부드러운 목소리가 물었다. 빨간 가죽 코트를 입은 아까 그 여자가 소리 없이 다가와 이야기를 듣고 있었던 것이다. 늘씬하고 잘생긴 그녀는 짧고 검은 머리에 흰 머리카락이 몇 줄 나 있어서 오소리 털을 연상시켰다. 그녀의 선글라스에 비친 촛불들이 마치 춤을 추고 있는 듯 보였다. 웃을 때 보니 치아를 온통 빨갛게 물들인 것 같았다. "난 런던에 정박할 수 있는 허가장은 없지만 공중 무역항에 어헤이븐으로 가는 길이에요. 거기까지 나랑 같이 가요. 거기서 런던으로 가는 비행선을 찾으면 될 것 같은데…. 돈은 있어요?"

톰은 돈 생각은 미처 못 했다는 것을 깨달았다. 그는 입고 있던 가운 주머니를 뒤져 앞면에는 쿼크의 얼굴이, 뒷면에는 매그너스 크롬이 엄한 얼굴로 노려보고 있는 사진이 박힌 너덜너덜한 지폐 두 장을 꺼냈다. 런던에서 떨어지던 날 밤, 켄싱턴 가든에서 열릴 사냥 축하 파티에서 쓰려고 호주머니에 넣어 둔 돈이었다. 하지만 낯선 타운의 비행선 항구에서 흔들리는 촛불 밑에 꺼내 든 그 지폐들은 장난감 돈 같아 보였다.

그 여자도 그렇게 생각하는 것 같았다. "아하!" 그녀가 말했다. "20쿼크라. 하지만 그런 지폐는 런던에서만 통하는데? 나 같은 가난한 방랑 비행사한테는 별 소용이 없어요. 금이나 올드-테크 같은 건 없어요?"

톰은 어깨를 으쓱하면서 우물쭈물했다. 곁눈으로 보니 한 무리의 사람들이 새로 카페에 들어와 앉아 있는 손님들을 지나 자기 쪽으로 오고 있었다. "보세요, 뤠이랜드 삼촌!" 그중 한 명이 소리쳤다. "저기 있어요. 이제 잡았어요!"

고개를 돌려 보니 퓌이랜드와 청년 두 명이 커다란 몽둥이를 든 채 다가오고 있었다. 톰은 반쯤 정신을 잃고 카운터에 기대어 서 있는 헤스터를 움켜잡았다. 스피드웰 패거리 중의 한 명이 도망갈 길을 막고 섰다. 그때 빨간 코트를 입은 그 여자가 앞으로 나서며 말했다. "이 사람들은 내 승객이에요. 지금 막 요금을 받고 있었어요."

"저것들은 우리 노예요!" 퓌이랜드가 그 여자를 밀치면서 나섰다. "톰 니츠워디와 그 친구. 아웃컨추리에서 찾았지. 찾는 사람이 임자요!"

톰은 그 사이 헤스터를 부축하여 서둘러 갑판을 가로질러서 비행선들이 정박되어 있는 부두 쪽으로 향했다. 퓌이랜드 일당이 패를 갈라 자기들을 찾아다니면서 서로 외치는 소리가 들렸다. 그러다가 갑자기 '끄응' 하는 소리가 들리더니 뭔가 쓰러지는 소리가 났다. 누군가 한 명이 쓰러진 것 같았다. 톰은 '잘됐어!' 하고 생각했다. 하지만 다른 놈들이 금방 자기를 찾아낼 거라는 걸 알고 있었다.

그는 헤스터를 끌고 부두로 향하는 짧은 철 계단을 올랐다. 닻을 내리고 있는 비행선들 중 몇 개에는 불이 켜져 있었다. 톰은 어렴풋이 그중 한 곳에 타서 어떻게든 조종사를 위협해 런던으로 가야겠다고 생각했다. 하지만 겁을 줄 만한 무기조차 전혀 없는 상태라 그건 꿈에 불과했다. 무기로 사용할 만한 것을 찾아보기도 전에 자신들을 쫓아오는 발걸음 소리가 들리더니 뒤이어 퓌이랜드의 목소리가 들려왔다. "제발 이성적으로 합시다, 미스터 니츠워디! 다치게 하고 싶지 않아요. 프레드!" 그가 소리쳤다. "프레드, 그놈들 찾았어, 이리 와! 프레드?"

톰은 희망이 사라져 가는 것을 느꼈다. 이제는 피할 도리가 없었다. 그는 뤼이랜드가 한 걸음 앞으로 다가와 근처 비행선 창문에서 흘러나오는 불빛을 받으며 몽둥이를 치켜드는 것을 풀이 죽어 바라보고만 있었다. 헤스터의 몸이 미끄러지면서 닻을 올리는 도르래에 부딪히는 바람에 그녀는 신음 소리를 냈다.

"나 억지 쓰는 거 아니야!" 뤼이랜드는 헤스터가 불평을 하는 줄 알고 변명조로 말했다. "나도 노예고 뭐고 정말 싫어하는 사람인데, 너무 힘든 때라…. 그리고 우리가 너흴 잡은 건 사실이잖아."

그때 갑자기 헤스터가 톰은 상상도 못 할 만큼 빠른 속도로 움직이기 시작했다. 그녀는 기대어 서 있던 도르래에서 쇠막대기를 뽑아 들고 뤼이랜드에게 휘둘렀다. 그가 들고 있던 몽둥이는 큰 소리를 내면서 멀리 날아가 아래 갑판에 떨어졌고, 헤스터의 막대기에 옆머리를 맞은 뤼이랜드는 "악!" 하고 비명을 지르며 그 자리에 쓰러졌다. 헤스터는 앞으로 뛰쳐나가면서 다시 쇠막대기를 치켜들었다. 그러나 뤼이랜드의 머리를 내려치기 직전에 톰이 헤스터의 팔을 붙들었다. "그만! 이러다가 죽이겠어!"

"그래서?" 헤스터는 몸을 돌려 뻐드렁니를 모두 드러낸 채 정신 나간 원숭이 같은 얼굴로 톰을 노려봤다. "그래서?"

"그 애 말이 맞아." 부드러운 목소리가 들려왔다. "그 노인네를 죽일 필요는 없어."

바에서 봤던 그 여자가 그림자 밑에서 모습을 드러냈다. 걸을 때마다 빨간 코트 자락이 그녀의 발목을 휘감았다. "일당이 더 오기 전에 내 비행선에 타야 할 것 같은데."

"돈이 충분치 않다고 했잖아요." 톰이 말했다.

"알아요. 미스터 니츠워디. 하지만 그냥 앉아서 노예로 팔려 가는 걸 보고만 있을 수는 없잖아? 나도 한때는 노예였던 적이 있어. 별로 권하고 싶지 않은 직업이지." 아몬드 모양의 갈색 눈동자를 지닌 그녀는 이제 선글라스를 쓰고 있지 않았다. 웃을 때마다 눈가에 주름이 잘게 잡혔다. "그것 말고도 궁금한 점이 많아. 왜 런던 시민이 대 사냥터를 헤매고 다니다가 이런 어려운 지경에 빠졌을까?" 그녀는 톰에게 손을 내밀었다. 구릿빛의 긴 손은 피부가 너무 얇아 뼈와 근육의 움직임이 모두 들여다보일 지경이었다.

"당신이 퉤이랜드처럼 우리를 배신하지 않을 거라 어떻게 믿죠?" 톰이 물었다.

"물론 알 수 없어." 그녀가 웃음을 터뜨리며 말했다. "그냥 날 믿는 수밖에 없지 뭐."

처음에는 밸런타인, 그다음엔 퉤이랜드에게 연달아 당하고 나니 톰은 이제 아무도 믿을 수 없을 것 같다는 생각이 들었다. 그러나 이 이상한 외국인은 이 순간 그야말로 유일한 희망이었다. "알았어요." 톰이 말했다. "하지만 내 이름은 니츠워디가 아니라 내츠워디예요. 뤠이랜드가 내 이름을 잘못 알았는지…."

"내 이름은 팽이야." 여자가 말했다. "미스 안나 팽." 그녀는 두려움에 떠는 동물을 안심시키려는 사람처럼 손을 내민 채, 그 충격적인 빨간 미소를 아직 얼굴에서 지우지 않고 있었다. "내 비행선은 6번 부두에 있어."

결국 톰과 헤스터는 안나 팽을 따라나섰다. 가는 도중 기름 냄새가 나는 부두 밑 어두운 곳을 지나다가 거기 쓰러져 있는 뤠이랜드의 부하들을 넘어갔다. "이 사람들은…?" 톰이 속삭이는 소리로 물었다. "완전히 케이오(KO)됐지, 뭐." 미스 팽이 말했다. "난 가끔 힘조절을 못 해서 탈이란 말이야."

톰은 잠시 멈춰서 쓰러져 있는 사람들이 괜찮은지 체크해 보고 싶었지만 미스 팽이 서둘러야 한다고 했기 때문에 그럴 수 없었다. 일행은 6번 부두로 이어지는 사다리를 올라갔다. 그곳에 닻을 내리고 있는 비행선은 톰이 상상했던 우아한 쾌속 비행선이 아니었다. 우아하긴커녕 누더기로 여기저기를 기운 주홍빛 가스백과 나무 곤돌라에 녹슨 엔진을 가져다 끼워 맞춘 암담한 물건이었다.

"폐품으로 만든 비행선이잖아!" 톰이 놀라 자기도 모르게 내뱉었다.

"폐품?" 미스 팽이 웃으며 말했다. "그렇게 말하면 섭섭하지. 이래 봬도 제니 하니버는 역사상 제일 우수한 비행선들한테서 부품을 물려받았는데? 샨 구오산 쾌속정에서 실리콘 실크 기낭을 받았고, 파리산 전투비행선에서 주네-카로 아에로 엔진 한 쌍, 그리고 슈피츠베르겐 군비행선에서 강화 가스 연료통을 물려받아 만든 비행선이야. 쓰레기 더미에서 얼마나 대단한 것들을 찾아낼 수 있는지 알면 정말 놀랄걸."

미스 팽은 부두와 비행선을 잇는 임시 다리를 건너 갖가지 향신료 냄새가 나는 좁은 곤돌라로 톰과 헤스터를 인도했다. 곤돌라는 좁은 관(管) 모양이었는데 앞쪽에는 비행 갑판이, 뒤쪽에는 미스 팽의 숙소가 있었다. 그리고 그 사이에 여러 가지 용도의 작은 방들이 늘어서 있었다. 톰은 머리 위쪽에 달린 캐비닛과 천장에 매달린 각종 기기들에서 나온 위험해 보이는 전깃줄들을 피하느라 계속 머리를 숙이고 걸어야 했다. 그러나 미스 팽은 이런 것에 익숙한 듯 그 사이를 민첩하게 움직여 다녔다. 그녀는 이상하게 들리는 외국어로 혼잣말을 하면서 스위치들을 올리고 레버를 잡아당겨 희미한 초록빛이 나는 전자 기기들을 켰다. 선실은 전자 기기들에서 나오는 희미한 빛으로 인해 마치 밤에 수족관에 와 있는 것 같은 느낌이 들었다. 미스 팽은 걱정스러워하는 톰의 얼굴을 보고 웃음을 터뜨렸다. "에어스페란토야. 비행사들 사이에 공용으로 쓰이는 언어지. 버드로드를 혼자 다니다 생긴 버릇이야. 너무 외로워지면 혼잣말을 하곤 했는데 습관이 돼 버렸어."

미스 팽이 마지막 레버를 잡아당기자 가스 밸브들이 잠에서 깨어난 듯 여러 가지 소리를 내기 시작하더니 이내 그 소리가 선실 전체에 울려 퍼졌다. 자석으로 된 도킹 장치가 풀리면서 철커덩 하는 소리가 났고, 라디오가 치지직 하면서 켜지더니 다급한 목소리가 들려왔다. "제니 하니버, 여기는 스테인스 항구 통제국이다. 귀선은 출발 허가를 받지 않은 상태다."

그러나 제니 하니버는 허가와 상관없이 출발했다. 비행선이 한밤의 하늘로 날아오르자 톰은 속이 울렁거리기 시작했다. 그는 서둘러 창가로 가서 마켓 타운이 저 아래로 멀어지는 것을 지켜봤다. 스피드웰도 보였고 얼마 지나지 않아 무역 밀집촌 전체가 박물관의 견인 도시 모형 전시관처럼 보이기 시작했다.

"제니 하니버." 스피커에서 계속 말소리가 들려왔다. "즉시 항구로 돌아오라! 스피드웰 시의회에서 제니 하니버에 타고 있는 승객들을 돌려달라는 요청을 해 왔다. 명령을 이행하지 않을 경우, 강제로…."

"따분해." 미스 팽이 노래하듯 말하면서 라디오를 꺼 버렸다. 스피드웰 시청 건물 지붕 위에 있던 사제 로켓 발사대에서 미사일이 날아왔다. 미사일 세 대는 아무것도 맞추지 못하고 지나쳐 갔지만 네번째 미사일이 비행선 우측에서 폭발하자 곤돌라가 시계추처럼 흔들렸고, 다섯 번째 미사일은 그보다 더 가까이에서 터졌다.(톰과 헤스터는 놀란 토끼마냥 숨을 곳을 찾아 몸을 숙였지만 안나 팽은 다섯 번째 미사일이 근처에서 터지자 한쪽 눈썹만 슬쩍 치켜 올릴 뿐이었다.) 비행선은 곧 미사일의 사정거리에서 벗어났다. 제니 하니버는 차갑고 한가로운 밤하늘로 높이 날아올랐고, 무역 밀집촌은 구름 아래 멀리 누군가 빛을 문질러 놓은 것처럼 보였다.

10
13층 엘리베이터

그날 밤 런던에는 비가 왔다. 그러나 동이 틀 무렵 비가 그치고 하늘은 고요한 호수처럼 맑고 깨끗해졌다. 런던 시의 엔진에서 나온 연기가 약간의 흔들림도 없이 일직선으로 올라갈 만큼 바람 한 점 없었다. 이슬에 젖은 갑판 바닥들은 새벽빛 아래 은빛으로 빛났고, 제1갑판의 깃발들은 축 처진 채 깃대에 매달려 있었다. 맑고 화창한 봄날 아침이었다. 밸런타인이 바라고, 캐서린은 두려워하던 그 날씨, 바로 비행하기에 완벽한 날씨였다.

　이른 아침이었지만 제1갑판 가장자리는 13층 엘리베이터의 이륙을 보기 위해 몰려든 사람들로 붐볐다. 아빠와 함께 겐치가 모는 차를 타고 비행선 부두 쪽으로 가던 캐서린은 서클 파크에도 사람들이 많이 모여 있는 것을 봤다. 마치 하이 런던 전체가 밸런타인을 환송하기 위해 나온 것처럼 느껴졌다. 물론 밸런타인이 어디로 향하는지 아무도 알지 못했다. 그러나 런던이 동쪽을 향해 빠른 속도

로 질주를 계속하자 여러 가지 소문이 밤낮으로 무성하게 퍼져 나
갔다. 밸런타인의 이번 탐험 비행이 크롬 시장이 염두에 두고 있는
굉장한 사냥감과 관련 있다는 건 누구나 알고 있었다.

평의회와 여러 길드들을 위해 임시 천막이 설치되었다. 붐비는 격
납고에서 아빠와 작별 인사를 나눈 캐서린은 강아지와 함께 역사학
자 길드 천막 쪽으로 가서 처들리 포메로이와 닥터 아켄가스 사이에
섰다. 주변은 온통 런던의 유명 인사들로 가득했다. 아빠가 속한 역
사학자 길드의 엄숙한 검정 가운, 단정한 초록색 재킷을 입은 네비
게이터 길드 회원들, 상인 길드의 보라색 가운, 그리고 하얀 고무 코
트를 입고 후드를 쓴 우스꽝스러운 지우개 같은 모습의 엔지니어 길
드 회원들이 줄지어 서 있었다. 매그너스 크롬마저도 시장의 상징인
고대로부터 내려오는 펜던트를 가느다란 목에 두르고 서 있었다.

캐서린은 사람들이 모두 그냥 집에 있었으면 하는 생각이 간절했
다. 깃발을 흔들고 환호성을 내지르는 환송 인파 사이에서 아빠와
작별 인사를 하는 건 항상 쉽지 않았다. 그녀는 강아지의 머리를 쓰
다듬으며 말했다. "봐, 저기 아빠가 탑승 다리를 건너가고 계시지?
이제 비행선 엔진에 금방 시동을 걸 거야."

"잘못되는 일이 없기만 바랄 뿐이야." 닥터 아켄가스가 낮은 소리
로 말했다. "비행선들이 아무 문제 없이 잘 가다가 갑자기 폭발하는
경우를 자주 봐서 말이지…."

"만약을 위해 조금 뒤로 물러서는 것이 나을까요?" 박물관에서

가구 큐레이터로 일하는 미스 플림이 말했다.

"말도 안 되는 소리예요." 캐서린은 두 사람에게 화난 목소리로 말했다. "아무것도 잘못되지 않을 거예요."

"맞아. 바보 같은 소리를 하려면 차라리 입을 닫고 있는 편이 나아." 처들리 포메로이가 놀랍게도 캐서린을 거들었다. "두려워하지 말아요, 미스 밸런타인. 미스터 밸런타인은 최고의 비행선, 최고의 조종사들과 함께 있어요. 잘못될 수가 없어요."

캐서린은 고마워서 포메로이에게 미소를 지어 보였다. 그러면서도 만일을 생각해 등 뒤로 행운을 비는 손 모양을 한 채 서 있었다. 강아지가 캐서린의 기분을 알아차렸는지 낮게 신음 소리를 내기 시작했다.

격납고 안에서 문들이 닫히는 소리와 탑승 사다리를 치우는 소리가 들렸다. 기대감에 가득 찬 침묵이 일시에 사방으로 퍼져 나갔다. 제1갑판 가장자리에 모여든 하이 런던 시민들은 숨을 죽였다. 그러자 밴드가 '룰 론디니움'*을 연주하기 시작했고, 밸런타인의 지상 승무원들이 13층 엘리베이터를 햇빛이 가득한 격납고 밖으로 끌고 나왔다. 비행선의 방탄 가스백이 마치 늘씬하고 까만 화살 같았다. 밸런타인이 조종실 곤돌라의 앞머리 부분에 설치된 야외 플랫폼에 서서 손을 흔들고 있었다. 그는 지상 승무원들과 깃발이 휘날리는

---

* Rule Londinium. 21세기 영국의 비공식 국가로 사랑받던 '룰 브리타니아!'(Rule Britannia!)를 연상시키는 노래 제목이다.

천막들을 향해 경례를 한 후 캐서린과 눈을 맞추고 미소를 지어 보였다. 아빠는 그 많은 사람들이 모여 있는 곳에서 한 순간의 망설임도 없이 캐서린을 바로 찾아낸 것이다.

13층 엘리베이터의 엔진포드들이 이륙 모드로 들어가면서 가속을 하자 캐서린은 미친 듯이 손을 흔들었고 모여든 사람들은 목이 쉬도록 환호성을 질렀다. 지상 승무원들이 비행선을 정박시켰던 굵은 밧줄을 풀자 프로펠러가 돌기 시작했다. 공중으로 서서히 떠오르기 시작한 커다란 비행선에서 나오는 바람에 날려 수백만 개의 색종이 조각들이 소용돌이쳤다. 탐험가 밸런타인을 공중에 띄우는 것이 마치 자신들이 보내는 사랑의 힘인 양 사람들은 "밸-런-타인! 밸-런-타인!" 하고 외쳐 댔다.

그러나 밸런타인은 군중들의 함성도, 나부끼는 깃발도 아랑곳하지 않고 캐서린에게 시선을 고정시킨 채 그녀에게만 손을 흔들고 있었다. 캐서린도 비행선이 멀리 날아가 버려 아빠의 모습이 보이지 않을 때까지 아빠만 바라보고 있었다.

마침내 13층 엘리베이터가 동쪽 하늘에 찍힌 점처럼 보일 만큼 멀어지자 사람들이 흩어지기 시작했다. 캐서린은 한 손으로 눈물을 훔친 후 집으로 가기 위해 강아지의 목줄을 잡고 돌아섰다. 아빠가 벌써부터 그리웠지만, 반드시 실행에 옮겨야 할 계획이 하나 있었다. 아빠가 집을 비운 사이 캐서린은 그 수수께끼의 소녀가 누군지, 그리고 아빠가 왜 그 아이를 두려워하는지 직접 알아낼 참이었다.

11

에어헤이븐

씻고, 자고, 허기를 해결하고 나니 톰은 모험가 생활이 그리
나쁘지는 않다는 생각이 들기 시작했다. 해가 뜰 무렵에는 진흙탕
을 헤매고 다니던 때랑 스피드웰에 갇혀 괴로웠던 기억들이 이미
잊혀지기 시작했다. 제니 하니버의 앞쪽에 난 커다란 창으로 새벽
빛에 빛나는 금빛 구름 산들이 보였다. 바깥 풍경이 주는 진한 감동
으로 밸런타인의 배신마저 조금 빛을 잃는 것 같았다. 아침 식사 시
간에 미스 팽과 함께 조종실에서 코코아를 마시던 톰은 자신이 이
순간을 즐기고 있음을 깨달았다.

　제니 하니버가 스피드웰 로켓의 사정거리에서 벗어나자 미스 팽
은 친절 그 자체로 변신했다. 일단 비행선의 행로를 결정해서 오토
파일럿에 입력하고 난 후 그녀는 따뜻한 안감이 들어 있는 코트를
찾아 톰에게 입히고 화물칸에 톰이 잘 만한 잠자리를 마련해 주었
다. 기낭 안쪽에 자리 잡은 그곳에는 슈피츠베르겐에서 가져온 물

개 가죽들이 쌓여 있었다. 그러고 나서 그녀는 헤스터를 의료실로 데리고 가 다친 다리를 치료해 주기 시작했다. 아침 식사를 마친 톰이 의료실을 들여다봤을 때 헤스터는 새하얀 담요를 덮고 곤히 잠들어 있었다. "진통제를 줬어." 미스 팽이 설명했다. "앞으로도 몇 시간 더 잘 거야. 크게 걱정하지 않아도 돼."

톰은 자고 있는 헤스터의 얼굴을 자세히 살펴봤다. 톰은 은연중에 헤스터도 씻고 먹고 치료를 받았으니 전보다 조금 더 나아 보일 거라고 생각했다. 그러나 그녀의 상처 난 얼굴은 여전히 끔찍했다.

"밸런타인이라는 사람 저 애를 정말 망쳐 놨어. 나쁜 놈 같으니라고." 미스 팽이 톰과 함께 조종실 쪽으로 걸어가면서 말했다. 조종실에 도착한 그녀는 오토파일럿을 해제하고 직접 비행선을 조종하기 시작했다.

"밸런타인에 대해 어떻게 아세요?" 톰이 물었다. "테데우스 밸런타인을 모르는 사람이 간첩이지." 그녀가 웃으며 대답했다. "밸런타인이 런던 최고의 역사학자라는 것도 알고, 그 역사학자라는 직업은 크롬의 스파이라는 진짜 정체를 숨기기 위한 가면이라는 것도 알고 있지."

"그건 사실이 아니에요!" 톰은 더 말하려다 그만뒀다. 자신의 영웅이었던 사람을 변호하고 싶은 마음이 아직도 남아 있었던 것이다. 하지만 밸런타인의 탐험 여행에 순수한 고고학 탐사 말고 뭔가 더 어두운 목적이 있다는 소문은 톰도 들은 적이 있었다. 그리고 그가 저질러 놓은 일을 직접 눈앞에 대하고 보니 그 소문들이 진실이었다는 생각이 들었다. 톰은 얼굴을 붉혔다. 밸런타인이 부끄러웠고, 그런 밸런타인을 숭배했던 자신이 부끄러웠다.

미스 팽은 그런 톰을 이해한다는 듯 희미하게 미소 지었다. "어제 저녁에 다리를 치료하면서 헤스터에게 많은 이야기를 들었어. 너희 둘 다 살아 있는 게 천만다행이야."

"저도 그렇게 생각해요." 톰은 그렇게 말하면서도 헤스터가 둘이 겪은 일을 처음 보는 사람에게 말했다는 사실이 불만스러웠다.

그는 부조종석에 앉아 앞에 펼쳐진 제어반을 쳐다봤다. 수없이 많은 스위치와 손잡이, 레버들에 에어스페란토, 앵글리시, 중국어가 섞인 라벨들이 붙어 있었고, 제어반 위에는 옻칠이 된 사당이 고정된 채 놓여 있었다. 사당에 모셔진 미스 팽의 조상들 사진에는 빨간 리본 장식이 되어 있었다. 사진 속에서 웃고 있는 만주 비행 무역상은 미스 팽의 아버지일 거라 추측됐지만 얼음 황무지 출신의 빨간 머리 여인은 어머니인지 긴가민가했다.

"그래서 말이야, 톰." 미스 팽이 말했다. "런던이 도대체 어디로 가고 있는 거야?"

전혀 예상하지 못했던 질문이었다. "저도 모르죠!"

"그래도 뭔가 아는 게 있겠지." 미스 팽이 웃었다.

"서쪽 땅 구석에 숨어 있다가 갑자기 나와서 대 육교를 건너더니 이제는 대 사냥터 한가운데를 쏜살같이 질주하고 있어. 소문이라도 들은 게 있을 것 같은데, 안 그래?"

그녀의 긴 눈이 톰을 훑고 지나갔다. 톰은 뭐라 할 말이 없어서 초조하게 입술을 핥았다. 런던이 어디로 향하는지에 대해 다른 견습생들이 두런두런 이야기할 때 톰은 한번도 귀를 기울인 적이 없었다. 정말 아무것도 아는 게 없었다. 그러나 설령 뭔가를 안다 해도 처음 만난 동양인 여자 비행사에게 자기 고향 도시의 계획을 술술 고해바치는 건 옳지 않다는 생각도 들었다. 미스 팽이 다른 큰 도시들에 런던에 대한 정보를 팔고 대가를 챙길지도 모르는 것 아닌가? 하지만 지금 뭐라도 이야기하지 않으면 그녀가 자신을 비행선에서 차 내 버릴지도 모를 일이었다. 착륙하는 수고 없이 그냥 지금 바로 톰을 차 내 버리면 어쩌란 말인가?

"사냥감이요!" 톰이 내뱉었다. "네비게이터 길드에서 대 사냥터에 사냥감이 엄청나게 많다고 했어요."

그녀의 붉은 미소가 더 커졌다. "정말?"

"네비게이터 길드 회장에게 직접 들었는걸요." 톰은 점점 더 대담해져 갔다.

미스 팽은 활짝 웃으며 놋쇠로 된 레버를 잡아당겼다. 기낭 안에서 가스 밸브들이 쾅쾅 소리를 내기 시작하자 제니 하니버의 고도가 낮아졌고 톰은 귀가 먹먹해지는 것을 느꼈다. 비행선이 하얗고 두터운 구름 사이로 들어가자 미스 팽은 "대 사냥터가 어떻게 생겼는지 보여 주지."라고 말했다. 그녀는 사당 옆에 붙여 놓은 항해지도를 보고 위치를 확인하면서 혼자 웃었다.

한참을 그렇게 아래로 내려가다 보니 어느새 구름이 옅어지더니 이윽고 완전히 걷혔다. 비행선 아래로 구겨진 회갈색 종이처럼 펼쳐진 아웃컨추리가 눈에 들어왔다. 끝없는 회갈색 사이에 군데군데 칼자국처럼 길고 푸른 자국이 나 있었다. 그곳을 지나간 수없이 많은 견인 도시들이 남긴 바큇자국에 물이 찬 것이었다. 스테인스에서 비행선이 이륙한 후 처음으로 톰은 두려워졌다. 그러나 미스 팽이 작은 소리로 말했다. "무서워할 것 없어, 톰."

그는 마음을 가라앉히고 눈앞에 펼쳐진 놀라운 풍경을 바라봤다. 먼 북쪽으로는 얼음 황무지가 차갑게 반짝이고 있었고, 탄호이저 파이어 산맥의 검은 봉우리도 보였다. 톰은 런던을 찾아 봤다. 한참을 여기저기 살핀 끝에 마침내 그는 런던과 비슷한 물체를 얼핏 본 것 같다는 생각을 했다. 톰이 예상한 것보다 훨씬 더 멀리 떨어진 곳에 작은 회색빛 점이 먼지를 일으키며 굴러가고 있었다. 드넓은 평야에 여기저기 점처럼 퍼져 있는 크고 작은 도시와 타운들이 보였고, 아직 다 갉아먹지 않은 산맥들의 그늘 아래 자리 잡고 있는 견인 광산촌들도 보였다. 그러나 그가 생각했던 것에 비하면 턱없이 적은 수였다. 아무도 발길을 하지 않은 텅 빈 남동쪽으로는 늪지대가 펼쳐져 있었고 그 너머엔 물이 햇빛을 받아 반짝였다.

"저게 바로 유명한 내륙해인 카자크해야." 톰이 그 반짝이는 물 쪽을 가리키자 미스 팽이 설명했다. "들어 봤지? 카자크해의 노래."

그러더니 높은 음으로 시작되는 그 노래를 경쾌한 목소리로 부르기 시작했다. "무서워라, 무서워라, 카자크해여, 가까이 가는 도시는 돌아오질 못하니…."

그러나 톰의 귀에는 미스 팽의 노랫소리가 들어오질 않았다. 내륙 해보다 훨씬 더 무서운 것이 눈에 들어왔기 때문이다.

비행선에서 똑바로 내려간 곳에 죽어 앙상하게 뼈대만 남은 도시 가 쓰러져 있었다. 불안정한 각도로 기울어져 누워 있는 그 도시 위로 제니 하니버의 작은 그림자가 지나갔다. 주변에는 작은 타운들의 바큇자국이 수백 개 나 있었다. 더 자세히 보기 위해 제니 하니 버가 고도를 낮추자 톰은 그 도시의 바퀴와 내장 갑판은 이미 다 없어졌지만 아직도 작은 타운들이 벌떼처럼 모여들어 커다란 턱으로 녹슨 갑판을 뜯어내고 있다는 것을 알아차렸다. 쓰러진 도시의 갑판 위에 직접 내려 쓸 만한 물건을 찾아다니는 폐품 수집상들의 모습이 보였다. 그들이 들고 있는 횃불들이 갑판 그림자 사이에서 반짝거려 퀴크마스 트리를 생각나게 했다.

모여 있던 작은 타운 중의 하나에서 연기가 한 차례 나더니 제니 하니버 쪽으로 로켓이 날아와 불과 몇십 미터 아래에서 폭발했다. 미스 팽의 손이 제어반 위로 재빨리 움직이자 제니 하니버는 금세 위로 올라가기 시작했다. "대 사냥터에 출몰하는 폐품 수집 타운들 중 절반은 모터로폴리스의 잔해에 붙어 있어." 그녀가 말했다. "굉장히 경계심이 많아서 가까이 오는 건 누구든 사격을 가하고, 아무도 가까이 오지 않으면 자기들끼리 총질을 하는 무리들이야."

"하지만 어쩌다 저런 몰골이 된 거예요?" 톰은 점점 멀어지는 죽은 도시의 거대한 뼈를 내려다보며 물었다.

"굶어 죽은 거지. 연료가 떨어지자 한 곳에 머물러 있었고, 얼마 가지 않아 작은 타운들 한 떼가 몰려와 물어뜯기 시작했어. 저렇게 미친 듯이 먹어 치우기 시작한 지 벌써 몇 달은 됐을걸. 아마 조금 큰 도시가 하나쯤 오면 흔적도 없이 사라지고 말 거야. 이제 알겠지, 톰? 대 사냥터에는 사냥감이 별로 없어. 그러니까 지금까지 숨어 있던 런던이 사냥감을 찾아서 대 사냥터로 나선 건 절대 아니야."

톰은 죽은 도시가 멀어져 가는 걸 보기 위해 몸을 불편할 정도로 돌려야만 했다. 도시의 북동쪽 면에서 한 떼의 사냥꾼 타운들이 폐품 수집 타운들을 괴롭히다가 그중 가장 약하고 느린 타운을 골라 추격전을 벌이고 있었다. 그러나 사냥의 결말을 미처 다 보기도 전에 제니 하니버는 구름 위의 맑고 깨끗한 하늘로 날아올랐다. 모터로폴리스의 시체는 이제 더 이상 보이지 않았다.

톰을 다시 바라보는 미스 팽의 얼굴에는 아직 미소가 남아 있었지만 눈에는 묘한 빛이 감돌고 있었다. "자, 매그너스 크롬이 원하는 게 사냥감이 아니라면…." 그녀가 물었다. "과연 뭘까?"

톰은 고개를 저으며 말했다. "전 역사학자 길드의 견습생에 불과해요. 그것도 3등 견습생이요. 네비게이터 길드 회장을 진짜 만난 건 아니에요."

"헤스터가 잠깐 언급한 게 있긴 한데…." 미스 팽이 말을 이었다. "돌아가신 헤스터의 부모님한테서 밸런타인이 빼앗아 간 그 물건 말이야. 메두사라고 했는데…. 참 이상한 이름이야. 들어 본 적 있어? 무슨 뜻인지는 아니?"

톰은 다시 고개를 저었고, 그런 톰을 미스 팽은 찬찬히 쳐다봤다. 그의 눈을 하도 빤히 쳐다봐서 톰은 마치 그녀가 자기 영혼까지 들여다보는 듯한 느낌이 들었다. 그러다가 미스 팽은 웃음을 터뜨렸다. "뭐, 별 상관없어. 얼른 에어헤이븐*으로 가서 널 고향에 데려다 줄 비행선을 찾아 보자."

❀ ❀ ❀

에어헤이븐! 그곳은 당대에 가장 이름을 날리는 도시 중 하나였다. 그날 저녁 무전기 스피커에서 에어헤이븐의 자동 유도 신호가 치직거리며 들리기 시작하자 톰은 비행 갑판 쪽으로 급히 뛰어갔다. 가는 길에 선실과 비행 갑판을 잇는 계단 근처에서 의무실을 막나서는 헤스터와 마주쳤다. 헝클어진 머리카락에 아직 졸린 얼굴로

---

* Airhaven. 헤이븐(haven)은 항구(특히 바람을 피해서 배들이 정박하는 곳)라는 뜻과 피난처라는 뜻 두 가지가 있다.

다리를 절고 있었다. 헤스터는 톰을 보자 얼굴을 가리며 돌아섰고, 좀 어떠냐고 묻는 질문에도 그냥 노려보면서 알아듣기 힘든 소리로 짧게 대답하고 말았다. 안나 팽이 다리를 고친 솜씨로 저 매너도 좀 고쳐 주면 어떨까 하는 생각이 순간 톰의 머리를 스치고 지나갔다.

비행 갑판에 올라서자 미스 팽이 활짝 웃으며 두 사람을 맞았다. "저것 좀 봐!" 그녀는 커다란 창문을 가리키며 말했다. "에어헤이븐이야!"

톰과 헤스터는 미스 팽의 의자 뒤에 서서 창문 밖을 내다봤다. 구름바다 너머 서쪽으로 기우는 햇빛이 경금속으로 만든 갑판과 오색찬란한 가스백들에 반사되어 반짝거리는 것이 보였다.

원래 에어헤이븐은 배고픈 도시들을 피해 하늘로 올라갔다. 그러나 이제는 여름엔 대 사냥터 위를 떠돌면서 비행사들에게 교역과 교제의 장소를 제공하고, 추워지면 따뜻한 하늘을 찾아 남쪽으로 내려가 겨울을 나곤 했다. 톰은 언젠가 에어헤이븐이 런던 위에 닻을 내리고 머물렀던 때를 떠올렸다. 에어헤이븐이 머물렀던 일주일 내내 켄싱턴 가든과 서클 파크에서 관광 기구들이 오르락내리락하며 구경꾼들을 실어 날랐다. 돈 많은 멜리판트가 기구를 타고 에어헤이븐 구경을 하고 와서, 하늘을 떠돌아다니는 그 전설적인 도시에 대해 잔뜩 떠벌리고 다니던 걸 부러워하던 기억도 났다. 이제 집에 가면 다른 견습생들에게 해 줄 이야기가 얼마나 많을까! 톰은 가슴이 부풀어 올랐다.

톰이 탄 비행선은 천천히 에어헤이븐을 향해 올라갔다. 해가 구름 너머로 막 질 때쯤 미스 팽은 엔진을 끄고 도킹 받침대 쪽으로 비행선이 저절로 날아가도록 조종했다. 하늘색 옷을 입은 항구 직원들이 여러 가지 색깔의 깃발을 흔들면서 미스 팽을 안내했다. 항구 직원들 뒤로 관광객들과 비행사들이 보였고, 그중에 비행선 스포터* 동호회원들처럼 보이는 사람들은 제니 하니버의 번호를 수첩에 적고 있었다. 마침내 도킹 장치가 작동하고 제니 하니버가 멈춰 섰다.

잠시 후, 톰은 비행선에서 걸어 나왔다. 석양빛에 휩싸인 에어헤이븐은 싸늘하고 약간 산소가 부족한 듯한 느낌이 들었다. 항구에는 수많은 비행선들이 쉴 새 없이 드나들고 있었다. 우아한 유람선부터 녹슨 화물선, 속이 들여다보이는 기낭을 가진 날렵한 쾌속정, 다도해에서 온 호랑이 줄무늬의 향신료 무역선까지 정말 다양했다. "저것 봐!" 지붕들 위를 가리키며 톰이 말했다. "저기 하늘을 떠다니는 무역항 '플로팅 익스체인지'가 있어. 저건 '하늘의 세인트 마이클 성당'이고. 저 성당 사진을 런던 박물관에서 본 적이 있다고!" 하지만 미스 팽은 그 건물들을 이미 많이 봐 온 터였고, 헤스터는 부둣가에 사람들이 잔뜩 모여 있는 것을 보고 인상을 쓰며 얼굴을 감추느라 바빴다.

---

* airship spotter. 20세기 초 영국의 기차 동호회(train spotter)를 연상시키는 그룹. 기차 동호인들은 역이나 선로 등에 대기하고 있다가 다른 종류의 기관차, 객차들을 보는 대로 기록해서 서로 정보를 교환하곤 했다. 목표는 당대에 활동하고 있는 모든 종류의 기차를 직접 보는(spot) 것이었다.

미스 팽은 제니 하니버의 승강구 문을 잠그고 가죽끈에 달린 열쇠를 목에 걸었다. 맨발의 어린아이가 달려와 코트 자락을 당기며 "비행선 지켜 드릴까요, 마담?" 하고 조르자 웃으면서 아이 손에 네모난 동전 세 개를 쥐어 주었다. "비행선에 아무도 몰래 올라가지 못하게 잘 볼게요!" 아이는 비행선으로 건너가는 임시 다리 옆에 자리를 잡고 앉으며 약속했다. 유니폼을 입은 부두 노역자들이 미스팽에게 미소를 지어 보이면서도 그녀와 함께 있는 일행들에 대해서는 의심의 눈초리를 보냈다. 그들은 새로 도착한 사람들의 신발코에 뾰족한 쇠 징이 박혀 있지 않은지, 불이 붙은 담배를 가지고 있지는 않은지 확인한 다음 항구 사무실로 데려갔다. 사무실 벽에는 커다란 글씨로 '금연. 모든 전자 기기를 끄시오. 스파크를 절대 내지 마시오.'라고 씌어져 있었다. 항공 무역계에서 스파크는 그야말로 가장 큰 금기였다. 기낭에 들어 있는 가스에 잘못하면 불이 붙을 수도 있기 때문이었다. 에어헤이븐에서는 심지어 머리에 빗질을 너무 열심히 하는 것도 심각한 범죄 행위에 해당됐고, 새로 도착하는 사람들은 모두 엄격한 안전 협의문에 서명을 해야 했다. 화가 나도 불꽃을 튀기지 않는 성격임을 증명해 입국 심사원을 안심시켜야 할 것 같다는 생각이 들 정도로 화재 예방에 신경을 곤두세웠다.

여러 가지 복잡한 수속을 마친 후 일행은 마침내 번화가로 향하는 쇠 복도를 걸어 올라갔다. 에어헤이븐에는 쇼핑가가 단 하나밖에 없었다. 둥그렇게 양 끝이 만나는 그 길에는 가벼운 경금속으로 만들어진 갑판 위에 각종 가게들과 가판점, 잡화상, 카페, 호텔 등이 모여 있었다. 톰은 계속해서 이곳저곳을 기웃거리며 모든 것을 머리에 집어넣고 어느 하나도 잊지 않으려 온 신경을 집중했다. 그는 지붕마다 돌아가고 있는 터빈들도 보고 커다란 엔진 포드 위를 거미처럼 기어 다니며 일하는 기술자들도 봤다. 낯선 외국 음식에서 나는 이국적인 냄새가 공기를 가득 메우고 있었고, 평생을 하늘에서 보낸 사람들만이 가질 수 있는 자연스러운 자신감에 가득 찬 비행사들이 긴 코트 자락을 날개처럼 펄럭거리며 걸어 다니고 있었다.

미스 팽이 곡선으로 휘어져 있는 길 저쪽에 비행선 모양의 간판이 달린 건물을 가리키며 말했다. "저기가 바로 내 단골집 '가스백과 곤돌라'야. 저녁을 사 줄게. 일단 요기를 한 다음 너희 둘을 런던에 데려다 줄 친절한 선장을 찾아보자."

셋은 그 건물 쪽으로 다가갔다. 미스 팽이 앞장서고, 헤스터는 얼굴을 손으로 가린 채, 그리고 톰은 아직도 경이감에 취한 상태로 사방을 두리번거리면서 모험이 이렇게 금방 끝나는 게 아쉽다 생각하며 그 뒤를 따랐다. 셋 중 누구도 큰 비행선들 사이에 끼어서 정박할 자리를 기다리는 고스호크 90호를 보지 못했다. 설령 봤다 하더라도 그렇게 멀리 떨어진 곳에서 번호판을 읽거나, 기낭에 그려진 엔지니어 길드의 빨간 바퀴 문양을 확인하기 힘들었을 것이다.

12
가스백과 곤돌라

가스백과 곤돌라 안은 어둡고 굉장히 붐볐다. 벽은 병 속에 들어 있는 미니 비행선들과 역사적으로 이름을 날린 전설적인 비행선의 프로펠러들로 장식되어 있었다. 프로펠러 날개에는 '나드헤즈나', '아에리마우스', '투명 벌레' 같은 비행선 이름들이 새겨져 있었다. 비행사들은 쇠 테이블 주변에 모여 앉아 자신들이 싣고 온 물건들과 천정부지로 치솟는 가스 가격에 대해 이야기를 나눴다. 비행사들 중엔 자인인, 티베트인, 쇼사인, 에스키모인, 에어투아렉인, 그리고 털코트를 입은 덩치 큰 얼음 황무지 출신 등이 섞여 있었다. 한 위구르 여자가 40현짜리 기타로 '슬립스트림 세레나데'(Slipstream Serenade)를 연주하는 가운데, 가끔 스피커에서 "3번 부두에 누에보-마야에서 초콜릿과 바닐라를 싣고 온 바보 바람호가 도착했습니다." 혹은 "7번 부두에서 탑승 수속이 진행 중입니다. 아크에인절행 마이 시로나호에 탑승할 승객은 모두 서둘러 주십시오." 등의 방송이 흘러나왔다.

안나 팽은 출입문 바로 안쪽에 있는 작은 사당 앞에 멈춰 서서 하늘의 신들에게 안전 비행에 대한 감사의 마음을 표했다. 비행사들의 수호신인 하늘의 신은 친절한 얼굴을 하고 있었다. 사당에 모셔진 비행사들의 수호신을 보고 톰은 처들리 포메로이를 연상했다. 그러나 하늘의 신의 부인인 하늘의 여신은 잔인하고 변덕스러워서, 기분을 상하게 하면 허리케인을 보내기도 하고 가스 연료통을 폭파시켜 버리기도 했다. 안나는 사당에 쌀과자와 복돈을 바쳤고, 톰과 헤스터도 만약을 대비한다는 생각에 머리를 숙여 존경을 표했다.

톰이 묵념을 하고 머리를 들었을 때 미스 팽은 이미 구석 테이블에 모여 있는 한 무리의 비행사들을 향해 걸어가고 있었다. "코라!" 미스 팽이 소리쳤다. 그쪽으로 따라 걸어가면서 톰과 헤스터는 미스 팽을 팔로 번쩍 안아 들고 반가워서 빙빙 도는 젊고 잘생긴 흑인을 쳐다봤다. 둘은 빠른 말투의 에어스페란토어로 이야기를 나눴다. 톰은 미스 팽이 자신과 헤스터를 흘낏 쳐다보면서 '메두사'라는 단어를 언급하는 것을 얼핏 들었다. 그러나 톰이 근처로 다가갔을 때는 이미 둘 다 앵글리시로 대화 중이었고, 그 흑인은 미스 팽에게 "자그와에서부터 계속 부는 센 바람을 타고 여기까지 왔어!"라고 말하며 자기 말이 사실임을 증명하듯 비행 헬멧에 쌓인 불그레한 사하라의 모래를 털어 냈다.

그는 무장 비행선 '모켈레 음벰베'호의 코라 선장이었다. 고향은

달의 산맥에 자리 잡은 정착 도시였는데 반 견인 도시 연맹과 한편이었다. 코라 선장은 바트뭉크 곰파의 요새에서 방어 의무를 수행하기 위해 샨 구오로 가는 중이었다. 톰은 반 견인 도시 연맹의 군인과 한 테이블에 앉아 있다는 사실이 충격적이었지만 코라 선장은 미스 팽만큼이나 친절하고 따뜻한 사람 같았다. 미스 팽이 음식을 주문하는 사이 코라 선장은 일행을 소개했다. 키가 크고 우울한 얼굴을 한 사람은 가르덴 아에로플레인 트랩의 닐스 린드스트롬이었고, 웃음 소리가 인상적인 아름다운 아랍 여성은 팔미르 선적 사략선*인 자이납을 조종하는 야스미나 라시드였다. 테이블에 둘러 앉은 조종사들은 다도해 위에서 벌어졌던 전투와 만체르슈타트-린츠의 비행사 거리에서 벌였던 술 파티 등을 이야기하며 웃음꽃을 피웠다. 이야기를 하는 중간중간에 안나 팽은 톰과 헤스터에게 음식을 권했다. "주머니쥐 튀김 더 먹을래, 톰? 헤스터, 이 매운 박쥐 요리 좀 먹어 봐. 끝내준다!"

톰이 나이프와 포크 대신 받은 나무 막대기 두 개로 낯선 외국 음식을 깨작거리고 있으려니 코라가 몸을 가까이 기울이며 낮은 소리로 물었다. "그래서 자네랑 자네 여자 친구는 제니에서 승무원으로 일하게 됐나?"

---

* 私掠船. 승무원은 민간인이지만 교전국 정부로부터 적선을 공격하고 나포할 권리를 인정받은, 무장한 사유(私有) 선박을 말한다.

"아니, 아니요!" 톰은 재빨리 고개를 저었다. "제 말은⋯. 아니요, 제 여자 친구가 아니고, 저희는 그냥 승객으로 제니에 타고 왔어요." 톰은 으깬 메뚜기 요리를 좀 뒤적이다가 물었다. "미스 팽을 잘 아세요?"

"물론이지!" 코라가 웃었다. "비행 무역상이라면 안나를 모르는 사람이 없지. 사실 연맹 전체가 다 알아. 샨 구오에서는 안나를 '펭후아'*라고 부른다네. 바람꽃이라는 뜻이지."

톰은 미스 팽이 샨 구오에서는 왜 특별한 이름으로 불릴까 궁금했다. 하지만 궁금한 것을 묻기도 전에 코라가 계속 말을 이었다. "안나가 제니 하니버를 혼자서 직접 만들었다는 건 알고 있나? 어렸을 때 부모랑 같이 살던 타운이 아크에인절에게 먹혔지. 그래서 거기 비행선 제작소에서 노예로 일하게 됐는데, 안나는 몇 년에 걸쳐 여기서 엔진 하나, 저기서 조종 날개 하나 이런 식으로 부품을 숨겨 놨다가 결국 제니를 완성해서 탈출했어. 전설적인 이야기지."

톰은 상당히 놀랐다. "우리한테는 그런 이야기를 전혀 안 했어요." 그는 마음속으로 미스 팽을 다시 보면서 중얼거렸다.

"안나는 그 이야기를 잘 안 하려고 해." 코라가 말했다. "부모님이 미처 탈출하기 전에 돌아가셨거든. 노예로 일하다가 안나가 보는 앞에서 돌아가셨다지, 아마."

---

* 風花(풍화)의 중국어식 발음.

톰은 미스 팽에게 동정심을 느꼈다. 자기랑 같은 고아였다니⋯. 그런 슬픔 때문에 미스 팽은 항상 미소를 짓고 다니는 걸까? 슬픔을 숨기기 위해서? 헤스터와 자신을 구해 준 것도 그래서일까? 자기 부모님처럼 노예로 일하다 죽는 운명을 피하게 해 주려고? 톰은 미스 팽과 눈이 마주치자 최대한 친절하게 미소를 지어 보였다. 그러자 그녀도 함께 미소를 짓더니 구부러진 검은 다리들이 가득 담겨 있는 접시를 톰 앞으로 옮겨 주며 말했다. "여기, 톰, 타란튤라 거미 볶음이야."

"14번 부두에 도착한 비행선은⋯." 머리 위에 달린 스피커에서 안내 방송이 흘러나왔다. "런던 비행선 GE47입니다. 화물은 없이 승객만 탑승하고 있습니다."

톰은 벌떡 일어났다. 의자가 뒤로 넘어지면서 큰 소리를 냈다. 그는 엔지니어들이 런던의 바퀴들과 중갑판 이상의 건물들을 살펴볼 때 사용하던 작고 빠른 정찰 비행선을 기억해 냈다. 그 비행선들은 하나같이 이름 대신 GE로 시작되는 번호로만 불렸다. "우리를 잡으려고 보낸 거야!" 톰은 비명을 지르듯이 말했다.

미스 팽도 일어섰다. "우연의 일치일 수도 있어. 런던에서 오는 비행선이 상당히 많겠지. 그리고 밸런타인이 너희를 잡으려고 누군가를 보냈다 하더라도 이렇게 친구들로 둘러싸여 있는데 무슨 걱정이야. 그 시장 호위병들을 런던에서는 비프버거라고 부른댔나? 우리가 다 상대해 줄 수 있어."

"비프이터요!" 톰은 미스 팽이 긴장을 풀려고 일부러 농담을 한 건 줄 알면서도 자기도 모르게 미스 팽의 실수를 바로잡아 주었다. 헤스터가 미소를 짓는 것이 보였다. 그 순간 그는 그녀가 함께 있다는 것이 고마웠고, 무슨 일이 있어도 그녀를 보호해 주겠노라고 다짐했다.

그때 갑자기 모든 불이 꺼졌다.

사람들이 소리를 지르기도 하고 야유를 보내기도 했다. 부엌 어디선가 그릇이 떨어져 깨지는 소리가 났다. 창문들만이 이른 저녁 빛을 안고 어둠 속에서 어슴푸레 빛나고 있었다. "에어헤이븐 전체가 정전이야!" 린드스트롬의 우울한 목소리가 들려왔다. "발전소에 무슨 문제가 있나 보군."

"아니에요." 헤스터가 재빨리 말했다. "이 작전 뭔지 알아요. 혼란을 일으켜서 우리가 떠나는 걸 막기 위한 작전이에요. 누군가 우리를 잡으려고 여기…." 그녀의 목소리에 톰이 전에 들어 본 적 없는 위기감이 서려 있었다. 스테인스에서 쫓길 때도 그런 적이 없었다. 톰은 두려워지기 시작했다.

식당의 다른 쪽 문을 통해 사람들이 달빛이 비치는 거리로 몰려나가고 있었다. 갑자기 그쪽에서 비명 소리가 들렸다. 그러더니 또 다른 사람이 비명을 질렀고 유리 깨지는 소리, 여러 사람들이 욕하는 소리, 의자와 테이블들이 넘어지는 소리가 들렸다. 사람들 머리 너머로 두 개의 초록 램프가 떠 있었다.

"비프이터들이 아니야!" 헤스터가 말했다.

톰은 그녀가 무서워하는 것인지 안도하는 것인지 판단할 수가 없었다.

"헤스터 쇼!" 톱으로 쇠를 자르는 듯한 목소리가 들리더니 문 쪽에서 갑자기 연기 같은 것이 피어오른 후 스토커가 성큼 들어섰다.

2미터가 넘는 장신에 입고 있는 코트 밑으로 쇠 갑옷 같은 것이 보였다. 창백하고 긴 얼굴의 피부는 민달팽이같이 점액질로 덮여 번뜩였고 푸른빛이 도는 하얀 뼈들이 얼굴 피부를 뚫고 여기저기 삐져나와 있었다. 입은 쇠 이빨로 가득한 구멍이었고, 코와 머리 위로 길다란 쇠 투구 같은 것을 쓰고 있었는데 두꺼운 전선 다발과 튜브들이 마치 머리카락처럼 달려 있었다. 스토커는 둥그런 유리 눈 때문에 놀란 토끼 같아 보였다. 마치 자기가 겪은 일의 충격에서 끝내 벗어나지 못하고 영원히 그 표정으로 얼굴이 굳어 버린 것 같은 느낌이었다.

그것이 바로 스토커들의 가장 큰 문제였다. 그들도 한때는 인간이었고, 그 험악한 쇠 투구 속 어디엔가 인간의 뇌가 갇혀 있었다.

"있을 수 없는 일이야!" 톰이 신음하며 말했다. "스토커들은 이제 다 사라졌잖아! 몇 백 년 전에 모두 없어졌잖아!" 그러나 톰이 아무리 불가능하다고 말해 봤자 스토커는 바로 눈앞에 끔찍한 현실이 되어 서 있었다. 톰은 뒤로 물러서려 했지만 발이 움직이질 않았다. 뭔가 뜨거운 것이 다리를 타고 흘러내렸다. 차를 엎지른 것처럼 뜨거웠다. 톰은 그제야 너무 무서운 나머지 자기가 오줌을 싸 버린 것을 깨달았다.

스토커는 빈 의자와 테이블들을 옆으로 제치면서 천천히 앞으로 걸어왔다. 바닥에 떨어진 유리잔들이 그의 발에 깔려 바스러졌다. 비행사 중 한 명이 뒤에서 긴 칼을 휘둘러 봤지만 칼날은 갑옷에 팅겨 나가 버렸고, 스토커는 뒤도 돌아보지 않은 채 커다란 주먹을 휘둘러 그 비행사를 멀리 날려 버렸다.

"헤스터 쇼." 스토커가 말했다. "토머스 내츠워디."

'내 이름을 알고 있네!' 톰은 생각했다.

"내가…." 미스 팽이 입을 열었지만 천하의 바람꽃도 이 상황에서 할 말을 찾지 못한 것 같았다. 그녀는 톰을 뒤쪽으로 잡아당겼고 코라와 일행들은 칼을 빼들고 스토커와 스토커의 사냥감 사이에 버티고 섰다. 그러나 헤스터가 그들을 밀치고 앞으로 나섰다. "괜찮아요." 그녀는 낯설고 가느다란 목소리로 말했다. "나랑은 이미 알고 있는 사이예요. 제가 이야기를 해 볼게요."

스토커는 시체처럼 하얀 얼굴을 톰에서 헤스터 쪽으로 돌렸다. 기계 눈 안에서 렌즈가 윙윙 하며 돌아가는 소리가 났다. "헤스터 쇼." 가스가 새는 듯한 소리로 부르는 이름이었지만 뭔가 그 단어들을 음미하는 듯한 느낌을 줬다.

"안녕, 슈라이크." 헤스터가 말했다.

스토커는 헤스터를 보기 위해 커다란 머리를 아래쪽으로 굽혔다.

쇠로 된 손이 위로 올라오더니 잠깐 망설이는 듯하다가 그녀의 얼굴을 만졌다. 스토커의 손이 지나간 곳에 기름 자국이 남았다.

"작별 인사도 못 하고 떠나서 미안해…."

"난 이제 런던 시장을 위해 일하고 있다. 시장이 널 죽이라고 나를 여기로 보냈다." 슈라이크가 말했다.

톰은 다시 공포에 질려 신음 소리를 냈다. 헤스터가 희미하게 웃었다. "그래도… 그렇게 하지 않을 거지, 슈라이크? 날 죽이지는 않을 거지?"

"죽일 것이다." 슈라이크는 헤스터를 여전히 내려다보며 대답했다.

"안 돼, 슈라이크!" 헤스터가 속삭였고, 미스 팽은 그 기회를 놓치지 않았다. 호주머니에서 작은 부채 모양의 쇳조각을 꺼낸 그녀는 그것을 슈라이크의 목을 향해 던졌다. 그 작은 쇳조각은 묘한 소리를 내며 날아가는 동안 차례로 펴지면서 주변이 칼처럼 날카로운 원반 모양이 됐다. "누에보-마야의 전투용 프리스비!" 톰은 자기도 모르게 중얼거렸다. 박물관의 '무기 및 전쟁 전시관'의 유리관 안에서 비슷한 무기를 본 적이 있었다. 60걸음 떨어진 곳에 있는 사람의 목도 단숨에 베어 버린다는 악명 높은 무기였다. 그는 긴장한 채 스토커의 머리가 낙엽처럼 떨어지기를 기다리고 있었다. 그러나 프리스비는 슈라이크의 방탄목에 쇳소리를 내면서 박힌 채 그저 가늘게 떨릴 뿐이었다.

입이 있어야 할 곳에 난 구멍이 옆으로 길어지며 미소 비슷한 표정을 짓더니 스토커가 도마뱀처럼 빠르게 앞으로 뛰어나왔다. 미스 팽은 그의 공격을 옆으로 피하면서 점프해 발차기를 날렸지만 소용 없었다. 스토커가 너무 빨랐기 때문이다. "뛰어!" 그녀가 톰과 헤스터에게 소리쳤다. "제니로 돌아가! 나도 금방 뒤쫓아 갈게!"

다른 도리가 없었다. 둘은 있는 힘을 다해 뛰었다. 고개를 숙이고 지나가는 톰과 헤스터에게 스토커가 손을 뻗었지만, 이에 질세라 코라가 그의 팔을 잡았고 닐스 린드스트롬은 스토커의 얼굴에 칼을 휘둘렀다. 스토커는 코라를 가볍게 던지고 손을 치켜 올렸다. 그러자 스파크가 일고 쇠와 쇠가 맞부딪히는 소리가 나더니 다음 순간 린드스트롬이 부러진 칼을 떨어뜨리고 자기 팔을 움켜쥐면서 비명을 질렀다. 슈라이크는 린드스트롬을 옆으로 던지고 자기 쪽으로 달려드는 안나를 들어 올리더니 안나를 도우러 오는 코라와 야스민 쪽으로 안나를 세게 흔들어 댔다.

"미스 팽!" 톰이 소리쳤다. 순간적으로 다시 돌아갈까 생각했지만 자기가 돌아가 봤자 아무 도움도 되지 않을 게 분명했다. 그는 헤스터를 따라 문 옆에 쓰러져 있는 사람들을 넘어 저녁 그림자가 길게 진 거리로 나섰다. 거리에는 놀란 사람들이 우왕좌왕하고 있었고 어디선가 사이렌이 울어대고 있었다. 바람결에 매캐한 냄새가 실려 왔다. 톰은 발전소 쪽에서 모든 비행사들이 가장 무서워하는 그것을 본 것 같다는 생각이 얼핏 들었다. 불이 타오르고 있었다!

"이해할 수 없어." 헤스터가 헐떡이면서 혼잣말로 중얼거렸다. 톰에게 하는 소리가 아니었다. "슈라이크가 날 죽이려 할 리 없어. 절대로!" 그러나 그녀는 계속해서 뛰었다. 둘은 제니 하니버가 기다리고 있는 7번 부두로 올라갔다.

그러나 제니 하니버는 그날 밤 아무데도 가지 못하도록 이미 슈라이크가 손을 써 놓은 후였다. 기낭은 길게 찢긴데다 비행선 후미쪽에 달린 엔진 주머니의 발동기 커버는 오래된 깡통처럼 억지로 열려 있었고 끊어진 전선들이 부두 바닥에 어지럽게 널려 있었다. 전선 더미 사이로 비행선을 지키라며 미스 팽이 동전을 쥐어 준 소년의 시체가 보였다.

톰은 폐허가 된 제니 하니버를 바라보고 서 있었다. 뒤에선 희미하지만 점점 가까워지는 발소리가 들려왔다. 펑, 펑, 펑, 펑.

그는 헤스터를 찾아 두리번거리다가 그녀가 없어진 것을 알아차렸다. 겨우 도킹 고리들 사이를 절룩거리며 뛰는 그녀를 찾은 톰은 그녀가 아래쪽을 향해 뛰고 있다는 것을 깨달았다. 에어헤이븐 한쪽이 파손되면서 도시 전체가 걱정스러울 정도로 기울고 있었다. 그는 헤스터의 이름을 부르며 그녀를 쫓아 달렸다. 바로 그때 부두에 도착한 남루한 기구에서 관광객 일가족이 내리고 있었다. 그들은 불도 없는 암흑 속에서 사람들이 소리를 지르고 있는 것이 비상사태여서인지 아니면 뭔가 축제가 벌어지고 있어서인지 알 수 없다는 표정을 짓고 있었다. 헤스터는 기구에서 내리는 사람들을 헤집고 기구 조종사에게 다가가더니 그의 고글을 잡고는 기구 바구니에서 끌어냈다. 헤스터가 뛰어서 기구에 타자 그 진동으로 기구가 부두에서 멀어져 갔다. "멈춰! 도둑이야! 도둑이야! 도와주세요!" 기구 조종사가 소리쳤지만 톰의 귀에는 그 무서운 펑, 펑, 펑, 펑 소리가 점점 더 가까워지는 것밖에 들리지 않았다.

"톰! 어서 타!"

톰은 온몸에 남아 있는 용기를 모두 짜내서 헤스터가 탄 기구로 몸을 던졌다. 톰이 기구 바구니 바닥에 떨어지자 헤스터는 기구와 부두를 연결하는 밧줄을 풀기 위해 더듬거렸다. "물건들을 모두 밖으로 던져!" 그녀가 소리쳤다.

그녀가 시키는 대로 물건들을 모조리 밖으로 던지자 기구는 위로 솟아 2층 창문과 같은 높이가 되었다가 차츰 지붕 위로, 세인트 마이클 성당의 첨탑 위로 올라갔다. 얼마 지나지 않아 에어헤이븐은 멀리 있는 검은 도넛처럼, 그리고 슈라이크는 그 위의 점처럼 보였다. 부두에 서서 멀어져 가는 톰과 헤스터의 기구를 쳐다보는 그의 눈이 초록빛으로 빛나고 있었다.

MORTAL ENGINES

13
부활군

견인 도시 시대가 열리기 전인 암흑기에 유랑(nomad) 제국
들은 화산이 미로처럼 얽힌 유럽 땅에서 서로 싸웠다. 스토커를 만
든 것은 바로 이들이었다. 전쟁터에서 죽은 전사들의 시체를 가져
다가 이들의 신경 체계에 괴상한 올드-테크 기계를 연결해서 다시
'살려내는' 방법을 개발한 것이다.

유랑 제국들은 잊힌 지 오래지만, 그들이 만들어 낸 끔찍한 '부활
군'들은 잊히지 않았다. 톰은 어렸을 적 길드 고아원에서 부활군 역
을 하며 놀던 것을 기억했다. 미스 플림이 와서 좀 조용히 하라고
할 때까지 팔을 앞으로 뻗고 발을 쿵쾅거리고 다니면서 "나-는-
스-토-커-다! 모-두-없-애-라!"고 외치고 다녔다.

하지만 스토커를 직접 만나게 될 거라고 누가 상상이나 했겠는가!

훔친 기구는 밤바람을 타고 동쪽으로 미끄러지듯 날아갔다. 흔들
거리는 기구의 바구니 안에서 톰은 몸을 떨며 바지의 젖은 곳을 헤

스터가 보지 못하도록 옆으로 몸을 꼬고 앉은 채 말했다. "스토커들은 수백 년 전에 모두 죽은 줄 알았는데! 전쟁터에서 죽거나 아니면 결국 미쳐서 자기 자신을 갈기갈기 잡아 뜯으며 자살해 버리거나…."

"슈라이크는 아니야." 헤스터가 말했다.

"게다가 널 알고 있었어!"

"물론 날 알고 있지. 우린 오래된 친구야. 슈라이크랑 나랑은…."

❀ ❀ ❀

헤스터가 슈라이크를 처음 만난 건 그녀가 부모님을 잃은 바로 다음날 아침이었다. 그날 헤스터는 안개비가 자욱하게 내리는 대 사냥터의 해안에 닿은 배 안에서 눈을 떴다. 어떻게 거기 오게 되었는지 전혀 기억나지 않았고, 머리가 너무 아파 움직이긴커녕 생각을 하기조차 힘들었다.

근처에 멈춰 선 타운은 그녀가 지금까지 본 타운 중에서 제일 작고, 제일 더러운 곳이었다. 등나무로 짠 커다란 바구니를 등에 진 사람들이 사다리와 탑승용 다리를 타고 내려와 갯벌을 뒤지고 있었다. 파도에 밀려온 부서진 물건들과 나뭇조각으로 바구니가 다 차면 타운으로 돌아가 비우고 다시 내려와서 작업을 계속했다. 그들 중 몇 사람이 헤스터가 타고 있던 배를 들어 옮기다가 배 안에 다 죽어 가는 소녀가 누워 있는 걸 발견했다. 그 사람들이 불러왔는지 또 다른 두 명이 다가와 배 안을 들여다봤다. 그중 한 사람은 전형적인 폐품 수집상이었다. 작은 몸집에 남루한 옷을 걸친 그가 등에 진 바구니에는 부서진 전기 자동차의 부품이 들어 있었다. 그는 헤스터를 잠시 들여다보다가 뒤로 물러나면서 말했다. "죄송합니다, 슈라이크 나리. 나리가 수집하는 종류의 물건일 줄 알았는데 살아 있는 여자아이군요."

그는 그렇게 말한 다음 돌아서서 다른 쓰레기 더미 쪽으로 갔다. 이미 헤스터에 대해서는 완전히 흥미를 잃은 것 같았다. 오직 팔 수 있는 것만 주울 가치가 있었다. 반쯤 죽은 아이는 아무짝에도 쓸모가 없었던 것이다. 자, 저기 있는 물건이 오래된 자동차 타이어가 맞나? 저런 거라면 모를까….

반면 다른 한 사람은 거기 그대로 서서 헤스터를 바라보고 있었다. 그가 손을 뻗어 얼굴을 만졌을 때야 헤스터는 그가 누군지는 몰라도 사람은 아니라는 것을 깨달았다. 자기 얼굴에 닿는 장갑 안에 차갑고 딱딱한 쇠로 만든 손이 들어 있었기 때문이다. 그가 입을 열자 마치 쇠수세미를 칠판에 대고 긁는 것 같은 소리가 났다. "얘야, **여기 계속 있을 수는 없다.**" 그렇게 말하더니 그는 헤스터를 어깨에 들쳐 메고 타운으로 올라갔다.

그 타운은 스트롤*이었다. 약 50명 정도의 거칠고 세상사에 닳고 닳은 고물 수집상들이 모여 살고 있는 곳이었다. 그들은 올드-테크 유물들이 묻혀 있는 곳을 도굴해서 팔거나 큰 도시들이 버린 쓰레기에서 폐품을 찾아 파는 것으로 생계를 이어 갔다. 슈라이크는 그 사람들과 함께 살고 있었지만 폐품 수집은 하지 않았다. 커다란 견인 도시들에서 범죄자들이 아웃컨추리로 도망을 나오면 슈라이크는 그들을 추적해 머리를 잘라 보관했다가 그들이 도망쳐 나온 도시들을 지나치게 되면 그것을 가져가 보상금을 받곤 했다.

헤스터는 슈라이크가 왜 자기를 구하는 수고를 하기로 마음먹었는지 끝내 알아내지 못했다. 동정심에서 그랬을 리는 없었다. 슈라이크는 동정심이라는 걸 갖고 있지 않았기 때문이다. 그에게서 유일하게 부드러운 면을 볼 수 있는 건 그가 자신의 수집품들을 돌볼 때뿐이었다. 그는 고대 로봇과 자동으로 돌아가는 장난감 같은 것에 관심이 많아서 고물 수집상들이 그런 물건을 가지고 오면 무조건 사들였다. 허물어져 가는 슈라이크의 방은 그가 사들인 물건들로 넘쳐 났다. 수집품은 태엽을 감아 움직이는 동물, 갑옷을 입은 기사, 자동으로 가는 병정을 비롯해 심지어 죽음의 천사상까지 다양했다. 굉장히 정교하게 만들어진 그 죽음의 천사상은 고대인들의 시계에서 꺼냈다는데 크기가 거의 사람 키와 비슷했다. 그러나 그가 제일 좋아한 로봇이나 인형은 언제나 아이들 아니면 여자들 모습을 하고 있었다. 좀이 슨 드레스를 입은 아름다운 귀부인들, 도자

---

* Strole. 견인 도시들의 이름 중엔 동적인 견인 도시의 이미지를 반영하는 것들이 많다. 앞서 나온 스피드웰도 그런 경우에 속하고, 이 스트롤이라는 이름도 걷는다는 의미의 stroll과 발음이 같다.

기 얼굴을 한 예쁜 소년, 소녀들 모습의 로봇과 태엽 인형들을 하나하나 분해해서 끈기 있게 고치고 다시 조립하느라 슈라이크는 밤을 지새울 때도 많았다. 그것들을 움직이게 하는 심장부의 비밀을 들여다보면서 자기 자신이 어떻게 만들어졌고 어떻게 작동하는지 그 원리를 알아내고 싶어 하는 것처럼 보였다.

어떨 때는 헤스터조차 슈라이크의 수집품 중 하나인 것처럼 느껴졌다. 그녀를 보고 있으면 옛날 잊힌 전쟁에서 자신이 아직 인간이었을 때 받은 상처가 생각나는 것일까?

헤스터는 슈라이크의 집에서 5년이라는 긴 세월을 보냈다. 그 사이 그녀의 부상은 영원히 얼굴을 찡그리고 있는 듯한 느낌을 주는 끔찍한 흉터를 남긴 채 아물었고, 기억도 천천히 돌아왔다. 그중엔 소스라치게 선명한 기억들도 있었다. 오크 아일랜드의 해변가에 치던 파도라든지, 엄마의 목소리, 황무지에서 불어오던 젖은 풀과 동물의 오물 냄새가 섞인 바람의 향기 같은 것들은 바로 어제 일처럼 생생했다. 희미하고 이해할 수 없는 기억들도 있었다. 그런 기억들은 막 잠에 빠져드는 순간 갑자기 번개처럼 찾아오기도 하고 슈라이크의 집에서 말 없는 로봇 인형들 사이를 하릴없이 돌아다니고 있을 때 퍼뜩 떠오르기도 했다. 별자리 지도 위에 흩뿌려진 핏자국, 쇳소리, 폭풍우 치는 바다 같은 회색눈을 가진 길고 잘생긴 남자의 얼굴…. 그런 것들이 부서진 기억의 잔재들이었다. 그런 기억의 조각들은 잘 모아서 조심스럽게 짜 맞춰야 했다. 고물 수집상들이 파내는 올드-테크 기계들의 조각들처럼….

그러나 헤스터가 자신의 기억들을 제대로 이해할 수 있게 된 것은 어떤 사람이 위대한 테데우스 밸런타인에 대해 이야기하는 걸 우연히 듣고 나서였다. 그녀는 그것이 자기가 아는 이름이라는 걸 깨달았다. 그건 바로 엄마와 아빠를 죽이고, 자기를 이렇게 괴물로 만든 자의 이름이었다. 그 순간 헤스터는 자신이 무엇을 해야 할지 알았다. 생각할 여지도 없었다. 그녀는 슈라이크에게 가서 밸런타인을 찾아 복수하겠노라고 말했다.

"그건 안 돼. 네가 죽게 돼." 슈라이크가 한 말은 단지 그 두 마디뿐이었다.

"그러면 슈라이크가 나랑 같이 가 줘!" 헤스터는 사정했다. 그러나 슈라이크는 헤스터의 부탁을 들어주지 않았다. 그는 소문을 통해 매그너스 크롬이 얼마나 테크놀로지를 좋아하는지 알고 있었다. 슈라이크는 만일 자기가 런던으로 가면 엔지니어 길드에서 어떻게든 자길 잡아 그들이 일하는 비밀 실험실에서 완전히 분해해 버릴 거라고 생각했다. "가면 안 돼." 슈라이크는 계속 그 말만 반복했다.

그래서 헤스터는 혼자 떠났다. 어느 날 그녀는 슈라이크가 수집품들을 돌보느라 분주한 틈을 타 유리창을 통해 집에서 탈출해 그 길로 스트롤에서 내렸다. 훔쳐 낸 칼을 벨트에 매고 황량한 아웃컨추리를 헤매면서 런던과 원수를 찾아 그렇게 헤스터는 길을 떠난 것이다.

❋ ❋ ❋

"그 후로는 한 번도 슈라이크를 보지 못했어." 헤스터는 톰에게 말했다. 둘은 훔친 기구의 바구니에 앉아 떨고 있었다. "내가 떠났을 때 스트롤은 앵글리시 해변에 있었는데, 이제는 슈라이크가 매그너스 크롬의 부하가 돼서 나타나 나를 죽이려고 하다니…. 도저히 이해가 안 돼!"

"네가 도망갈 때 슈라이크 감정이 많이 상하지 않았을까?" 톰이 조심스럽게 물었다.

"슈라이크는 감정을 가지고 있지 않아." 헤스터가 말했다. "슈라이크로 만들어질 때 모든 기억과 느낌이 완전히 제거됐어."

'저렇게 말하니 꼭 그런 슈라이크가 부럽다는 투로 들리는군.' 톰은 속으로 생각했다. 그러나 그녀의 목소리를 듣고 있으니 마음이 안정이 돼서 더 이상 떨리지 않았다. 그는 가만히 앉아 기구에 달린 장비들 사이로 바람이 지나가면서 내는 소리에 귀를 기울였다. 서쪽 하늘의 구름에 까만 얼룩이 져 있었다. 톰은 그게 에어헤이븐에서 나오는 연기일 거라고 추측했다. 비행사들이 제때 불을 잘 끌 수 있었을까, 아니면 타운 전체가 파괴되어 버렸을까? 안나 팽은 어떻게 됐을까? 갑자기 슈라이크가 안나 팽과 그녀의 친구들을 모두 죽였을지도 모른다는 생각이 들었다. 그토록 친절하고, 언제나 웃음을 머금고 있던 안나 팽이 죽다니…. 내 부모님처럼 죽어 버리다니…. 톰은 자신에게 친절한 사람은 모두 죽게 되는 저주를 안고 태어난 것 같다는 생각까지 들었다. 그날 밸런타인을 만나지만 않았어도! 자신이 그날 딴 생각 하지 않고 박물관에서 할 일을 다 했더라면!

"어쩌면 아직 살아 있을지도 몰라." 헤스터가 갑자기 입을 열었다. 마치 톰이 무슨 생각을 하고 있는지 아는 것같이 느껴졌다. "슈라이크가 미스 팽을 진짜 죽일 생각은 없었던 것 같아. 갈고리 손톱도 안 빼고 있었거든."

"갈고리 손톱이 있다고?!"

"미스 팽이 슈라이크의 신경을 너무 건드리지만 않으면 슈라이크도 그녀를 죽이는 데 시간을 낭비하지 않을 거야."

"에어헤이븐은?"

"많이 부서졌으면 어딘가 육지에 내려서 수리에 들어갈 거야."

톰은 고개를 끄덕였다. 그러다가 그는 갑자기 낙관적인 기분이 들어 "미스 팽이 우리를 뒤쫓아 올까?" 하고 물었다.

"몰라. 하지만 슈라이크는 쫓아오겠지."

톰은 두려움에 떨며 뒤쪽을 한번 더 쳐다봤다.

"그래도…." 그녀가 말을 이었다. "기구가 런던 쪽으로 가고 있으니 그건 다행이지 뭐."

그는 바구니 너머를 주의 깊게 살폈다. 기구 아래로 구름이 솜이불처럼 짙게 깔려 아무것도 보이지 않았기 때문에 지금 어디쯤 가고 있는 건지 전혀 알 수 없었다. "우리가 어디로 가는지 어떻게 아니?"

"물론 별을 보고 알지." 헤스터가 말했다. "엄마가 가르쳐 주셨어. 우리 엄마가 비행사였다는 거 기억하지? 엄마는 안 가 본 곳이 없었거든. 심지어 아메리카에도 갔었지. 항해 지도도 없고 이정표도 없는 그런 데서는 별자리를 보고 길을 찾아야 하거든. 봐, 저게 북극성이야. 그리고 저게 고대인들이 큰곰자리라고 부르던 별자리지. 지금은 대부분 시티라고 부르지만…. 자, 저 별을 오른쪽으로 두고 가면 북동쪽으로 가는 거야."

"별이 저렇게 많은데?" 톰은 헤스터가 손가락으로 어느 별을 가리키는 건지 찾아내려 애쓰며 말했다. 도시들이 내뿜는 연기나 아웃컨추리의 먼지가 없는 구름 위로 올라오니 밤하늘은 수백만 개의 별들이 내뿜는 차가운 빛으로 가득 차 있었다. "저렇게 별이 많은지 정말 몰랐어!"

"저게 다 항성들이야. 멀리 수천 마일 떨어진 우주 공간에서 타오르고 있는 태양들이지." 헤스터가 말했다. 톰은 그녀가 자신이 알고 있는 것들을 톰에게 보여 줄 수 있어 상당히 뿌듯해하는 것 같다는 느낌을 받았다. "물론 별이 아닌 것들도 있어. 정말 밝은 별들 중 어떤 것들은 고대인들이 수천 년 전에 궤도로 쏘아 올린 기계 달들이야. 그때부터 지금까지 그냥 지구를 돌고 있는 거지."

톰은 별들로 빛나는 밤하늘을 올려다봤다. 그러다가 그는 서쪽에 낮게 걸린 별을 가리키며 물었다. "저 별은 뭐지?"

톰이 가리키는 쪽을 본 헤스터의 얼굴에서 미소가 사라졌다. 톰은 그녀가 주먹을 움켜쥐는 것을 봤다. "저거? 저건 비행선이야. 그리고 우리를 쫓아오고 있어."

"어쩌면 미스 팽이 우리를 구해 주러 오는 건 아닐까?" 톰은 그래도 희망을 버리지 못하고 말했다.

그러나 그 비행선은 빠른 속도로 톰이 탄 기구를 따라잡고 있었다. 몇 분 지나지 않아 그것이 몸체가 작은 런던의 정찰 비행선임을 알 수 있을 정도로 가까워졌다. '스퍼드베리 선빔' 아니면 '고스호크 90호'로 보였다. 하늘에서 자신들을 지켜보는 슈라이크의 초록빛 눈길이 느껴지는 것 같았다.

헤스터는 기구의 가스 압력을 조절하는 녹슨 밸브와 레버들을 허둥지둥 더듬었다. 몇 초 후, 그녀는 원하는 밸브를 찾았는지 작은 소리로 안도의 한숨을 쉬었고, 다음 순간 머리 위 어디선가 공기 새는 소리가 세게 들려왔다.

"지금 뭐하는 거야?" 톰이 겁에 질려 물었다. "그렇게 하면 가스가 새 나가잖아! 땅에 떨어지겠어!"

"슈라이크 눈에 띄지 않는 곳으로 가야 해." 그렇게 말하면서 헤스터는 밸브를 더 열었다. 위를 보니 가스백이 축 늘어지기 시작했다. 톰은 뒤를 돌아봤다. 정찰 비행선은 더 가까워져 있었지만 아직도 최소 몇 마일은 거리가 있었다. 그렇게 먼 곳에서 보면 뭔가 사고가 난 것처럼 보일지도 모를 일이었다. 슈라이크가 헤스터의 계획을 알아차리지 못할 가능성도 있었고 게다가 상대가 정찰 비행선이니 로켓탄 발사대 같은 것은 장착하지 않았을 수도 있었다.

그때 기구가 구름 속으로 내려갔다. 순간순간 희미하게 달빛이 보일 뿐 사방은 어두운 구름의 소용돌이에 휩싸였다. 바구니가 삐걱거리고, 기낭은 펄럭거리고, 가스 밸브는 화가 난 뱀처럼 쉭쉭 소리를 냈다.

"땅에 도착하면 바구니에서 바로 뛰어내려." 헤스터가 말했다.

"알았어." 톰은 대답했다. "하지만…. 기구를 버릴 계획이야?"

"공중에서는 슈라이크를 당해 낼 수 없어." 그녀가 설명했다. "땅에서는 어쩌면 속여 넘길 수 있을지도 몰라."

"땅이라고?" 톰은 비명을 질렀다. "또 아웃컨추리를 헤매야 하다니!"

기구는 빠른 속도로 하강하고 있었다. 아래로 어두운 아웃컨추리의 밤 풍경이 펼쳐졌다. 군데군데 얼마 안 되는 식물들이 모여 자라는 곳들이 구름 사이로 비치는 차가운 달빛을 받아 빛나고 있었다. 그 위로는 두꺼운 구름이 바람에 날려 동쪽을 향해 빠른 속도로 떠가고 있었다. 슈라이크가 탄 비행선은 아무데도 보이지 않았다. 톰은 마음의 준비를 했다. 땅이 점점 가까워졌다. 100피트, 50피트, 10피트…. 다음 순간 나뭇가지들이 기구 바닥을 긁는 소리가 들렸고 바구니가 진흙창에 곤두박질치더니 다시 솟았다 떨어졌다를 몇 번 반복했다.

"뛰어내려!" 바구니가 땅에 가까워지는 순간 헤스터가 소리쳤다. 바구니에서 뛰어내린 톰은 여기저기를 할퀴는 뻣뻣한 나뭇가지들 사이를 지나 부드러운 진흙에 떨어졌다. 갑자기 가벼워진 기구는 다시 하늘로 치솟았다. 그 순간 톰은 헤스터가 자기를 맨땅에서 혼자 죽도록 내버린 게 아닌가 하는 두려움이 몰려왔다. "헤스터!" 너무 크게 소리를 질러 목이 아플 지경이었다. "헤스터!" 그때 왼쪽 덤불에서 부스럭거리는 소리가 나더니 그녀가 절룩거리며 걸어 나오는 게 보였다. "오, 감사합니다, 퀴크!" 톰은 낮은 소리로 중얼거렸다.

톰은 둘이 앉아 잠시 숨을 돌리면서 딱딱한 돌이 아니라 부드럽고 축축한 진흙에 떨어질 수 있게 도와준 신들께 감사 기도라도 드릴 거라 생각했다. 그러나 헤스터는 톰이 서 있는 곳을 주저없이 지나 북동쪽을 향해 쉬지 않고 절룩거리며 걸어갔다.

"잠깐!" 톰이 소리쳤다. 아직 온몸이 떨리고 숨이 가빠 제대로 일어서기도 힘들었다. "기다려! 어디로 가는 거야?" 헤스터는 톰이 갑자기 미친 소리라도 한 것처럼 그를 쳐다보며 대답했다. "런던."

톰은 땅에 등을 대고 누우면서 신음 소리를 냈다. 그 자세로 그는 잠시 앞으로 닥칠 피곤한 여정을 위해 힘을 긁어모았다.

짐을 다 내버려 가벼워진 기구가 하늘로 돌아가고 있었다. 마치 작고 어두운 색의 눈물 방울이 구름 사이로 빨려 들어가는 것처럼 보였다. 잠시 후 슈라이크의 비행선이 기구를 쫓아가면서 내는 엔진 소리가 들렸다. 이제 밤과 차가운 바람, 그리고 황량한 밤 풍경을 차갑게 비추는 누더기 같은 달빛 말고는 아무것도 없었다.

14

길드홀

캐서린은 위에서부터 시작하기로 마음먹었다. 아빠가 런던을 떠난 바로 다음날 그녀는 아빠의 서재에 있는 기송관을 통해 시장 사무실에 메시지를 보냈고, 30분 후 크롬의 비서로부터 시장이 미스 밸런타인을 정오에 만날 수 있다는 답신을 받았다.

캐서린은 드레싱 룸에서 제일 사무적으로 보이는 옷을 골랐다. 통이 좁은 검은 바지와 어깨 장식이 달린 회색 코트를 입고 옛날 자동차의 후광등 덮개로 만든 핀을 이용해 머리를 뒤로 묶었다. 그런 다음 그녀는 귀덮개가 살짝 내려오는 멋스러운 모자를 꺼냈다. 6주일 전에 사 놓고 아직 써 보지 못한 새 모자였다. 립스틱을 옅게 바르고 볼에 살짝 볼연지를 칠하고, 마지막으로 눈썹 사이에 파란 삼각형을 작게 그려 넣었다. 요즘 런던의 멋쟁이들 사이에서 한참 유행 중인 가짜 길드 마크였다. 캐서린은 또 어쩐지 권위 있어 보이는 아빠의 검은 서류 가방에 공책과 연필을 찾아 넣고 출입증을 챙겼다.

그 출입증은 그녀가 열다섯 살이 되던 날 아빠가 생일 선물로 주신 건데 그것만 있으면 런던 어느 곳이건 못 들어가는 곳이 거의 없었다. 준비가 다 되자 캐서린은 앞으로 몇 주일 후 아빠가 돌아오실 때 마중 나가서 "아빠, 이제 모든 게 다 괜찮아요. 이제 저도 다 이해해요. 아무것도 걱정하실 거 없어요."라고 말하는 걸 상상하며 자기 모습을 거울에 비춰 봤다.

12시 15분 전, 캐서린은 지나가는 사람들이 자기를 쳐다보는 시선을 즐기면서 쿼크 서커스 광장에 있는 엘리베이터 역으로 강아지와 함께 걸어갔다. '저기 미스 캐서린 밸런타인이 간다…' 그녀는 사람들이 그렇게 수군거리는 걸 상상했다. '시장님을 만나러 가는 길이야…' 엘리베이터 역 직원들은 모두 캐서린을 알아보고 "안녕하세요, 캐서린 아가씨." 하면서 강아지를 쓰다듬어 주었다. 그들은 최상층 갑판으로 올라가는 11시 52분발 엘리베이터를 타면서 캐서린이 내미는 출입증을 굳이 보려 하지도 않았다.

엘리베이터는 빠른 속도로 올라갔다. 캐서린은 파터노스터 광장을 잰 걸음으로 건넜지만 강아지는 떼 지어 날아다니는 비둘기들을 한참 쳐다보기도 하고 세인트 폴 성당 안쪽에서 보수 공사를 하느라 들리는 소리에 귀도 쫑긋하면서 천천히 따라왔다. 잠시 후 길드 홀 앞 계단을 올라 내부로 들어간 캐서린은 안내원을 따라 작은 실내 엘리베이터에 탔다. 시장 비서가 동으로 만든 둥근 문을 열고 캐서린을 시장의 개인 사무실로 안내한 것은 12시 1분 전이었다.

"아, 미스 밸런타인. 1분 일찍 왔군요." 커다란 책상에 앉아 반대 편에 서 있는 그녀를 흘낏 쳐다본 크롬은 다시 읽고 있던 보고서로 눈을 돌렸다. 크롬의 머리 뒤에 난 동그란 창으로 세인트 폴 성당이 보였다. 유리가 두껍고 고르지 못해 바깥 풍경이 물결치듯 보여서 인지 모든 것이 가짜처럼 느껴졌다. 크롬의 유리창을 통해 세인트 폴 성당을 보니 바다에 가라앉은 신전 건물을 물 밖에서 만난 듯한 느낌이 들었다. 사무실 벽을 두르고 있는 변색 처리한 동판에 햇빛 이 흐릿하게 반사되고 있었다. 벽에는 그림이나 장식품 같은 것이 전혀 걸려 있지 않았고, 바닥 역시 아무것도 깔려 있지 않은 쇠 바 닥이었다. 캐서린은 신발 바닥을 통해 냉기가 올라오는 것을 느끼 고 온몸을 가늘게 떨었다.

시장은 캐서린을 장장 59초 동안 침묵 속에서 기다리게 했다. 그 렇게 긴 59초는 생전 처음이었다. 그래서 시장이 읽고 있던 보고서 를 내려놓고 마침내 자기를 쳐다봤을 즈음, 캐서린은 몸 둘 바를 모 를 정도로 불편한 마음이 되어 있었다. 시장은 희미하게 웃었다. 마 치 어떻게 미소 짓는지 책에서 보고 외워는 뒀지만 미소라는 걸 한 번도 직접 본 적이 없는 사람이 지을 것 같은 표정이었다.

"미스 밸런타인, 부친이 무전 교신 한계 지역을 벗어나기 직전에 마지막으로 보낸 암호 무전 내용이 지금 막 들어왔어요. 13층 엘리 베이터가 순조롭게 임무를 수행하고 있다는 좋은 소식이군요."

"잘됐네요." 캐서린은 그것이 아빠가 집에 돌아오기 전까지는 아빠한테서 들을 수 있는 마지막 소식일 거라는 생각을 하며 대답했다. 그렇게 똑똑한 척하는 엔지니어들조차도 몇백 마일 이상 무전 신호를 주고받는 기술은 아직 개발하지 못했다.

"다른 용무가 있나요?" 크롬이 물었다.

"네⋯." 캐서린은 주저하면서 말했다. 자기가 바보같이 보일까 두려워서였다. 크롬의 차가운 사무실에 들어와 그보다도 더 차가운 크롬의 얼굴을 대하자니 화장을 좀 더 옅게 할걸, 옷도 너무 차려입지 말걸 하는 생각이 들었다. 하지만 여기까지 왔는데 빈손으로 돌아갈 수는 없었다. 그녀는 용기를 내서 단숨에 용건을 말해 버렸다. "그 여자아이 말이에요. 그 애에 대해서 알고 싶어요. 왜 그 애가 아버지를 죽이려 했는지도 알고 싶고요."

크롬 시장의 얼굴에서 미소가 사라졌다. "미스 밸런타인의 아버지는 나한테도 그 애가 누군지 말하지 않았어요. 그 애가 왜 아버지를 죽이려고 했는지도 전혀 아는 바가 없고."

"이 일이 메두사와 관련 있나요?"

크롬의 눈빛이 더 차가워졌다. "그 문제는 미스 밸런타인과 아무 상관 없어요. 밸런타인이 무슨 이야기를 했지?"

"아무 말도 해 주시지 않았어요!" 캐서린은 어리둥절해서 말했다. "하지만 아빠가 뭔가를 두려워하고 있는 건 알아요. 왜 그런지 알아야겠어요. 왜냐하면⋯."

"자, 내 말 잘 들어." 크롬은 이렇게 말하면서 책상을 돌아 그녀가

서 있는 쪽으로 왔다. 깡마른 손이 캐서린의 어깨를 꽉 잡았다. "밸런타인이 뭔가를 비밀로 하고 있다면 그럴 만한 이유가 있어서야. 아빠가 하는 일 중에는 어린애들이 전혀 이해할 수 없는 것들도 있어. 잊지 마. 나를 만나기 전까지 밸런타인은 아웃컨추리를 헤매는 고물 수집상에 불과했어. 다시 아빠가 그때로 돌아가기를 바라나? 어쩌면 그보다도 못하게 될 수도 있지."

캐서린은 마치 크롬한테서 뺨을 맞은 것 같은 느낌이었다. 화가 나서 얼굴이 달아올랐지만 그녀는 냉정을 잃지 않으려고 노력했다.

"집에 가서 아빠가 돌아오시길 기다려." 크롬이 명령했다. "어른들이 하는 일에 알지도 못하면서 끼어들지 말고. 그 여자아이나 메두사에 대해서는 누구한테도 이야기하면 안 돼!"

'어른들 일이라고?' 캐서린은 화가 나서 속으로 생각했다. '도대체 내가 몇 살이라고 생각하는 거야?' 하지만 캐서린은 더는 대꾸하지 않고 "알겠습니다, 시장님." 하고 말하면서 고개를 숙였다. "자, 가자. 강아지."

"그리고 그 짐승은 최상층 갑판에는 다시 데려오지 마." 크롬의 목소리가 비서실로 걸어 나가는 캐서린을 따라왔다. 분노와 눈물로 일그러진 그녀의 얼굴을 시장 비서가 동물원의 동물 구경하듯 쳐다보고 있었다.

쿼크 서커스 광장으로 돌아가는 엘리베이터 안에서 캐서린은 애완 늑대의 귀에 대고 속삭였다. "우리의 본모습을 보여 주자, 강아지!"

❀ ❀ ❀

캐서린은 집으로 바로 돌아가지 않고 서클 파크 가장자리에 자리 잡은 클리오 신전을 찾았다. 향냄새가 그윽하게 나는 어두운 신전 안에서 캐서린은 마음을 가라앉히고 이제부터 어떻게 해야 할지 생각해 봤다.

니콜라스 쿼크가 신으로 승격되고 난 후부터 런던 사람들은 그 전에 섬기던 신이나 여신들에게 거의 신경을 쓰지 않았다. 오늘도 클리오 신전을 찾는 사람들이 거의 없어서 캐서린은 아무 방해도 받지 않고 혼자 있을 수 있었다. 그녀는 클리오 여신이 좋았다. 클리오는 푸에르토 안젤레스에서 살 때 엄마가 섬기던 여신인데다, 여신상의 친절한 눈동자나 참을성 있는 미소 같은 것이 엄마랑 비슷했다. 그녀는 엄마가 클리오 여신에 대해 가르쳐 준 것을 기억했다. 엄마는 진보의 폭풍우가 불쌍한 클리오 여신을 계속해서 미래로 밀어붙이려 하지만 간혹 그 세찬 바람을 헤치고 사람들에게 손을 뻗어 역사의 방향을 바꿀 수 있도록 영감을 불어넣어 준다는 이야기를 해 줬었다. 여신의 친절한 얼굴을 올려다보며 캐서린은 말했다. "클리오, 제가 어떻게 해야 할까요? 시장이 아무 이야기도 해 주지 않는데, 아빠를 도울 방법을 어디서 찾아야 할까요?"

여신이 무엇인가 해결책을 알려 줄 거라 기대하지 않았고, 어차피 아무 대답도 오지 않았기 때문에 캐서린은 아빠와 불쌍한 톰 내츠워디를 위해 짧게 기도를 올리고 헌금을 한 다음 그곳을 떠났다.

그 아이디어가 캐서린의 머리에 떠오른 것은 클리오 하우스를 향해 거의 절반쯤 걸어갔을 때였다. 너무나 예상치 못했던 아이디어라 클리오 여신이 보낸 것이 아닐까 하는 생각이 들 정도였다. 톰이 아웃컨추리로 떨어지던 날, 쓰레기 처리관 쪽으로 뛰어가는 길에 반대 방향으로 뛰어가던 엔지니어 견습생을 지나쳤던 걸 기억해 낸 것이다. 그렇게 창백하고 충격에 빠진 얼굴을 하고 있었던 걸 보면 그 견습생은 뭔가를 목격한 게 분명했다.

캐서린은 햇빛 가득한 공원을 가로질러 집으로 향했다. 그 젊은 엔지니어가 답을 쥐고 있을 게 틀림없었다. 내장 갑판으로 돌아가서 그 사람만 찾으면 되는 일이었다. 늙은 마귀 같은 크롬의 도움을 받지 않고도 모든 걸 알아낼 방법을 찾은 것이다!

15
적수 늪지대

톰과 헤스터는 밤새 걸었다. 잠깐씩 숨을 돌리기 위해 멈출 때를 빼고는 차갑고 창백한 태양이 아침 안개 뒤로 뜨고 난 후에도 둘은 계속 걸었다. 그곳은 며칠 전에 지났던 진흙탕과는 풍경이 많이 달랐다. 여기서는 수렁이나 소금기 있는 물웅덩이 같은 것을 피하느라 똑바로 길을 갈 수 없었다. 오래전 견인 도시들이 남기고 간 바큇자국으로 인해 생긴 구멍에 빗물이 고이고 잡초가 빼곡히 들어선 곳들이 가끔 보이기는 했지만, 최근 몇 년 사이에는 이곳을 지난 도시가 전혀 없는 게 확실했다. "잡목이 자란 걸 좀 봐." 헤스터가 덤불과 어린 나무들이 자라고 있는 언덕배기를 가리키며 말했다. "작은 준견인 도시라도 여길 지나갔다면 저것들을 다 베어 가 버렸을 거야. 연료가 항상 부족하니까."

"견인 도시가 오기에는 이쪽 땅이 너무 무른 거 아닐까?" 톰은 부드러운 진흙에 허리까지 빠졌다가 가까스로 몸을 빼면서 말했다.

이런 곳에 빠진 게 벌써 스무 번은 더 되는 것 같았다. 런던 박물관 로비에 걸려 있던 커다란 대 사냥터 지도가 생각났다. 중앙 산맥에서부터 시작해 카자크해까지 넓게 펼쳐진 늪지대는 몇 마일에 걸쳐 계속되는 갈대밭과 푸른 선으로 표시된 가느다란 수로로 가득 차 있었고, 그 위에는 두꺼운 글씨로 '대·소규모 견인 도시에 모두 부적합'이라고 크게 씌어져 있었다. 톰은 "여기가 적수 늪지대 가장자리인 것 같아. 잘못해서 늪지대로 들어섰다가 가라앉은 도시랑 타운들이 녹이 슬어 물을 빨갛게 물들인다고 해서 적수(赤水)라고 부른데. 정말 시장이 돌거나 바보가 아닌 다음에야 어떤 도시도 오지 않는 곳이지."라고 말했다.

"그렇다면 뤠이랜드와 안나 팽이 내가 생각했던 것보다 훨씬 더 남쪽으로 우릴 데려온 거야." 헤스터는 혼잣말로 속삭였다. "지금쯤 런던은 거의 1000마일 넘게 멀리 떨어져 있을 거야. 따라잡으려면 몇 달이 걸릴지 몰라. 그동안 내내 슈라이크가 내 뒤를 따라올 거고…."

"하지만 네가 속여 넘겼잖아. 이렇게 멋지게 도망쳤는데?"

"슈라이크를 오랫동안 속여 넘길 수는 없어. 다시 우리 뒤를 쫓아오겠지. 애당초 스토커라는 이름이 왜 붙었겠어?"

❀ ❀ ❀

헤스터는 계속 전진했다. 언덕을 넘고, 늪을 건너고, 앵앵거리며 여기저기를 물어 대는 작은 곤충들이 있는 계곡을 지나 그녀는 톰을 끌고 계속 앞으로 나아갔다. 둘 다 지치고 짜증이 났다. 한번은 톰이 잠깐 앉아서 쉬자고 하자 헤스터가 "네 맘대로 해! 난 아무 상관 안 해!"라고 쏘아붙였고, 그 후로 톰은 그녀에게 있는 대로 화가 나서 아무 말도 않고 걷기만 했다. '심술궂고, 밉고, 사납고, 자기 연민에 빠진 애 같으니라고! 함께 험한 일을 그렇게 많이 겪고, 아웃컨추리에서 내가 그렇게 도와줬는데도 여전히 날 버리고 갈 생각을 하다니!' 톰은 헤스터가 슈라이크한테 잡히고 자기는 코라나 미스 팽과 함께 도망치고 있다면 얼마나 좋을까 생각했다. 그 사람들이라면 아픈 내 발을 잠시 쉬게 해 줬을 텐데….

하지만 어둠이 내리고 매머드의 유령처럼 늪지대에서 짙은 안개가 뭉게뭉게 피어오르며, 발밑에서 바스락거리는 소리가 모두 스토커의 발소리처럼 들릴 즈음이 되자 톰은 헤스터와 같이 있다는 사실이 고마웠다. 구부러져 자란 나무 밑에서 밤을 지낼 만한 자리를 발견할 수 있었던 것도 그녀 덕분이었다. 편치 않은 잠자리였지만 그나마 깜박 잠들었던 톰이 지나가던 올빼미 소리에 놀라 깨자 망가진 돌하르방처럼 앉아서 망을 보다가 "괜찮아, 아무것도 아니야." 하고 안심시켜 준 것도 그녀였다. 그러더니 잠시 후 헤스터는 어쩌다 순간적으로 엿보이는 부드러운 면을 다시 살짝 드러내면서 "보고 싶어, 톰. 엄마 아빠 말이야."라고 말했다.

"그렇겠지. 나도 엄마 아빠가 그리워."

"런던에 가족이 아무도 없어?"

"없어."

"친구도?"

톰은 잠깐 생각을 해 보고는 "없다고 해야겠지."라고 대답했다.

시간이 조금 흐른 후 헤스터는 "그 여자아이는 누구였어?"라고 물었다.

"무슨 여자아이 말이야?"

"그날 밤 내장 갑판에서 너랑 밸런타인하고 같이 있던 그 애."

"아, 그 애는 캐서린이야." 톰이 대답했다. "그 애는…. 그 앤 밸런타인 딸이야."

헤스터는 고개를 끄덕였다. "예쁘더라."

그 대화를 나눈 후 톰은 더 편안한 잠을 잤다. 꿈에 캐서린이 비행선을 타고 와 톰과 헤스터를 구출해서 구름 위 맑은 태양빛이 있는 곳으로 데려가 줬다. 톰이 다시 눈을 떴을 때는 이미 동틀 무렵이었고, 헤스터가 자기를 흔들어 깨우고 있었다.

"들어 봐!"

귀를 기울이자 바람 소리나 물소리가 아닌 다른 소리가 들렸다.

"타운이 내는 소리일까?" 톰이 낙관적인 질문을 던졌다.

"아니야…." 헤스터는 고개를 한쪽으로 기울이며 주의 깊게 소리를 듣고 있었다. "이건 로트방 아에로 엔진이 내는 소리야…."

하늘에서 들려오는 그 소리는 점점 더 커지고 있었다. 소용돌이치는 안개 위로 런던 소속의 정찰 비행선이 지나갔다.

둘은 머리 위를 엉성하게 덮고 있는 나뭇가지들이 자신들을 숨겨주길 기도하면서 그 자리에 얼어붙고 말았다. 비행선이 내는 으르렁거리는 소리가 사라지는 듯하더니 다시 커지기 시작했다. 둘이 있는 곳 위를 돌고 있는 게 분명했다. "슈라이크는 우리를 볼 수 있어." 헤스터는 그렇게 속삭이면서 아무것도 보이지 않는 하얀 안개를 올려다봤다. "우리를 보고 있는 슈라이크의 시선이 느껴져…."

"그렇지 않을 거야." 톰이 주장했다. "여기서 비행선이 보이지 않는데 그쪽에서 우리를 어떻게 보겠어? 근거도 없이 너무 걱정하지 마."

❁ ❁ ❁

하늘을 나는 비행선 안에서 슈라이크는 눈을 적외선 기능으로 설정하고 열감지기를 켰다. 회색 나무 그림자 밑에 웅크리고 있는 사람 모양의 붉은색 점 두 개를 찾는 데는 시간이 얼마 걸리지 않았다. "더 가까이!" 슈라이크는 조종사에게 명령했다.

"목표물을 그렇게 선명히 볼 수 있으면서, 대 사냥터를 절반이나 가로지르도록 그 빌어먹을 기구가 텅 비어 있었다는 걸 몰랐다는 게 말이 돼?" 조종사가 투덜거렸다.

슈라이크는 아무 말도 하지 않았다. 한 번밖에 태어나 보지 않은 불평 많은 저 조종사한테 설명할 필요가 뭐가 있겠는가? 기구가 구름 위로 올라오자마자 슈라이크는 거기 아무도 타고 있지 않다는 걸 바로 알아차렸다. 그러나 헤스터 쇼의 재치에 감탄한 슈라이크는 그 상으로 저 바보 같은 조종사가 빈 기구를 쫓아가는 동안 그녀를 몇 시간 더 살게 해 줘야겠다고 결심했다.

그는 눈을 다시 보통 기능으로 설정했다. 헤스터는 어렵더라도 제대로 된 방법으로 잡고 싶었다. 냄새, 소리, 그리고 보통 시각만 사용해서 말이다. 비행선이 안개를 뚫고 내려가는 사이 슈라이크는 데이터를 저장해 둔 기억장치에서 그녀의 얼굴을 검색해 떠올린 다음 그 얼굴을 마음속에서 몇 번이고 반복해 볼 수 있도록 기능을 설정했다.

❋ ❋ ❋

"뛰어!" 헤스터가 말했다. 비행선이 불과 몇 미터 떨어지지 않은 곳에서 안개를 뚫고 내려왔다. 착륙 준비를 하면서 돌아가는 프로펠러가 마치 달걀 흰자 거품을 내는 거품기처럼 안개를 헤집고 있었다. 헤스터는 아무짝에도 쓸모없는 그 나무 밑에서 톰을 가로채

듯 일으켜 세운 후 나무 뿌리들이 박혀 울퉁불퉁한 젖은 땅 위를 뛰
기 시작했다. 뛸 때마다 발밑에서 물이 튀었고 미끈미끈한 검은 진
흙이 부츠 안으로 밀려 들어왔다. 정해진 방향 없이 무조건 뛰던 둘
은 갑자기 멈춰 섰다. 더 정확히 말하자면 헤스터가 너무 갑자기 멈
춰 서는 탓에 뒤따라오던 톰이 그녀와 부딪혔고 그 바람에 둘은 함
께 엎어졌다.

결국 시작한 곳으로 다시 돌아오고 만 꼴이 되었다. 비행선은 바
로 근처에서 낮게 날고 있었고, 몇 미터 앞에 커다란 물체가 길을
막고 서 있는 게 보였다. 창백한 초록색 빛 두 개가 어둠을 가르는
칼날처럼 톰과 헤스터를 향하고 있었다. 안개의 미세한 물방울들이
불빛 속에서 춤을 췄다. "헤스터!" 쇠가 부딪히는 듯한 소리였다.

헤스터는 무기로 쓸 만한 것을 찾아 땅을 더듬다가 휜 나뭇가지
하나를 찾아 들고 일어섰다. "더 이상 가까이 오지 마, 슈라이크!"
헤스터가 경고했다. "그 예쁜 초록 눈을 다 깨 버리고 골통도 부숴
버릴 거야!"

"헤스터, 가자!" 톰이 겁에 질려 가늘어진 목소리로 말하면서 헤
스터의 코트 자락을 끌어당겼다.

"가긴 어디로 가?" 톰 쪽으로 눈을 잠깐 돌리는 위험을 감수하면
서 헤스터가 물었다. 그녀는 들고 있던 나뭇가지를 고쳐 잡고 발도
조금 움직여 더 단단히 버티는 자세를 취하고는 가까이 다가오는
슈라이크를 노려봤다.

"지금까지 잘했다, 헤스터. 하지만 이제 사냥은 끝났다." 슈라이크는 젖은 땅 위를 조심스럽게 움직이고 있었다. 쇠로 된 발을 땅에 내디딜 때마다 달궈진 다리미에 물이 닿을 때처럼 수증기가 성난 소리를 내며 솟아올랐다. 손을 올리니 갈고리같이 생긴 칼날들이 손가락 끝에서 미끄러져 나왔다.

"런던에 대한 생각이 왜 바뀌었지, 슈라이크?" 헤스터가 화난 목소리로 외쳤다. "어쩌다 크롬의 앞잡이가 된 거야?"

"네가 나를 런던으로 가게 만들었다, 헤스터." 잠시 말을 멈춘 슈라이크의 죽은 듯한 얼굴에 강철 미소가 떠올랐다. "네가 런던으로 갈 줄 알고 있었다. 그래서 네가 도착하기 전에 런던으로 가기 위해 내 수집품을 전부 팔아 비행선을 빌렸다."

"태엽으로 가는 인형들이랑 로봇들을 다 팔았다고?" 헤스터는 놀란 목소리로 물었다. "슈라이크, 내가 다시 돌아오기를 그렇게 원했다면 혼자 힘으로도 충분히 날 찾을 수 있었잖아!"

"네가 혼자 대 사냥터를 건너게 하자고 결심했다." 슈라이크가 대답했다. "너에 대한 시험이었다."

"그래서 내가 그 시험을 통과한 거야?"

슈라이크는 헤스터의 질문을 무시하고 말을 이어 갔다. "내가 런던에 도착하자마자 사람들은 예상했던 대로 나를 엔지니어리움으로 데려갔다. 거기서 18개월 동안 네가 오기를 기다렸다. 엔지니어들이 나를 완전히 분해했다가 다시 조립하기를 열두 번도 넘게 거듭했지만 그 모든 게 다 허사는 아니었다. 나는 매그너스 크롬과 계약을 맺었다. 크롬은 내가 진정으로 원하는 걸 이룰 수 있게 해 주기로 약속했다."

"잘됐네." 헤스터는 조그만 목소리로 그렇게 말하면서도 도대체 슈라이크가 무슨 말을 하는지 알 수가 없었다.

"그런데 먼저 네가 죽어야 한다."

"하지만 슈라이크, 왜?!"

그러나 다음 순간 들려온 커다란 소리 때문에 슈라이크의 대답은 전혀 들리지 않았다. 커다란 기계가 윙윙거리며 돌아가는 소리를 듣고 톰은 비행선이 슈라이크 없이 떠날 채비를 하는 건 줄 알았다. 그러나 비행선은 처음에 내린 자리에 그대로 있었고, 정찰 비행선의 프로펠러가 내는 리드미컬한 기계음은 거친 것끼리 부딪히며 내는 것 같은 또 다른 소리에 완전히 묻혀 버리고 말았다. 급속도로 커져 가는 그 소리에 슈라이크마저도 조금 정신을 뺏긴 듯했다. 그의 눈에서 나오는 빛이 한두 번 껌뻑거리더니 그는 고개를 한쪽으로 기울이고 그 소리에 귀를 기울였다. 땅이 울리는 게 느껴지기 시작했다.

그때 슈라이크가 서 있던 곳 바로 뒤에서 안개를 뚫고 갑자기 진흙과 물로 된 벽이 나타났다. 위쪽은 조금 구부러진데다 제일 위에 하얀 거품이 일고 있는 게 영락없이 커다란 해일 모양이었다. 그리고 그 뒤로 타운이 나타났다. 아주 작고 구식으로 보이는 그 타운은 여덟 개의 두꺼운 바퀴로 달리고 있었다. 헤스터가 뒷걸음질치면서 짓는 표정을 보고 슈라이크는 무엇 때문에 그러는지 보기 위해 고개를 돌렸다. 톰은 옆으로 몸을 날리면서 헤스터의 옷깃을 잡아 안전한 곳으로 밀어붙였다. 비행선도 피하려 했지만 전속력으로 달려오는 타운의 바퀴에 걸려 폭발하고 말았다. 작은 비행선쯤은 아랑곳하지 않고 폭발한 비행선의 잔해를 바퀴로 갈아엎으면서 그 타운은 계속 앞으로 전진했다. 다음 순간 톰과 헤스터는 슈라이크가 타운의 커다란 바퀴 밑에 깔리면서 지르는 비명 소리를 들었다. "헤스터!"

둘은 서로 꼭 붙잡고 넘어지면서 몇 차례나 옆으로 굴러 나가떨어졌다. 바큇살과 피스톤, 쇠들끼리 부딪히면서 튀는 불꽃, 관측 갑판에 서서 이쪽을 보고 있는 사람들이 얼핏얼핏 보였다. 다음 순간 그 타운은 탄식하듯 길게 울리는 고동 소리만 남기고 갑자기 나타난 것처럼 그렇게 갑자기 안개 속으로 사라져 버렸다. 연기 냄새와 달아오른 쇠 냄새가 공기 중에 진동하고 있었다.

톰과 헤스터는 일어나 앉았다. 비행선의 잔해가 아직도 불꽃을 매단 채 여기저기서 천천히 땅으로 내려앉고 있었다. 슈라이크가 서 있던 곳에는 깊은 바큇자국이 나 있었고, 검고 번뜩이는 진흙이 벌써 그 자리를 메워 가고 있었다. 쇠로 된 손 같은 것이 진흙 사이를 뚫고 잠깐 뻗쳐 나오더니 창백한 수증기가 그 주변을 잠시 감싸다가 사라져 갔다.

"그러니까… 죽은 거야?" 아직 놀란 가슴이 가라앉지 않은 톰이 떨리는 목소리로 물었다.

"견인 타운이 금방 깔고 지나갔잖아. 상태가 그리 좋다고 할 수는 없겠지."

톰은 막연하게 슈라이크가 '진정으로 원하는 것'이 무엇이었을까 생각했다. 헤스터를 죽이는 게 그가 진정으로 원하는 것이었다면 소중한 수집품들을 모두 팔 이유가 없지 않은가? 하지만 이제는 그 답을 찾을 길이 없어지고 말았다. "그리고 비행선에 타고 있던 불쌍한 사람들도…." 톰이 속삭였다.

"내츠워디, 그들은 슈라이크가 우리를 죽이는 걸 돕기 위해 온 사람들이야!" 헤스터가 말했다. "그 사람들 동정하느라 시간 낭비하지 마."

둘은 잠시 안개를 바라보며 앉아 있었다. 그러다가 톰이 말했다. "뭐에 쫓기고 있었을까?"

"무슨 소리야?"

"그 타운 말이야. 굉장히 빨리 움직이고 있었잖아…. 뭔가가 그 타운을 추격하고 있었을 텐데…."

헤스터는 톰을 쳐다봤다. 톰이 무슨 말을 하는지 서서히 이해되기 시작했다.

"이런 젠장…."

그녀가 그 말을 내뱉기가 무섭게 두 번째 타운이 그들을 덮쳤다. 처음 것보다 훨씬 큰 이번 타운은 원통 모양의 바퀴가 달려 있었고 크게 벌린 입에는 누가 그렸는지 이빨을 완전히 드러내고 웃는 듯한 그림과 'HAPPY EETER'라는 글자가 적혀 있었다.

옆으로 피하고 어쩌고 할 시간적 여유가 없었다. 이번에는 헤스터가 톰을 잡아끌었다. 톰은 그녀가 뭐라고 외치는 것을 들었지만 엔진 소리가 너무 커서 그게 무슨 말인지 짐작하는 데는 시간이 걸렸다.

"저기 올라탈 수 있어. 내가 하는 대로 따라 해!"

타운이 톰과 헤스터 위로 굴러왔다. 둘이 서 있는 곳 양쪽으로 바퀴가 지나가면서 근처의 진흙이 커다란 파도처럼 위로 솟구쳐 올랐고 두 사람은 쟁기질에 걸린 개미처럼 위쪽으로 들어 올려졌다. 진흙 파도를 타고 타운의 바닥에 거의 머리를 부딪칠 정도로 빠르게 올라가자 헤스터는 바다에서 파도타기를 하는 것처럼 진흙 파도 위에서 중심을 잡고 옆에서 허우적거리는 톰에게 손으로 위쪽을 가리키며 뭐라고 소리쳤다. 톰은 언제 지나가는 돌에 맞거나 바퀴 밑으로 깔리게 될지 몰라 안절부절못하고 있다가 헤스터가 가리키는 쪽을 쳐다봤다. 배기관이 징그러운 뱀처럼 두 사람 옆을 지나가고 있었다. 타운의 배 아래쪽에 달린 환기창에서 나오는 용광로 불빛에 비쳐 그 배기관에 정비를 위해 설치해 놓은 손잡이가 보였다. 헤스터는 그 손잡이를 잡고 위로 몸을 날렸다. 톰도 그 뒤를 따랐지만 한순간 아무것도 잡히지 않아 손만 허우적거렸다. 가까스로 녹슨 쇠가 손끝에 닿자 온 힘을 다해 매달렸다. 거의 팔이 빠질 뻔했지만 헤스터가 손을 뻗어 톰의 허리끈을 잡고 안전한 곳으로 끌어 올려 줬다.

두 사람은 한동안 거기 엎드려 몸을 떨고 있었다. 한참 후에 겨우 정신을 가다듬고 일어나 보니 둘 다 아웃컨추리의 진흙을 뭉쳐 엉성하게 만들어 놓은 찰흙 작품같이 보였다. 옷, 머리, 얼굴 등 진흙에 덮이지 않은 부분이 없었다. 톰은 아슬아슬하게 위기를 모면하고 자기가 여전히 살아 있다는 사실이 놀라워 주체할 수 없이 웃기 시작했고 헤스터도 같이 웃었다. 톰은 지금까지 그녀의 웃음소리를 한 번도 들은 적이 없었다. 그 순간 그녀가 지금까지 만났던 그 누구보다도 가깝게 느껴졌다.

"이제 살았어!" 헤스터가 말했다. "이젠 살았다고! 가서 여기 누가 사는지 살펴보자."

❀ ❀ ❀

그 타운은 이름이 뭔지는 모르지만 정말 작았다. 타운이라기보다는 대도시의 위성 마을 정도 되는 크기였다. 어떤 종류의 타운일까 추측하면서 톰이 시간을 때우는 사이 헤스터는 안으로 통하는 문에 달린 열쇠를 따고 녹슨 벽을 따라 난 기다란 복도로 톰을 이끌었다. 엔진에서 나오는 열로 인해 벽에 수증기가 맺혀 있었다. 톰은 이곳이 크롤리 혹은 펄리 스폭스처럼 보인다고 생각했다. 그 마을들은 옛날 런던이 융성했을 때 만든 작은 위성 마을이었다. 사냥감이 한창 많았을 때 런던 같은 커다란 도시들은 작은 위성 도시를 지을 수 있을 정도로 부자였다. 만일 이 타운이 그런 위성 도시들 중의 하나라면 런던과 교역할 수 있는 허가장을 지닌 무역 비행선을 가지고 있을 것이다.

그러나 톰의 마음 한편에서 계속 찜찜한 느낌이 사라지지 않고 있었다. '정말 바보 시장이 아닌 다음에야 자기 타운을 이런 곳으로 몰고 올 리 없는데….'

도대체 왜 크롤리나 펄리 스폭스가 자기보다 작은 견인 타운을 적수 늪지대처럼 위험한 곳까지 추격하겠는가?

둘은 계단을 올라 두 번째 문이 있는 곳에 다다랐다. 문은 잠겨 있지 않아서 쉽게 열렸다. 나가 보니 위쪽 갑판의 옥외 지역으로 이어졌다. 건물 사이로 차가운 바람이 안개를 몰고 다녔고, 갑판 바닥은 타운의 속도 때문에 마구 흔들리고 있었다. 거리에는 아무도 없었다. 하지만 톰은 이렇게 작은 타운은 인구가 수백 명을 넘지 않는다는 것을 알고 있었다. 아마 모두 엔진실에서 일을 하고 있거나 실내에서 안전하게 추격이 끝나기를 기다리고 있을 것이다.

그러나 이곳엔 톰의 마음에 들지 않는 뭔가가 있었다. 이 타운은 분명 톰이 바라던 단정하고 깨끗한 런던의 위성 도시가 아니었다. 녹슨 갑판은 구멍이 숭숭 뚫려 있었고 초라한 집들은 다른 타운들에서 뺏어다가 엉성하게 설치해 놓은 커다란 보조 엔진들에 가려져 더 초라해 보였다. 어지럽게 얽힌 거대한 덕트들이 건물들을 감고 돌아 갑판에 아무렇게나 뚫린 구멍을 통해 아래층으로 내려가면서 보조 엔진들과 주 엔진을 연결하고 있었다. 그 뒤로 공원과 관측 전 망대가 있을 만한 곳에는 대신 사격대와 나무 울타리가 둘러쳐져 있었다.

헤스터는 톰에게 조용히 하라며 손짓을 하고 안개 덮인 타운의 앞 쪽으로 조심스럽게 발길을 옮겼다. 톰은 앞쪽에 타운홀 건물처럼 보이는 키 큰 건물이 있는 것을 봤다. 가까이 가자 입구 간판에 이 렇게 적혀 있었다.

턴브리지 휠스에 오신 것을 환영합니다.
인구: ~~500~~ ~~467~~ 212 그리고 계속 증가 중!

그리고 그 위에 검은색과 하얀색이 섞인 깃발이 나부끼고 있었다. 웃고 있는 해골과 가위표로 겹쳐진 기다란 뼈 두 개!

"쿼크 맙소사!" 톰이 경악하며 외쳤다. "해적 타운이잖아!"

그때 안개에 덮인 골목들에서 건물들만큼이나 남루한 옷을 입은 남자, 여자들이 쏟아져 나왔다. 모두 날렵한 몸집에 사나운 눈초리 들을 한 채 톰이 지금까지 본 것 중에서 제일 큰 총들을 들고 있었 다.

⊛ ⊛ ⊛

해적 타운이 지나가고 난 후 적수 늪지대에는 다시 침묵이 돌아왔다. 침묵을 깨는 것은 오직 갈대숲 사이를 움직이는 작은 생물들뿐이었다. 그러나 깊게 패인 타운의 바큇자국을 빠르게 메우기 시작한 진흙창이 갑자기 거품을 일으키며 움직이더니 다 부서진 슈라이크의 몸이 경련을 하면서 튀어나왔다.

슈라이크의 몸은 지나간 타운들에 깔려 텐트 기둥처럼 땅속 깊이 쑤셔 박혀서 눌리고 비틀리는 바람에 왼팔은 전선 몇 개에 의지해 간신히 매달려 있었고, 오른발은 조금도 움직여지지 않았다. 불 꺼진 한쪽 눈은 전혀 보이지 않았고 다른 쪽 눈도 자꾸 흐려져 머리를 한쪽으로 잡아채듯 계속해서 돌리지 않으면 흐린 것이 걷히지 않았다. 기억의 일부는 완전히 지워졌고 어떤 기억은 저절로 밀려들어 왔다. 바큇자국에서 빠져나오면서 슈라이크는 자신이 스토커가 되어 싸웠던 고대 전쟁들을 기억해 냈다. 20번 언덕 전투. 테슬라 총이 얼음 번개처럼 번뜩이자 그의 살점이 쇠로 된 뼈에서 떨어져 나갔다. 그러나 슈라이크는 죽지 않았다. 그는 라자루스 부대의 유일한 생존자였다. 견인 타운 한두 개가 깔아뭉개고 지나간다 해서 죽을 슈라이크가 아니었다.

그는 덜 무른 땅을 찾아 천천히 몸을 끌고 갔다. 냄새를 맡고,

주위를 둘러보고, 적외선 장치로 주변을 샅샅이 뒤진 후 헤스터가 살아서 몸을 피했다는 결론을 내렸다. 그녀가 자랑스러웠다. 그가 진정으로 원하는 것! 얼마 가지 않아 헤스터를 다시 찾을 것이다. 그때가 되면 영원한 삶을 살아야 하는 그의 외로움에 종지부를 찍을 수 있다.

타운이 남긴 바큇자국은 깊고도 확실했다. 한쪽 다리가 말을 듣지 않아 끌고 다녀야 하고, 한쪽 눈은 멀고, 머리는 자꾸 오작동을 하지만 헤스터를 찾는 건 그리 어렵지 않을 것이다. 슈라이크는 머리를 뒤로 한껏 젖히고 텅 빈 늪지대를 향해 사냥의 시작을 알리는 함성을 질렀다.

16
오물 탱크

런던은 계속 움직였다. 옛날 유럽이라고 부르던 땅덩어리를 가로질러 하루도 쉬지 않고 마치 저 앞에 엄청난 상이라도 기다리고 있는 것처럼 급하게 길을 재촉했다. 그러나 솔트후크를 사냥한 후 만난 것은 고작해야 시시한 폐품 수집 타운 몇 개에 불과했고, 매그너스 크롬은 그나마 그것들을 사냥하기 위해 코스를 약간 변경하는 것조차 용납하지 않았다. 점점 초조해지기 시작한 시민들은 시장이 도대체 무슨 일을 꾸미고 있는 거냐며 수군거리기 시작했다. 런던은 애당초 이렇게 빨리, 이렇게 먼 길을 여행하도록 만들어진 도시가 아니었다. 곧 식량 부족 현상이 닥칠 거라는 소문이 돌기 시작했고, 엔진에서 나오는 열기가 도시 전체에 퍼져 심지어 제6갑판 바닥은 계란을 익힐 수 있을 만큼 뜨겁다는 말까지 돌았다.

내장 갑판에서 느껴지는 열기는 그야말로 끔찍했다. 타르타로스(Tartarus Row) 역 엘리베이터에서 내린 캐서린은 마치 오븐 안으로 걸어 들어간 듯한 느낌을 받았다. 내장 갑판에 와 보기는 했지만 이렇게 깊숙이 들어와 본 적은 처음이었다. 그녀는 엘리베이터 터미널 계단에 서서 주변 소음과 어둠에 익숙해질 때까지 한동안 눈을 깜빡이며 서 있어야만 했다. 캐서린이 엘리베이터를 타고 출발한 제1갑판의 서클 파크에는 햇빛이 쏟아지고 장미 정원 사이로 시원하고 향긋한 바람이 불고 있었다. 그러나 이곳 내장 갑판에는 사람들이 떼 지어 뛰어다니고, 여기저기에서 경적이 울리고, 커다란 깔때기 모양의 연료통들이 용광로 쪽으로 이동하느라 캐서린 옆을 바삐 스쳐 가고 있었다.

한순간 캐서린은 집에 가고 싶은 마음이 간절해졌다. 그러나 여기 온 목적을 달성하지 못한 채 그냥 돌아갈 수는 없었다. 이 모든 것이 아빠를 위한 일이라고 생각하며 그녀는 숨을 깊게 들이마신 후 거리로 나섰다.

이곳은 하이 런던과 너무도 달랐다. 캐서린을 아는 사람이 아무도 없었고 지나가는 행인들에게 길을 물으면 다들 퉁명스럽게 대답했다. 휴식 시간에 거리에 나와 잡담을 나누던 노동자들은 지나가는 캐서린을 향해 휘파람을 불면서 "아가씨! 여기 좀 봐!" 하고 소리쳤고 "그 모자는 어디서 났수?"라며 야유를 보냈다. 몸집이 큰 사람 하나가 족쇄를 채운 죄수들을 끌고 가면서 캐서린을 밀치기도 했다. 연료 운반 덕트 밑에 있는 사당에 모셔진 '엔진실과 굴뚝의 수호신' 수티 피트의 동상도 캐서린을 비웃는 것처럼 보였다. 그녀는 허리를 펴고 강아지의 목줄을 더 세게 움켜쥐었다. 자신을 보호해 줄 강아지가 함께 있어 그나마 안심이 되었다.

진실을 밝혀낼 수 있는 곳은 여기뿐이라는 걸 그녀는 알고 있었다. 아빠는 멀리 떠나 계시고 톰은 실종 아니면 사망, 그리고 매그너스 크롬은 아무 말도 하려 하지 않으니 그 상처 난 소녀의 비밀을 알지도 모르는 사람은 런던에 오직 한 명밖에 남지 않은 셈이었다.

그 사람을 찾아내는 건 쉽지 않았지만 다행히 '폐품 수집, 보일러공, 바퀴 관리, 내장 갑판 운영 연합 길드'의 기록 사무실 직원들은 테데우스 밸런타인의 딸의 요청을 기꺼이 들어줬다. 만일 그날 밤 쓰레기 처리관 근처에 견습생 엔지니어가 있었다면 죄수 노동자들을 감독하느라 거기 있었을 게 분명하고, 그렇다면 엔지니어 길드의 '맹장 실험 감옥' 소속 견습생이 분명하다는 게 기록 사무실 직원의 말이었다. 거기까지 알고 나니 그 다음에는 질문 몇 개 더 하고 내장 갑판장에게 뇌물을 주는 일 외에 더 이상의 어려움은 없었다. 캐서린이 찾는 사람은 견습생 엔지니어 포드였다.

시장을 만난 지 거의 일주일이 지나서야 캐서린은 견습생 포드를 만나러 나선 것이다.

❊ ❊ ❊

맹장 실험 감옥은 윗갑판을 떠받치는 거대한 기둥 주변에 지어진 여러 개의 건물로 구성되어 있었는데 규모가 거의 작은 타운만큼이나 컸다. 캐서린은 이정표를 보면서 행정사무실 건물을 찾아갔다. 둥근 구형의 행정사무실 건물은 여기저기 녹슨 물이 흘러내린 전망탑 같은 것 위에 자리 잡고 있었는데 서서히 회전 중이었다. 감방 건물과 운동장, 해조류 양식장 등을 감시하기 쉽도록 설계한 것이다. 입구에 들어서니 아무 장식 없는 흰색의 벽과 바닥에 네온 색 조명이 비춰지고 있었다. 엔지니어 한 명이 미끄러지듯 다가와 "개는 못 데리고 들어옵니다."라고 말했다.

"개가 아니라 늑대인데요?" 캐서린은 이렇게 말하며 자신이 지을 수 있는 미소 중에서 제일 귀여운 미소를 지어 보였다. 그 엔지니어는 강아지가 자기 고무 코트에 코를 대고 킁킁거리자 뒤로 한 걸음 물러섰다. 머리 이곳저곳에 습진 자국이 나 있고, 새침한 인상에 가는 입술을 꼭 다문 그는 가슴에 '내장 갑판 감독관 님모'라는 배지를 달고 있었다. 캐서린은 그에게 미소를 지어 보이고는 안 된다는 말이 나오기 전에 얼른 가지고 있던 골드 패스를 보여 줬다. "아버지가 역사학자 길드 회장이신데 심부름 왔어요. 견습생 한 명을 만나야 하는데요, 이름은 포드입니다."

님모 감독관은 눈을 껌뻑거리면서 "하지만… 하지만…." 하고 말을 더듬었다.

"매그너스 크롬 시장 사무실에서 오는 길입니다." 캐서린은 거짓말을 했다. "확인하고 싶으면 시장 비서실에 전화해 보세요."

"괜찮습니다. 별 문제 없겠죠….." 님모가 중얼거렸다. 엔지니어 길드 회원이 아닌 사람이 견습생 엔지니어를 만나겠다고 하는 건 이번이 처음이었다. 님모는 이 상황이 마음에 들지 않았다. 잘 찾아 보면 그런 것을 금지하는 규칙이 있을지도 모를 일이었다. 그러나 시장을 직접 안다는 사람과 분란을 일으키고 싶지 않았다. 그는 캐서린에게 기다리라 말하고는 서둘러 복도 끝에 있는 유리벽 사무실로 들어갔다.

캐서린은 강아지의 머리를 쓰다듬으면서 하얀 코트를 입고 지나가는 대머리들에게 예의 바른 미소를 지어 보였다. 얼마 지나지 않아 님모가 돌아왔다. "견습생 포드가 어디 있는지 찾았습니다. 60번 구역으로 옮겼더군요."

"감사합니다, 님모 감독관님!" 캐서린은 활짝 웃어 보였다. "여기로 불러올 수 있을까요?"

"물론 안 되죠." 일개 역사학자의 딸이 자기한테 이래라저래라 하는 게 갈수록 마음에 들지 않던 님모는 그렇게 쏘아붙였다. 그러나 그녀가 60번 구역을 보고 싶다고 하면 그곳에 데려가 줄 수는 있었다. "따라오세요." 그는 캐서린을 작은 엘리베이터가 있는 쪽으로 안내했다. "60번 구역은 지하 갑판에 있어요."

지하 갑판은 런던의 하수관이 있는 곳이었다. 캐서린은 그곳에 대해 학교에서 이미 배워 알고 있었기 때문에 아래쪽으로 오랫동안 내려갈 각오는 하고 있었다. 그러나 아무리 학교에서 배웠다 하더라도 거기서 나는 냄새에 대해서는 완전히 무방비 상태였다. 엘리베이터가 바닥에 도착하고 문이 열리자마자 엄청나게 지독한 냄새가 그녀를 주먹으로 치듯이 덮쳐 왔다. 마치 하수 밑으로 잠수한 느낌이었다.

"이곳이 60번 구역입니다. 엔지니어 길드가 운영하고 있는 실험 노동 단위 중 가장 흥미로운 곳 중 하나죠." 님모는 마치 아무 냄새도 나지 않는 것처럼 행동했다. "이곳에 배치된 죄수들은 런던의 폐기물을 재활용하는 새로운 방법을 개발하는 데 큰 도움을 주고 있습니다."

캐서린은 손수건으로 코를 틀어막고 엘리베이터에서 내렸다. 어두운 조명이 설치된 드넓은 공간이 펼쳐졌다. 앞쪽으로 클리오 하우스와 정원을 모두 합친 것보다 더 큰 탱크가 세 개나 있었다. 낮은 천장에 매달린 수많은 파이프에서 고약한 냄새를 풍기는 황갈색 물질들이 탱크로 흘러내리고 있었다. 탱크 안에서는 더러운 회색 작업복을 입은 죄수들이 황갈색 물질에 가슴까지 푹 빠진 채 긴 손잡이가 달린 갈퀴 같은 것으로 위쪽에 뜬 것들을 걷어 내고 있었다.

"저 사람들이 대체 뭘 하고 있는 거죠?" 캐서린이 물었다. "저게 뭐예요?"

"유기 퇴적물이죠. 미스 밸런타인." 님모가 자랑스럽게 말했다. "방출물이라고도 하고 배설물이라고도 부릅니다. 인체 영양 부산물이죠."

"그러니까… 대변…이란 말씀이세요?" 캐서린이 경악하며 물었다.

"감사합니다, 미스 밸런타인. 제가 찾고 있던 단어가 바로 그 단어였던 것 같군요." 님모가 캐서린을 뚫어져라 쳐다보며 말했다. "역겨워할 것 없어요. 우리 모두… 음… 가끔 화장실을 쓰지 않을 수 없죠. 이제 그… 음… 대변이 어디로 가는지 알겠죠? '버리지 않으면 부족하지 않다.'가 바로 엔지니어들의 좌우명이죠. 인체 배설물을 제대로 처리하면 엔진에 굉장히 유용한 연료로 사용할 수 있습니다. 현재 그것을 맛있고 영양 많은 스낵으로 만드는 방법도 연구 중이에요. 죄수들에게 다른 음식은 하나도 주지 않고 있습니다. 불행히도 계속 죽어 나가서 탈이지만…. 그런 건 2보 전진을 위한 1보 후퇴에 불과하다고 봐야죠."

캐서린은 제일 가까운 탱크 옆으로 걸어갔다. '내가 해가 비치지 않는 암흑의 나라로 들어왔구나. 아, 클리오, 이곳이야말로 죽은 자의 세상이군요!'

암흑의 나라, 저승이라도 여기처럼 끔찍할 것 같지는 않았다. 그 황갈색의 되직한 액체는 런던이 울퉁불퉁한 언덕배기를 지나가자 이리저리 흔들리며 탱크 벽에 파도처럼 부딪혔다. 파리 떼가 까만 구름처럼 몰려다니면서 죄수들의 얼굴과 몸에 들러붙었다. 그들의 대머리가 어두운 조명 아래서 번뜩였다. 갈퀴로 표면에 뜬 것을 걷어서 탱크 옆에 대기 중인 운반 상자에 담고 있는 그들에게선 영혼이 빠져나간 것 같은 텅 빈 눈빛밖에 보이지 않았다. 또 다른 한 무리의 죄수들은 레일 위에 놓인 운반 상자 중 이미 다 찬 것들을 다른 곳으로 옮기고 있었다. 무서운 표정의 견습생 엔지니어들이 길고 검은 방망이를 휘둘러 대며 그들을 감독했다. 기분이 좋은 것은 강아지뿐이었다. 강아지는 꼬리를 흔들며 신나서 목줄을 힘껏 당겼다. 녀석은 이렇게 흥미로운 냄새가 나는 곳에 자기를 데려와 준 캐서린에게 고맙다는 표현이라도 하고 싶은 듯 가끔 애정 어린 눈빛으로 주인을 올려다봤다.

캐서린은 아까 먹은 점심이 모두 올라오려는 것을 겨우 참으며 물었다. "불쌍해라! 어떤 사람들이 여기 오나요?"

"저 사람들 걱정은 하지 않아도 됩니다! 모두 죄수들이에요. 범죄자들. 죗값을 하는 것뿐이죠."

"무슨 죄들을 지었는데요?"

"여러 가지죠. 좀도둑질, 세금 포탈, 경애하는 시장님을 비판한 죄 등등…. 지은 죄에 비해 굉장히 대우를 잘 받는 겁니다. 자, 견습생 포드를 찾을 수 있을지 봅시다."

님모가 말하는 동안 캐서린은 제일 가까운 곳에 있는 탱크를 주시하고 있었다. 거기서 일하고 있던 사람 중 한 명이 어지러운 듯 머리를 손으로 받치다가 들고 있던 갈퀴를 놓쳤다. 그걸 본 감독관 여자 견습생이 들고 있던 방망이로 그를 찔렀다. 방망이가 닿은 곳에 파란 불꽃이 튀었고, 그 죄수는 몸을 뒤로 젖히면서 비명을 지르며 버둥거리다가 아래로 가라앉아 버렸다. 다른 죄수들은 그가 가라앉은 곳을 쳐다만 보고 그 자리에 서 있었다. 너무 두려워 도울 엄두를 내지 못하는 것 같았다.

"그냥 저렇게 둘 건가요?" 캐서린이 놀라서 소리치며 님모를 쳐다봤지만 그는 아무것도 보지 못한 것 같았다.

그때 또 다른 견습생 한 명이 그쪽으로 달려가면서 근처의 죄수들에게 빠진 사람을 도우라고 소리쳤다. 두세 명이 힘을 합쳐 빠진 사람을 건져 내자 견습생은 탱크 쪽으로 몸을 기울여 그를 밖으로 끌어냈다. 자기 몸에 오물이 튀는 것도 아랑곳하지 않는 것 같았다. 그 견습생은 다른 견습생들처럼 거즈로 된 마스크를 쓰고 있었지만 캐서린은 단번에 그를 알아봤다. 그 광경을 보고 있던 님모가 "포드!" 하고 화난 목소리로 외쳤다.

캐서린과 님모는 포드가 있는 쪽으로 다가갔다. 견습생 포드는 반쯤 익사한 죄수를 탱크 옆 바닥에 눕히고 근처 파이프에서 물을 받아 그 죄수의 얼굴에 묻은 오물을 씻어 내고 있었다. 애당초 전기 방망이로 충격을 줘 그 불쌍한 죄수를 오물에 빠뜨렸던 견습생은 역겹다는 표정으로 지켜보더니 이렇게 말했다. "또 물을 낭비하고 있잖아, 포드!"

"어떻게 된 건가?" 님모가 화난 목소리로 물었다.

"이자가 게으름을 피우고 있었습니다." 여자 견습생이 말했다. "일을 좀 더 빨리 하도록 독려했을 뿐입니다."

"열이 심합니다." 견습생 포드가 악취 나는 오물로 범벅이 된 채

애처롭다는 표정으로 말했다. "이런 상태였으니 일을 못했던 게 당연합니다."

캐서린이 옆에 쪼그리고 앉자 그때서야 그녀가 있었다는 걸 깨달은 포드의 눈이 놀라서 커졌다. 포드 덕에 조금은 깨끗해진 얼굴로 누워 있는 죄수의 이마에 캐서린이 손을 얹었다. 주변이 무척 더운 상태라는 걸 감안하더라도 상당한 고열이었다. "이 사람 정말 많이 아픈 것 같아요." 그녀는 님모를 올려다보며 말했다. "펄펄 끓고 있어요. 병원에 보내야 할 것 같습니다."

"병원?" 님모가 답했다. "여기는 병원이라는 게 없어요. 이자들은 죄수예요, 미스 밸런타인. 범죄자들이란 말입니다. 의료 서비스를 받을 사람들이 아니에요."

"저자도 금방 K 분과로 가겠군." 여자 견습생이 혼잣말로 중얼거렸다.

"조용히 해!" 님모가 신경질적으로 주의를 줬다.

"무슨 뜻이죠? K 분과라뇨?" 캐서린이 물었다.

님모는 대답하지 않았다. 캐서린은 자신을 쳐다보고 있는 견습생 포드의 얼굴에 흘러내리는 눈물을 봤다. 물론 눈물이 아니라 땀일 수도 있었지만…. 그녀는 기절한 죄수를 다시 내려다봤다. 그는 혼수상태에 빠진 것 같았다. 갑자기 그가 누워 있는 쇠 갑판이 너무 딱딱해 보여서 캐서린은 자기도 모르게 쓰고 있던 모자를 벗어 반으로 접은 뒤 그 사람 머리 밑에 베개처럼 받쳐 주었다. "여기 있으면 안 될 사람이에요!" 그녀는 화가 나서 말했다. "이 끔찍한 오물 탱크에서 일하기에는 체력이 너무 약해요!"

"정말 상황이 좋지 않아요." 님모가 캐서린의 말에 동의하며 말했다. "요즘 여기로 보내지는 죄수들 상태가 너무 안 좋아요. 상인 길드에서 식량 부족 사태를 해결하는 데 신경을 썼다면 죄수들 건강이 좀 더 나았을 거고, 또 네비게이터 길드에서 게으름 피우지 않고 괜찮은 사냥감들을 한 번이라도 찾아냈다면 이러지는 않았을 텐데…. 그건 그렇고 미스 밸런타인, 구경은 이 정도로 마치고 견습생 포드에게 질문이 있으면 어서 하십시오. 그런 다음 다시 엘리베이터로 안내하겠습니다."

캐서린은 고개를 돌려 포드를 쳐다봤다. 마스크를 내리고 있는 얼굴을 보니 의외로 커다랗고 짙은 눈과 작고 완벽한 모양의 입술을 가진 미남이었다. 그녀는 자기가 바보 같다는 생각을 하면서 그를 잠시 쳐다만 보고 있었다. 여기서 용감하게 불쌍한 사람을 돕고 있는 포드 앞에 서니 갑자기 자신이 하려던 질문이 하찮고 사소하게 느껴졌다.

"미스 밸런타인이시죠? 그렇죠?" 강아지가 그의 다리를 살짝 건드리며 걸어가 누워 있는 죄수의 손가락에 코를 대고 킁킁거리는 것을 보며 포드가 긴장한 얼굴로 물었다.

캐서린은 고개를 끄덕였다. "우리가 솔트후크를 사냥한 날 밤 내장 갑판에서 포드 씨를 봤어요. 쓰레기 처리관 옆에서 말이에요. 우

리 아버지를 죽이려고 한 그 소녀를 봤을 텐데, 맞나요? 그 사건을
기억나는 대로 모두 이야기해 줄 수 있어요?"

아직 소년에 불과한 견습생 포드는 캐서린을 뚫어져라 쳐다봤다.
모자를 벗는 바람에 얼굴로 흘러내린 긴 머리카락이 신기해 보였
다. 그러다가 그는 초조한 눈초리로 님모를 한번 쳐다본 후 "아무것
도 보지 못했습니다. 아가씨."라고 말했다. "그러니까 제 말은….
사람들이 소리치는 것을 듣고 도우려 달려갔지만 연기랑 파이프 같
은 것들 때문에…. 아무것도 보지 못했습니다."

"정말이에요?" 캐서린이 애원조로 말했다. "조그만 거라도 제게
는 굉장히 중요할 수 있어요."

견습생 포드는 고개를 흔들었다. 캐서린과 눈이 마주치는 걸 피하
면서 그저 "미안합니다…."라고만 중얼거렸다.

그때 누워 있던 죄수가 갑자기 몸을 돌리면서 크게 한숨을 쉬자
모두 그를 내려다봤다. 캐서린은 그가 숨을 거두었다는 것을 조금
후에야 깨달았다.

"제 말이 맞죠?" 여자 견습생이 그것 보라는 듯 말했다. "K 분과
로 갈 사람이라고 제가 말했잖아요."

님모는 시체를 발로 툭툭 차 보고는 "시체를 치우게. 견습생." 하
고 말했다.

캐서린은 온몸이 떨리기 시작했다. 울고 싶었지만 그럴 수 없었
다. 이 불쌍한 사람들을 도울 길이 있다면! '아빠가 돌아오시면 여

기서 일어난 일을 다 이야기해 드려야겠어.' 그녀는 속으로 다짐했
다. '이 끔찍한 곳에서 어떤 일들이 벌어지고 있는지 아빠가 아시기
만 한다면….' 캐서린은 애초에 이곳에 오지 않았더라면 좋았을 거
라고 생각했다. 포드가 바로 옆에 서서 "미안합니다. 미스 밸런타
인." 하고 말했다. 그녀는 포드가 자기를 도와주지 못해서 미안하다
고 하는 건지, 아니면 지하 갑판이 어떤 곳인지를 알게 해 버려 미
안하다고 하는 건지 알 수 없었다.

님모가 초조해하기 시작했다. "미스 밸런타인. 이제 떠나셔야 합
니다. 애당초 이곳에 오지 말았어야 했어요. 미스터 밸런타인이 견
습생 포드에게 용무가 있었다면 공식적으로 길드 회원을 보냈어야
했습니다. 도대체 포드에게 어떤 정보를 원한 겁니까?"

"가죠." 캐서린은 그렇게 말하면서 손을 뻗어 죽은 죄수의 눈을
살며시 감겨 줬다. 죽은 사람을 위해 그녀가 할 수 있는 유일한 일
이었다.

"미안해요." 떠나는 그녀의 귀에 대고 포드가 다시 한번 속삭였다.

17
해적 타운

그날 밤늦게 턴브리지 휠스는 마침내 적수 늪지대 한가운데서 사냥감을 따라잡는 데 성공했다. 쫓기다 지친 그 작은 타운이 깊게 패인 웅덩이에 바퀴가 빠진 틈을 타 턴브리지 휠스가 전속력으로 충돌하자 사냥감 타운은 그 자리에서 산산조각이 나고 말았다. 충돌하면서 부서진 사냥감 타운의 잔해가 하늘로 치솟았다가 사냥감을 한입에 삼키려고 돌아선 턴브리지 휠스의 거리에 비처럼 쏟아졌다. 해적들은 "바퀴째 굴러들어 온 밥이다!"라며 함성을 질렀다.

내장 갑판에 있는 철창 안에서 톰과 헤스터는 분해 엔진이 작업에 들어가는 것을 공포에 떨며 지켜봤다. 사냥감 타운에 살고 있던 사람들이 밖으로 채 나오기도 전에 모든 것을 갈기갈기 찢어 폐품 처리를 하고 있었기 때문이다. 겨우 탈출한 사람들은 밖에서 대기하고 있던 해적들에게 바로 잡혀갔다. 젊고 건강한 사람들은 헤스터와 톰이 갇혀 있는 것과 비슷한 철창에 갇혔고, 그렇지 않은 사람들은 그 자리에서 죽임을 당한 후 시체는 소화 작업장 변두리에 있는 쓰레기 더미에 던져졌다.

"쿼크 맙소사!" 톰이 속삭였다. "이렇게 끔찍한 일이! 도시진화론의 규칙이란 규칙은 모두 어기고 있잖아…."

"여긴 해적 타운이야, 내츠워디." 헤스터가 말했다. "뭘 기대해? 잡은 사냥감은 가능한 한 빨리 소화시키고 포로들은 엔진실에서 노예로 부려 먹는 거야. 너무 약해서 일을 못 하는 사람들한테 음식과 공간을 낭비할 여유가 없지. 네가 그렇게 사랑하는 런던이 하는 짓과 별로 다를 것도 없어. 적어도 이 사람들은 솔직하게 자기들을 해적이라고 부르기라도 하니 좀 나은 거지."

철창 바깥으로 보이는 소화 작업장에 붉은 가운이 획 하고 지나가는 게 톰의 눈에 들어왔다. 해적 타운의 시장이 이번 약탈의 성과물을 둘러보느라 경호원에 둘러싸인 채 철창이 늘어서 있는 복도를 따라 걸어가고 있었다. 시장은 대머리에다 그렇지 않아도 작은 체구를 곱사등이처럼 구부리고 있었다. 가느다란 목이 입고 있는 가운의 고양이털 옷깃 사이로 쑥 튀어나온 모습이 친절과는 거리가 먼 사람 같아 보였다. "시장이라기보다는 대머리독수리 같은데!" 톰은 헤스터의 소매를 끌어당기며 시장을 가리켰다. "우리를 어떻게 할 것 같아?"

헤스터는 다가오는 시장 일행을 쓱 쳐다보더니 어깨를 으쓱했다. "아마 엔진실로 보내겠지…." 그러다가 그녀는 하던 말을 멈추고 시장을 바라봤다. 마치 그가 자신이 지금까지 본 사람 중에서 가장 멋진 신사라도 되는 것 같은 표정이었다. 그러더니 톰을 어깨로 밀치고 앞으로 나서면서 철창 사이로 얼굴을 내민 채 "피비!"하고 외쳤다. 아수라장처럼 시끄러운 내장 갑판의 소음에 자기 목소리가 묻힐까 봐 그녀는 목청껏 "피비! 여기야!" 하고 외쳐 댔다.

"저 사람을 알아?" 톰은 어리둥절해서 물었다. "친구야? 괜찮은 사람이야?"

"난 친구 같은 거 없어." 헤스터가 쏘아붙였다. "그리고 저 사람 전혀 안 괜찮아. 가차 없는 살인마지. 자길 이상하게 쳐다본다는 이유만으로 사람을 죽이는 걸 봤어. 그러니 사냥에 성공해서 기분이 괜찮은 상태이길 기도하는 게 좋을걸. 피비! 여기야! 나야, 나! 헤스터 쇼!"

그 '가차 없는 살인마' 시장은 톰과 헤스터가 있는 철창으로 고개를 돌리면서 인상을 찌푸렸다.

"저자 이름은 크라이슬러 피비야." 헤스터는 재빨리 작은 소리로 설명했다. "내가 슈라이크와 살 때 물물교환을 하려고 스트롤에 몇 번 들렀었거든. 그때만 해도 이보다 훨씬 작은 마을의 시장이었는데 이렇게 크고 화려한 타운은 어떻게 손에 넣었는지…. 쉿! 말은 내가 할테니까 조용히 보고만 있어."

톰은 똘마니들을 이끌고 이쪽으로 걸어오는 크라이슬러 피비를 자세히 봤다. 절대 잘생겼다고는 할 수 없는 인물이었다. 울퉁불퉁한 대머리에 용광로 불빛이 반사되고 있었고 더러운 얼굴에는 땀이 흘러내려 줄무늬가 져 있었다. 머리에 털이 없는 걸 보상이라도 하듯 몸의 다른 부분은 거의 모두 털로 뒤덮여 있었다. 턱에는 하얀 수염이 제멋대로 삐져나와 있었고, 귀와 콧구멍에서는 회색 털이 한 줌씩 자란데다 눈썹은 또 엄청나게 크고 부숭부숭했다. 목에 시장을 상징하는 녹슨 체인을 걸고 있었고 어깨 한쪽에는 앙상한 원숭이 한 마리가 앉아 있었다.

"저게 누구냐?" 피비가 물었다.

"히치하이커 한 쌍입죠, 대장. 아니, 시장님…." 경호원 중 한 명이 대답했다. 머리를 땋아서 빳빳하게 풀을 먹여 길게 굽은 뿔 모양으로 만든 여자였다.

"먹잇감을 쫓아가고 있는 사이 타운에 올라탔습니다, 시장님." 포로들을 관장하는 남자가 말했다. 그는 자기가 입고 있던 코트를 시장에게 보여 줬다. 안쪽에 털을 댄 톰의 비행사용 코트였다. "저놈들한테서 뺏었습니다."

피비는 끙 하고 신음 소리를 내고는 돌아서려 했다. 하지만 헤스터는 계속해서 그 비뚤어진 미소를 지으며 포기하지 않고 "피비! 나야, 나!" 하고 외쳤다. 마침내 피비의 욕심 사나운 검은 눈에 헤스터를 기억한 듯한 빛이 돌기 시작했다.

"젠장! 그 양철 인간의 아이잖아!"

"좋아 보이는데, 피비!" 헤스터가 말했다. 톰은 그녀가 피비에게

는 자기 얼굴을 숨기려 하지 않는다는 걸 알아챘다. 약한 면을 드러
내선 절대 안 된다고 생각하는 것 같았다.

"맙소사!" 피비가 헤스터를 위아래로 훑어보더니 말했다. "진짜
너로구나! 그 스토커의 조수! 이젠 다 커서 더 미워졌네! 슈라이크
는 어디 있냐?"

"죽었어." 헤스터가 말했다.

"죽었다고? 왜? 금속 피로 현상이었나?" 그렇게 말하고 피비가 크
게 웃기 시작하자 똘마니들도 조심스럽게 따라 웃었다. 결국 피비
어깨 위의 원숭이마저 끼익끼익 소리를 낼 때까지 모두 굉장히 재미
있다는 듯 억지웃음을 웃어 댔다. "금속 피로 현상이라고 했잖아.
알아들었어?"

"그런데 어쩌다가 턴브리지 휠스 시장이 됐어?" 헤스터는 아직도
웃음을 멈추지 못하고 낄낄거리며 눈물까지 훔쳐 내는 피비에게 물
었다. "내가 알기로 턴브리지 휠스는 해적질하고는 상관없는 점잖
은 타운이었는데. 북쪽 얼음 황무지 변두리에서 사냥을 하곤 했잖
아?"

피비는 낄낄거리며 철창에 몸을 기댔다. "좀 봐 줄 만하지? 몇 년
전에 내가 있던 타운을 턴브리지 휠스가 꿀꺽했지. 어느 날 막 쫓아
오더니 한입에 삼켜 버리는 거야. 근데 턴브리지 휠스 놈들은 약하
디 약한 멍청이들이더라고. 우리가 내장 갑판에 숨어 있다 튀어나
와서 몽땅 차지해 버렸지. 시장이랑 참의원들은 전부 엔진실로 보

내서 연료 운반 노예로 쓰고 호화 저택이랑 멋진 타운홀 건물은 다 우리가 쓰고. 이젠 나도 쓰레기나 뒤지고 다니는 놈이 아냐. 이래 뵈도 어엿한 시장이라고! 크라이슬러 피비 시장 각하! 하하하!"

톰은 피비 일당이 타운을 점령했을 때 일어났을 끔찍한 일들을 생각하며 몸을 떨었다. 그러나 헤스터는 정말 대단하다는 듯 머리를 끄덕이면서 "축하해."라고 말했다. "좋은 타운이야. 빠르고, 탄탄하고. 그런데 상당히 위험한 짓을 하고 있군. 사냥감이 여기서 멈추지 않고 적수 늪지대 안쪽으로 더 들어갔으면 턴브리지도 꼼짝없이 늪에 빠져서 낙동강 오리알 신세가 됐을 텐데."

피비는 걱정 말라는 듯 손을 저었다. "턴브리지 휠스는 걱정 없어. 늪지대 전문으로 만들어졌거든. 수렁이고 진창이고 늪이고 간에 문제없지. 이 늪지대엔 통통한 사냥감들이 많이 숨어 있어. 내가 지금 가려고 하는 데엔 더 통통하고 맛난 놈이 기다리고 있고."

헤스터가 고개를 끄덕였다. "우리를 놔주면 어때?" 그녀는 사소한 일처럼 가볍게 물었다. "사냥감을 그렇게 많이 잡으려면 위쪽에 힘센 일꾼 한둘 더 있는 게 낫지 않아?"

"푸하하!" 피비가 침을 튀기며 웃었다. "포기하지 않는 정신은 높이 살 만하구먼, 헤티! 근데 이젠 네 운이 다한 거야. 지난 1~2년 동안 사냥감이 너무 없었어. 물건이고 음식이고 노예고 하나도 낭비할 수 없지. 있는 입 먹이기도 바쁜데 거기다 새 입까지 보태면 저놈들이 가만히 있지 않을걸. 입도 보통 입이 아니라 그렇게 삐뚤

어진 입을 보냈다간. 하하하!" 그는 다시 웃음을 터뜨리며 부하들
도 자기 농담에 웃고 있는지 확인했다. 원숭이가 피비의 머리 위에
쪼그리고 앉아서 시끄러운 소리를 냈다.

"하지만 내가 필요할 거야, 피비!" 너무도 절박해진 헤스터는 톰
따윈 다 잊어버린 듯했다. "난 약하지 않아. 아마 네 부하들 절반은
나보다 더 약골일걸? 필요하면 싸워서 모두 물리칠 수도 있어."

"널 쓸 데가 있긴 하지." 피비가 고개를 끄덕였다. "미안하지만 윗
갑판이 아니라 엔진실이야." 그렇게 말한 후 피비는 뿔 모양 머리를
한 여자에게 손짓을 하면서 자리를 떴다. "매기, 사슬에 묶어서 노
예실로 데려가."

헤스터는 절망에 차 바닥에 주저앉았고, 어깨를 건드리는 톰의 손
을 신경질적으로 쳐 냈다. 헤스터 너머로 피범벅이 된 복도를 지나
멀어져 가는 피비가 보였다. 동시에 총과 족쇄를 들고 다가오는 해
적들을 바라보면서 톰은 가슴 밑바닥에서부터 끓어오르는 감정이
두려움이 아니라 분노라는 것을 깨닫고 스스로도 놀랐다. '그렇게
고생을 하고 여기까지 와서 결국 노예가 되고 말다니! 정말 불공평
해!' 톰은 자기도 모르게 벌떡 일어나 철창을 있는 힘껏 쳐 대기 시
작했다. 그리고 곧 "안 돼!" 하고 외치는 낯설고 가느다란 목소리가
바로 자기 것이라는 걸 깨달았다.

멀어져 가던 피비가 돌아섰다. 눈썹이 산을 타는 애벌레처럼 그의
더러운 이마에 높이 올라붙었다.

"안 돼!" 톰은 다시 한번 소리쳤다. "당신, 헤스터를 알잖아. 그 애가 도움을 요청하면 도와주는 게 도리야! 비겁해! 도망가지도 못하는 작은 타운들이나 먹고, 살인이나 하고, 부하들이 무서워서 도와달라는 사람을 돕긴커녕 노예로나 부리고!"

매기를 비롯한 경호원들이 모두 톰에게 총을 겨냥한 채, 분수도 모르는 이 포로를 날려 버리라는 명령을 기다리며 피비를 바라봤다. 그러나 피비는 그냥 그 자리에서 한참 동안 톰을 바라보고 서 있다가 천천히 철창 쪽으로 다가왔다.

"뭐라고 했지?" 피비가 물었다.

톰은 뒤로 한 걸음 물러섰다. 무슨 말인가 하려고 했지만 아무 소리도 낼 수 없었다.

"너 런던서 왔지?" 피비가 물었다. "말투를 들으면 알아! 런던 중에서도 낮은 갑판 쪽은 아닌 거 같고, 어느 갑판 출신이지?"

"제, 제2⋯." 톰이 더듬거리며 말했다.

"제2갑판?" 피비는 부하들을 둘러보며 말했다. "들었어? 제2갑판이면 거의 하이 런던이야. 여기 하이 런던 출신 신사분이 있었구먼. 매기, 이런 점잖은 신사를 노예로 만들려고 하다니 정신이 있나, 없나!"

"하지만 내가 그런 게 아니라 대장이, 아니 시장님이⋯." 매기가 항의했다.

"빌어먹을! 내가 뭔 말을 했든 상관없어." 피비가 소리쳤다. "당장 풀어드려!"

뿔난 매기가 자물쇠를 갖고 한참을 덜컥거리다 겨우 문을 열자 다른 해적들이 톰의 멱살을 잡고 철창 밖으로 끌어냈다. 피비는 부하들을 밀어제치고 거칠지만 뭔가 신사다운 몸짓으로 톰의 옷을 털어 줬다. "신사를 그렇게 대접하다니! 스패너, 코트 다시 돌려드려!"

"뭐라고요?" 톰의 코트를 입고 있던 해적이 소리쳤다. "절대 안 돼요!"

그 말이 끝나기가 무섭게 피비는 총을 꺼내 들고 그 자리에서 그를 쏘아 죽여 버렸다. "내가 말했잖아. 신사분의 코트를 돌려드리라고!" 그는 놀란 얼굴로 넘어져 있는 시체에 대고 소리쳤다. 그러자 다른 부하들이 서둘러 시체에서 코트를 벗겨 내 톰에게 입혀 줬다. 피비는 코트 가슴팍에 난 총구멍을 토닥거리며 "피가 묻어서 미안하구먼." 하고 진지하게 말했다. 구멍에서는 아직도 연기가 나고 있었다. "예절이라곤 모르는 놈들이라. 부디 지금까지의 무례와 오해를 용서하슈. 누추한 우리 타운에 오신 걸 늦게나마 환영하우. 마침내 진짜 신사를 모시게 돼서 영광이구먼. 타운홀 건물에서 나랑 그 머시냐, 애프터눈 티*를 할 수 있을런지?"

톰은 입을 딱 벌린 채 피비를 쳐다봤다. 그 자리에서 죽지는 않게

---

* afternoon tea. 빅토리아 시대 영국에서 시작된 영국 차 문화. 오후 3~4시경 우유를 넣은 홍차와 함께 샌드위치, 케이크 등을 곁들여 먹었다. 중산층 이상 유한 계급들의 습관이어서 먹는 내용물 못지않게 화려한 찻잔과 접시 세트, 복잡한 식탁 매너가 같이 발전했다.

됐다는 걸 깨닫는 데만도 한참이 걸렸다. 애프터눈 티는 그 순간 톰의 머리에 떠오른 여러 가지 생각 중에서 그야말로 제일 마지막에나 해당하는 것이었다. 그러나 해적 시장이 톰을 데리고 그 자리를 떠나려는 순간 톰은 아직 철창 속에 웅크리고 앉아 있는 헤스터를 기억해 냈다. "헤스터를 여기 두고 갈 순 없어요!"

"누구, 헤티?" 피비는 어리둥절한 표정으로 물었다.

"우리는 함께 다녀야 해요." 톰이 설명했다. "헤스터는 제 친구입니다."

"턴브리지 휠스에는 다른 여자도 많아." 피비가 말했다. "저 애보다 훨씬 나은 애들이 많지. 코랑 뭐랑 다 붙어 있는…. 뭐, 내 딸도 런던 신사와 만나는 걸 마다하지는 않을 거고…."

"헤스터를 여기 두고 갈 수 없어요." 톰은 자신이 낼 수 있는 가장 단호한 목소리로 말했다. 시장은 아무 말 없이 톰을 향해 고개를 한 번 숙이고는 부하들에게 헤스터를 꺼내 주라고 손짓했다.

❋　❋　❋

톰은 피비도 미스 팽과 같은 걸 원할 거라 생각했다. 런던이 어디로 향하고 있는지, 왜 갑자기 대 사냥터 중앙으로 나선 것인지 등에 관한 정보 말이다. 그러나 해적 시장은 톰의 런던 생활에 관해서는 무척 궁금해했지만 런던 시 자체가 어디로 가는지에 대해서는 별 관심이 없어 보였다. 그는 이른바 '하이 런던 출신의 신사'가 자기 타운에 왔다는 것만으로도 충분히 만족하는 것 같았다.

피비는 톰과 헤스터에게 타운홀 건물을 구석구석 구경시켜 주고, 세칭 '참의원'들이라는 사람들을 소개했다. 톰은 거칠고 우락부락한 생김새와 재니 맥스, 틱 멍고, 스테즈페서 젭, 포고 내저스, 집 리스키, 트랙션그라드 키드 등 생김새 못지않게 해적다운 이름을 가진 사람들과 일일이 인사를 나눴다. 그 다음은 타운홀 건물 높은 층에 자리 잡은 피비의 맨션으로 가서 애프너눈 티를 마실 차례였다. 약탈해 온 보물로 가득한 그의 집에선 지저분하고 버릇없는 피비의 아이들이 손님이고 뭐고 관계없이 악을 쓰며 뛰어다녔다. 피비의 큰딸 코티나가 섬세한 티 세트와 고급 유리 접시에 차와 오이 샌드위치를 내왔다. 겁에 질린 옅은 파란색 눈을 가진 그 소녀는 조금 둔해 보였다. 피비는 샌드위치 가장자리를 잘라 내지 않았다고 화를 내면서 코티나를 밀쳤고, 그녀는 아무 저항도 못 한 채 의자 쪽으로 밀려가서 그대로 엉덩방아를 찧고 말았다. "여기 토머스 씨는 런던에서 왔단 말이야." 그는 딸에게 샌드위치를 던지며 소리쳤다. "그 머시냐, 고급스럽게 좀 해 봐! 어디서 보지도 못했냐? 작게, 세모로 잘라야지!"

"어쩔 도리가 없어!" 피비는 톰 쪽을 돌아보면서 푸념하듯 말했다. "귀부인으로 키우려고 해도 도무지 배우려 하질 않는다우. 그래도 착한 애지. 어떨 때 저걸 보면 저 애 엄마를 괜히 쏘아 죽였단 생각이 들어." 그는 코를 훌쩍거리면서 해골과 뼈 두 개가 그려진 해적 무늬 손수건으로 눈가를 훔쳤다. 잠시 후 코티나가 새로 만든 샌드위치를 갖고 들어왔다.

"실은…." 피비는 샌드위치를 우물거리며 말했다. 씹다 만 빵과 오이가 사방으로 튀었다. "실은…. 톰, 나도 평생 해적으로 살고 싶지는 않다우."

"음…. 그러고 싶지 않다고요?"

"그래요, 톰. 나는 자라면서 당신 같은 혜택을 누리지 못했어. 교육이고 뭐고 아무것도. 게다가 생긴 것까지 이렇게 못생겨서…."

"제가 보기엔 그렇지 않으신 것 같은데…." 톰은 예의를 갖추느라 이렇게 말했다.

"나 혼자 모든 걸 알아서 해야 했다우. 쓰레기 더미를 뒤지고 빈민가를 헤매면서. 그래도 난 항상 알고 있었지. 언젠가는 나도 크게 성공할 날이 올 거란 걸. 옛날에 런던을 한번 본 적이 있어. 어디론가 가고 있는 걸 멀리서 봤는데, 내가 본 도시 중에서 그 머시냐 젤로 잘 빠진, 아니, 젤로 아름다운 도시라고 생각했지. 그 많은 갑판에, 햇빛에 빛나는 하얀 빌라들…. 그리고 거기 사는 놈들, 아니 사람들 이야기를 들었지. 난 사람으로 태어났으면 그렇게 살아야 제대로 사는 거라고 생각했어. 멋진 옷을 입고 가든 파티랑 음악회 같은 데 다니고…. 그래서 고물 수집상으로 시작해 작은 타운 하나 얻고, 그러다가 지금처럼 조금 더 큰 타운이 생기고…. 하지만 내가 진짜로 원하는 건…." (그는 그 시점에서 톰 쪽으로 몸을 기울였다.) "내가 진짜로 원하는 건 점잖은 신사가 되는 거라고."

"물론 그러시겠죠." 톰은 헤스터 쪽을 흘낏 쳐다보면서 고개를 끄덕였다.

"그러니까, 내 생각엔…." 피비는 계속 수다를 떨었다. "이번 사냥이 내가 원하는 대로만 돼 준다면 턴브리지 휠스는 금방 부자가 될 거요. 진짜 부자. 난 이 타운을 사랑해. 더 키우고 싶지. 공원이랑 멋진 맨션이 있고 깡패 같은 것들은 못 들어오는 제대로 된 상층부 갑판에 엘리베이터가 오르락내리락하는 그런 큰 도시 말이오. 거기서 내가 시장을 하고 내 아들들한테 그걸 물려주고…. 토머스 씨, 큰 도시는 어떻게 만드는지, 또 어떻게 돌아가는지 당신이 가르쳐 줘야겠소. 에-치-켓-이랑 매-너-도 가르쳐 주고. 그래야 내가 다른 도시 시장들과 교제도 하고 그러지. 그것들이 내 뒤에서 비웃으면 안 되니까. 그리고 내 부하들도 모두. 그것들은 돼지나 다를 게 없이 사는 것들이라…. 어때, 우리를 신사로 만들어 줄 수 있겠수?"

톰은 눈을 껌벅거렸다. 그는 피비 부하들의 거친 얼굴을 떠올렸다. 그 사람들한테 서로 문도 열어 주고, 음식을 씹으면서는 말을 하면 안 된다고 이야기하면 어떤 반응을 보일지 궁금했다. 뭐라고 말을 해야 할지 몰라 망설이는데 헤스터가 입을 열었다.

"톰이 턴브리지 휠스에 올라탄 그날이 이 도시엔 행운의 날이었어." 헤스터가 시장에게 말했다. "톰은 에티켓 전문가야. 난 톰보다 더 매너 좋은 사람은 지금까지 보질 못했어. 뭐든지 물어보기만 하면 다 이야기해 줄 거야, 피비."

"하지만…." 톰은 입을 떼려다 헤스터의 뒷발질에 정강이를 차이고는 입을 닫았다.

"좋아, 좋아." 피비가 입을 열자 톰과 헤스터에게 반쯤 씹은 오이 샌드위치 비가 내렸다. "나하고 잘만 사귀면 손해 볼 건 없을 거유. 사냥감을 큰 놈으로다가 잡아먹고 나면 바로 일을 시작해도 돼. 얼마 기다리지 않아도 될 거유. 이 늪지대만 건너가면 있거든. 이번 주말이면 거기 닿을 거야."

톰은 차를 마시면서 머릿속으로 대 사냥터의 지도를 떠올렸다. 대 사냥터의 한 켠을 넓게 차지하고 있는 적수 늪지대를 건너면, 그 다음에 있는 곳은…. "늪지대를 건너간다고요? 하지만 늪지대 다음에는 카자크해 말고는 아무것도…."

"걱정일랑 잡아매슈, 톰!" 크라이슬러 피비가 낄낄거리며 말했다. "턴브리지 휠스에는 특수 기능이 있다고 하지 않았수! 그냥 앉아서 구경이나 하라고. 하하하!" 그러면서 그는 톰의 등을 한 대 철썩 치고 앉아 차를 마시기 시작했다. 찻잔을 든 그의 새끼손가락이 섬세하게 살짝 치켜들려 있었다.

18
베비스

며칠 후 런던은 새로운 사냥감을 찾았다. 슬라브어를 사용하는 작은 견인 마을 몇 개가 석회암 언덕의 바위 그늘에 숨어 있는 걸 발견한 것이다. 런던은 이리저리 다니면서 신나게 마을들을 집어삼켰고 런던 시민의 절반은 관측 전망대에 모여들어 박수를 치며 응원했다. 지긋지긋했던 대 사냥터의 서부 평야도 이제는 모두 아스라한 추억처럼 느껴졌고 어제의 불만도 모두 잊혀 갔다. 하부 갑판 어디선가 사람들이 열사병으로 죽어 나가든 말든 무슨 상관인가? 런던 만세! 크롬 만세! 몇 년 만에 최고의 사냥이었다.

런던은 먼저 그중 좀 더 빠른 마을들을 추격해 삼킨 다음 기수를 돌려 느린 마을들을 마저 집어삼켰다. 사냥감을 모두 다 쫓아가서 먹는 데 거의 일주일이나 걸렸다. 제일 마지막으로 잡힌 마을은 상당히 크고 한때 융성했던 곳으로 최근 비슷한 크기의 다른 마을로부터 공격을 받아 한쪽 바퀴의 트랙이 찢어져 절룩거리고 있었다.

사냥이 끝난 날 밤 런던의 모든 공원은 축하 파티로 흥청거렸다. 그리고 멀리 북쪽에 빛이 몇 개 모여 있는 것이 보인다는 보고가 들어오자 파티 분위기는 더욱 뜨거워졌다. 소문이 돌기 시작했다. 그 빛은 규모는 크지만 불구가 된 도시에서 나오는 불빛이고, 밸런타인이 '13층 엘리베이터'를 타고 정찰을 간 것도 그 도시에 먼저 도착해 무전으로 런던을 유도하기 위한 것이라는 소문이었다. 밸런타인의 신호만 따라가면 런던은 역사상 최고로 큰 사냥감을 먹을 수 있다는 이야기도 나왔다. 새벽 2시까지 불꽃놀이가 벌어졌고, 임시로 역사학자 길드 회장직을 맡은 처들리 포메로이는 박물관의 주 전시실에서 불꽃을 터뜨린 허버트 멜리판트를 3등 견습생으로 강등시켰다.

그러나 동이 틀 무렵 그 행복감과 낙관적인 소문들은 연기처럼 사라졌다. 북쪽에 보였던 빛이 큰 도시에서 나오는 거라는 소문은 맞는 말이었지만 그 도시가 불구라는 소문은 사실이 아니었다. 그 도시는 남쪽을 향해 전속력으로 달려 내려오고 있었고, 배고픈 빛이 역력했다. 네비게이터 길드에서는 그 도시가 기갑대도시 판체르슈타트-바이로이트라고 발표했다. 네 개의 거대한 트랙션슈타트(독일어를 쓰는 견인 도시)가 연합하여 만들어진 광역 견인 도시였다. 그러나 네비게이터 길드 회원들 말고 그 도시 이름이 뭔지에 신경 쓰는 사람은 아무도 없었다. 오직 그 도시로부터 어떻게 하면 멀리 도망칠 수 있는가만이 관심의 초점이었다.

런던은 엔진을 최대한 가동하고 지평선 너머로 그 광역 견인 도시가 보이지 않을 때까지 동쪽을 향해 내달렸다. 그러나 다음 날 아침 눈을 뜬 런던 시민들은 판체르슈타트-바이로이트의 상부 갑판들이 햇살 아래 반짝이며 런던을 향해 달려오고 있는 것을 보고 경악을 금치 못했다. 게다가 처음 봤을 때보다 그 광역 도시는 훨씬 가까워져 있었다.

⊗　⊗　⊗

캐서린 밸런타인은 성공적인 사냥을 축하하는 파티에 가지 않았고, 추격을 당하기 시작하면서 런던을 가득 채운 위기감에도 동참하지 않았다.

맹장 실험 감옥에서 돌아온 이후 그녀는 자기 방에서 나가지 않고 60번 구역 오물 탱크의 그 끔찍한 냄새를 지우기 위해 몸을 씻고 또 씻었다. 음식에도 거의 손을 대지 않았고, 그날 입었던 옷들은 하인들을 시켜 모두 재활용통에 버리게 했다. 학교도 가지 않았다. 어떻게 그런 것들을 보고 와서 친구들이 남자 친구나 옷에 관해 실없이 나누는 대화에 낄 수 있겠는가? 창밖에선 부드러운 잔디밭 위에 햇살이 반짝이고, 꽃들이 여기저기에서 만개하고, 나무들이 싱그러운 신록을 자랑하고 있지만, 어떻게 하이 런던의 아름다움을 다시 마음 편히 즐길 수 있겠는가? 그녀는 자신을 비롯한 소수의 운 좋고

돈 많은 하이 런던 시민들이 편안하게 살기 위해 수천 명의 다른 런던 시민들이 비참한 환경에서 고통당하고 있다는 생각 말고 다른 생각은 할 수 없었다.

고글 스크린 담당자들과 경찰에 보내는 편지를 한 통씩 썼지만 이내 찢어 버렸다. 보내 봤자 무슨 소용이겠는가? 매그너스 크롬이 고글 스크린과 경찰을 뒤에서 조종하고 있다는 건 세 살배기도 다 아는 사실인데. 심지어 클리오 신전의 사제까지도 크롬이 임명하는 실정이었다. 맹장 실험 감옥에 대해 어떤 대책을 세우려면 아빠가 돌아오시길 기다리는 수밖에 없었다. 아빠가 돌아오시기 전에 지금 런던을 쫓아오고 있는 저 큰 도시한테 먹히지 않는 것이 급선무이기는 하지만 말이다.

얼굴에 상처가 난 그 소녀에 대한 조사는 전혀 진전이 없었다. 견습생 베비스 포드는 아무것도 몰랐다.(아무것도 모르는 척한 것인지도 모르지만.) 이젠 무엇을 어떻게 해야 할지 속수무책이었다.

판체르슈타트-바이로이트에게 추격당하기 시작한 지 3일째 되는 날 아침, 식사를 하고 있던 캐서린은 편지 한 통을 받았다. 누가 자기한테 편지를 썼는지 도무지 짐작이 안 가 캐서린은 편지 봉투를 앞뒤로 살폈다. 제6갑판 소인이 찍힌 편지를 보면서 그녀는 묘한 두려움을 느꼈다.

한참을 망설이다 봉투를 찢자 식탁 위에 놓여 있던 해조류 플레이크 위로 은색 쪽지가 한 장 떨어졌다. 런던에서 일상적으로 사용하는 종이였다. 너무 여러 번 재활용을 해서 펠트처럼 털이 부숭부숭하고 부드러웠다. 맨 아래에 작은 글씨로 '버리지 않으면 부족하지 않다.'라는 표어가 새겨져 있었다.

미스 밸런타인께

부디 절 도와주십시오. 꼭 해야 할 이야기가 있습니다.
제5갑판, 벨사이즈 파크의 피트 레스토랑에서
오늘 11시에 기다리겠습니다.

진실된 친구로부터

몇 주 전에 이런 편지를 받았다면 캐서린은 가슴을 콩닥거리면서 흥분했을 것이다. 그러나 이제는 미스터리를 즐길 기분이 아니었다. 누군가 장난을 치는 걸지도 모른다는 생각이 들었지만 장난을 받아 줄 기분도 아니었다. 런던은 목숨을 걸고 추격을 피해 도망 중이고, 하층 갑판 사람들은 고통 속에서 비참한 삶을 살고 있는데 어떻게 미스터리니 장난이니 하는 것들을 즐길 수 있겠는가? 그녀는 편지를 재활용통에 던진 후, 손도 대지 않은 아침 식사를 밀쳐내고 일어서서 다시 한번 샤워를 하러 방으로 올라갔다.

그러나 자기도 모르게 호기심이 발동하는 것은 어쩔 수가 없었다.

아침 9시에 그녀는 '난 가지 않을 거야.'라고 생각했다.

9시 30분, 캐서린은 강아지에게 "가 봤자 소용 없을 거야. 아무도 안 나올 게 뻔해." 하고 말했다.

10시, 그녀는 "피트 레스토랑이라고? 무슨 그런 식당이 다 있어? 만들어 낸 이름인 게 분명해."라고 말했다.

그로부터 30분 후, 캐서린은 중앙 엘리베이터 역에서 하부 갑판 으로 가는 엘리베이터를 기다리고 있었다.

그녀는 로우 홀본 역에서 내려 쇠로 만든 누추한 저층 아파트촌을 지나 갑판의 변두리 쪽으로 갔다. 제일 오래된 옷을 입고 고개를 숙 인 채 강아지를 옆에 꼭 붙이고 빠르게 걸었다. 이제는 사람들이 쳐 다봐도 자랑스럽지가 않았다. 마치 사람들이 "저기 캐서린 밸런타 인이 간다. 제1갑판에서 온 거만한 꼬마 아가씨. 아무것도 모르는 하이 런던 공주님."이라고 수군거리는 것만 같았다.

벨사이즈 파크에는 사람이 거의 없었다. 엔진 때문에 생기는 스모 그로 인해 공기가 매캐했다. 잔디밭과 정원을 모두 농업용 부지로 전환한 것은 벌써 몇 년 전 일이다. 보이는 사람들이라고는 배추밭 사이를 왔다 갔다 하면서 살충제를 뿌리고 있는 공원 및 정원 관리 공단 소속의 노동자들뿐이었다. 그곳에서 멀지 않은 곳에 원추 모 양의 유치한 건물이 서 있었다. 지붕에는 '피트 레스토랑'이라고 씌어진 간판이 걸려 있었고 그 아래엔 더 작은 글씨로 '카페'라고 적혀 있었다. 안쪽에도 테이블이 있었지만 차양이 쳐진 식당 바깥

길거리에도 쇠 테이블이 몇 개 놓여 있었다. 에너지 절약을 위해 반만 켜 둔 아르곤 램프 아래 사람들이 앉아 담배도 피우고 이야기도 나누고 있었다. 문 근처에 혼자 앉아 있던 소년 한 명이 캐서린을 보고 일어서서 손을 흔들었다. 강아지가 먼저 꼬리를 흔들었지만 그 소년이 견습생 포드라는 것을 캐서린이 알아보는 데는 조금 시간이 걸렸다.

"제 이름은 베비스입니다." 맞은편 자리에 앉는 캐서린에게 어색한 미소를 지어 보이며 소년이 말했다. "베비스 포드."

"기억하고 있어요."

"와 주셔서 고맙습니다, 미스 밸런타인. 60번 구역에 내려오신 그날 이후 내내 이야기 나누고 싶은 마음이 굴뚝 같았습니다만, 제가 아가씨와 접촉한다는 사실을 길드에 알리고 싶지 않았습니다. 길드는 우리가 바깥 사람들과 섞이는 걸 좋아하지 않아요. 하지만 오늘은 큰 회의를 준비하느라 모두 휴가를 받았어요. 그래서 여기 올라올 수 있었죠. 엔지니어들은 보통 여기 안 오거든요."

"그럴 것 같네요." 메뉴를 보면서 캐서린은 혼잣말처럼 중얼거렸다. 메뉴에 '해피밀'이라는 이름의 음식 사진이 큼직하게 컬러로 실려 있었다. 두 개의 둥그런 해조류 빵 사이에 진짜 고기라고는 전혀 믿기지 않는 분홍색의 패티가 끼워진 일종의 샌드위치였다. 캐서린은 박하차를 주문했다. 차는 글라스틱 컵에 담겨 나왔는데 감기약 같은 맛이 났다. "제5갑판에 있는 레스토랑은 모두 이런가요?"

"아니요." 베비스 포드가 말했다. "이 레스토랑은 다른 데보다 훨씬 낫습니다." 그는 자기도 모르게 캐서린의 머리카락으로 계속 눈이 가는 것을 멈출 수 없었다. 평생 내장 갑판의 엔지니어 기숙사에서만 살아 온 그는 캐서린 같은 머리카락을 가진 사람을 한 번도 본 적이 없었다. 머리카락이 그렇게 길고, 반짝이고, 생명력으로 가득할 수 있다니…. 엔지니어들은 머리카락은 불필요한 것이고, 땅에서 살던 야만스러운 과거의 산물이라고들 했다. 그러나 캐서린의 머리카락을 보면서 포드는 과연 그럴까 하는 생각이 들기 시작했다.

"도와달라고 한 것 같은데…." 캐서린이 운을 뗐다.

"네." 포드는 뒤를 한번 흘낏 보며 이쪽을 보고 있는 사람이 없는지 확인한 다음 말을 이었다. "전에 아가씨가 물어봤던 것 말인데요. 그때 오물 탱크실에서는 아무 말도 할 수 없었어요. 님모가 보고 있는데 무슨 말을 할 수 있겠습니까? 불쌍한 그 죄수를 도우려한 것만 해도 이미 엄청난 벌을 받을 만한 일이었는데…."

그의 까만 눈에 다시 눈물이 가득 차올랐다. 캐서린은 엔지니어가 저렇게 쉽게 우는 것이 참 이상하다고 생각했다. "베비스, 그건 베비스 잘못이 아니잖아요. 근데 그 여자아이 말이에요. 그 애를 봤나요?"

포드는 런던이 솔트후크를 사냥한 그날 밤 일을 생각하며 고개를 끄덕였다. "그 소녀가 달려가는 걸 봤습니다. 견습생 역사학자가 그 뒤를 쫓고 있었고요. 견습생이 도와달라고 소리쳐서 저도 같이 쫓아갔죠. 쓰레기 처리관까지 간 그 여자애가 돌아서는 걸 봤는데 얼굴이 뭔가 잘못된 것 같았어요….”

캐서린은 고개를 끄덕였다. “계속하세요.”

“그 여자가 견습생한테 뭐라고 소리를 질렀는데 엔진 소리랑 해체 작업장에서 들리는 소음들 때문에 뭐라고 하는지 제대로 듣지 못했어요. 하지만 아가씨 아버지에 대해 뭐라고 말한 것 같기는 해요. 그러고는 자기 자신을 가리키면서 뭐라고 외치다가 끝에 헤스터 쇼라고 말하더니 뛰어내렸어요.”

“불쌍한 톰까지 같이 끌고 뛰어내리는 바람에….”

“아니에요, 아가씨. 그 견습생은 멍한 얼굴로 거기 서 있었어요. 그러고는 연기가 자욱해져서 아무것도 보이지 않았어요. 연기가 걷힌 다음에 보니 경찰들이 몰려와 시끌시끌하길래 얼른 거기서 빠져나왔죠. 원래 일하던 자리를 벗어나면 안 되거든요. 거기 간 걸 들키는 날에는 또 골치 아파지고요. 그래서 제가 본 걸 아무한테도 이야기할 수 없었어요.”

“하지만 나한테는 지금 이야기하고 있잖아요.” 캐서린이 말했다.

“네, 아가씨.” 견습생 포드가 얼굴을 붉혔다.

“헤스터 쇼….” 캐서린은 그 이름을 마음속에서 몇 번이고 되뇌어 봤지만 한 번도 들어 본 적이 없는 이름이었다. 그리고 포드가 묘사한 상황도 이해가 되지 않았다. 아빠가 이야기한 것과 전혀 들어맞지 않았기 때문이다. 캐서린은 포드가 뭔가 잘못 본 걸 거라고 결론을 내렸다.

그는 주변을 다시 한번 초조한 눈으로 살피더니 속삭이는 듯한 목소리로 물었다. "그때 아가씨가 하신 말씀, 진심이었습니까? 아버지 도움을 구하겠다고 하신 것 말이에요. 정말 그분이 죄수들을 도울 수 있을까요?"

"제가 아빠한테 무슨 일이 벌어지고 있는지 이야기하면 분명히 도와주실 거예요." 캐서린은 장담했다. "모르고 계시는 게 확실해요. 그리고 절 아가씨라고 부를 필요 없어요. 제 이름은 캐서린이에요. 케이트라고들 부르죠."

"알겠습니다." 포드는 엄숙하게 말했다. "케이트." 그는 다시 미소를 지어 보였지만 아직도 얼굴에 근심의 빛이 가득했다. "전 길드를 배반하고 싶지 않습니다. 엔지니어 말고 다른 것이 되고 싶다고 생각한 적은 한번도 없습니다. 하지만 실험 감옥에 배치될 줄은 꿈에도 몰랐어요. 사람들을 철창에 가두고, 내장 갑판에서 강제 노동을 시키고, 또 그 오물 탱크에서 일하도록 감시하고…. 그건 결코 엔지니어가 할 일이 아닙니다. 사악한 일이에요. 도울 수 있는 대로 돕고는 있지만 별 소용이 없습니다. 감독들은 죄수들이 죽을 때까지 부리다가 죽으면 플라스틱 백에 시체를 넣어서 K 분과로 올려보내요. 죽어서도 쉴 수가 없는 겁니다."

"K 분과라는 게 뭐예요?" 그 여자 견습생이 K 분과 이야기를 하자 님모가 아무 말도 하지 못하게 막던 것을 떠올리며 캐서린이 물었다. "교도소의 일부인가요?"

"아니요. 위쪽 엔지니어리움에 있는 곳이에요. 새로운 실험을 하는 곳이라고 들었어요. 닥터 트윅스가 운영하고 있죠."

"시체를 가지고 무슨 실험을 할까…." 그렇게 물으면서도 캐서린은 자신이 그 질문의 답을 정말 알고 싶은 건지 확신이 서질 않았다.

베비스 포드의 얼굴이 조금 창백해졌다. "그냥 소문에 불과한 이야기입니다만, 길드에 있는 사람들 몇몇은 닥터 트윅스가 스토커를 만들고 있다고 수군거렸어요. 부활군(Resurrected Man) 말입니다."

"클리오 맙소사!" 캐서린은 스토커들에 대해 배웠던 것을 떠올리며 몸서리를 쳤다. 아빠가 녹슨 스토커 뼈대 몇 개를 발굴해서 엔지니어들에게 연구하라고 넘겼던 것은 알고 있었다. 하지만 아빠는 엔지니어들이 관심 있는 것은 오직 전자 두뇌 부분뿐이라고 캐서린을 안심시켰다. 정말 엔지니어들이 새 스토커를 만들려 하는 것일까?

"왜?" 캐서린이 물었다. "내 말은, 스토커는 군인인데, 그렇죠? 일종의 인간 탱크 같은 것…. 옛날에 전쟁터에서 싸우기 위해 만들어진…."

"완벽한 노동자들이죠, 아가씨." 포드가 눈을 크게 뜨고 말했다. "먹일 필요도, 입힐 필요도, 집을 줄 필요도 없고. 더 이상 할 일이 없으면 그냥 스위치를 끄고 창고에다 쌓아 놓으면 되니까 공간도 훨씬 덜 필요하고 말이죠. 길드에서는 앞으로 하층 갑판에서 죽은 사람들은 모두 스토커로 부활할 거라 말하고 있어요. 감독할 사람들만 빼면 살아 있는 노동자가 필요 없게 되는 겁니다."

"하지만 그건 끔찍한 일이에요!" 캐서린이 항의하듯 말했다. "그렇게 되면 런던은 죽은 사람들의 도시가 되는 거잖아요!"

베비스 포드는 어깨를 으쓱했다. "저 아래 맹장 실험 감옥은 벌써 그런 느낌이 드는걸요. 전 제가 들은 것을 옮겼을 뿐이에요. 크롬이 스토커를 원하니, 닥터 트윅스가 우리 분과에서 나오는 시체로 스토커를 만들고…."

"이 엄청난 계획을 사람들이 아는 날에는 분명히…." 캐서린은 불현듯 스치는 생각에 말을 멈췄다. "이 계획에 무슨 암호명 같은 것이 있나요? 그게 혹시 메두사 아닌가요?"

"맙소사! 메두사는 또 어떻게 알아요?" 포드의 얼굴에서 핏기가 완전히 가셨다. "아무도 모르게 되어 있는데!"

"왜죠?" 캐서린이 물었다. "그게 뭐예요? 새로 만들어진 스토커와 아무 관계가 없다면 도대체 메두사라는 게 뭔가요?"

"그건 길드의 일급 비밀입니다." 포드가 속삭였다. "원래 견습생들은 그 이름조차 알지 못하도록 되어 있습니다. 하지만 우리도 감독들끼리 하는 이야기를 가끔 가다 듣게 되죠. 뭔가 잘못되거나, 런던이 궁지에 몰릴 때마다 윗사람들은 일단 메두사를 깨우는 데 성공만 하면 모든 게 괜찮아질 거라고들 해요. 이번에 그 광역 도시가 우리를 쫓는 걸 보고도 그랬어요. 이걸로 런던은 끝이라고 모두가 정신을 놓고 있을 때도 길드의 높은 사람들은 메두사가 모든 걸 해결할 거라며 여유만만이었어요. 오늘 밤에 엔지니어리움에서 큰 회의를 하는 것도 그것 때문이라고 들었습니다. 거기서 매그너스 크롬이 뭔가 중대 발표를 할 거라던데….”

캐서린은 엔지니어룸과 그 검은 창문 뒤에서 벌어지는 미스터리들에 관해 생각하자 등이 오싹했다. 메두사야말로 아빠를 괴롭히고 있는 문제들에 대한 답을 가지고 있을 거라는 생각이 들었다. 모든 것이 메두사와 관계 있었다.

캐서린은 베비스 포드 쪽으로 가까이 몸을 기울이고 속삭였다. “베비스, 저기…. 그 회의에 참석할 건가요? 거기서 크롬이 무슨 이야기를 하는지 나한테 알려 줄 수 있어요?”

“아니에요, 아가씨…. 아니, 저어…. 케이트. 그 회의는 정식 길드 회원들만 참석하는 거예요. 견습생들은 끼지도 못 하죠.”

“정식 길드 회원인 척하고 들어가면 안 되나요?” 캐서린은 보채듯 말했다. “뭔가 나쁜 일이 벌어지고 있는 게 틀림없어요. 그리고 그 메두사라는 게 모든 일의 근원인 것 같아요.”

“미안합니다, 아가씨.” 포드는 고개를 저으며 말했다. “감히 그런 짓은…. 들키는 날엔 그 자리에서 죽어 최상층 갑판으로 보내져서 스토커가 되고 말 텐데…. 그건 못 하겠습니다.” “그럼 내가 갈 수 있게 도와줘요.” 캐서린은 간절히 말하며 테이블 위로 손을 뻗어 포드의 손을 잡았다. 그는 캐서린의 손이 닿자 깜짝 놀라 자기 손을 뺐지만 곧 캐서린의 손가락을 경이에 찬 눈으로 바라봤다. 누군가 자신을 만지려 했다는 사실 자체가 놀라운 일이라고 생각하는 눈치였다. 캐서린은 포기하지 않고 떨리는 포드의 두 손을 자기 손에 살며시 쥐고 그의 눈을 지그시 바라봤다.

"크롬이 무슨 일을 꾸미고 있는지 꼭 알아내야 해요. 아빠를 위해서예요. 제발, 베비스. 난 꼭 엔지니어리움 안에 들어가야만 해요!"

MORTAL ENGINES

19

카자크해

몇 시간 후, 적수 늪지대의 저녁 안개가 모락모락 솟아오를 무렵 턴브리지 휠스는 바닷가에 도착했다. 그곳에서 턴브리지 휠스는 은색 물결 위로 거칠게 솟아오른 어두운 색의 섬들을 잠시 바라보며 서 있었다. 새들이 길게 줄지어 바다에서 육지 쪽으로 날아들고 있었다. 턴브리지 휠스가 엔진을 끄자 갑자기 찾아온 정적 속에서 새들의 날갯짓 소리만이 진흙 갯벌에 메아리쳤다. 잔잔한 파도가 규칙적으로 밀려와 부서지기를 반복하고, 동쪽에서 불어온 바람이 가늘고 시들시들한 물대 이파리들 사이를 지나면서 휘파람 소리를 냈다. 늪지대나 바다 어느 쪽에도 견인 타운이 근처를 지나갔다는 흔적이 될 만한 소리나 움직임, 빛 혹은 연기 자국 같은 것은 보이지 않았다.

"내츠워비*!" 시청 건물 높이 위치한 전망대 창문에 서서 망원경으로 밖을 훑어보고 있던 크라이슬러 피비가 소리쳤다. "이 친구 어디 있어? 내츠워비한테 내가 부른다고 전해!" 해적 두어 명이 헤스터와 톰을 데리고 오자 피비는 얼굴 가득 웃음을 띠고 돌아서서 망원경을 내밀었다. "한번 봐, 토미! 내가 여기로 올 거라고 말했지? 늪지대를 안전하게 지날 거라고 말했지? 자, 이제 우리가 어디로 가는지 한번 봐 봐!"

톰은 망원경을 받아 들고 눈에 가져다 댔다. 처음에는 어디를 봐야 할지 몰라 초점을 맞출 수 없었지만, 이내 저 앞 바다 위에 흩어져 있는 수십 개의 섬들이 렌즈에 들어왔다. 작은 섬들이 있는 동쪽으로 좀 더 큰 섬이 하나 있었는데 마치 거대한 선사시대 괴물의 등이 물을 가르고 나오는 것처럼 보였다.

톰은 눈에서 망원경을 떼며 몸을 떨었다. "하지만 저기엔 아무것도 없는데…."

❀ ❀ ❀

턴브리지 휠스가 조심스레 늪지대를 헤치고 여기까지 오는 데는

---

* Natsworthy. 내츠워디의 'thy'를 치아 사이에 혀끝을 끼우고 내는 '/ð/(드)' 대신 '/v/(브)'로 소리 내고 있다. 가끔 어린 아이들이 'th' 발음을 하지 못해 이런 식으로 발음을 하기는 하지만, 이는 런던의 빈민가를 이루던 일부 지역 노동자층의 전형적인 사투리(일명 cockney)이다. 이 사투리의 또 다른 특징은 /t/와 /h/ 발음을 '성문 폐쇄음'으로 대체(t의 경우)하거나 생략(h의 경우)하는 것이다. 영화 〈마이 페어 레이디〉의 여자 주인공이 이 사투리를 썼다. 피비가 얼마나 전형적인 하층민 출신인지가 그의 말투에 잘 나타나 있다.

일주일이 넘게 걸렸다. 크라이슬러 피비는 톰에게 상당히 호감을 가진 것 같았지만 그래도 늪지대를 넘어가면 무엇이 있을지는 이야기해 주지 않았다. 피비의 부하들 역시 아무것도 몰랐다. 하지만 오는 길에 적수 늪지대의 미로 같은 지형에 숨어 있던 작은 마을들을 집어삼킬 수 있었던 덕분에 전혀 불평은 없었다. 반쯤 정착촌으로 자리 잡은 그 마을들의 바퀴엔 이끼가 끼어 있었고 상층 갑판은 섬세하고 아름다운 조각들로 장식되어 있었다. 너무나 작아서 먹을 가치도 거의 없었지만 턴브리지 휠스는 크기와 상관없이 그 마을들을 집어삼키고 사람들은 죽이거나 노예로 만들었다. 그리고 아름다운 조각이 새겨진 나무는 보일러실에서 태워 버렸다.

톰에게는 그야말로 끔찍하고 혼란스러운 시간이었다. 자라면서 항상 도시진화론은 숭고하고 아름다운 체제라고 배웠지만 턴브리지 휠스가 하는 짓에서 숭고함이나 아름다움은 전혀 찾아볼 수 없었다.

그는 아직 귀빈 자격으로 타운홀에 묵고 있었다. 헤스터도 마찬가지 대우를 받았지만 피비는 톰이 왜 이렇게 상처 입고 샐쭉하고 말도 없는 여자아이에게 미련을 못 버리는지 이해할 수 없었다. "우리 코르티나한테 데이트 신청이나 해 보지?" 피비가 어느 날 밤 지금은 시장 개인 식당으로 사용하고 있는 옛 참의원실에 앉아 있는 톰 옆으로 다가오며 부드럽게 말을 건넸다. "아니면 저번 사냥에서 잡은 여자애들 중 하나를 잡든가. 얼굴 반반한 애들이 꽤 있던데….

게다가 앵글리시를 전혀 모르니 잔소리도 못 하고. 하하하!"

"헤스터는 내 여자 친구가 아니에요!" 톰은 더 말을 하려다 멈췄다. 시장 딸과 데이트를 하기도 싫었고, 아무리 설명해 봤자 자신이 기억 속의 캐서린과 사랑에 빠져 있다는 것을 피비가 이해하지 못할 거라는 생각이 들었기 때문이다. 캐서린의 얼굴은 그가 험난한 역경을 뚫고 여기까지 오는 동안 앞길을 밝혀 주는 등불처럼 늘 톰의 마음속에서 빛나고 있었다. 그래서 톰은 그냥 이렇게 대답했다. "헤스터랑 저는 함께 고생을 많이 했어요, 미스터 피비. 런던에 도착할 때까지 도와주기로 약속했습니다."

"하지만 그건 옛날 이야기고 지금은 턴브리지 휠스 시민이 됐잖아. 자넨 내 아들 노릇을 하면서 나하고 같이 살게 될 거야. 그냥 내 생각이지만 자네가 덜 못난 여자를 데리고 다니면 부하놈들이 자네를 더 쉽게 받아들이지 않을까 싶어. 알잖아, 좀 더 귀부인다운 여자…"

톰은 음식들이 어지럽게 놓인 식탁 너머로 해적들이 자기를 노려보면서 허리에 찬 칼을 쓰다듬는 것을 봤다. 톰은 자기가 무슨 짓을 하든 그 사람들이 절대 자기를 받아들이지 않을 거라는 걸 알고 있었다. 도시 출신 약골인 것도 밉고, 피비의 총애를 받는 것도 미울 것이다. 사실 그 사람들을 탓할 수도 없었다.

나중에 헤스터와 함께 쓰는 작은 방에서 그는 이렇게 말했다. "여기서 빠져나가야 해. 해적들이 우리를 싫어하고, 피비가 매너니 뭐

니 잔소리를 하는 데 신물을 느끼고 있어. 혹시나 피비에게 반란이
라도 일으키는 날엔 우리가 어떻게 될지 상상하기도 싫어."

"조금 더 기다려 보자." 헤스터가 방구석에 웅크리고 앉아 말했
다. "피비가 그렇게 호락호락하지도 않고, 최소한 부하들한테 줄곧
장담했던 그 큰 사냥감을 잡을 때까지는 모두 피비 말을 들을 거야.
그 사냥감이 뭔지 아는 건 퀴크밖에 없지만."

"내일이면 알게 될 거야." 편치 않은 잠에 빠져들면서 톰이 말했
다. "내일 이맘때쯤이면 이 끔찍한 늪을 빠져나갈 수 있을 거야."

❂ ❂ ❂

다음 날 그맘때쯤 그들은 정말 그 끔찍한 늪을 빠져나갔다. 전망
대에서 피비의 항해사가 지도를 펼쳐 놓고 이야기를 하는 도중에
타운홀 건물의 계단 쪽에서 바람이 새는 듯한 이상한 소리가 들려
왔다. 톰은 지도를 에워싸고 있는 피비와 부하들을 쳐다봤지만 자
신과 헤스터를 제외하고는 아무도 그 소리를 들은 것 같지 않았다.
헤스터는 톰을 불안한 얼굴로 쳐다보고는 어깨를 으쓱했다.

항해사는 깡마르고 안경을 쓴 미스터 에이미스라는 남자였다. 그
는 피비가 턴브리지 휠스를 점령할 때까지 학교 선생님으로 일했지
만 이제는 해적으로 변신해 행복하게 살고 있었다. 학교에서 가르
치는 것보다 훨씬 더 신나고, 근무 시간도 짧은데다 자기가 가르치

던 학생들보다 피비 일당들이 오히려 행동거지가 더 나았기 때문이다. 길고 가느다란 손으로 지도를 펴면서 그는 말했다. "이곳은 수백 개의 작은 수상 타운들이 활동하던 사냥터였지만 서로 잡아먹는 바람에 전멸했습니다. 이제는 반 견인 도시주의자들이 산에서 내려와 섬에 정착해 살고 있습니다."

톰은 고개를 빼 들고 에이미스 쪽으로 가까이 다가갔다. 내륙해인 카자크해에는 수십 개의 섬들이 있었지만 에이미스가 가리키고 있는 섬은 그중에서 제일 큰 곳으로 길이가 약 20마일 정도 되는 다이아몬드 모양의 섬이었다. 톰은 그 섬이 뭐가 그리 대단한지 알 수 없었다. 다른 해적들도 마찬가지 생각인 것 같았다. 그러나 피비는 활짝 웃더니 손바닥을 비비면서 입맛을 다시고 있었다.

"블랙 아일랜드가 말이야…." 그가 말했다. "보기에는 별거 없어 보이지, 그렇지? 하지만 그 섬 덕에 우리는 부자가 될 거야. 부자! 오늘 밤이 지나면 턴브리지 휠스는 제대로 된 정식 도시가 될 수 있어."

"어떻게요?" 멍고가 물었다. 크라이슬러 피비에 대해 제일 의심이 많고 톰을 제일 싫어하는 해적이었다. "거긴 아무것도 없어요, 피비. 오래된 나무 몇 그루하고 거렁뱅이 이끼쟁이들 말고는."

"이끼쟁이들이 뭐지?" 톰이 헤스터에게 작은 소리로 물었다.

"정착촌에 사는 사람들 말이야. 옛말에 '구르는 돌은 이끼가 끼지 않는다.' 뭐 그런 거 있잖아."

"신사 숙녀 여러분, 사실은 말이지…." 피비가 설명을 하기 시작했다. "블랙 아일랜드에 별거가 있다는 말씀이야. 며칠 전—톰, 자네가 우리한테 오기 바로 전이야—늪지대에서 어슬렁거리는 비행선 하나를 우리가 쏘아서 떨어뜨린 적이 있거든. 거기 타고 있던 승무원들이 우리 손에 죽기 전에 재미있는 말을 하나 했어. 에어헤이븐에서 큰 싸움이 벌어졌는데 불이 나고 엔진도 고장이 난데다 가스는 새고 어쩌고 해서 도시 전체가 엉망진창이 됐다는 거야. 하늘에 더 이상 떠 있을 수 없어서 어딘가로 내려와 수리를 하게 됐는데…. 그게 어딘 것 같아?"

"블랙 아일랜드?" 톰은 피비의 욕심 사나운 미소를 보면서 추측을 해 봤다.

"바로 그거야, 토미! 거기 비행선 정비소가 있거든. 산맥 남쪽 반견인 도시 연맹에서 출발한 비행선들이 연료를 재충전하는 곳이기도 하지. 에어헤이븐이 바로 거기 있다는 말씀이야. 바다로 둘러싸여 있고 이끼쟁이 친구들이 도와줄 테니 안전하다 생각하고 있겠지. 그래도 턴브리지 휠스가 있는 줄은 몰랐을걸!"

해적들이 흥분하기 시작했다. 톰은 헤스터를 돌아봤다. 그러나 그녀는 섬이 있는 쪽 바다를 내려다보고 있었다. 톰은 그 멋진 비행도시가 불구가 되어 내려앉아 사냥감이 될 운명에 처했다는 생각에 몸서리를 쳤지만, 또 한편으로는 피비가 어떻게 블랙 아일랜드까지 갈 생각인지 궁금했다.

"각자 위치로!" 해적 시장이 소리쳤다. "엔진 풀 가동! 사격 준비! 내일 새벽이면 우리는 모두 부자가 된다!"

해적들은 명령대로 모두 제자리로 돌아갔고, 톰은 창문 쪽으로 달려갔다. 바깥은 거의 어두워져 있었다. 늪지대 위 하늘에 마지막 노을이 불길한 빛으로 타오르고 있었다. 그러나 턴브리지 휠스의 거리는 빛으로 가득했다. 오렌지 모양의 물체가 타운의 가장자리를 둘러싸고 튀어나오더니 무서운 속도로 커지고 있었다. 마치 영화 필름을 빨리 돌린 것 같은 엄청난 속도였다. 하부 갑판에서 들리던 바람 새는 소리가 무엇인지 이제 알 것 같았다. 피비가 부하들에게 설명하는 동안 턴브리지 휠스는 부유실과 이 고무 스커트에 공기를 집어넣느라 바빴던 것이다.

"자, 수영을 해 볼까나!" 회전의자에 깊숙이 앉은 해적 선장이 엔진실로 신호를 보냈다. 커다란 모터들이 켜지면서 배기가스가 위로 올라가는 것이 보였다. 이윽고 턴브리지 휠스는 바다로 나아갔다.

❀ ❀ ❀

처음에는 아무런 문제도 없었다. 이제 막 내리기 시작한 어둠 외에 동쪽으로 향하는 턴브리지 휠스의 앞을 막는 것은 아무것도 없었다. 전방에 블랙 아일랜드가 점점 더 가까워지고 있었다. 톰은 난간 옆으로 난 작은 창문을 열어 소금기 섞인 밤공기가 온몸을 감싸

는 느낌을 만끽했다. 뭔지 모를 이상한 흥분이 느껴졌다. 해적들은
옛날에 장이 서던 타운 앞쪽의 광장에 모여 쇠갈퀴가 달린 밧줄과
탑승용 사다리들을 점검하고 있었다. 다른 작은 타운을 먹을 때처
럼 그냥 한입에 집어삼키기에는 에어헤이븐의 크기가 너무 컸기 때
문에 무력으로 정복한 다음 천천히 분해할 작정인 것 같았다. 톰은
에어헤이븐을 사냥한다는 것이 마음에 들지 않았다. 특히 전에 만
난 비행사들이 아직 에어헤이븐에 있을지도 모른다는 생각이 들자
더 불안해졌다. 그러나 결국 도시끼리 먹고 먹히는 것이 세상의 이
치이기 때문에 어쩔 도리가 없다는 생각이 들기도 했다. 단순하고
무모한 피비의 작전에서 스릴이 느껴지는 것도 부인할 수 없는 사
실이었다.

　그때 갑자기 하늘에서 뭔가 떨어지더니 광장 한가운데서 폭발했
다. 정신을 차리고 보니 갑판에 커다란 구멍이 나 있었고 그 자리에
서 있던 사람은 흔적도 없이 사라지고 말았다. 곳곳에서 사람들이
양동이와 소화기를 들고 달려왔고, 누군가가 "비행선이다! 비행
선!" 하고 외쳤다. 순간 사방은 아수라장이 됐다. 여기저기서 건물
들이 폭발하고 사람들이 정신 나간 곡예사처럼 공중으로 치솟아 올
랐다가 떨어지는 게 보였다.

　"수티 피트 맙소사!" 산산조각난 전망대 유리창으로 연기가 자욱
한 거리를 내려다보며 피비가 소리쳤다. 원숭이가 그의 어깨 위에
서 팔짝팔짝 뛰며 끽끽 비명을 질러 댔다. "이끼쟁이들이 생각보다

머리가 좋군. 서치라이트를 켜! 빨리!"

밤하늘을 가리키는 손가락처럼 두 개의 서치라이트가 연기 자욱한 하늘을 향해 켜졌다. 두 빛이 만나는 곳에서 톰은 순간 둥그런 비행선이 붉은 빛으로 번쩍이는 것을 보았다. 턴브리지 휠스의 대포가 하늘을 향하더니 일제사격을 시작했다. 천지가 진동하는 소리와 함께 불기둥이 여기저기서 솟아올랐다.

"놓쳤잖아." 피비가 망원경에서 눈을 떼지 않은 채 욕지거리를 쏟아 냈다. "빌어먹을! 에어헤이븐이 무장 정찰선을 보낼 거라는 생각을 왜 미리 못 했지? 모르긴 몰라도 그 마녀 같은 팽의 녹슨 양동이 같은 비행선이었을 거야!"

"제니 하니버!" 톰이 자기도 모르게 소리쳤다.

"그렇게 반가워할 필요 없잖아." 피비가 톰을 흘기며 말했다. "그 여자가 얼마나 골칫거리인 줄 알기나 해? 팽 후아라고 못 들어 봤어?"

톰은 에어헤이븐에서 겪었던 일들을 해적 선장에게 이야기하지 않았다. 미스 팽이 아직도 살아 있다는 생각에 마음이 부풀었지만 톰은 그 행복감을 애써 감추고 무심하게 대답했다. "들어는 봤어요. 비행 무역상이라고…."

"무역?" 피비는 갑판에다 침을 탁 뱉었다. "무역상이 저런 무기들을 싣고 다닐 것 같아? 그 여자는 반 견인 도시 동맹의 제일가는 스파이야. 불쌍한 우리 견인 도시들을 없애는 일이라면 뭐든지 할 여자라고. 마르세이유를 침몰시킨 폭탄도 그 여자가 설치한 거고, 팔라우 피낭의 술탄 목을 조른 것도 그 여자야. 그 여자 손에서 견인 도시 시민들 수천 명의 목숨이 날아갔어. 그래도 질 수 없지. 안 그래, 토미? 그 여자 내장으로 매운탕을 끓이고 말겠어. 멍고! 포고! 맥스! 저 비행선을 추락시키는 놈한테는 보너스를 주겠다!"

아무도 미스 팽의 붉은 비행선을 추락시키지 못했다. 미스 팽은 이미 턴브리지 휠스의 사정거리 밖으로 벗어나 적이 다가오고 있음을 알리기 위해 블랙 아일랜드로 향하고 있었다. 그러나 톰의 가슴은 미스 팽의 비행선이 대포를 맞고 불길에 휩싸여 추락한 모습을 본 것만큼이나 분노와 슬픔으로 가득 찼다. 미스 팽이 스파이라니! 그래서 미스 팽이 자기를 구해 줬던 것이다! 그래서 자기에게 그토록 친절히 대해 줬던 것이다! 미스 팽은 오직 연맹에 필요한 정보에만 관심이 있었던 것이다. 그리고 코라 선장도 톰의 마음을 사로잡으려고 미스 팽에 대해 그런 이야기를 지어냈던 것이다. 쿼크의 보살핌으로 톰이 별 정보를 알지 못했던 게 천만다행이었다.

턴브리지 휠스의 이곳저곳이 폭탄 피해를 입었고 아직도 불이 다 꺼지지 않은 상태였지만 심각한 피해를 주기에는 제니 하니버의 로켓탄 크기가 너무 작았다. 천하의 미스 팽이라도 가까이 와서 공격하는 위험을 감수할 수는 없는 상태였다. 커다란 횃불 아래 두꺼운 담요처럼 펼쳐진 물결을 헤치고 턴브리지 휠스는 계속해서 동쪽으로 향했다. 블랙 아일랜드에 켜진 불빛들이 보이기 시작했다. 해안을 따라 등불들이 깜빡거리고 있었다. 그러나 그보다 더 가까운 곳, 블랙 아일랜드와 턴브리지 휠스 가운데쯤에 한 떼의 등불들이 모여 있었다. "보트들이다!" 총의 가늠쇠에 눈을 대고 있던 멍고가 소리 쳤다.

피비가 바람에 코트 자락을 날리며 창문 앞으로 다가갔다. "어선 단이야!" 그가 만족스러운 목소리로 말했다. "오늘 밤에 제일 먼저 먹을 사냥감이로군. 아페르티프로 먹자고! 너희 같은 무식한 놈들 한테는 '전채요리'라고 설명해 줘야겠지만."

턴브리지 휠스가 다가가자 어선들은 해안 쪽으로 피하느라 산산 이 흩어졌다. 그중 다른 배들보다 더 크고 느린 배 한 척이 뒤로 처 지자 피비가 "저것부터 먹어 치우자."라고 외쳤다. 맥스가 인터콤 을 통해 피비의 명령을 부하들에게 전달하자 턴브리지 휠스는 방향 을 약간 바꿨다. 오랫동안 전속력으로 달려온 것이 힘들었는지 엔 진들이 불평을 하듯 큰 소리로 끼익거리고 있었다. 블랙 아일랜드 의 가파른 바위산들이 전방에 커다랗게 모습을 드러내면서 동쪽 하 늘의 별들을 가렸다. '산 위에 대포나 총이 있으면 어떡하지?' 하고 톰은 생각했다. 그러나 대포나 총이 산 위에 설치되어 있는지는 몰 라도 아무도 그 무기를 사용하지는 않았다. 도망가는 어선 너머로 블랙 아일랜드 해변에서 부서지는 파도가 보였다.

그리고 그보다 훨씬 더 가까운 곳, 턴브리지 휠스 바로 앞에서 거 친 파도가 하얗게 일고 있었다. 그 순간 헤스터가 소리쳤다. "피비!

함정이야!"

그제야 다들 눈앞의 하얀 파도가 무엇을 의미하는지 깨달았다. 그러나 이미 너무 늦었다. 그곳은 산호초 지역이었다. 물에 잠긴 용골 부분이 낮은 어선은 물밑 산호초 위를 안전하게 지날 수 있었지만, 턴브리지 휠스의 커다란 덩치로는 도저히 통과할 수 없는 지역이었던 것이다. 날카로운 암초와 산호초들이 턴브리지 휠스의 배를 갈랐다. 급기야는 커다란 바위에 부딪혀 타운이 그 자리에 서고 말았다. 그 바람에 넘어진 톰은 항해 지도가 놓여 있던 테이블 다리에 몸을 세게 부딪쳤다. 엔진이 멈췄고 순간 정적이 감돌았지만 그 뒤를 이어 바로 사이렌이 울리기 시작했다. 사이렌 소리는 마치 두려움에 떠는 수소가 울부짖는 것같이 들렸다.

톰은 기어서 다시 창문 쪽으로 갔다. 난간들 틈으로 물이 밀려들어 오면서 아래쪽 거리들이 어둠에 잠겨 가는 것이 보였다. 완전히 물에 잠긴 하층 갑판의 철창들 사이로 물거품이 커다랗게 솟구치고 있었다. 하얀 거품들 사이로 부서진 갑판과 가구 조각들이 떠다녔고 가끔 안간힘을 쓰면서 발버둥치는 사람들의 모습도 보였다. 턴브리지 휠스에게 쫓기던 어선은 멀리서 성공적인 작전을 축하하듯 이곳을 지켜보고 있었다. 턴브리지 휠스가 난파한 곳에서 블랙 아일랜드의 가파른 해안까지는 100미터나 떨어져 있었다.

그때 누군가 톰의 어깨를 잡아채더니 출구 쪽으로 끌어당겼다. "나랑 같이 가 줘야겠어, 토미!" 벽에 걸려 있던 커다란 총을 내려 어깨에 매면서 크라이슬러 피비가 위협적으로 말했다. "너희들도! 에이미스, 멍고, 맥스, 나를 따라와!"

해적들은 톰을 끌고 계단을 내려가는 피비 시장 주변을 둘러싼 채 엄호했다. 헤스터가 다리를 절며 그 뒤를 따라갔다. 아래 갑판에서 비명 소리들이 들려왔고, 벌써 무릎까지 물이 차오른 3층에서는 사람들이 겁에 질린 눈으로 시장 쪽을 쳐다보고 있었다. "타운을 버리고 탈출해!" 피비가 큰 소리로 외쳤다. "여자들과 시장이 우선이다!"

일행은 시장이 사택으로 사용하고 있던 곳으로 갔다. 그의 딸이 겁에 질린 동생들을 팔로 감싸 안고 있었다. 피비는 그녀를 무시하고 구석에 있는 금고로 갔다. 집중하느라 얼굴을 찌푸린 채 시장이 금고 열쇠를 이 방향 저 방향으로 돌리자 문이 열렸다. 그가 주황색 자루를 하나 꺼내 들고 다시 발코니로 나왔을 때는 이미 그곳에도 물이 쏟아져 들어오고 있었다. 톰은 코르티나와 아이들을 돕기 위해 다시 몸을 돌렸지만 피비는 자식들을 이미 잊은 듯했다. 그가 들고 있던 자루를 물 위에 던지자 쉬익 소리가 나다가 착착 펴지면서 부풀어 오르더니 작고 둥그런 모양의 구명정이 되었다. "타!" 톰을 구명정으로 밀어붙이며 피비가 소리쳤다.

"하지만…."

"타라니까!" 누군가 톰의 엉덩이에 발길질을 했고 그 바람에 그는 발코니 난간을 넘어 구명정의 고무 바닥으로 떨어지고 말았다.

다음으로 멍고가 뛰어내렸고 나머지 일당들도 재빨리 그 뒤를 따랐다. 모두들 너무 빠른 속도로 뛰어들었기 때문에 구명정이 심하게 출렁거렸고 바닷물이 안으로 세차게 밀려들었다. "아! 아! 아!" 어디선가 코르티나 피비의 비명 소리가 들렸지만 자기를 깔고 앉아 있던 에이미스를 밀쳐 내고 톰이 고개를 들었을 때는 이미 구명정이 밤하늘을 향해 앞코 부분을 치켜든 채 바다 밑으로 가라앉고 있는 턴브리지 휠스로부터 꽤 멀어진 후였다. 톰은 헤스터를 찾아 두리번거리다가 겨우 한쪽에 웅크리고 앉아 있는 그녀를 발견했다. 피비의 원숭이가 두려움에 가득 차 피비의 머리 위에서 팔짝팔짝 뛰어 대고 있었다. "아! 아! 아!" 멀리서 비명 소리가 들렸고, 가라앉는 타운에서 바다로 뛰어내리는 사람들이 만드는 하얀 물거품이 곳곳에 보였다. 멍고와 피비가 구명정을 붙잡는 사람들의 손을 야멸치게 쳐 내고, 가까스로 헤엄쳐 다가오는 사람들을 제니 맥스가 총으로 쏘아 댄 탓에 구명정 주변은 온통 붉게 물들었다.

턴브리지 휠스는 점점 더 가파르게 기울어 갔다. 바닷물이 엔진실로 들어갔는지 커다란 증기 기둥이 솟아올랐다. 그러더니 갑자기 놀랍게 빠른 속도로 타운 전체가 물속으로 빨려 들어가 버렸고 그 자리에 물거품과 물기둥이 솟아올랐다. 한동안 비명 소리와 총 소리가 난무하더니 물 위에 뜬 나뭇조각에 사람들이 매달려 있는 게 보였다. 몇몇 운 좋은 해적들은 그렇게 나뭇조각에 매달린 채 해안으로 헤엄쳐 가기도 했다.

이윽고 사방에 정적이 흘렀다. 톰이 탄 구명정은 천천히 돌면서 물결에 실려 해안 쪽으로 향했다.

MORTAL ENGINES

20

블랙 아일랜드

새벽녘이 되어서야 슈라이크는 바닷가에 도착했다. 밀물 때가 되었는지 바다를 향해 깊게 파인 바큇자국이 벌써 파도에 쓸려 흐려지고 있었다. 동쪽으로 블랙 아일랜드의 정착촌에서 연기가 피어오르고 있었다. 슈라이크의 굳은 얼굴에 희미한 미소가 떠올랐다. 헤스터 쇼가 여기까지 왔고 그녀가 가는 곳마다 혼란과 파괴가 따라다닌다는 사실이 자랑스러웠다.

헤스터가 아니었다면 그 넓은 늪지대를 건너지 못했을 것이다. 고장난 다리가 진흙 깊이 빠져들어 빼기조차 힘들고, 키보다 더 깊은 웅덩이에 빠져 쓰디 쓴 물속을 헤쳐 가야 했을 때도 헤스터를 찾을 수 있다는 생각만 하면 앞으로 나아갈 수 있었다. 헤스터가 올라탄 견인 도시가 남긴 선명한 바큇자국이 도움이 되었다. 바다가 앞을 가로막았다 해서 추적을 그만둘 슈라이크가 아니었다. 그는 아침 수영을 하기 위해 들뜬 마음으로 바

다에 뛰어드는 아이들처럼 기꺼이 바다로 들어갔다. 소금물이
눈에 든 렌즈를 흐리게 만들고 갑옷 틈새 여기저기로 파고들었
다. 계속 바다로 걸어 들어가서 물이 깊어지자 갈매기와 바람
소리가 멀어지고 대신 물을 통해 위에서 물결치는 소리가 무디
게 들려왔다. 부활군에게는 공기 중이나 물속이나 별다를 게 없
었다. 헤엄치던 물고기들이 슈라이크를 보고 놀라서 해초 숲 사
이로 도망쳤고 바닷게들이 기어 나와 마치 갑옷으로 둘러싸인
천하무적의 바닷게 신을 숭배라도 하듯 집게발을 흔들어 댔다.
그는 아직 물에 남아 있는 기름과 윤활유 냄새를 따라 턴브리지
휠스가 있는 곳으로 계속 발길을 옮겼다.

❀　❀　❀

크라이슬러 피비는 구명정이 도착한 곳에서 몇 마일 떨어진 곳에
있는 가파른 언덕 위에 서서 일행이 따라오기를 기다렸다. 다들 무
거운 발걸음으로 언덕을 올라오고 있었다. 톰과 헤스터가 제일 먼
저 도착했고 지도를 가진 에이미스가 그 뒤를 따랐다. 마지막으로
무거운 총들을 메고 오느라 허리 한번 제대로 펴지 못한 멍고와 맥
스가 도착했다. 블랙 아일랜드의 해안선 대부분이 가파른 절벽이었
다. 멀리 턴브리지 휠스가 난파한 곳에 보트들이 여러 척 모여 있었
다. 크레인을 실은 큰 배가 닻을 내리고 있는 것도 보였다. 블랙 아

일랜드 주민들이 난파한 견인 도시에서 물건을 건져 내느라 바쁜 것 같았다.

"더러운 이끼쟁이들!" 피비가 으르렁거리듯 말했다.

톰은 육지에 도착한 이후 시장과 거의 말을 나누지 않았다. 하지만 왜소한 몸집의 시장 눈에 눈물이 그렁그렁한 걸 보고는 깜짝 놀랐다. 그래서 톰은 시장을 위로했다. "미스터 피비, 가족들을 구하지 못한 건 정말 애석한 일이에요. 저도 구해 보려 하긴 했는데…."

"그런 쓸데없는 녀석들이야 아무 상관없어!" 피비가 코웃음을 쳤다. "그놈들 때문에 훌쩍거린 줄 아나? 사랑하는 내 타운! 저걸 봐! 빌어먹을 이끼쟁이들이…."

바로 그때, 남쪽 어디에선가 희미한 총소리가 들려왔다.

피비의 얼굴이 환해졌다. 그는 다른 해적들을 향해 외쳤다. "저 소리를 들어 봐! 몇 놈이 살아서 육지에 도착한 게 분명해! 우리 편 몇 놈이면 이끼쟁이들 따위는 상대도 안 돼! 가서 힘을 합치자. 에어헤이븐을 먹을 가능성이 아직 남아 있어! 에어헤이븐 놈들 몇 명만 살려서 수리를 하게 하고 나머지는 다 죽여 버린 다음 부자가 돼서 날아가는 거야! 에어헤이븐이 해적 도시가 됐다는 소문이 나기 전에 살진 도시 몇 개를 먹어 버리자고! 그중 맘에 드는 놈을 우리 것으로 만들어도 되고!"

피비는 굽은 어깨 위에 원숭이를 태운 채 이 바위에서 저 바위로 재게 움직이며 총소리가 났던 쪽으로 재빨리 이동하기 시작했다.

나머지 일행도 그 뒤를 따랐다. 맥스와 멍고는 턴브리지 휠스를 잃은 충격에서 아직 벗어나지 못했고, 피비의 새로운 계획도 별 신통한 구석이 없다고 생각하는 듯했다. 둘은 계속 눈길을 주고받기도 하고 시장한테 들리지 않게 작은 소리로 뭔가를 속닥거리기도 했다. 그러나 낯선 땅에 막 내린 마당에 그 둘이 곧바로 피비와 맞서지는 않을 거라고 톰은 추측했다. 적어도 당분간은. 미스터 에이미스는 지금까지 한 번도 맨땅에 발을 디딘 적이 없었다. "끔찍해!" 그는 계속 구시렁거렸다. "걸어 다니기도 힘들고…. 저 풀들 좀 봐! 야생동물이나 뱀이 나올지도 몰라. 조상들이 맨땅에서 그만 살기로 한 이유를 짐작하고도 남겠어!"

톰은 에이미스를 충분히 이해할 수 있었다. 일행이 서 있는 곳에서 남북으로는 블랙 아일랜드의 깎아지른 듯한 절벽이, 앞으로는 거의 수직으로 솟은 가파른 언덕과 깊고 어두운 계곡이 버티고 있어서 바람이 불 때마다 유령이 나올 것처럼 으스스한 소리가 주변을 감쌌다. 높이 솟은 바위들 중 어떤 것들은 해변 쪽에서 보면 마치 일부러 요새를 지어 놓은 것처럼 보이기도 했다. 그 날카로운 벽들이 사람이 지키는 요새가 아니라 바위에 불과하다는 걸 깨닫기까지, 피비는 줄곧 그곳을 피해 먼 곳으로 돌아가느라 시간을 낭비했다.

"너무나 멋져!" 톰 옆에서 절룩거리며 걷던 헤스터가 한숨을 쉬듯 말했다. 그녀는 자기도 모르게 미소를 짓고 이 사이로 작게 휘파람까지 불고 있었다. 톰은 헤스터의 그런 모습을 지금까지 한 번도 본 적이 없었다.

"왜 그렇게 기분이 좋은데?" 톰이 물었다.

"지금 에어헤이븐 쪽으로 가고 있잖아, 안 그래?" 그녀가 작은 소리로 대답했다. "저기 위쪽 어딘가에 숨어 있을 거야. 피비 일당들은 절대 에어헤이븐을 차지할 수 없어. 이끼쟁이들하고 에어헤이븐 사람들이 힘을 합쳐 지키고 있으니까. 피비랑 그 부하들은 모두 죽고 말 거야. 그러면 우리를 런던으로 데려가 줄 비행선을 찾을 수 있겠지. 안나 팽이 거기 있잖아. 우릴 다시 도와줄지도 몰라."

"아, 안나 팽!" 톰은 화가 나서 말했다. "피비가 한 말 못 들었어? 연맹의 스파이라잖아!"

"그럴 거라고 생각했어." 헤스터가 말했다. "런던이랑 밸런타인에 대해 많은 걸 물어보길래 대강 짐작은 했지."

"왜 나한테 말 안 해 줬어?" 톰이 항의하듯 말했다. "중요한 비밀을 누설했을 수도 있잖아!"

"그게 나랑 무슨 상관이야? 그리고 견습생 주제에 중요한 기밀을 알기나 했겠어? 어쨌든 난 안나 팽이 스파이라는 걸 너도 아는 줄 알았지."

"전혀 스파이 같아 보이지 않았어."

"뭐, 일반적으로 진짜 스파이들은 스파이 같아 보이지 않지. 스파이들이 얼굴에다 '스파이'라고 써 붙이고 다니거나 스파이 전용 모자도 쓰고 다닐 줄 알았나 보지?" 헤스터는 톰에게 농담을 건넬 정도로 묘하게 들떠 있었다. 톰은 블랙 아일랜드의 절벽과 계곡들이 그녀의 어린 시절을 생각나게 해서 그런 게 아닐까 생각했다. 갑자기 그녀가 톰의 팔에 손을 대면서 말했다. "불쌍한 톰. 밸런타인이 나한테 옛날 옛적에 가르쳐 준 걸 이제야 배우고 있군. 이 세상에 믿을 사람은 아무도 없다는 것 말이야."

"그래?" 톰이 말했다.

"너도 못 믿는다는 말은 절대 아니야!" 헤스터가 서둘러 덧붙였다. "넌 믿을 수 있을 것 같아. 거의. 턴브리지 휠스에서 네가 한 일 말인데, 피비한테 날 풀어주라고 한 거…. 보통 사람 같았으면 신경도 쓰지 않았을 거야. 나 같은 사람한테는 말이야…."

톰은 그녀를 돌아다봤다. 끔찍하게 일그러진 가면 뒤에서 친절하고 부끄러움 잘 타는 소녀 헤스터가 살짝 고개를 내미는 것 같았다. 톰이 진심에서 우러난 따뜻한 미소를 지어 보이자 헤스터는 얼굴을 붉혔다.(그녀의 상처 난 얼굴이 군데군데 빨갛게 변했고 흉터는 보라색이 됐다.) 그때 피비가 뒤를 돌아보더니 "서둘러! 너희가 뭐 잉꼬라도 되는 줄 알아? 그만 좀 속닥거리고 빨리 걸어!" 하고 소리쳤다.

❀　❀　❀

오후가 되었다. 구름은 동쪽으로 사라져 가고 햇살이 바닷속까지 들어와 가라앉은 턴브리지 휠스의 굴뚝에 부딪혔다. 슈라

241

이크는 고개를 양쪽으로 천천히 돌려 가며 턴브리지 휠스의 거리들을 샅샅이 살폈다. 물이 가득 찬 방들마다 마치 찻주전자에 오래 담가 둔 티백처럼 퉁퉁 불은 시체들이 둥둥 떠다니고 있었다. 입을 벌린 채 죽은 해적의 입안으로 작은 물고기들이 들락거리고, 소녀의 머리카락이 바닷물의 움직임에 따라 물결치듯 춤추고 있었다. 위로는 물건을 실어 나르는 블랙 아일랜드의 배 그림자가 바삐 움직이고 있었다. 발가벗은 소년 세 명이 물속으로 헤엄쳐 들어오는 걸 보고 슈라이크는 그림자 쪽으로 몸을 숨겼다. 소년들은 팔다리를 바삐 움직이며 은색 물방울을 남기고 바로 옆을 지나가더니 총 몇 자루, 병 몇 개, 그리고 가죽 벨트 하나를 찾아서 물 위로 올라갔다.

헤스터는 그곳에 없었다. 슈라이크는 가라앉은 턴브리지 휠스에서 빠져나와 바다 위에 뜬 기름 자국이 드리운 그림자를 따라 걷기 시작했다. 해저에 흩어진 난파한 도시의 잔해와 여기저기 떠 있는 시체들이 블랙 아일랜드의 뿌리 쪽으로 슈라이크를 안내했다.

슈라이크가 해초를 매단 채 몸에 난 상처들 사이로 바닷물을 줄줄 흘리며 물 밖으로 걸어 나온 것은 저녁이 다 되어서였다. 그는 앞을 더 잘 보기 위해 머리를 세게 흔들어 댄 다음 검은 모래가 깔린 해변과 그 앞에 버티고 서 있는 어두운 절벽들을 바라봤다. 한 시간쯤 후 집채만 한 바위 사이에 감춰져 있던 구멍정을 찾아낸 슈라이크는 날카로운 쇠 손톱을 세워 구명정 바닥에 커다란 구멍을 냈다. 이로써 헤스터가 섬 밖으로 도망갈 길이 끊긴 것이다. 헤스터는 이제 다시 슈라이크의 것이 되었다. 그녀가 죽으면 그는 헤스터를 소중히 안고 물에 젖은 햇살을 받으며 해초 숲을 지나 늪지대를 건너서 머나먼 대 사냥터를 가로질러 크롬에게 데려갈 것이다. 마치 자고 있는 아이를 안아 옮기는 아버지처럼 슈라이크는 그렇게 헤스터를 안고 런던으로 데려갈 것이다.

그는 모래 위에 엎드려 헤스터의 냄새를 찾기 시작했다.

해 질 무렵이 돼서야 일행은 블랙 아일랜드의 중심부를 내려다볼 수 있는 산 정상에 도착했다. 그때까지 톰은 블랙 아일랜드가 휴화산이라는 생각을 하지 못했다. 그러나 지금 선 곳에서 아래를 내려다보니 거의 완벽하게 둥그런 모양의 땅덩어리를 검은 절벽이 둘러싸고 있었다. 대접 같은 모양의 안쪽 땅에는 푸른 숲과 밭들이 섞여 있었다. 톰과 해적 일행이 웅크리고 숨어 있는 장소에서 거의 직선으로 내려간 곳에는 푸른 호수가 있었고 그 옆에 자그마한 정착촌이 자리 잡고 있었다. 돌로 지어진 건물들 옆으로 비행선들이 정박할 수 있는 기둥과 격납고들이 서 있었고, 그 뒤의 평평한 땅에는 에어헤이븐이 가느다란 착륙용 다리들 위에 날개 잃은 새처럼 무력하게 서 있었다. 커다란 에어헤이븐 때문에 정착촌은 마치 거인 옆에 서 있는 꼬마처럼 보였다.

"비행선 정비소!" 피비가 쿡쿡대고 웃으며 말했다. 그는 망원경을 꺼내 들여다보면서 말을 이었다. "저것들 일하는 것 좀 봐! 기낭을 다시 채우느라 꽁지가 빠지게 바쁘구먼! 보나마나 어떻게든 다시 하늘로 올라가려고 저러지…." 그는 에어헤이븐을 둘러싼 언덕들을 망원경으로 재빨리 훑었다. "우리 쪽 놈들은 전혀 보이질 않네. 햐! 대포 한 대만 남아 있었어도…! 그래도 우리끼리 해낼 수 있어, 안 그래? 저 약해 빠진 에어헤이븐 놈들 정도야 우리하고 상대가 안 되지! 자, 가자, 좀 더 가까이 가 보자고…."

피비의 목소리가 평소와 조금 다르다고 생각한 톰은 다음 순간 '피비는 멍고, 맥스, 에이미스가 자기를 못 믿을까 봐 겁을 내고 있구나!' 하고 깨달았다. 해적 시장을 동정할 날이 올 줄은 꿈에도 몰랐지만 그 순간 톰은 피비가 가엾다는 생각을 했다. 나름대로 자신에게 잘해 주던 피비가 투덜거리는 부하들을 이끌고 축축한 맨땅을 기어가다시피 하는 걸 보니 톰은 가슴이 아팠다.

일행은 피비의 뒤를 따라 바위산을 내려와 이제는 불이 꺼진 지 오래된 분화구의 바닥 쪽으로 내려갔다. 도중에 한번은 멀리 있는 절벽 쪽으로 침몰한 해적 타운에서 살아남은 사람들을 찾아다니는 순찰대를 봤고, 또 한번은 비행선 한 대가 일행의 머리 위로 낮게 날아간 적도 있었다. 그때마다 피비는 모두 납작 엎드려 움직이지 말라고 명령한 후 원숭이의 울음소리가 들리지 않도록 녀석을 자기 코트에 싸안았다.

비행선은 그 자리에서 몇 번 원을 그리며 돌았지만 이미 해가 진 상태여서 그런지 올빼미의 눈을 피해 몸을 숨긴 쥐처럼 숨 죽이고 있는 피비 일행을 보지 못했다. 동쪽 절벽 위로 둥그런 달이 둥실 떠오르자 비행선은 정비소 쪽으로 돌아갔다.

톰은 안도의 한숨을 쉬면서 일어섰다. 다른 사람들도 신음 소리를 내며 일어나기 시작했다. 일행의 옷과 손발에 박힌 작은 돌들이 떨어지면서 언덕 밑으로 굴러 내려갔다. 비행선 정비소가 있는 타운의 거리에서 사람들이 손전등과 등불을 들고 분주히 움직이고 있었다. 불 켜진 창문들을 보며 톰은 따뜻하고 안전한 집안에 있을 수 있다면 얼마나 좋을까 생각했다. 에어헤이븐은 전깃불로 환하게 밝혀져 있었고, 큰 소리로 명령하는 목소리들과 음악, 환호성이 바람에 실려 톰에게까지 들려왔다.

"피트 맙소사!" 멍고가 낮은 소리로 외쳤다. "너무 늦었어! 에어헤이븐이 떠나려고 하잖아!"

"그럴 리 없어!" 피비가 비웃듯 말했다.

그러나 에어헤이븐의 기낭이 거의 차오른 것은 누가 봐도 명백했다. 몇 분이 지나자 엔진 소리가 언덕 위에까지 들려왔다. 비행 타운 에어헤이븐은 위로 둥실 떠올랐고 게 발처럼 타운을 지탱하고 있던 다리들이 접히는 것이 보였다. "안 돼!" 피비가 소리쳤다.

다음 순간 그는 언덕 아래로 뛰어 내려가기 시작했다. 거의 넘어질 듯 달려가는 피비의 발길에 채인 자갈들이 언덕 아래로 앞서 굴러 내려가고 있었다. 피비는 그렇게 뛰어 내려가면서 "돌아와! 너희들은 내 사냥감이야! 너희들 때문에 내 타운까지 포기했단 말이야!"라고 외쳐 댔다.

멍고, 맥스, 에이미스가 피비를 쫓아 언덕 아래로 내려가기 시작했고 그 뒤를 톰과 헤스터가 따라갔다. 언덕 어귀 부근의 흙은 훨씬 부드러워서 밟으면 쑥쑥 들어갔고, 여기저기 고인 물에 달빛과 에어헤이븐의 불빛이 반사되어 반짝거렸다.

"돌아와!" 피비의 고함 소리가 저 앞 어디선가 들려왔다. 하지만 "돌아와!"라고 외치던 소리는 어느 순간 "아! 어! 살려줘!" 하는 소리로 변했다.

일행은 소리가 나는 쪽으로 다가가다가 깊은 수렁이 앞을 가로막자 그 앞에서 멈춰 섰다. 수렁에 빠진 피비는 이미 허리까지 잠긴 상태였다. 원숭이는 침몰하는 배에 탄 선원처럼 두려움에 차서 이빨을 모두 드러낸 채 피비의 머리 위에 꼿꼿이 앉아 있었다. "도와줘!" 해적 시장이 사정했다. "날 도와줘, 같이 가서 에어헤이븐을 잡자! 시험 비행을 하느라 올라갔을 뿐이야. 다시 내려올 거야!"

해적들은 아무 말 없이 피비를 바라보고만 있었다. 에어헤이븐을 먹을 가능성은 이제 모두 사라졌고, 오히려 피비의 비명 소리 때문에 주민들이 자신들의 위치를 알아차렸을 거라는 생각들을 하고 있었다.

"피비를 도와줘야 해!" 톰이 앞으로 나서며 속삭였다. 그러나 헤스터가 톰을 잡았다.

"너무 늦었어."

피비는 더 깊이 빠져 들고 있었다. 목에 건 시장 메달의 무게 때문에 더 빨리 빠지는 것 같았다. 그는 검은 진흙이 입까지 들어오자 허우적거리며 사정했다. "제발! 맥스? 멍고? 나는 너희 시장이잖아! 다 너희들을 위해 한 일이야!" 그는 공포에 찬 눈으로 톰을 찾았다. "토미! 설명 좀 해! 그게 다 턴브리지 휠스를 키우기 위해 한 일이었다고! 점잖은 타운으로 만들기 위해서였다고! 말해 줘…."

멍고가 쏜 첫 총알이 피비 머리 위에 앉아 있던 원숭이를 명중시키자 녀석이 있던 자리에는 그을은 털만 구름처럼 날렸다. 두 번째와 세 번째 총알은 피비의 가슴을 관통했다. 피비의 시체는 고개가 꺾인 채 작은 방귀 같은 소리를 내면서 진흙 속으로 빨려 들어갔다.

해적들은 몸을 돌려 톰을 노려봤다.

"너만 없었어도 이 지경이 되지는 않았을 거야." 멍고가 내뱉었다.

"매너니, 대도시니 하는 똥 같은 소리로 대장 머리를 채우지만 않았어도." 맥스가 거들었다.

"코스마다 다른 포크를 써라, 음식을 씹으면서 말하지 마라!" 에이미스가 코웃음을 쳤다.

톰은 뒷걸음질 치기 시작했다. 그때 놀랍게도 헤스터가 톰과 해적들 사이를 가로막고 나서며 외쳤다. "그건 톰 잘못이 아니야!"

"너도 우리한텐 아무 소용 없어." 멍고가 위협했다. "둘 다 필요 없다고. 우린 해적들이야. 예절 교육 따위 필요 없고, 낯바닥에 칼집 난 계집애도 데리고 다녀 봤자 속도만 떨어져!" 그렇게 말하면서 멍고가 총을 겨냥하자 맥스도 따라서 총을 겨눴다. 심지어 에이미스까지 작은 권총을 꺼내 들었다.

그때 어둠 속에서 낯선 목소리가 들려왔다. **"둘 다 내 몫이다."**

21

엔지니어리움

런던은 고원지대로 올라가는 중이었다. 앞서 그곳을 지나간 견인 도시들이 할퀴고 간 자리에 얇게 눈이 덮여 있었다. 멀리 뒤쪽 에선(멀기는 하지만 안심할 정도로 충분히 멀지는 않은 거리에서) 판체르슈타트-바이로이트가 따라오고 있었다. 이제는 지평선에 보이는 작은 점 정도가 아니라 커다란 바퀴와 여러 층으로 된 갑판들, 그리고 공장과 정교한 금색 조각 장식이 되어 있는 상층 갑판까지 엔진들이 내뿜는 연기 위로 확실히 보였다. 런던 시민들은 뒤쪽 관측 전망대에 모여 두 도시 간의 거리가 서서히 줄어드는 걸 침묵 속에서 지켜보고 있었다. 그날 오후, 시장은 엔지니어 길드가 이 위기에서 런던을 안전하게 구할 방법을 마련한 상태이니 런던 시민들은 당황할 이유가 전혀 없다고 발표했다. 하지만 하층 갑판에서는 이미 약탈과 폭동이 줄지어 일어나서 내장 갑판의 질서 유지를 위해 시장 근위병들이 파견된 상태였다.

그날 저녁 쿼크 서커스 광장 엘리베이터 역에서 근무하던 사람들 중 하나가 탄식했다. "크롬도 이젠 정신을 잃은 것 같아. 나도 내가 이런 말을 하게 될 줄은 몰랐어. 어리석은 크롬! 불쌍한 런던을 이렇게 동쪽까지 몰고 오면서 날이면 날마다 이동만 하다가 결국 광역 도시한테 잡아먹히게 됐으니. 밸런타인이 있었다면 얼마나 좋을까. 그라면 이럴 때 어떻게 해야 할지 알 텐데…."

"쉿, 버트." 같이 있던 동료가 경고했다. "저기 놈들이 또 온다."

두 사람은 개찰구로 걸어오는 엔지니어 두 명에게 공손히 인사했다. 젊은 남자와 여자가 똑같은 녹색 글라스틱 고글에 후드 달린 하얀 고무 코트를 입고 있었다. 여자가 골드 패스를 내보이고 개찰구를 통과했다. 두 엔지니어가 기다리고 있던 엘리베이터에 타고 나자 버트는 동료를 돌아보며 속삭였다. "상당히 중요한 건가 봐. 엔지니어리움에서 열리는 행사 말이야. 내장 갑판에서 모두 기어 나와 구더기 떼 몰리듯 엔지니어리움으로 올라가고 있잖아. 이런 시국에 길드 회의를 하다니…."

❀　❀　❀

엘리베이터에 탑승한 캐서린은 베비스 포드 옆에 앉았다. 포드가 빌려준 코트를 입고 땀에 젖은 채 초조한 눈으로 그를 한번 쳐다본 캐서린은 곧 창문에 비친 자기 모습을 바라봤다. 서로 상대방 이마

에 조심스럽게 그려 준 붉은 바퀴가 지워지진 않았는지 확인하기
위해서였다. 그녀는 고무 후드와 고글을 쓰고 있는 자기 모습이 너
무 우스꽝스럽다고 생각했지만 베비스는 요즘 엔지니어들 사이에
이런 차림을 하는 것이 유행이라고 했다. 실제로 건너편에 앉아 있
는 뚱뚱한 네비게이터가 이쪽에 아무 신경도 쓰지 않는 걸 보면 포
드의 말이 맞는 것 같았다. 엘리베이터가 최상층 갑판을 향해 출발
했다.

캐서린은 베비스가 엔지니어로 변장할 복장을 가져오기를 하루
종일 초조하게 기다렸다. 시간을 때우기 위해 그녀는 아빠가 펴낸
책들을 모두 꺼내 색인에서 '헤스터 쇼'라는 이름을 찾아봤지만 어
디에도 언급되어 있지 않았다. 런던 박물관 카탈로그 완결편에 '판
도라 쇼'라는 이름이 간단하게 한 번 등장하는 걸 찾은 게 전부였
다. 그 책에 따르면 판도라 쇼는 아웃컨추리에 거주하는 고물 수집
상으로, 역사학자 길드에 하잘것없는 화석 몇 개와 올드-테크 유물
몇 개를 기증한 적이 있고 7년 전에 사망한 것으로 되어 있었다. 캐
서린은 메두사에 대해서도 찾아봤지만 옛날이야기에 나오는 괴물
의 이름이라는 것 말고는 알아낸 것이 없었다. 하지만 매그너스 크
롬과 엔지니어들이 옛날이야기에 나오는 괴물을 가지고 그렇게 호
들갑을 떨 리는 없었다.

최상층 갑판을 가로질러 엔지니어리움 정문으로 걸어가는 캐서린
과 베비스를 이상하게 보는 사람은 아무도 없었다. 수십 명의 엔지

니어들이 이미 정문으로 향하는 계단을 올라가고 있었다. 캐서린은 골드 패스를 움켜쥐고 베비스를 놓치지 않기 위해 신경 쓰면서 엔지니어들 사이로 끼어들었다. 모두 똑같은 하얀 코트를 입고 있었기 때문에 자칫하면 베비스를 놓칠지도 모르는 일이었고, 그랬다가는 큰일이었기 때문이다. 캐서린은 '절대 성공할 리 없어!'라고 생각했지만 입구를 지키는 엔지니어는 패스를 확인하려 하지도 않았다. 그녀는 마지막으로 세인트 폴 성당 너머로 지는 해를 한번 바라본 후 건물 안으로 걸음을 옮겼다.

엔지니어리움 안쪽은 캐서린이 생각했던 것보다 훨씬 크고 밝았다. 중앙 돔 지붕 밑에는 우주 공간에 매달린 별처럼 아르곤 등들이 매달려 있었다. 계단을 찾기 위해 두리번거리는 캐서린의 팔을 당기며 베비스가 속삭였다. "모노레일을 타고 위층으로 올라가는 거예요. 봐요…."

엔지니어들이 작은 모노레일 차에 올라타고 있었다. 캐서린과 베비스도 다른 엔지니어들이 나누는 말소리와 고무 코트가 서로 닿아 내는 소리를 들으며 줄에 합류했다. 고글 안으로 보이는 베비스의 눈이 겁에 질려 동그래져 있었다. 캐서린은 모노레일 차에 자신과 베비스만 타고 올라가면서 이야기를 나눌 수 있었으면 하고 간절히 바랐다. 하지만 엔지니어들이 계속 몰려드는 탓에 결국 베비스와 멀리 떨어져 앉을 수밖에 없었다. 캐서린 주변으로 자기 부상 열차 연구 분과 사람들이 잔뜩 둘러섰다.

"회원은 어느 분과 소속입니까?" 옆에 앉아 있던 남자가 물었다.

"저…." 캐서린은 베비스가 앉은 쪽을 쳐다봤지만 적당한 답을 알려 주기에는 너무 멀리 있었다. 그녀는 그냥 머리에 떠오르는 대로 내뱉었다. "K 분과입니다."

"트윅스 여사 소속이라…. 새 모델들이 아주 훌륭하다고 들었어요."

"아, 네. 아주 훌륭합니다." 캐서린이 대답했다. 그때 차가 움직이기 시작하자 말을 걸었던 남자는 창문 너머로 지나가는 광경을 보기 위해 고개를 돌렸다.

캐서린은 모노레일도 엘리베이터를 타는 것과 같은 느낌일 거라고 생각했다. 그러나 나선형으로 올라가면서 빠른 속도로 움직이는 모노레일은 엘리베이터와 느낌이 많이 달랐고, 덕분에 캐서린은 속이 뒤집혀 구역질을 참는 데 온 정신을 집중해야만 했다. 다른 엔지니어들은 아무렇지도 않은 것 같았다. "시장님의 연설 주제가 뭘까요?" 누군가 물었다.

"메두사에 대해 말씀하실 게 틀림없어요." 다른 엔지니어가 대답했다. "이제 시험 작동을 할 준비가 거의 다 됐다고 들었어요."

"성공하길 바랍시다." 캐서린 바로 앞에 앉아 있던 여자가 말했다. "애초에 그 기계를 찾은 건 밸런타인이었잖아요. 밸런타인이 누구예요? 일개 역사학자에 불과하지 않습니까? 역사학자들은 도대체 믿을 수가 없어서…."

"하지만 밸런타인은 시장님 심복입니다. 역사학자 길드 마크 때문에 착각하면 안 돼요. 그저 돈이나 충분히 쥐어 주고 그 어디서 왔는지 모르는 딸을 상류사회에 끼어 주기만 하면 밸런타인은 개처럼 충성을 바칠 겁니다."

모노레일은 계속 그렇게 잡담을 나누는 사람들을 싣고 엔지니어들로 붐비는 거대한 벌집 같은 사무실과 실험실들을 지나쳐 위로 올라갔다. 캐서린은 모노레일 차가 5층에 멈추자마자 서둘러 그곳을 빠져나왔다. 차 안에서 들은 말들 때문에 아직 화가 가라앉지 않아 얼굴이 벌게진 상태였다. 그녀는 베비스 옆으로 다가가 군데군데 투명한 비닐 커튼이 걸려 있는 차갑고 새하얀 복도를 따라 함께 걸었다. 어디선가 사람들이 모여 웅성거리는 소리가 들려왔다. 코너를 몇 번 돌아 복도를 따라가다 보니 커다란 강당 같은 곳이 나왔다. 베비스는 출구 가까운 곳에 자리를 잡고 앉았다. 캐서린은 님모 감독관이 보이는지 둘러봤지만 누가 누군지 분별하기란 거의 불가능했다. 강당 가득 하얀 코트들이 바다처럼 물결치고 있었고, 그것도 부족해서 계속 더 많은 하얀 코트들이 밀려들어 왔다. 단 한 가지 다른 점이 있다면 어떤 사람들은 대머리를 그대로 드러낸 채였고 어떤 사람들은 후드를 썼다는 것뿐이었다.

"보세요!" 캐서린을 쿡 찌르며 베비스가 속삭였다. "저 여자가 닥터 트윅스예요. 내가 말했던 그 사람 말이에요." 베비스는 앞줄에 앉아 옆 사람들과 신나게 떠들고 있는 키가 작고 술통 모양의 몸매를 가진 여자를 가리키며 말했다. "길드 최고위층은 다 모였네. 트윅스, 첩, 갈스탱…. 그리고 보안 분과 위원장 닥터 밤브레이스도 있어요!"

캐서린은 두려워지기 시작했다. 엔지니어리움 입구에서 발각됐더라면 장난으로 그랬다고 둘러댈 수도 있었겠지만, 이렇게 엔지니어 길드의 심장부까지 들어온 이상 어떤 변명도 통하지 않을 게 분명했다. 게다가 여기서 뭔가 중요한 일이 벌어질 게 틀림없었다. 그녀는 만에 하나 발각이 된다 하더라도 엔지니어들이 감히 테데우스 밸런타인의 딸을 어떻게 하지는 못할 거라고 스스로를 안심시켰다. 베비스에게 어떤 벌이 내려질지에 대해서는 생각하지 않으려고 애썼다.

마침내 문이 닫히고 조명이 어두워졌다. 500명의 엔지니어들이 일어서면서 내는 소리를 빼고는 오직 기대에 찬 정적만이 강당을 메웠다. 캐서린과 베비스도 다른 사람들과 함께 벌떡 일어섰다. 앞사람 어깨 사이로 무대를 보니 매그너스 크롬이 쇠로 만든 연설대 앞에 서 있었다. 차가운 그의 눈이 좌중을 훑다가 한순간 캐서린을 정면으로 쳐다보는 것 같았다. 하지만 그녀는 후드와 고글을 쓰고 코트 옷깃을 높이 세운 자신을 크롬이 알아볼 가능성은 제로라는 사실을 다시 한번 상기하며 뛰는 가슴을 진정시켰다.

"모두 앉으십시오." 크롬은 엔지니어들이 자리에 앉고 다시 정적이 흐르기를 기다려 말을 이었다. "친애하는 동지들이여, 오늘은 엔지니어 길드 역사상 가장 영광스러운 날 중 하나입니다."

홍분의 물결이 청중들 사이를 휩쓸고 지나갔다. 캐서린도 홍분했다. 크롬은 조용히 하라는 손짓을 했다.

강당 천장에서 슬라이드-프로젝터가 켜지며 소리를 내기 시작하더니 크롬 머리 뒤에 있는 대형 화면에 그림이 나타났다. 거대하고 복잡한 기계의 설계도였다.

"메두사입니다." 크롬이 선언하자 모든 엔지니어들이 화답이라도 하듯 "메두사!" 하고 외쳤다.

"이미 알고 있는 분도 계시겠지만 메두사는 60분 전쟁 때 사용했던 실험적인 에너지 무기입니다. 메두사에 관해 알게 된 지는 오래됐습니다. 사실 밸런타인이 아메리카에서 관련 서류를 발견한 것이 벌써 20년 전 일입니다."

무대의 대형 화면에는 빛바랜 설계도와 거미가 기어간 것 같은 글씨가 적힌 그림이 비치고 있었다. '아빠는 나한테 저런 이야기는 전혀 안 하셨어!' 캐서린은 속으로 생각했다.

"물론 이런 조각난 정보만으로 메두사를 다시 만드는 건 불가능했습니다. 그러나 7년 전, 다시 한번 밸런타인 덕분에 아주 훌륭한 올드-테크 유물을 손에 넣을 수 있었습니다. 오랫동안 잊고 있던 아메리카 사막의 군부대 유적지에서 나온 물건이었죠. 아마 지금까지 발견된 컴퓨터 두뇌 중 가장 잘 보존된 유물이라 해도 과언이 아닐 겁니다. 하지만 그보다 더 중요한 사실은 그것이 메두사의 두뇌,

즉 그 놀라운 기계를 움직인 인공 지능이었다는 것입니다. 닥터 스플레이와 B 분과의 피나는 노력 덕분에 이제 메두사는 작동 가능한 수준으로 복구되었습니다. 길드 회원 여러분, 이제 굶주린 다른 도시들을 피해 런던이 도망가고 숨는 시절은 과거지사가 되었습니다. 메두사를 우리 맘대로 부릴 수 있게 된 이상, 런던에 도전하는 도시는 모두 눈 깜짝할 사이에 한줌의 재로 만들어 버릴 수 있습니다!"

엔지니어들은 열띤 박수와 환호를 보냈다. 함께 박수를 치라며 베비스가 캐서린의 옆구리를 꾹꾹 찔렀지만 그녀의 손은 쇠 의자 팔걸이에 얼어붙어 버린 듯했다. 캐서린은 충격으로 머리가 어지러웠다. 60분 전쟁에 대해 배운 것이 모두 기억났다. 고대인들이 스스로 개발한 그 끔찍한 '번개 무기'로 자신들이 살던 정착 도시들을 모두 파괴하고 땅과 하늘에 독을 퍼뜨렸던 전쟁…. 아빠가 엔지니어들이 그런 끔찍한 무기를 개발하도록 도왔다니, 말도 안 되는 일이었다!

"솔트후크처럼 시시한 사냥감을 좇아다니는 것도 이젠 종지부를 찍을 수 있습니다." 크롬이 계속 말을 이었다. "다음 주면 런던은 방패벽 바트뭉크 곰파의 사정거리 안에 들어갑니다. 지난 1000년 동안 반 견인 도시 연맹은 그 방패벽 도시 뒤에 겁쟁이처럼 숨어서 역사의 물결에 저항해 왔습니다. 메두사가 바트뭉크 곰파를 단번에 잿더미로 만들고 나면 그 너머에 있는 땅, 그곳의 거대한 정착 도시들과 농작물, 숲, 그리고 미개발 지하자원은 모두 우리 것입니다!"

크롬의 목소리는 이제 거의 들리지 않았다. 엔지니어들의 함성이 해일처럼 일어났고, 마치 그 힘 덕분인 듯 크롬 뒤에 있던 벽이 천천히 열리기 시작했다. 벽이 갈라진 곳에 세인트 폴 성당과 길드홀 지붕이 내다보이는 긴 창문이 모습을 드러냈다.

"하지만 그보다 먼저 해결해야 할 문제가 생겼습니다. 방패벽에 도착할 때까지 메두사를 공개하지 않을 예정이었으나 메두사의 위력을 보여 줄 필요가 생긴 것입니다. 지금 이 순간 스플레이 박사팀은 새 무기의 실험 발사를 준비하고 있습니다."

캐서린이 크롬의 말을 더 들으려 했어도 불가능했을 것이다. 청중들이 모두 신나서 자기들끼리 떠들어 대기 시작했기 때문이다. 엔지니어 몇 명이 출구 쪽으로 서둘러 나갔다. 아마 메두사 프로젝트와 관련 있는 사람들 같았다. 캐서린은 일어서서 사람들을 제치고 문 쪽으로 다가갔다. 잠시 후 그녀는 소독약 냄새가 나는 복도에 서서 앞으로 어떻게 해야 할지를 생각하고 있었다.

"케이트?" 베비스 포드가 다가왔다. "어디로 가는 거예요? 사람들이 케이트가 일어나는 걸 봤어요! 길드 보안 담당자들이 우리를 주시하기 시작한 것 같아요."

"여기서 빠져나가야 해요." 캐서린이 속삭였다. "어느 쪽이 출구죠?"

"나도 몰라요." 베비스가 말했다. "여기까지 올라와 본 건 오늘이 처음이에요. 모노레일 쪽으로 다시 돌아가야 할 것 같긴 한데…."

그는 캐서린이 손을 잡으려 하자 손을 급히 잡아 빼며 말했다. "안 돼요! 엔지니어들은 서로 접촉을 하지 못하도록 되어 있어요."

둘은 둥그런 관 모양의 복도를 서둘러 걸어갔다. 캐서린은 "크롬이 거짓말을 하고 있는 거예요! 아빠는 7년 전에 아메리카에 간 적이 없어요. 웨스턴 오션에 있는 섬에 잠깐 다녀오셨을 뿐인데…. 그리고 그때 중요한 걸 찾았다고 말한 적도 없어요. 만일 진짜 메두사를 찾았다면 나한테 얘기하셨을 거예요. 그리고 어차피 아빠는 옛날 무기 같은 것에 관심 없단 말이에요."

"하지만 시장님이 뭣 때문에 거짓말을 하겠어요?" 베비스가 물었다. 그는 사실 자기 길드가 고대의 비밀을 여는 또 하나의 열쇠를 차지한 것이 내심 기뻤다. "그리고 시장님은 케이트 양의 아버지가 그걸 찾으려고 아메리카에 갔다고는 말하지 않았어요. 미스터 밸런타인이 그걸 손에 넣었다고만 했죠. 어쩌면 고물 수집상 같은 사람들한테서 산 건지도 몰라요. 그나저나 실험 발사라고 한 건 무슨 뜻인지 모르겠네…."

베비스가 발걸음을 멈췄다. 복도의 끝까지 왔는데도 모노레일이 보이지 않았기 때문이다. 앞에 문이 세 개 있었는데 그중 두 개는 잠겨 있었고 세 번째 문은 엔지니어리움 건물의 옆쪽으로 난 좁은 발코니로 통했다. 저 아래로 파터노스터 광장이 보였다.

"이제 어떻게 하죠?" 자신의 목소리가 두려움에 가득 차 가늘게 떨리고 있음을 스스로 의식하며 캐서린이 물었다. "나도 잘 모르겠어요." 대답하는 베비스의 목소리도 그녀 못지않게 떨리고 있었다.

캐서린은 숨을 돌리기 위해 발코니로 나갔다. 달은 구름에 가려져 있고 차가운 가랑비가 내리고 있었다. 그녀는 고글을 벗고 얼굴에 비를 맞았다. 숨 막히는 열기와 화공약품 냄새가 없는 곳으로 나오니 살 것 같았다. 그리고 아빠를 생각했다. 아빠가 정말 메두사를 찾으신 걸까? 베비스 말이 맞았다. 크롬이 거짓말을 할 이유가 없었다. 불쌍한 아빠! 샨 구오의 눈 덮인 산 위 어딘가 하늘을 날고 계시겠지. 아빠가 발견한 고대 유물로 엔지니어들이 무슨 짓을 하려는지 아빠에게 알릴 수만 있다면!

달빛이 서린 광장에서 낮은 기계음이 들려오기 시작했다. 캐서린은 비에 젖은 광장의 갑판으로 눈을 돌렸지만 소리의 정체는 알 수 없었다. 캐서린은 자기도 모르게 세인트 폴 성당 쪽으로 시선을 돌렸다. 그 순간 그녀는 놀란 숨을 들이쉬며 외쳤다. "저것 봐요, 베비스!"

고대부터 내려오는 세인트 폴 성당의 돔 한가운데가 마치 커다란 꽃이 피어나듯 갈라지면서 천천히 열리고 있었다.

MORTAL ENGINES

22
슈라이크

그는 지금 막 도착한 것일까, 아니면 사방에 널려 있는 바위들 틈에서 자신도 움직이지 않는 어두운 바위가 되어 일행이 투덕거리며 싸우는 걸 지금까지 지켜보고 있었던 것일까. 슈라이크가 한 걸음 더 앞으로 나섰다. 그의 발이 닿는 곳에서 젖은 풀들이 다리미를 댄 것처럼 김을 내며 타들어 갔다. **"둘 다 내 몫이다."**

해적들이 소리 나는 쪽으로 돌아섰다. 다음 순간 맥스의 기관총이 비 오듯 총알을 뿜어 댔고, 멍고가 들고 있던 휴대용 대포가 슈라이크의 철갑에 검은 구멍을 냈다. 심지어 에이미스까지 권총을 쏘아 댔다. 집중 포화를 당한 슈라이크는 순간 비틀거리다가 강한 맞바람을 맞으며 걸어가는 사람처럼 천천히 앞으로 발을 옮기기 시작했다. 그의 철갑에 맞은 총알들이 불꽃을 튀기며 튕겨 나갔고, 그가 걸치고 있던 코트가 너덜너덜 찢겨 나갔다. 대포를 맞은 구멍에서는 피인지 기름인지 모를 액체가 흘러나오고 있었다. 슈라이크가 양팔을 앞으로 뻗자 손끝에서 갈고리 손톱 하나가 떨어져 나갔고, 이어 또 하나가 떨어져 나갔다. 그러나 다음 순간 슈라이크의 손이 맥스에게 닿자마자 그녀는 목을 졸리는 듯한 소리를 내더니 나가떨어졌다. 에이미스가 총을 버리고 달아나려 했지만 어느새 슈라이크가 바로 뒤에까지 와 있었고, 다음 순간 그는 자기 가슴을 뚫고 나온 붉은 갈고리 손톱 몇 개를 내려다보며 마지막 숨을 거두고 말았다.

멍고의 기관총은 이미 총알이 떨어진 상태였다. 그는 총을 옆으로 집어 던지고 칼을 꺼내 들었다. 그러나 칼 한 번 휘둘러 보기도 전에 슈라이크가 그의 머리카락을 움켜쥐고 뒤로 젖히더니 한 방에 목을 잘라 버렸다.

"톰! 뛰어!" 헤스터가 말했다.

슈라이크는 손에 쥐고 있던 멍고의 머리를 휙 집어 던지고 앞으로 나섰다. 톰은 뛰기 시작했다. 사실 뛰고 싶지 않았다. 뛰어 봤자 별 소용 없다는 걸 알고 있었기 때문이다. 그리고 헤스터 옆을 지키는 것이 도리라는 생각도 들었다. 그러나 그의 다리는 마음과 완전히 따로 놀고 있었다. 그의 온몸이 언덕을 내려오고 있는 저 끔찍한 괴물로부터 벗어나길 간절히 원하고 있었다. 그렇게 정신없이 뛰던 톰은 순간적으로 중심을 잃고 넘어져 차가운 진흙에 곤두박질친 후 몇 번 구르다가 바위에 걸려 겨우 멈췄다. 고개를 들어 보니 크라이슬러 피비를 삼킨 바로 그 늪 가장자리였다.

톰은 뒤를 돌아봤다. 슈라이크는 여기저기 널브러진 시체들 한가운데에 서 있었다. 공중의 에어헤이븐이 엔진들을 하나하나 점검하면서 켜 놓은 불빛을 받아 슈라이크의 은색 해골이 차갑게 빛나고 있었다.

헤스터는 슈라이크를 마주보며 용감하게 버티고 서 있었다. '헤스터가 나를 구해 주려 하고 있어! 내가 도망갈 시간을 벌기 위해 저렇게 버티고 서 있는 거야. 하지만 슈라이크한테 죽게 내버려 둘 수는 없어. 그럴 수는 없어!'

지금 도망쳐야 한다는 몸의 신호를 모두 무시한 채 톰은 언덕 위로 다시 기어 올라가기 시작했다.

"헤스터 쇼." 슈라이크의 목소리가 들려왔다. 약간 뭉개진 것 같기도 하고 늘어진 녹음 테이프에서 나는 소리 같기도 했다. 슈라이크의 가슴에 난 구멍에서 김이 쉬익 소리를 내며 새고 있었고 입에선 검은 이코르*가 거품을 내며 뚝뚝 흘렀다.

"나를 죽이려는 거야?" 헤스터가 물었다.

슈라이크는 커다란 머리를 천천히 끄덕였다. "잠시 동안만."

"그게 무슨 뜻이야?"

슈라이크의 긴 입이 옆으로 더 길어졌다. 웃고 있었다. "우리는 같은 종류다. 너 그리고 나. 해안에서 너를 찾은 바로 그날부터 나는 알고 있

---

* ichor. 그리스 신화에서 유래된 말로, 신들의 혈관 속을 돌고 있는 액체. 일종의 신성한 피를 의미한다.

었다. 네가 떠나 버린 후에, 그 외로움은…."

"난 떠나야만 했어, 슈라이크." 헤스터가 속삭이듯 말했다. "난 슈라이크의 수집품이 아니잖아."

"너는 내게 굉장히 소중한 존재였다."

톰은 조금씩 조금씩 언덕을 기어 올라가면서 '저 스토커, 뭔가 잘못됐군.' 하고 생각했다. 스토커들은 '감정'을 갖도록 만들어지지 않았다. 톰은 부활군들이 결국은 모두 미쳐 버려 자살했다고 배운 기억을 되새겼다. '머리에서 나오는 덕트에 달린 저건 해초들일까? 바다에 들어갔다 나와서 뇌에 녹이 슨 걸까?' 슈라이크의 가슴에 난 총알 구멍들 속에서 스파크가 일어나고 있었다.

"헤스터." 슈라이크가 쇠를 긁는 듯한 소리로 말하면서 털썩 무릎을 꿇었다. 덕분에 그와 헤스터의 눈높이가 같아졌다. "크롬이 약속했다. 크롬의 부하들이 나를 만드는 방법을 알아냈다."

톰의 목덜미가 공포감으로 따끔따끔했다.

"네 시체를 런던으로 가져가겠다. 크롬이 너를 철의 여인으로 만들어 준다고 했다. 쇠가 살을, 전선이 신경을, 전기가 네 생각을 대신하게 될 것이다. 넌 아름다워질 것이다. 너는 영원히 나의 동반자가 될 것이다."

"슈라이크!" 헤스터가 코웃음을 쳤다. "크롬이 다른 사람도 아닌 날 부활시키겠어?"

"안 할 이유가 없다. 새로운 몸을 얻고 나면 아무도 널 알아보지 못할 것이다. 모든 걸 잊어버리고 아무것도 느끼지 못하게 될 것이다. 그러면 너로 인해 위협받을 사람이 없어진다. 하지만 내가 너를 위해 기억할 것이다. 내 딸! 너와 내가 함께 밸런타인에게 복수할 것이다."

헤스터가 소리 내어 웃었다. 멍고의 시체가 있는 곳까지 다가간 톰은 낯설고, 끔찍하고, 광기 어린 헤스터의 웃음소리를 듣고 소름이 돋았다. 멍고의 손에는 아직 커다란 칼이 꼭 쥐어져 있었다. 톰은 죽은 멍고의 손에서 칼을 빼기 위해 굳어 버린 그의 손가락을 하나하나 펴기 시작했다. 위를 올려다보니 헤스터는 슈라이크 쪽으로 한 걸음 더 다가서 있었다. 그녀는 머리를 뒤로 젖히고 슈라이크의 갈고리 손톱을 받을 자세로 서서 "좋아!"라고 말했다. "하지만 톰은 보내 줘."

"톰 내츠워디는 죽어야 한다. 크롬과 한 계약의 일부다. 새로운 몸으로 깨어나면 톰을 기억하지 못할 것이다." 슈라이크가 단호하게 말했다.

"제발, 슈라이크." 헤스터가 사정했다. "크롬한테 둘러대면 되잖아. 도망쳤다고 하든지, 물에 빠져 죽는 바람에 시체를 못 가져왔다고 하든지, 아웃컨추리 어디선가 죽었다고 하든지 네 마음대로 이유를 만들면 되잖아."

톰은 칼을 꼭 쥐었다. 멍고의 손에서 묻은 땀으로 칼의 손잡이가 아직 끈적끈적했다. 지금이 결정적인 순간이라는 걸 알면서도, 톰은 일어서서 슈라이크와 대결하긴커녕 너무 겁이 나서 숨조차 쉬기 어려웠다. '못 하겠어!' 톰은 생각했다. '난 역사학자지 전사가 아니잖아!' 하지만 톰은 헤스터를 버릴 수 없었다. 게다가 그녀는 지금 톰을 살리기 위해 자기 목숨을 바치겠다고 슈라이크와 협상을 하고 있지 않은가! 톰은 그녀의 눈에 어린 공포와 그녀의 목을 향해 뻗은 슈라이크의 갈고리 손톱이 내는 쇳소리가 느껴질 정도로 가까이 다가갔다. **"좋다, 그 애는 살려 주겠다."** 슈라이크는 그렇게 말하면서 헤스터의 얼굴을 칼날 같은 갈고리 손톱 끝으로 부드럽게 어루만졌다. 그가 일격을 가하기 위해 손을 위로 올리자 헤스터는 눈을 감았다.

톰은 "슈라이크!"라고 외치며 칼을 치켜든 채 몸을 날렸다. 슈라이크가 몸을 돌리자 눈에 켜진 초록색 불이 선을 그리는 듯 보였다. 순간 슈라이크의 무쇠팔이 앞으로 뻗어 나오면서 톰은 뒤로 세게 나가떨어졌다. 가슴에 엄청난 통증이 느껴졌다. 약 1~2초 동안 톰은 자신의 몸이 두 동강 난 게 틀림없다고 생각했다. 그러나 톰을 친 것이 날카로운 갈고리 손톱이 나와 있는 손이 아니라 팔목이었기 때문에 톰은 크게 다친 곳 없이 그저 나가떨어지기만 했다. 통증 때문에 가쁜 숨을 몰아쉬면서 톰은 슈라이크가 다시 덤벼들 거고 그러고 나면 모든 게 끝이라는 생각을 하며 그 자리에 쓰러져 있었다.

그러나 톰의 예상과 달리 슈라이크는 땅에 쓰러져 있었고 헤스터가 그 위에 허리를 숙이고 있었다. 슈라이크의 초록색 눈이 깜빡이다가 그의 몸속에서 불꽃이 일어나면서 뭔가가 터지고 연기가 가늘게 흘러나왔다. 가슴에 난 상처 중 한 곳에 톰이 들고 있던 칼의 손잡이가 삐져나와 있었고 그 주변으로 푸른 스파크가 일고 있었다.

"아, 슈라이크!" 헤스터가 속삭였다.

슈라이크는 헤스터가 자기 손을 잡을 수 있도록 조심스럽게 갈고리 손톱을 집어넣었다. 산산이 부서져 가는 그의 의식 속으로 예상치 못했던 기억들이 밀려들어 왔다. 그 순간 그는 부활군을 만드는 수술대 위에 눕혀져서 스토커로 부활하기 전 자신이 누구였는지를 기억해 냈다. 그는 헤스터에게 그 이야기를 해 주고 싶었다. 헤스터를 향해 커다란 무쇠 머리를 들었지만 입을 열기 전에 죽음이 찾아왔다. 두 번째 맞이하는 죽음이었지만 첫 번째보다 결코 쉽지 않았다.

이윽고 커다란 무쇠 몸에 정적이 깃들고 몸에서 피어오른 연기는 바람을 타고 멀리멀리 날아갔다. 언덕 아래에서 나팔 소리가 나더니 비행선 정비소 쪽에서 사람들이 몰려오는 게 보였다. 총소리를 들은 것 같았다. 창과 횃불을 들고 몰려오는 품새가 톰과 헤스터를 딱히 우호적으로 대접해 줄 것 같지 않았다. 몸을 일으키려던 톰은 가슴의 통증 때문에 거의 기절할 뻔했다.

톰의 신음 소리를 듣고 헤스터가 고개를 들었다. "뭣 때문에 그런 짓을 했지?" 그녀가 소리쳤다.

톰은 뺨을 맞은 것처럼 놀랐다. "널 죽이려 했잖아!" 톰이 항의하듯 말했다.

"슈라이크는 날 자기랑 똑같이 만들려고 했어!" 헤스터는 슈라이크를 끌어안으며 소리쳤다. "슈라이크가 하는 말 못 들었어? 내 평생 소원을 슈라이크가 이루어 줄 순간이었단 말이야. 아무 기억도, 아무 감정도 없는 그런 상태. 내가 스토커가 돼서 밸런타인 앞에 나타나면 그놈 표정이 어떨지 상상이나 해 봤어? 왜 넌 그렇게 자꾸 방해만 하는 거야?"

"널 괴물로 만들려고 했어!" 모든 통증과 두려움이 분노로 변하면서 톰의 목소리도 비명에 가까워지고 있었다.

"난 이미 괴물이야!" 헤스터가 비명을 지르듯 내뱉었다.

"아니야!" 톰은 가까스로 무릎을 짚고 일어나는 데 성공했다. "넌 내 친구야!" 톰이 외쳤다.

"널 증오해! 정말이야!" 헤스터도 목청껏 소리치고 있었다.

"네가 어떻게 생각하든 상관없이 난 네가 걱정돼!" 톰도 질세라 소리쳤다. "어머니, 아버지를 잃은 사람이 너뿐인 줄 알아? 나도 너만큼 분노가 치밀고 외로워. 하지만 난 너처럼 사람을 죽이겠다고 돌아다니지 않고 스토커가 되겠다고 발버둥치지도 않아! 넌 정말 예의도 없고 자기 연민에만…."

그러나 톰이 헤스터에게 퍼부어 주고 싶었던 말은 어느 사이에 너무 놀라서 지르는 외마디 비명으로 변하고 말았다. 갑자기 언덕 밑의 타운과 에어헤이븐, 그리고 언덕을 올라오는 사람들이 모두 대낮처럼 선명하게 보였기 때문이다. 별들의 빛이 희미해졌고, 입술 한구석에 침이 맺힌 채 소리를 지르다가 굳어 버린 헤스터의 얼굴도 또렷이 보였다. 피가 낭자한 풀 위로 자신의 그림자가 흔들리고 있었다.

 절벽 위의 밤하늘이 이 세상 것이 아닌 듯한 빛으로 가득 찼다. 마치 멀리 북쪽 어디에선가 새로운 태양이 태어난 듯했다.

MORTAL ENGINES

23
메두사

캐서린은 세인트 폴 성당의 돔 지붕이 표면에 난 검은 줄을 따라 갈라지면서 꽃잎이 피어나듯 열리는 광경을 그 자리에 얼어붙은 듯 서서 보고 있었다. 돔 안쪽 중앙에서 무언가가 천천히 올라오면서 그것 역시 서서히 열리는 중이었다. 마치 차갑고 하얀 쇳덩이로 만든 난초의 꽃 같아 보였다. 거대한 유압 피스톨이 내는 소리가 광장에 울려 퍼지면서 엔지니어리움을 흔들어 대고 있었다.

"메두사!" 캐서린을 따라 베란다로 나온 베비스 포드가 속삭였다. "성당 보수 공사를 하고 있었던 게 아니었어! 메두사를 세인트 폴 성당 안에서 제작하고 있었던 거야!"

"회원 동지?"

둘은 뒤를 돌아봤다. 엔지니어 한 명이 서 있었다. "여기서 뭐하는 거죠?" 그가 화난 소리로 말했다. "이곳은 L 분과 사람들 말고는 출입 금지 구…."

그는 말을 하다 말고 캐서린을 멍하니 쳐다봤다. 베비스 역시 까만 눈을 크게 뜨고 공포에 찬 표정으로 그녀를 쳐다보고 있었다. 한동안 캐서린은 베비스가 왜 그러는지 알 수 없었다. 그러다가 그녀는 깨달았다. 비! 그토록 조심스럽게 미간에 그려 넣었던 길드 마크를 깜빡했던 것이다. 붉은 길드 마크가 비에 지워지면서 캐서린의 얼굴에 빨간 물감이 흘러내리고 있었다.

"쿼크 맙소사!" 엔지니어가 놀란 숨을 들이키며 말했다.

"케이트, 뛰어요!" 베비스가 그 엔지니어를 옆으로 밀어젖히면서 외쳤다. 도망가는 캐서린의 귀에 엔지니어가 넘어지면서 지르는 고함 소리가 들렸다. 금방 캐서린을 따라잡은 베비스는 그녀의 손을 잡고 빈 복도를 이리저리 뛰다가 겨우 계단을 찾아내 아래층으로 뛰어 내려갔다. 뒤에서 더 많은 사람들의 고함 소리가 들리고 갑자기 비상벨이 고막을 찢을 듯 크게 울리기 시작했다. 어느새 1층까지 내려온 둘은 자신들이 엔지니어리움 뒤쪽으로 난 문이 있는 곳까지 왔다는 것을 깨달았다. 커다란 유리문 밖으로 최상층 갑판이 보였다. 문 앞에는 길드 회원 두 명이 경비를 서고 있었다.

"침입자가 저기로 갔어요!" 베비스가 숨을 헐떡거리면서 자기가 온 쪽을 가리켰다. "3층에 있는데, 무기를 가진 것 같아요."

경비를 서던 길드 회원들은 갑자기 울리는 비상벨 때문에 놀란 상태였다. 둘은 서로 쳐다보더니 그중 한 명이 벨트에서 가스총을 꺼내 들고 계단을 뛰어 올라갔다.

캐서린과 베비스는 그 순간을 놓치지 않았다. "동료가 다쳤습니다." 베비스는 빨간 물감이 흘러내리는 캐서린의 얼굴을 가리키며 말했다. "의무실로 데려가야 해요!" 남아 있던 길드 회원이 문을 열어 주자 둘은 어두운 바깥으로 뛰어나갔다.

세인트 폴 성당의 그늘로 있는 힘껏 달려간 둘은 일단 발걸음을 멈추고 귀를 기울였다. 성당 안에서 기계가 돌아가며 쿵쾅거리는 소리가 들렸지만 더 가까운 곳에서 그보다 더 크게 쿵쾅거리는 소리가 들렸다. 바로 캐서린의 심장이 뛰는 소리였다. 어디선가 급하게 명령을 내리는 남자 목소리가 들리더니 무장을 한 발소리가 들려왔다. "시장 호위병들이에요!" 캐서린이 다 죽어 가는 소리로 말했다. "신분증을 보자고 할 텐데. 내 후드도 벗으라고 할 테고! 오, 베비스, 괜히 나 때문에 큰일을 당하게 됐어요. 도망가세요. 나하고 같이 발견되면 안 돼요!"

베비스는 캐서린을 바라보며 고개를 저었다. 캐서린을 돕기 위해 길드를 배신하고 모든 것을 건 마당에 이제 와서 그녀를 저버릴 수는 없었다.

'오, 클리오 도와주세요!' 캐서린은 그렇게 기도하다가 자기도 모르게 파터노스터 광장 쪽을 쳐다봤다. 광장 너머 길드홀 계단에서 처들리 포메로이가 봉투와 폴더를 양팔 가득 안은 채 위를 쳐다보고 있었다. 캐서린은 평생 누군가를 만나서 이렇게 반가워 본 적이 없었다. 그녀는 베비스를 끌고 얼른 포메로이 쪽으로 뛰어갔다. "미스터 포메로이!"

처음에는 전혀 모르겠다는 표정으로 두 사람을 쳐다보던 포메로이는 캐서린이 그 바보 같은 후드를 벗고 땀에 젖은 머리를 훔쳐 올리자 기겁을 했다. "미스 밸런타인! 무슨 일이죠? 저 망할 놈의 엔지니어들이 세인트 폴 성당에 한 짓을 좀 봐요!"

캐서린은 포메로이의 눈길을 따라 성당 꼭대기를 쳐다봤다. 쇠로 된 난꽃은 이제 활짝 피어서 광장에 어두운 그림자를 드리우고 있었다. 그러나 이제는 꽃이 아니라 거대한 코브라가 목의 날개를 활짝 펴고 있는 것 같기도 하고 거대한 막대에 고깔을 거꾸로 씌운 모양 같기도 했다. 캐서린이 보고 있는 사이 그 물건은 빙 돌아 판체르슈타트-바이로이트 쪽으로 향했다.

"메두사!" 캐서린이 말했다.

"누구?" 처들리 포메로이가 물었다.

어디선가 경찰차의 사이렌이 들려왔다. "제발!" 캐서린이 포메로이를 향해 돌아서며 사정했다. "우리를 쫓고 있어요! 베비스가 잡히는 날엔 무슨 일을 당할지 몰라요."

정말 고맙게도 처들리 포메로이는 "왜?" 또는 "무슨 죄를 졌는데?" 따위의 질문을 하지 않았다. 그 대신 한 손으로는 캐서린을, 다른 한 손으로는 베비스 포드를 잡고 자기 차가 서 있는 길드홀 차고 쪽으로 서둘러 걸어갔다. 기다리던 기사의 도움으로 모두 차에 타자마자 시장 호위병 한 무리가 바로 옆을 지나갔다. 그러나 그들은 포메로이 일행에게는 전혀 주의를 기울이지 않았다. 포메로이는 캐서린의 고무 코트를 자기 좌석 뒤에 숨기고 베비스는 차 바닥에 엎드리게 한 다음 캐서린 옆에 탄 뒤 "나한테 맡겨 둬요."라고 말했다. 차가 파터노스터 광장을 빠져나가기 시작했다.

엘리베이터 역에 사람들이 몰려서서 세인트 폴 성당 꼭대기에서 갑자기 튀어나온 이상한 물체를 신기한 눈으로 바라보고 있었다. 시장 호위병 몇이 차를 세우더니 젊은 엔지니어 한 명이 차 안을 들여다봤다. 포메로이는 글라스틱 환기창을 살짝 열고 "무슨 문제라도 있나?" 하고 물었다.

"엔지니어리움에 침입자가 있었습니다. 반 견인 도시 연맹의 테러리스트가…."

"우릴 의심하는 건 아니겠지?" 포메로이가 웃으며 말했다. "난 저녁 내내 사무실에 앉아서 일만 했고, 여기 우리 미스 밸런타인은 나를 도와 서류 정리를 하느라 계속 같이 있었네."

"죄송하지만 차를 수색해야겠습니다."

"이런, 정말!" 포메로이가 화난 목소리로 말했다. "우리가 테러리스트처럼 보이는가? 도대체 이런 식으로 시간을 낭비하다니. 게다가 오늘이 런던의 마지막 날이 될지도 모르는 마당에! 저 더러운 광역 도시가 보이지도 않나? 위원회에 강력히 항의하겠네. 있을 수 없는 일이야!"

그 엔지니어는 갑자기 자신이 없어진 듯 고개를 끄덕이며 옆으로 비켜섰고, 기사는 기다리고 있던 화물 엘리베이터로 차를 몰았다. 차 뒤로 엘리베이터의 문이 닫히자 포메로이는 안도의 한숨을 길게 내뱉었다. "저 빌어먹을 엔지니어들. 아, 자네를 두고 한 말은 아닐세, 포드 견습생."

"알고 있습니다." 아래쪽에서 베비스가 작은 소리로 대답했다.

"고맙습니다." 캐서린이 속삭였다. "저희를 도와주셔서 정말 고맙습니다."

"괜찮아요." 포메로이가 껄껄 웃었다. "크롬과 그 일당을 약 올리는 일이라면 언제든 환영이야. 수천 년 된 건물인데…. 저 성당 말이야. 그런데 저렇게! 뭔지는 모르지만 저렇게 망쳐 놓다니! 누구 맘대로." 그렇게 말하면서 캐서린 쪽을 본 포메로이는 그녀가 자기 말을 전혀 듣지 않고 딴 생각에 잠겨 있다는 걸 알아차리고 부드럽게 물었다. "저놈들이 저렇게 흥분한 걸 보면 뭔가 큰일을 저지른 것 같은데. 미스 밸런타인? 말하기 싫으면 안 해도 좋아요. 하지만 밸런타인 양과 저 친구를 나 같은 늙은이가 도울 수 있다면…."

캐서린은 갑자기 눈물이 솟아오르면서 눈이 따끔거렸다. "제발…." 그녀가 작은 소리로 말했다. "저희를 그냥 집까지만 데려다 주실 수 있으세요?"

"물론이죠."

제1갑판에서 내린 차는 얼마 후 공원으로 들어갔다. 일행은 아무 말 없이 어색하게 앉아 있었다. 어둠 속에서 사람들이 이리저리 뛰어다니면서 성당을 가리키며 소리치고 있었다. 그 사이로 엔지니어 길드의 보안 담당관들이 시장 호위병을 지휘하면서 뛰어다녔다. 차가 클리오 하우스 앞에 도착하자 캐서린은 걱정스러운 마음으로 베비스와 작별 인사를 나눈 다음 차에서 내렸다. 포메로이가 같이 차에서 내려 캐서린을 문 앞까지 데려다 주었다. "포드 견습생을 엘리베이터 역까지 태워다 주실 수 있으세요?" 캐서린이 물었다. "베비스는 내장 갑판으로 돌아가야 해요."

포메로이는 걱정스러운 표정을 지어 보였다. "글쎄요, 밸런타인 양." 그가 한숨을 쉬었다. "엔지니어들이 어떤 놈들인지 알잖아요. 지금쯤이면 모든 공장과 기숙사를 완전히 봉쇄하고 점검 중일 거예요. 어쩌면 포드 군과 코트 두 벌이 없어진 걸 이미 파악했을지도…."

"그럼 베비스가 이젠 돌아갈 수 없다는 말씀이세요?" 캐서린은 자기 때문에 불쌍한 포드가 얼마나 큰 곤경에 처했는지를 깨닫고 현기증이 났다. "영원히요?"

포메로이가 고개를 끄덕였다.

"그러면 클리오 하우스에서 지내야겠군요!" 캐서린은 그렇게 결론을 내렸다.

"포드는 길 잃은 고양이가 아니에요."

"하지만 아버지가 돌아오시면 모든 걸 해결해 주실 수 있지 않을까요? 시장님한테 포드는 아무 상관도 없는 일이라고 설명하면…."

"그럴 수 있을지도 모르죠." 포메로이가 고개를 끄덕였다. "미스터 밸런타인은 엔지니어 길드 사람들하고 가까우니까. 어떤 사람들은 너무 가깝다고도 하지만…. 그래도 저 친구를 클리오 하우스에 두는 건 적절치 않은 것 같아요. 내가 박물관으로 데리고 가죠. 숨을 곳도 많으니. 엔지니어들도 우리 허락 없이는 박물관 수색 같은 걸 맘대로 할 수 없을 테고…."

"정말 그렇게 해 주실 수 있으세요?" 캐서린은 그렇게 물으면서도 자기가 시작한 일에 죄 없는 사람을 한 명 더 끌어들이는 것 같아 불안했다. 그러나 아빠가 오실 때까지 며칠만 참으면 모든 게 해결될 거라는 생각도 들었다. "감사합니다!" 기쁜 목소리로 인사하며 캐서린은 까치발을 들어 포메로이의 볼에 입을 맞췄다. "정말 감사합니다!"

포메로이는 얼굴을 붉히면서 그녀를 향해 활짝 웃었다. 그리고 무슨 말인가 하기 시작했다. 그러나 그의 입술이 움직이는 것만 보일 뿐 목소리는 전혀 들리지 않았다. 머릿속에서 이상한 소리가 들려왔기 때문이다. 윙윙거리는 그 소리는 점점 커지면서 캐서린의 머리를 가득 채웠다. 그녀는 곧 그 소리가 자기 머릿속에서 나는 소리가 아니라 머리 위 어디선가 들려오는 소리임을 알아차렸다.

"저길 봐요!" 포메로이가 위를 가리키며 소리쳤다.

쫓기는 동안 캐서린은 두려움 때문에 세인트 폴 성당에 대해 잠시 잊고 있었다. 이제는 최상층 갑판 위에 코브라의 목처럼 활짝 펴진 메두사 주위로 보라색 번갯불 같은 것이 일고 있었다. 캐서린의 팔과 목 뒤의 털이 꼿꼿이 섰다. 포메로이의 손을 잡으려 하자 그녀의 손가락과 포메로이의 가운 사이에 정전기가 일었다. "미스터 포메로이! 무슨 일일까요?"

"쿼크 맙소사!" 포메로이가 개탄하듯 말했다. "저 바보들이 이번에는 뭘 깨워 낸 거야?"

달아오른 메두사에서 도깨비불 같은 것들이 나와 서클 파크 위를 맴돌았고, 길드홀의 뾰족한 지붕 꼭대기에는 번개가 어지럽게 춤추고 있었다. 게다가 파도 소리 같기도 하고 기계가 돌아가는 소리 같기도 한 소음은 점점 더 크고 높아져서 손으로 귀를 막았는데도 더 이상 참기가 힘들 지경이었다. 그때 갑자기 눈부시게 밝은 에너지 빔이 코브라 목에서 북쪽으로 뻗어 나갔다. 마치 코브라가 혀를 내밀어 판체르슈타트-바이로이트의 상층 갑판을 핥는 것처럼 보였다. 어둠은 홍해가 갈리듯 밀려 나가 하늘 저쪽 구석으로 숨어 버렸다. 멀리 떨어진 광역 도시의 갑판에 순간적으로 불이 붙는 게 보이더니 다음 순간 모든 것이 흔적도 없이 사라져 버렸다. 강한 빛이 땅에서부터 솟아올랐다. 처음에는 눈이 멀도록 밝은 흰색이던 것이 빨간 빛으로 변하더니 정적 속에서 불기둥이 솟구쳐 올랐다. 다음 순간 불빛으로 밝아진 눈밭을 넘어 엄청난 소리와 울림이 파도처럼 밀려왔다. 마치 땅 밑 깊숙한 곳에서 거대한 문이 소리 내어 닫히는 것 같은 굉음이었다.

광선이 갑자기 사라지자 서클 파크는 다시 어둠에 빠져들었고, 정적이 흐르는 가운데 집 안에서 강아지의 울음소리가 들렸다.

"쿼크 맙소사!" 포메로이가 속삭였다. "저 불쌍한 사람들이 모두…!"

"안 돼!" 캐서린은 자기도 모르게 외치고 있었다. "아, 안 돼, 안 돼, 안 돼!" 그녀는 정원을 가로질러 가면서 광역 도시의 잔해를 둘러싸고 피어난 먼지 구름 쪽을 바라봤다. 구름 사이로 아직 번개 같은 것이 일고 있었다. 서클 파크와 관측 전망대에서 알아들을 수 없는 목소리들이 들려왔다. 처음에는 다른 사람들이 자기처럼 경악해서 내는 소리인 줄 알았다. 그러나 그건 착각이었다. 사람들이 환호를… 환호를 올리고 있었다.

PART
TWO

24

연맹의 스파이

북쪽에서 비치던 이상한 빛은 서서히 사라졌고 길게 울리던 천둥소리도 분화구 벽에 부딪혀 메아리를 치고 또 치고 하더니 제풀에 겨워 점점 희미해졌다. 말을 탄 블랙 아일랜드 사람들은 놀란 말들을 진정시키며 언덕을 올라 늪지대 가장자리까지 다가왔다. 말 발굽 소리가 북소리처럼 들리고 바람에 날리는 횃불에서는 비단을 찢는 듯한 소리가 났다.

톰은 손을 들고 "우리는 적이 아닙니다! 해적이 아니에요! 여행하던 사람들입니다! 런던에서 왔어요!" 하고 소리쳤다. 그러나 말 탄 사람들은 톰의 말을 별로 귀 기울여 듣고 싶은 기분이 아닌 듯했다. 톰의 앵글리시를 알아듣는 사람들도 그냥 못 들은 척 무시하는 것 같았다. 가라앉은 턴브리지 휠스에서 살아남아 섬으로 올라온 사람들을 찾아 하루 종일 수색을 하고 다닌 그들은 피비의 해적들이 서쪽 해안선을 따라 올라오는 길목에서 만난 어촌 사람들에게 한 짓들을 잘 알고 있었다. 그들은 자기들 언어로 서로 고함을 지르더니 더 가까이 다가오면서 활을 겨눴다. 회색 깃털이 달린 화살 한 대가 날아와 톰의 발 앞에 꽂혔고 놀란 톰은 비틀거리며 뒤로 물러섰다. "우린 같은 편이에요!" 톰이 다시 소리쳤다.

가장 앞에서 무리를 이끌던 사람이 칼을 뽑아 들자 누군가 앞으로 나서며 블랙 아일랜드 말로 몇 마디 하더니 이어서 앵글리시로 "죽이지 말아요!"라고 말했다.

안나 팽이었다. 그녀는 고삐를 잡아 말을 세운 후 안장에서 내려 톰과 헤스터에게 달려왔다. 바람에 날리는 그녀의 코트가 횃불에 비쳐 마치 붉은 깃발 같아 보였다. 등에는 긴 칼집에 든 칼을 차고 있었고, 가슴에는 부서진 바퀴 모양의 동으로 만든 배지를 차고 있었다. 반 견인 도시 연맹의 상징이었다.

"톰! 헤스터!" 그녀는 톰과 헤스터를 차례로 껴안으며 행복한 미소를 지었다. "너희 둘 다 죽은 줄만 알았어! 에어헤이븐에서 그 일이 일어난 다음 날 린드스트롬하고 야스미나를 보내 너희들을 찾아보게 했는데 늪지대에서 너희가 타고 도망친 기구만 찾아내고는 너희들이 죽었을 거라고 했어. 죽었다고! 불쌍한 너희들 시체라도 직접 찾아 나서고 싶었지만 제니가 손상을 입고, 또 에어헤이븐을 이곳으로 인도해서 보수 공사를 돕느라 바빠서…. 하지만 너희들을 위해 기도도 하고 하늘의 신에게 너희들 장례를 대신해 제물도 바쳤단다. 죽은 게 아니니 장례식 제물은 신들한테 다시 게워 내라고 해 볼까?"

톰은 아무 말도 하지 않았다. 다친 가슴이 너무 아파 말은커녕 숨도 제대로 쉬기가 힘들었다. 게다가 안나 팽이 가슴에 차고 있는 배지를 보니 피비가 한 말이 거짓이 아닌 게 확실했다. 그녀는 분명 연맹의 스파이였다. 이제는 그녀의 친절과 종소리처럼 청량한 웃음소리 따위에 마음이 흔들리지 않았다.

그녀가 기다리고 있던 일행에게 뭐라고 외치자 그중 두 사람이 타고 있던 조랑말에서 내리더니 놀란 눈으로 슈라이크의 시체를 바라보며 말들을 앞으로 끌고 나왔다. "난 잠시 어딜 다녀와야 해." 안나 팽이 설명했다. "제니를 타고 북쪽으로 날아가서 대낮처럼 하늘을 밝힌 그 빛의 정체가 도대체 뭔지 알아봐야 할 것 같아. 말 탈 줄 아니?"

톰은 말을 타 보긴커녕 지금까지 말을 본 적도 없었다. 그러나 통증과 쇼크가 너무 커서 사람들이 자기를 들어 올려 비루먹은 조랑말에 태우는데도 뭐라고 항의할 힘조차 없었다. 일행은 언덕 아래로 내려가기 시작했다. 헤스터를 찾느라 뒤를 돌아보니 그녀도 조랑말을 타고 따라오면서 톰을 향해 인상을 잔뜩 찌푸리고 있었다. 비행선 정비소 타운의 좁은 거리로 들어서면서 말들 사이의 간격이 좁혀지자 헤스터는 더 이상 보이지 않았다. 거리에는 집집마다 온 가족이 나와 걱정스러운 표정으로 북쪽 하늘을 바라보고 있었다. 에어헤이븐이 머리 위를 맴돌면서 프로펠러들을 하나하나 점검하며 내는 바람 때문에 건물 틈새마다 먼지와 쓰레기들이 한데 어울려 회오리쳤다.

누군가가 돌로 지은 작은 집에 톰이 앉을 자리를 마련해 주었다. 잠시 후 검은 외투를 입고 흰 터번을 쓴 사람이 와서 톰의 가슴에 든 멍을 살펴봤다. "부러졌군! 나는 닥터 이브라힘 나즈굴일세. 갈비뼈 네 개가 상당히 심하게 부러졌어." 닥터 나즈굴은 갈비뼈 부러진 게 무슨 경축할 일이라도 되는 것처럼 명랑한 목소리로 톰에게 설명했다.

톰은 통증과 쇼크 때문에 현기증을 느끼면서도 의사의 말에 고개를 끄덕였다. 사실 살아 있는 것만 해도 보통 운이 좋은 게 아니었다. 거기에다 반 견인 도시 연맹 사람들이 톰이 상상했던 것 같은 야만인이 아니라는 것도 다행스런 일이었다. 닥터 나즈굴이 톰의 가슴을 붕대로 감는 사이에 나즈굴 부인은 김이 무럭무럭 나는 양고기 스튜를 가져와 톰의 입에 숟가락으로 한 입씩 떠 넣어 주었다. 방 한쪽 구석에 켜 놓은 랜턴이 조용히 타들어 가고 있었고, 열려 있는 문 쪽에선 그 집 아이들이 까맣고 커다란 눈을 깜박이며 톰을 쳐다보고 있었다.

"애들이 영웅을 만나러 왔군!" 닥터 나즈굴이 미소 지으며 말했다. "미스터 내츠워디가 무쇠 정령을 물리치지 않았으면 우리 모두 죽었을 거라고 온 동네가 시끄러워요."

톰은 갑자기 쏟아지는 잠과 싸우면서 닥터를 바라봤다. 늪가에서 있었던 그 처절한 싸움에 대해서는 거의 잊고 있었다. 싸움의 자세한 내용은 마치 꿈을 꾸고 일어난 것처럼 빠르게 희미해져 갔다. '내가 슈라이크를 죽였어!' 톰은 생각했다. '슈라이크가 이미 한 번 죽은 목숨이기는 하지만 그래도 하나의 인격체였잖아. 자기 나름의 희망과 계획과 꿈이 있는. 그런데 내가 그 모든 것에 종지부를 찍어 버린 거야.' 톰은 영웅이 된 느낌은커녕 살인자가 된 느낌이었다. 앞에 놓인 스튜 위로 머리를 꾸벅이며 잠으로 빠져드는 톰의 꿈이 죄책감으로 어둡게 물들었다.

정신을 차려 보니 다른 방이었다. 부드러운 침대에서 보이는 창문 밖으로 파란 하늘에 떠가는 흰 구름이 보였고 깨끗한 회벽으로 햇빛이 들고 있었다.

"기분이 어때, 스토커-킬러?" 목소리가 들려왔다. 미스 팽이 옆에 서서 미소 짓고 있었다. 옛 그림에 나오는 천사 같은 자비로운 표정이었다.

톰은 "안 아픈 곳이 없어요." 하고 대답했다.

"여행할 정도는 될까? 제니 하니버가 기다리고 있어. 해가 지기 전에 출발해야 하는데. 식사는 하늘로 올라간 다음에 하면 되고. 두꺼비 요리를 준비했지."

"헤스터는 어디 있어요?" 톰은 잠에서 덜 깬 목소리로 물었다.

"물론 헤스터도 우리랑 같이 갈 거야."

톰은 몸을 일으켰다. 가슴에 난 상처도 많이 아팠지만 여러 가지 기억들로 마음이 아파서 톰은 진저리를 쳤다. "미스 팽하고는 아무 데도 가지 않을래요."

미스 팽은 처음에는 톰이 농담하는 줄 알고 크게 웃었지만 곧 그게 아니라는 걸 알아차리고 걱정스러운 표정으로 침대에 걸터앉았다. "톰, 내가 잘못한 거라도 있니?"

"연맹에서 일하고 있잖아요!" 톰이 화난 목소리로 외쳤다. "스파이 짓을 하고 있었잖아요. 밸런타인보다 나을 게 없어. 런던에 대한 정보를 알아내려고 우리를 도운 거죠?"

미스 팽의 얼굴에서 미소가 완전히 사라졌다. "톰." 그녀가 부드럽게 톰을 달랬다. "네가 좋아서 널 도왔을 뿐이야. 그리고 잔인한 견인 도시에서 자기 가족이 노예로 살다가 죽는 걸 본 사람이라면 누구나 도시진화론에 대항해 싸우지 않을까?"

그녀는 손을 뻗어 톰의 이마로 흘러내린 머리카락을 쓸어 올려 주었다. 그 순간 지금까지 잊고 있던 옛 기억이 톰에게 다시 찾아왔다. 어렸을 적 아파 누워 있는 톰 옆에 엄마가 지금 미스 팽처럼 앉아 있던 장면이 생각난 것이다. 하지만 밸런타인의 배신 때문에 받은 상처가 아직 아물지 않은 상황에서 미스 팽의 가슴에 빛나고 있는 반 견인 도시 연맹의 배지를 받아들일 마음은 전혀 들지 않았다. 다시는 미소와 친절 따위에 속지 않겠다고 다짐하면서 톰은 미스 팽의 손을 뿌리쳤다. "사람들을 죽였잖아요. 마르세이유를 침몰시킨 게 바로…."

"내가 그렇게 하지 않았으면 마르세이유가 다도해를 공격했을 텐데? 그랬으면 내 작은 폭탄 때문에 죽은 사람들보다 수백 배나 더 많은 사람들이 죽거나 노예가 됐을 거야."

"또 무슨 도시인지는 모르지만 거기 술탄인지 물탄인지를 목 졸라 죽였다는 건 또 뭐예요!"

"팔라우 피낭의 여술탄 말이야?" 미스 팽의 얼굴에 다시 미소가 떠올랐다. "목 졸라 죽인 건 아니야! 도대체 누가 그런 말을 해? 난 그냥 목을 부러뜨렸을 뿐이야. 수륙양용 뗏목 도시들이 자기 섬에서 연료를 재충전하도록 허락했으니 할 수 없이 제거해야만 했지."

톰은 도무지 미스 팽이 왜 미소 짓는지 알 수 없었다. 그리고 뭬이랜드의 부하들이 스테인스 부두에 쓰러져 있던 장면을 생각해 냈다. 미스 팽은 그 사람들이 그냥 기절했을 뿐이라고 말했는데….

"내가 밸런타인보다 나을 게 없을지도 모르지." 미스 팽이 말을 이었다. "하지만 그와 나 사이엔 한 가지 큰 차이가 있어. 밸런타인은 널 죽이려 했고, 난 널 살려 주고 싶어 한다는 거지. 자, 그러니까 나랑 같이 가지 않을래?"

"어디로요?" 톰이 의심스럽다는 듯 물었다.

"샨 구오로." 미스 팽이 대답했다. "어제 그렇게 밝은 빛을 냈던 게 밸런타인이 헤스터 엄마한테서 뺏어 갔다는 그 물건하고 분명 관련이 있을 거야. 게다가 런던이 방패벽을 향해 빠르게 전진하고 있다는 걸 알아냈어."

톰은 정말 놀랐다. 런던 시장이 반 견인 도시 연맹의 방어를 깰 방법을 찾아낸 것일까? 그렇다면 그건 정말 오랜만에 듣는 좋은 소식이었다! 그러나 미스 팽을 따라 반 견인 도시 연맹의 심장인 샨 구오로 가는 건…. 그건 지각 있는 런던 시민이라면 절대 해서는 안될 일이었다. "런던에 해가 되는 일을 도울 수는 없어요." 톰이 말했다. "어찌 됐든 런던은 제 고향이에요."

"물론이지." 미스 팽이 대답했다. "하지만 방패벽이 공격당할 거라면 적어도 그 뒤에 사는 사람들에게 피할 기회는 줘야 하지 않을까? 거기 가서 위험을 알리고, 헤스터가 알고 있는 걸 사람들에게 이야기하도록 부탁하려고 해. 근데 네가 안 가면 헤스터도 아무데도 안 간다는 거야."

톰은 웃었다. 가슴에 난 상처가 아팠다. "그렇지 않을 거예요. 헤스터가 날 얼마나 미워하는데."

"말도 안 돼!" 미스 팽이 웃으며 말했다. "헤스터는 널 많이 좋아해. 밤새도록 네가 얼마나 친절했는지, 그 기계 인간을 죽이면서 얼마나 용감했는지 이야기한 게 누군데?"

"헤스터가요?" 톰은 갑자기 자랑스러워서 가슴이 부풀어 오르고 얼굴이 붉어졌다. 헤스터 쇼가 도대체 무슨 생각을 하는지, 그리고 그 자주 바뀌는 기분을 어떻게 이해해야 할지 전혀 알 수 없다는 생각도 들었다. 그렇지만 이 드넓고 알 수 없는 세상에서 헤스터는 톰의 가장 가까운 친구였다. 톰은 그녀가 자기를 살리기 위해 슈라이크에게 사정하던 장면을 잊을 수 없었다. 그녀가 가는 곳이라면 톰도 가야만 했다. 그곳이 야만인 연맹의 심장부라 할지라도. 그곳이 샨 구오라 할지라도.

"좋아요. 가죠."

역사학자들

런던에는 비가 내리고 있었다. 낮게 걸린 멍든 하늘에서 줄기차게 내리는 비는 런던의 바큇자국에 쌓인 눈을 녹여 걸쭉하고 누런 진흙 빙수를 만들었지만 판체르슈타트-바이로이트의 불을 끌 정도로 세차지는 않았다. 광역 도시를 폐허로 만든 불길은 멀리 북서쪽에서 아직도 거인의 모닥불처럼 타오르고 있었다.

매그너스 크롬은 바람이 세차게 불어닥치는 엔지니어리움의 지붕에 설치된 테라스에 서서 판체르슈타트-바이로이트에서 올라오는 연기를 바라봤다. 뒤에 선 견습생이 크롬의 머리 위로 우산을 받치고 있었고 그 뒤로는 엔지니어 길드의 고무 코트와 같은 디자인의 검은 코트를 입은 키 큰 인물 여섯이 꼼짝하지 않고 서 있었다. 어젯밤 엔지니어리움에 침입한 테러리스트들이 아직 잡히지 않았기 때문에 보안이 더욱 강화된 상태였다. 이제 크롬은 닥터 트윅스가 최초로 만들어 낸 스토커들로 이루어진 새 보디가드들 없이는 아무

데도 가지 않기로 했다.

길드의 정찰 비행선이 착륙했다. 비행선에서 내린 엔지니어 길드의 보안 담당 닥터 밤브레이스가 시장에게 서둘러 다가왔다. 그가 입은 고무 코트가 바람에 날려 펄럭거렸다.

"어떻게 됐나?" 크롬이 다급히 물었다. "뭐가 보이던가? 착륙을 할 수는 있었나?"

밤브레이스는 고개를 저었다. "불길이 아직 상당히 세찹니다. 하지만 최대한 가까이 가서 사진을 찍어 왔습니다. 상층 갑판이 녹아서 하층 갑판으로 무너져 내렸고, 우리 에너지 빔이 닿는 순간 보일러와 연료실은 모두 폭발해 버린 것 같습니다."

크롬은 고개를 끄덕였다. "생존자는?"

"갑판들 사이에 몇몇이 살아 있는 것 같기는 했습니다만…." 밤브레이스는 두꺼운 안경알 뒤에서 눈을 크게 떴다. 마치 수족관의 해파리를 연상시키는 눈이었다. 그가 담당하는 보안 분과는 항상 사람을 죽이는 새롭고 효과적인 방법을 찾는 데 열중해 왔다. 그는 아직 판체르슈타트-바이로이트의 거리와 광장을 메우고 있던 까맣게 타들어 간 시체들을 보고 느낀 흥분을 지울 수 없었다. 많은 경우 선 채로 죽어서 시체들이 수직으로 곧추서 있었다. 메두사의 눈길이 닿는 순간 숯기둥으로 변해 버린 것이다.

"다시 돌아가서 잔해를 먹어 치울 예정이십니까, 시장님?" 잠시 후 그가 물었다. "하루 이틀 안에 불이 꺼질 듯합니다만."

"그건 안 돼지." 크롬이 잘라 말했다. "방패벽을 향해 전력 질주해야 해."

"시민들이 반대할 겁니다." 밤브레이스가 경고했다. "승리를 했으니 전리품을 손에 넣고 싶어 할 겁니다. 그 광역 도시에서 얻을 수 있는 고철과 부품만 해도 상당할…."

"고작 고철이나 쓰다 만 부품 따위 건지려고 런던을 여기까지 몰고 온 게 아니야!" 크롬이 밤브레이스의 말을 끊었다. 그는 테라스 가장자리에 둘러쳐진 난간을 잡고 서서 동쪽을 바라봤다. 벌써 눈 덮인 높은 산들이 지평선에 고르고 하얀 치아처럼 모습을 드러내고 있었다. "계속 전진해야만 해. 며칠 안으로 방패벽 사정거리 안에 들어갈 수 있어. 그날을 기념하기 위해 공휴일을 선포하고 길드홀에서 파티를 열 계획까지 이미 세워 놨어. 생각해 봐, 밤브레이스! 완전히 새로운 사냥터가 우리를 기다리고 있다고!"

"하지만 지금쯤 우리가 오고 있는 걸 연맹도 알고 있을 텐데요." 밤브레이스가 다시 한번 경고했다. "우리를 저지하기 위해 만반의 준비를 하고 있을 겁니다."

미래를 생각하는 크롬의 눈이 차갑게 빛났다. "밸런타인에게 이미 명령을 내려 놨어. 반 견인 도시 연맹은 밸런타인이 처리할 거야."

❀   ❀   ❀

런던은 죽은 광역 도시에서 피어오르는 연기를 뒤로 한 채 계속 힘겹게 동쪽으로 전진했다. 캐서린은 여기저기 비에 젖은 채 널브러져 있는 지난밤 축하 파티의 잔해들을 지나 엘리베이터 역 쪽으로 걸어갔다. 흔들리는 갑판 위로 부서진 종이 연등이 바람에 날려 지나갔고, 재활용 분과의 빨간 제복을 입은 사람들이 쓰레기통을 끌고 다니며 버려진 파티 모자와 비에 젖은 현수막을 모으고 있었다. 현수막에 적힌 글씨가 아직 선명했다. '사랑해요, 매그너스 크롬!' '런던 만세!' 캐서린은 바람에 휘날리는 종이 체인을 따라가며 놀고 있는 강아지를 엄한 목소리로 불러 자기 옆에 붙여 걷게 했다. 지금은 장난을 하고 있을 때가 아니었다.

적어도 박물관 내부에만큼은 현수막이나 종이 체인 같은 것이 걸려 있지 않았다. 역사학자들은 엔지니어들이 내놓는 새 발명품을 받아들이는 데 다른 사람들보다 항상 시간이 걸렸다. 이번 메두사의 경우도 마찬가지였다. 어둡고 먼지 가득한 전시관에는 정적이 흐르고 있었다. 도시 하나가 떼죽음을 당한 바로 다음날 아침에 어울리는 분위기였다. 마치 두껍고 부드러운 시간의 커튼이 전시관을 둘러싸고 있는 것처럼 바깥 거리에서 나는 소음들이 이 안에서는 훨씬 작게 들렸다. 조용한 곳에 오니 생각을 정리하기가 한결 쉬웠다. 그래서 처들리 포메로이의 사무실에 도착했을 때쯤에는 무슨 말을 해야 할지 훨씬 더 명확하게 알 것 같았다.

엔지니어리움 안에서 들은 것을 아직 미스터 포메로이에게 이야기할 기회가 없었다. 하지만 미스터 포메로이는 그 전날 밤 클리오 하우스 앞에서 헤어질 때 캐서린이 얼마나 충격을 받은 상태인지 알고 있었다. 그는 캐서린과 강아지가 찾아온 것을 보고도 전혀 놀라는 기색이 아니었다.

"미스터 포메로이." 캐서린이 작은 소리로 입을 열었다. "드릴 말씀이 있어요. 포드 견습생은 여기 있나요? 아무 일도 없죠?"

"물론이죠." 포메로이가 바로 대답했다. "들어와요!"

베비스는 나무를 댄 벽으로 둘러싸인 포메로이의 자그마한 사무실 안에서 캐서린을 기다리고 있었다. 역사학자 길드의 제복을 빌려 입고 서 있는 그의 창백한 대머리가 박물관의 노란 불빛을 받아 계란 껍질처럼 금방이라도 바스라질 것만 같아 보였다. 캐서린은 당장 베비스에게 달려가서 손을 부여잡고 자기 때문에 이렇게 된 것을 사과하고 싶었다. 하지만 베비스 주변에 열 명이 넘는 역사학자들이 몇몇은 서고, 몇몇은 포메로이의 의자 손잡이와 책상에 걸터앉아 캐서린을 바라보고 있었다. 모두 죄 지은 듯한 표정이어서 그녀는 순간 포메로이가 자기를 배반하지 않았나 하는 끔찍한 생각이 들어 등골이 오싹했다.

"걱정하지 말아요." 포메로이가 친절하게 설명했다. "기왕에 포드가 박물관의 손님으로 묵을 거라면 동료 역사학자들한테 포드를 제대로 소개하는 편이 나을 것 같았어요. 여기 이 방에는 시장과 친구 하고 싶은 사람은 하나도 없으니 염려할 것 없어요. 포드 견습생은 우리랑 있고 싶을 때까지 있어도 된다고 모두 합의했습니다."

모여 있던 역사학자들은 캐서린을 위해 베비스 옆에 자리를 비워 줬다. "괜찮아요?" 캐서린이 베비스에게 물었고, 그가 긴장된 웃음을 지어 보이자 그녀는 조금 마음이 놓였다. "그리 나쁘지 않아요." 베비스가 속삭였다. "좀 이상한 느낌이 드는 곳이긴 하지만. 여기저기 목재가 너무 많이 사용된 거라든지 오래된 물건들이 너무 많다든지 하는 게 좀 낯설지만 역사학자들이 굉장히 친절하게 대해 줬어요."

캐서린은 방에 가득 찬 역사학자들을 둘러봤다. 낯선 얼굴들이 많이 보였다. 아켄가스 박사, 카루나 박사, 퓨터타이드 교수, 젊은 미스 포츠, 판화 및 그림 분과의 노먼 난캐로, 그리고 손수건으로 입을 가린 채 재채기를 하고 있는 미스 플림.

"판체르슈타트-바이로이트가 그렇게 파괴되어 버린 것에 대해 이야기하고 있었어요." 포메로이가 뜨거운 코코아 한 잔을 캐서린에게 건네며 말했다. "그 흉측한 메두사라는 물건 말이에요."

"다른 사람들은 모두 메두사가 정말 대단하고 멋진 물건이라고 생각하는 것 같던데…." 캐서린은 씁쓸하게 말했다. "밤새도록 사람들이 '대단한 크롬!'이라고 떠드는 소리가 들렸어요. 우리가 잡아먹히지 않은 것 때문에 모두 안심하게 된 건 이해하지만…. 다른 도시를 잿더미로 만들어 버린 게 기뻐할 일은 아니라고 생각해요"

"정말 끔찍한 재앙이에요!" 아켄가스 박사가 깡마른 손을 초조하게 쥐어짜면서 말했다. "메두사 때문에 생긴 진동으로 내 도자기들에 얼마나 손상이 많이 갔는지!"

"그놈의 도자기가 뭐 그리 대단하다고!" 포메로이가 아켄가스 박사의 말을 도중에 자르면서 끼어들었다. 캐서린의 표정이 심상치 않은 걸 눈치챘기 때문이다. "판체르슈타트-바이로이트가 당한 것에 비하면 아무것도 아니잖소! 거긴 도시 전체가 그냥 숯덩이로 변하고 말았는데!"

"엔지니어들은 오직 올드-테크에만 관심이 있어서 원!" 퓨터타이드 박사가 말했다. "그 길고 긴 역사에서 고작 옛날 기계에만 흥미를 갖다니!"

"대체 고대인들이 그런 기계를 갖고 해낸 일이 뭡니까?" 아켄가스 박사가 또 불평을 했다. "결국 온 세상을 엉망진창으로 만들어 놓고 자기들도 모두 죽고 말았잖아요?"

다른 사람들도 모두 고개를 끄덕였다.

"판체르슈타트-바이로이트에 진짜 괜찮은 박물관이 있었는데…." 카루나 박사가 말했다.

"거기 굉장히 좋은 그림도 몇 점 있던 걸로 알고 있습니다." 난캐로가 맞장구쳤다.

"30세기 가구 제작 기술을 알 수 있는 거의 유일한 유물도 있었다고요!" 미스 플림이 울먹이며 말하다가 결국 아켄가스 박사의 깡마른 어깨에 얼굴을 파묻은 채 울음을 터뜨리고 말았다.

"미스 플림을 이해해 줘요, 캐서린 양." 포메로이가 속삭였다. "오늘 아침에 끔찍한 소식을 들었거든요. 크롬이 박물관에 소장 중인 가구 수집품들을 부서서 모두 연료로 사용하겠다고 선언했어요. 미치광이처럼 동쪽으로 내달리는 바람에 연료 부족 사태가 온 거죠."

솔직히 캐서린은 그 순간 가구니 도자기니 하는 것들이 어떻게 되든 관심 없었지만 적어도 크롬 시장의 행동이 끔찍하다고 생각하는 사람이 자기만은 아니라는 걸 알게 돼서 기뻤다. 그녀는 숨을 크게 들이쉰 다음 자신과 베비스가 엔지니어리움에 갔을 때 들었던 이야기를 간단히 전했다. 메두사에 관한 일, 그리고 크롬의 거대한 계획 중 다음 단계가 방패벽 공격이라는 게 주요 내용이었다.

"어떻게 그럴 수가⋯." 캐서린이 말을 끝내자 방을 메운 역사학자들이 놀라서 수군거렸다.

"샨 구오는 유서 깊고 위대한 문명을 이뤄 왔는데⋯. 반 견인 도시 연맹이든 아니든 상관없이, 바트뭉크 곰파를 숯덩이로 만드는 건 말도 안 돼!"

"거기 있는 사찰들은 모두 어떻게 되는 거야!"

"도자기는 어떻고!"

"제사용 바퀴들은⋯."

"가구는⋯."

"죽게 될 사람들은 어떻고요! 그걸 생각해 보세요!" 캐서린이 화난 목소리로 외쳤다. "어떻게든 막아야 해요!"

"맞아, 맞아!" 모두 그녀의 말에 동의했다. 그러더니 그녀를 물끄러미 바라봤다. 무려 20년 동안이나 크롬이 시장 노릇을 하고 나니 엔지니어 길드에 어떻게 대항해야 할지 아무 생각도 할 수 없게 된 것 같았다.

"하지만 우리가 할 수 있는 일이 뭐가 있겠어?" 마침내 포메로이가 물었다.

"사람들한테 무슨 일이 벌어지고 있는지 알려야 해요." 캐서린이 대답했다. "미스터 포메로이는 역사학자 길드의 임시 회장이시잖아요. 위원회 회의를 소집하세요! 크롬의 계획이 얼마나 잘못된 것인지 모든 사람들이 깨닫게 해야죠!"

포메로이는 고개를 저었다. "사람들은 우리가 하는 말을 들으려 하지도 않을 거예요, 미스 밸런타인. 밸런타인 양도 어젯밤 사람들이 지르는 환호성을 들었잖아요."

"하지만 그건 판체르슈타트-바이로이트가 우리를 먹으려 했기 때문이었어요! 크롬이 그 무기로 다른 도시를 또 공격하려 한다는 걸 사람들이 알게 되면…."

"더 크게 환호성을 올리겠지." 포메로이가 한숨을 쉬면서 말했다.

"크롬은 길드마다 자기편 사람들을 임원으로 앉혀 놨어요." 카루나 박사가 말했다. "옛날의 현명한 길드 회원들은 모두 사라져 버렸죠. 죽었거나, 은퇴했거나, 크롬 명령으로 체포되었거나. 우리 길드의 견습생들까지도 올드-테크라면 사족을 못 쓰게 됐으니…. 특히 자기 심복 밸런타인을 길드 회장으로 앉힌 다음엔 더…. 아, 미스 밸런타인, 딱히 미스터 밸런타인을 욕하려는 게 아니라…."

"아빠는 크롬의 심복이 아니에요." 캐서린이 화난 목소리로 말했다. "전 확신해요! 크롬이 무슨 계획을 세우고 있는지 아빠가 아셨다면 절대 돕지 않았을 거예요. 아마 그 때문에 지금 정찰 비행을 핑계로 아빠를 어디론가 보내 버린 건지도 몰라요. 아빠가 반대할까 봐 두려워서였겠죠. 아빠가 돌아오셔서 상황을 파악하고 나면 어떻게든 방법을 생각해 내실 거예요. 메두사를 처음으로 찾아낸 게 바로 아빠였어요. 그 많은 사람들을 죽이는 데 메두사가 사용됐다는 걸 알면 아빠도 끔찍해하실 거예요. 어떻게 해서든 일을 바로잡으실 거라고요. 틀림없어요!"

캐서린이 너무나 자신감에 차서 열정적으로 이야기했기 때문에 일부 역사학자들은 그녀의 말에 수긍하고 고개를 끄덕였다. 심지어 크롬이 밸런타인을 회장으로 앉히면서 승진 기회를 놓쳤던 카루나 박사 같은 사람들까지도 고개를 끄덕였다. 베비스는 반짝이는 눈으로 캐서린을 바라보면서 뭐라고 이름 붙일 수 없는 감정에 휩싸였다. 학습 실험실에서는 한 번도 배운 기억이 없는 그런 감정이었다. 그 강한 감정 때문에 베비스는 온몸이 떨려 왔다.

캐서린의 열변이 끝난 후 정적을 깨고 처음 입을 연 사람은 포메로이였다. "미스 밸런타인이 하는 말이 맞기를 바랍니다. 시장한테 도전할 꿈이라도 꿀 수 있는 사람은 현재 미스터 밸런타인뿐이니까요. 미스터 밸런타인의 귀환을 기다립시다."

"하지만…."

"그때까지 미스터 포드를 이곳 박물관에 안전하게 은신시키겠습니다. 위층에 있는 교통 전시관에서 자면서 난캐로 박사가 예술품 리스트 만드는 걸 도우면 돼요. 그리고 엔지니어들이 수색을 시작하면 숨을 곳도 마련해 보죠. 이게 크롬한테 별 타격을 주지 못할거란 건 나도 알지만 캐서린, 부디 이해해 주길 바랍니다. 우린 모두 공포에 질린 늙은이들일 뿐이에요. 우리가 할 수 있는 일은 그 이상은 없어요."

26
바트뭉크 곰파

항상 변화하는 것이 세상이다. 물론 하늘 아래 새로운 건 없
지만. 역사학자 견습생이 되면 제일 먼저 배우는 게 바로 세상은 항
상 변화하고 있다는 사실이다. 그러나 이제 세상이 너무 빠르게 변
하고 있어서 그 변화를 눈으로 확인할 수 있을 정도가 되었다. 제니
하니버의 비행갑판에 선 톰은 대 사냥터의 드넓은 동쪽 평야 지대
여기저기에서 빠른 속도로 이동 중인 도시와 타운들을 내려다보고
있었다. 도시들은 북쪽 하늘을 멍들게 했던 그 빛의 정체가 무엇이
든 간에, 각자 바퀴와 엔진이 허락하는 한도 내에서 최대한 빨리 그
빛으로부터 멀어지는 게 살길이라고 판단한 듯했다. 도망가는 데 너
무 열중한 나머지 서로 사냥하는 데에도 별 관심이 없는 것 같았다.

 "메두사라…." 톰은 미스 팽이 저 멀리 아직 불꽃이 튀고 있는 연
기 기둥을 바라보며 중얼거리는 걸 들었다.

 "메두사가 도대체 뭐죠?" 헤스터가 물었다. "미스 팽은 그게 뭔

지 대강 알고 계신 거죠? 엄마 아빠를 죽음으로 몰고 간 바로 그 것!"

"나도 몰라." 안나 팽이 답했다. "그게 뭔지 알면 나도 정말 좋겠는데…. 하지만 그 이름을 들어 본 적은 있어. 6년 전 일이지. 그때 연맹의 스파이 한 명이 런던에 침입했어. 런던과의 무역을 허가받은 비행선 선원으로 가장해서. 그 스파이가 런던에서 뭔가를 발견한 것 같기는 해. 하지만 그게 뭔지 우린 끝내 알 수 없었어. 그 스파이가 보낸 마지막 메시지는 단 두 마디뿐이었으니까. '메두사를 조심하라!' 그 스파이는 결국 엔지니어들한테 잡혀 죽고 말았지."

"그걸 어떻게 알아냈어요?" 톰이 물었다.

"런던에서 그 스파이의 머리를 보냈거든." 미스 팽이 말했다.

그날 밤 미스 팽은 도망가던 타운 한 곳에 제니 하니버를 착륙시켰다. 페리파테티아폴리스(Peripatetiapolis)라는 이름의 갑판 네 개짜리 견인 도시였는데 카자크해 너머에 있는 산악 지대로 숨으러 가는 중이라고 했다. 비행선 항구에서 일행은 판체르슈타트-바이로이트에 무슨 일이 벌어졌는지 더 자세히 들을 수 있었다.

"내 눈으로 직접 봤어." 한 비행사가 말했다. "100마일이나 떨어진 곳에 있었는데도 다 보이더라고. 런던의 최상층 갑판에서 뻗어 나온 불의 혀가 닿는 곳마다 죽음뿐이었지."

"런던이 60분 전쟁에서 사용했던 유물들을 파낸 것 같아요." 한 프리랜서 고고학자가 말했다. "옛 아메리카 제국은 말기에 가서 상당히 광적으로 변했죠. 끔찍한 무기들에 대한 이야기를 많이 들었는데, 우주 공간에서 에너지를 끌어다 쓰는 양자 에너지 빔이라든가… 뭐 그런 거….”

“고분고분 말을 듣지 않으면 어떤 도시든 저렇게 숯덩이로 만들 힘을 크롬이 갖게 됐으니 이제 누가 런던에 맞서겠어?” 페리파테티아폴리스의 한 상인이 두려움이 밴 목소리로 말했다. “런던이 ‘이리 와 봐, 우리가 한입에 삼켜 줄게.’ 하고 말하면 안 갈 도리가 없게 됐잖아. 이제 완전히 다른 세상이 되어 버렸어.”

그러나 한 가지 좋은 점이 있기는 했다. 페리파테티아폴리스 사람들이 갑자기 톰이 가진 런던 화폐를 높이 쳐 주기 시작한 것이다. 그는 충동적으로 빨간색 실크 스카프를 샀다. 헤스터를 내장 갑판에서 추격하던 날 밤 그녀가 잃어버린 스카프 대신 헤스터에게 선물하고 싶어서였다. 그 모든 것이 이제는 아주 오래된 옛일처럼 느껴졌다.

“나한테 주는 거야?” 톰이 선물을 내밀자 헤스터는 믿기지 않는다는 듯 물었다. 그녀는 선물이라는 걸 받아 본 기억이 없었다. 블랙 아일랜드를 떠난 이후 헤스터는 톰에게 별로 말을 하지 않았다. 그 전날 톰에게 무턱대고 화낸 것이 미안해서였다. 하지만 이제 작은 소리로 톰에게 말을 건넸다. “선물 고마워. 그리고 내 목숨을 구해 준 것도 고마워. 귀찮을 텐데 네가 왜 계속 날 살려 주는지 알 수 없지만 말이야.”

"네가 스토커가 되고 싶지는 않을 거라 생각했어." 톰이 말했다.

"스토커가 되고 싶었어. 그렇게 됐다면 모든 게 쉽고 간단해졌을 거야. 하지만 네가 한 행동이 옳았어." 헤스터는 갑자기 부끄러워져서 스카프를 내려다봤다. "나도 좋은 사람이 되려고 노력은 해." 그녀가 말했다. "나를 괜찮게 생각한다는 느낌을 준 사람이 지금까지는 없었어. 너처럼 말이야. 네가 원하는 것처럼 나도 친절하고 웃음 짓는 얼굴을 하고 싶어. 하지만 내 얼굴이 어딘가에 비친 걸 보게 되거나 그놈 생각이 나면 모든 게 허사로 돌아가고 말아. 그럴 때면 나쁜 생각만 들고, 너한테 소리 지르고, 네 마음을 상하게 하고… 그렇게 돼. 미안해."

"괜찮아." 톰은 어색하게 말했다. "다 알아. 괜찮아." 톰은 헤스터가 손에 들고 있던 스카프를 집어서 그녀의 목에 조심스럽게 둘러줬다. 그러나 헤스터는 곧바로 스카프를 올려서 자신의 입과 코를 가렸다. 톰은 묘하게 슬퍼졌다. 그 사이 헤스터의 얼굴에 익숙해진 톰은 스카프로 가려진 얼굴을 보면서 그녀의 비뚤어진 미소가 그리울 것 같다는 생각을 했다.

일행은 동이 트기 전에 출발해서 구겨진 갈색 종이처럼 보이는 가파른 언덕들 위를 날아갔다. 가면 갈수록 더 높은 산들이 나타났고, 얼마 지나지 않아 톰은 자신이 대 사냥터에서 완전히 빠져나왔다는 것을 깨달았다. 저녁때쯤 되자 제니 하니버는 웬만한 견인 도시들은 엄두도 못 낼 험한 지형 위를 날고 있었다. 톰은 소나무와 진달

래꽃이 우거진 숲 사이로 소규모 농경지 옆에 작은 정착 마을들이 형성되어 있는 것을 보았다. 한번은 산꼭대기에 하얀색의 정착 타운이 서 있는 것도 봤다. 거기서 사방으로 뻗은 길들이 자전거 바큇살처럼 퍼져 나갔다. 수레가 다니고, 교차하는 곳마다 밝은 색의 깃발이 펄럭이는 진짜 길들이었다. 그는 그 길들이 보이지 않을 때까지 바라봤다. 역사 시간에 진짜 길들에 대해 배운 적은 있지만 직접 보게 될 거라고는 꿈에도 생각지 못했다.

다음 날, 안나 팽은 톰과 헤스터에게 불그스름한 반죽으로 만든 공 같은 것을 줬다. "반당나무 열매를 빻아서 누에바 마야에서 온 마른 잎 몇 종류와 섞은 거야. 이렇게 높은 고도로 올라왔을 때 씹으면 좀 도움이 돼. 하지만 습관이 되면 곤란해. 이빨이 나처럼 빨개지고 말거든." 모래알을 씹는 것 같은 감촉에 입안이 얼얼했지만, 비행선이 높이 올라갈수록 심해지던 현기증과 구토증이 가시는 것 같았다. 그리고 부러진 갈비뼈로 인한 가슴 통증도 좀 줄어들었다.

눈 덮인 산꼭대기에 제니의 그림자가 작게 비쳤다. 앞에는 그보다 더 높은 산들이 버티고 서서 구름 위로 신기루처럼 자태를 드러내고 있었다. 그 산들 뒤로는 그보다 한층 더 높은 산이, 그리고 그 뒤로는 그보다 더 더 높은 산들이 계속되고 있었다. 톰은 눈을 가늘게 뜨고 남쪽 하늘을 자세히 살폈다. 고대인들이 에베레스트라고 불렀던 초모룽마산을 볼 수 있을까 해서였다. 그러나 히말라야 산맥 높은 쪽에 폭풍이 일고 있어서 초모룽마는 구름에 싸여 보이지 않았다.

제니 하니버는 눈과 빙하의 흰색, 그리고 어린 산들의 검은색만이 보이는 흑백의 세상을 3일 동안 비행했다. 그 사이 비행갑판을 떠나지 못하고 앉은 채로 잠깐씩 눈을 붙이는 안나 팽 옆에서 톰과 헤스터가 비행선을 조종하기도 했다. 그렇게 3일 밤낮을 계속 위로 올라가면서 비행했지만 여전히 고도는 더 높아지고 있었다. 그러던 어느 날 일행은 마침내 잔샨 고봉의 중봉 언저리를 지나갔다. 지구에서 새로 솟은 산 중 가장 높은 잔샨 고봉은 끝이 보이지 않게 치솟아 있었다. 잔샨을 지나고 나니 산들은 훨씬 낮아지고 풍경은 더욱 아름다워졌다. 눈 덮인 산들 사이로 가끔씩 초록색 골짜기들이 펼쳐졌고 동물들이 떼 지어 다니다가 비행선에서 나는 소리에 놀라 이리저리 흩어지곤 했다. 그곳은 극락 산맥이라 부르는 지역이었는데 산줄기가 북쪽과 동쪽으로 뻗다가 냉대 스텝 지역이나 타이가 지역으로 변하기도 하고 아무도 지나갈 수 없는 넓은 늪지대를 형성하기도 했다.

"이곳이 바로 말들의 고향인 샨 구오야." 안나 팽이 톰과 헤스터에게 말했다. "내가 연맹을 위해 할 수 있는 일을 다 하고 나면 이곳으로 은퇴하려고 했어. 그런데 이젠 런던한테 다 먹혀 버릴지도 모른다니…. 우리 요새가 날아가고, 정착촌들은 모두 잡아먹히고, 푸르른 언덕은 배를 찢겨 품고 있던 광물을 토해 내고, 말들은 멸종하고…. 이곳도 세상의 다른 곳과 마찬가지가 될 운명이라니…."

톰은 그것이 그리 나쁜 일은 아니라고 생각했다. 결국 견인 도시들이 전 세계를 지배하게 되는 것은 자연의 법칙이었기 때문이다. 하지만 그녀가 설사 스파이에다 반 견인 도시주의자라 할지라도 미스 팽은 좋아하지 않을 수가 없었다. 그래서 미스 팽을 위로하기 위해 톰은 "메두사가 아무리 위력이 세다 해도 런던이 저 거대한 산들을 모두 갉아 내고 여기까지 오려면 상당한 시간이 걸릴 거예요."라고 말했다.

"일일이 다 갉아먹지 않아도 될 거야." 미스 팽이 답했다. "저길 봐!"

톰은 그녀가 가리키는 쪽을 봤다. 그곳에 산들 사이로 난 틈새가 보였다. 견인 도시가 바퀴를 이용해 들어올 수 있을 만큼 널찍한 통로였다. 다만 통로처럼 난 그곳을 가로질러 커다란 장애물이 서 있었는데, 너무 커서 무심코 봐서는 산이 솟아 있는 것처럼 보였다. 그것이 바로 방패벽이었다.

방패벽은 마치 밤의 장막 같아 보였다. 화산암 덩어리를 쌓아 올리고 감히 용감하게 방패벽에 도전했다가 막강 로켓 발사대의 공격으로 요절이 난 견인 도시들의 녹슨 갑판들로 덮인 그곳은 어디를 보나 검은색뿐이었다. 계곡 바닥에서 4000피트 높이로 솟아오른 방패벽의 눈 덮인 꼭대기에는 부서진 바퀴 그림이 그려진 커다란 깃발이 바람에 펄럭이고 있었다. 중무장한 기관총 발사대와 그곳을 순찰하는 연맹군의 철모에 햇빛이 반사되어 반짝였다.

"보이는 것만큼 실제로도 강하다면…." 미스 팽은 한숨을 쉬면서 제니 하니버의 조정간을 돌려 방패벽 가까이 다가갔다. 모터가 달린 연보다 그리 크지 않은 작은 비행물체가 곧바로 출두했다. 미스 팽이 그 비행물체의 조종사와 무전기로 몇 마디 나누자, 비행물체는 제니 주변을 한 바퀴 돈 다음 방패벽 너머로 안내했다. 톰은 총구멍이 난 널찍한 흙벽과 비행선 쪽을 올려다보는 병사들의 얼굴을 내려다봤다. 도시진화론에 대항해 싸우고 있는 정착촌 전체에서 모인 듯 그들의 얼굴색은 노란색, 갈색, 검정색, 흰색 등으로 다양했다. 그러다가 다음 순간 그들은 더 이상 보이지 않았다. 제니가 방패벽의 동쪽으로 넘어가 고도를 낮췄기 때문이다. 톰은 방패벽의 동쪽 면 자체가 도시라는 것을 깨달았다. 수직으로 만들어진 도시. 검은 바위를 깎아 만든 수백 개의 테라스와 발코니, 그리고 창문들이 보였다. 층층이 상점과 군 기지, 민가들이 자리 잡고 있었고, 꽃잎 같은 오색찬란한 연들이 그 사이를 오르락내리락하고 있었다.

"바트뭉크 곰파야." 미스 팽이 말했다. "영원한 힘의 도시라는 뜻이지. 뭐 이 도시를 그렇게 부르는 사람들은 물론 메두사에 대해 들어 보지도 못 했겠지만."

아름다운 도시였다. 항상 정착촌은 더럽고 누추하고 낙후된 곳이라고만 배워 왔던 톰은 비행선의 유리창에 붙어서 눈이 빠져라 바깥 구경을 했다. 헤스터도 다가와 유리창에 얼굴을 대고 섰다. 베일 뒤에 숨어서, 소녀다운 몸짓으로 "야! 오크 아일랜드 절벽에 있던 바닷새들 둥지랑 비슷해!" 하고 소리쳤다. "저길 봐! 저길!" 방패벽

밑에서 호수가 청옥처럼 푸르게 빛나고 그 위를 돛을 단 유람선들이 떠다니고 있었다. "톰, 수영 가자. 내가 가르쳐 줄게."

제니 하니버는 다른 무역선들과 함께 방패벽 중간쯤에 있는 항구에 정박했다. 미스 팽은 기다리고 있던 기구로 톰과 헤스터를 안내했다. 일행을 태운 기구는 위로 올라가면서 공원과 찻집을 지나 총독 관저로 향했다. 바트뭉크 곰파라는 이름의 유래가 된 고대 수도원에 자리 잡은 총독 관저는 방패벽 가장자리의 가파른 곳을 깎아 만들었는데 흰색 벽과 수많은 유리창이 인상적이었다. 총독 관저 밑에 위치한 착륙대에 다른 기구들도 속속 모여들고 있었다. 산 위로 떠오른 햇빛을 받아 밝게 빛나는 기낭들에 매달려 있는 바구니들 중 하나에서 캡틴 코라가 손을 흔들었다.

그들은 착륙대에서 만났다. 캡틴 코라는 톰이 탄 기구가 도착하자마자 달려와서 미스 팽을 껴안고 반갑게 인사를 나눈 후 나머지 일행들이 곤돌라에서 내리는 것을 도왔다. 슈라이크의 공격이 있었던 바로 다음 날 아침 에어헤이븐에서 이곳으로 날아왔다는 캡틴 코라는 톰과 헤스터가 살아 있는 걸 보고 놀라면서도 무척 기뻐했다. 미스 팽 쪽으로 고개를 돌리며 그가 말했다. "총독과 부하들이 당신의 보고를 눈이 빠지게 기다리고 있어요, 펭후아! 런던에 대한 끔찍한 소문이 들려오던데…."

이렇게 낯선 곳에서 아는 사람을 만나니 반가웠다. 톰은 일행을 이끌고 긴 계단을 따라 총독 관저로 올라가는 코라에게 다가갔다.

그는 아래쪽 플랫폼에서 날렵한 아체베 2100 모델을 본 기억이 나서 "항구에서 소가죽 꼬리날개 받침대를 단 비행선을 봤는데 그 비행선이 혹시 선장님 건가요?" 하고 물었다.

코라는 재미있다는 듯 큰 소리로 웃었다. "그 낡아 빠진 비행트럭 말이니? 아니야, 다행히도! 내 모켈레 음벰베는 전투비행선이란다, 톰. 연맹 가입국은 모두 비행선을 이곳 노던 비행 함대에 보내도록 되어 있어. 노던 비행 함대는 다른 곳에 모여 정박하고 있지, 바로 저기 위에." 그는 걸음을 멈추고 위를 가리켰다. 멀리 방패벽 정상 부근에 동으로 만든 문이 반짝이는 게 보였다.

"꼭대기 요새야. 언제 한번 구경시켜 줄게." 무장한 승려들이 지키는 문을 지나 선선한 느낌이 드는 돌로 된 복도로 일행을 안내하며 미스 팽이 약속했다. "연맹의 위대한 전투 함대는 '하늘의 불가사의'라는 별명이 붙을 정도로 큰 자랑거리이긴 하지만 지금은 구경할 수 없어. 먼저 칸 총독께 헤스터 이야기부터 들려드려야 하거든."

❊ ❊ ❊

에르메네 칸 총독은 양을 연상시키는 길고 우수에 잠긴 얼굴의 친절한 노인이었다. 그는 자신이 사적인 공간으로 사용하는 곳으로 일행을 안내한 다음 차와 꿀케이크를 대접했다. 둥그런 창문 너머로 저 아래에 조각보처럼 펼쳐진 농지와 반짝이는 바트뭉크 노르 호수가 보이는 방이었다. 칸 총독 일가는 지난 1000년간 방패벽을 방어해 왔다. 그는 바트뭉크 곰파가 보유한 모든 총과 로켓들이 갑자기 아무 쓸모도 없어졌다는 소식을 듣고 실감을 못 하는 것 같았다. 그는 "어떤 견인 도시도 바트뭉크 곰파를 통과할 수 없어."라는 말만 되풀이하며 앉아 있었다. 방은 이내 미스 팽의 조언을 듣고 싶어 하는 장교들로 가득 찼다. "친애하는 펭후아, 런던이 감히 이곳에 접근하면 바로 요절을 내 버릴 거요. 사정거리 안에 들어오는 즉시 쾅!"

"하지만 그게 바로 제가 하려는 말이에요!" 미스 팽이 참지 못하고 소리쳤다. "런던은 바트뭉크 곰파가 보유하고 있는 총이나 로켓의 사정거리 안에 들어올 필요가 없어요. 크롬은 런던을 수백 마일밖에 세운 채 여러분의 소중한 방어벽을 재로 만들어 버릴 거예요! 헤스터 이야기를 들었잖아요. 밸런타인이 헤스터 어머니한테서 훔쳐 간 기계는 고대 무기의 일부였을 거예요. 판체르슈타트-바이로이트가 겪은 참사는 바로 엔지니어 길드에서 그 무기를 복구했다는 증거고요."

"네, 네." 포병장교가 말했다. "말씀은 그렇게 하십니다만, 60분 전쟁 이후로 묻혀 있던 것을 크롬이 다시 복구했다는 게 사실일까요? 어쩌면 판체르슈타트-바이로이트는 사고로 그렇게 된 건지도 몰라요."

"맞아!" 칸 총독이 지푸라기라도 잡는 심정으로 그 의견에 동조했다. "운석이라든가, 가스 누출 사고라든가…." 기다란 턱수염을 쓰다듬는 그의 모습을 보고 있자니 톰은 런던 박물관의 늙은 역사학자들이 생각났다. "어쩌면 런던은 여기 오지 않을지도 몰라…. 다른 사냥감을 노리고 있는지도 모르고…."

그러나 펭후아의 보고를 믿을 자세가 되어 있는 장교들도 있었다. "크롬이 이쪽으로 오고 있는 건 틀림없습니다." 케랄라에서 온 여비행사가 말했다. 톰보다 그다지 나이가 많은 것 같지도 않았다. "그저께 서쪽으로 정찰 비행을 나갔었어요, 펭후아." 존경스러운 눈으로 펭후아를 바라보며 그녀는 말을 이었다. "그 야만 도시는 500마일도 채 떨어지지 않은 곳까지 다가와 있었고 지금도 빠른 속도로 이동하고 있습니다. 내일 밤이면 바트뭉크 곰파가 메두사의 사정거리 안에 들어갈 수도 있어요."

"그리고 최근 산중에서 검은 비행선을 봤다는 보고들이 들어오고 있습니다." 캡틴 코라가 말했다. "그 비행선의 정체를 파악하기 위해 파견된 비행선들은 한 대도 돌아오지 않고 있습니다. 제 추측으로는 밸런타인의 13층 엘리베이터일 듯합니다. 우리 도시들을 정탐하러 왔을 겁니다."

밸런타인! 역사학자 길드의 회장이 샨 구오의 심장부에 출몰한다는 이야기를 듣고 톰의 가슴은 자부심과 공포가 묘하게 뒤섞여 마구 뛰기 시작했다. 톰 옆에 서 있던 헤스터도 밸런타인의 이름을 듣자 긴장했다. 톰은 헤스터를 쳐다봤지만 그녀의 눈은 톰을 지나 열려 있는 창문 밖을 내다보고 있었다. 마치 13층 엘리베이터가 지나가는 걸 볼 수 있기라도 한 듯 헤스터는 산 쪽을 뚫어져라 쳐다보고 있었다.

"어떤 견인 도시도 바트뭉크 곰파를 통과할 수는 없어." 칸 총독이 재차 강조했다. 조상들이 지어 놓은 방어벽에 대한 신뢰를 다시 한 번 확인하려 했지만 그의 목소리에는 이미 확신이 사라진 후였다.

"총독님, 비행 함대를 출동시켜야 합니다." 미스 팽이 앉은 자리에서 몸을 앞으로 기울이며 힘주어 말했다. "메두사를 사정거리 안으로 가져오기 전에 런던을 폭격하세요. 확실한 방법은 그것뿐이에요."

"안 돼요!" 톰이 소리쳤다. 너무 급하게 일어나는 바람에 의자가 뒤로 넘어지면서 큰 소리를 냈다. 미스 팽이 지금 한 말을 믿을 수 없었다. "여기 사람들에게 경고를 하러 온다고 했잖아요! 런던을 공격할 수는 없어요! 사람들이 다칠 거예요! 무고한 사람들이요!" 그는 캐서린을 생각하고 있었다. 연맹의 로켓탄들이 클리오 하우스와 박물관에 가서 터지는 모습을 상상했다. "약속했잖아요." 그는 작은 목소리로 덧붙였다.

"펭후아는 야만인과 약속 같은 거 하지 않아요." 케랄라 출신 여비행사가 잘라 말했다. 그러나 미스 팽이 그녀의 말을 가로막았다. "그냥 내장 갑판과 바퀴 부분만 폭격할 거야, 톰. 그리고 메두사가 있는 최상층 갑판하고. 무고한 사람들을 해치는 건 우리도 싫어. 하지만 야만 도시가 우리를 위협하는데 우리라고 가만히 앉아서 당하고만 있을 수는 없잖아?"

"런던은 야만 도시가 아니에요!" 톰이 다시 소리쳤다. "야만인들은 바로 당신들이에요! 런던이 바트뭉크 곰파를 먹어선 안 될 이유가 어디 있나요? 그게 싫다면 오래 전에 당신들 도시에도 바퀴를 달았어야죠. 다른 문명 도시들처럼 말이에요!"

몇몇 장교들이 톰에게 입 닥치라고 소리치기 시작했고 케랄라의 여비행사는 칼을 빼 들기까지 했지만 미스 팽은 몇 마디 말로 그들을 진정시킨 뒤 참을성 있는 미소를 띤 채 톰을 보며 말했다. "이 방에서 나가 있는 게 좋겠다, 토머스. 조금 있다 내가 갈게."

바보같이 눈물이 나서 톰의 눈이 따끔거렸다. 물론 바트뭉크 곰파 사람들이 안됐다는 생각이 들지 않는 건 아니었다. 그들이 야만인이 아니라는 건 톰이 봐도 금방 알 수 있었고, 그들이 사냥감으로 잡아먹힐 만한 짓을 했다고도 생각하지 않았다. 그러나 자기 고향을 공격할 계획을 짜는데 그냥 앉아서 듣고만 있을 수는 없었다.

톰은 헤스터가 자기 편을 들어 주지 않을까 하는 희망을 갖고 그쪽을 쳐다봤다. 그러나 그녀는 혼자 생각에 빠져 빨간 베일 속 자기 상처를 만지작거리고 있었다. 헤스터는 죄책감을 느끼며 자기 자신이 너무나 바보 같다는 생각을 하고 있었다. 톰과 함께 비행을 하면서 행복해하던 자기 모습에 죄책감이 들었다. 밸런타인이 죗값을 치르지 않고 마음대로 활보하고 있는데도 행복해하다니…. 있을 수 없는 일이었다. 그리고 톰이 스카프를 선물로 줬을 때 그가 자기를 정말 좋아하고 있을지도 모른다는 희망을 가졌던 것 역시 바보 같았다. 밸런타인을 생각하니 아무도 자기를 좋아할 수 없다는 사실이 다시 기억났다. 이 세상 누구도 결코 자신을 좋아할 수 없는 것이다. 톰이 자신을 쳐다보고 있는 걸 깨닫고 헤스터는 이렇게 내뱉었다. "런던 사람들이 모두 죽어도 난 상관없어. 밸런타인만 내 손으로 죽일 수 있다면."

톰은 그녀에게서 등을 돌리고 그 방에서 살그머니 빠져나갔다. 미닫이문이 닫히는 순간 케랄라의 여비행사가 "야만인!"이라고 말하는 소리가 들렸다.

톰은 혼자서 이곳저곳을 배회하다가 택시 영업을 하는 기구들이 정박해 있는 테라스까지 걸어갔다. 톰은 돌 벤치에 앉아 머리끝까지 치밀어 오르는 분노와 배신감에 몸을 떨면서 미스 팽에게 해 줬어야 하는 말들을 되뇌었다. 왜 그런 말들은 해야 할 순간에는 전혀 생각나지 않다가 한참 후에야 떠오르는지 모를 일이었다. 아래로는 바트뭉크 곰파의 지붕과 테라스들이 눈 덮인 산들의 하얀 어깨 그늘 밑까지 뻗어 내려가고 있었다. 톰은 여기 살면서 아침마다 창밖으로 같은 풍경을 보며 잠에서 깨면 어떤 느낌일지 상상해 봤다. 방패벽 사람들은 어디론가 이동하며 다른 풍경을 보고 싶은 욕구가 들지 않을까? 엔진이 돌아가면서 발생하는 묵직한 진동 없이 밤에 어떻게 잠들 수 있을까? 여기 사람들은 이곳을 사랑하는 걸까? 그 순간 톰은 이 분주하고 오색찬란하며 유서 깊은 도시가 런던의 바퀴 밑에서 폐허로 변하고 말 거라는 생각에 무척 슬퍼졌다.

톰은 더 많은 것을 보고 싶었다. 가장 가까이 있는 기구 택시로 다가간 톰은 손짓 발짓으로 자기가 미스 팽과 같이 온 사람이고 도시의 아래쪽으로 내려가고 싶다는 것을 가까스로 이해시켰다. 택시 기사는 씩 웃더니 근처에 쌓여 있는 돌을 가져다가 곤돌라에 실어 무게를 늘리기 시작했다. 얼마 지나지 않아 톰은 수많은 집과 가게들을 지나 아래로 아래로 내려갔다. 택시 기사는 톰을 일종의 중앙 광장 같은 곳에 내려 줬다. 그곳은 손님을 태우고 내리는 기구 택시들로 붐볐고 여러 개의 계단들이 방패벽 표면을 따라 사방으로 뻗어 있었다. 위로 올라가는 계단에는 꼭대기 요새로 간다는 표지가 붙어 있었고, 아래쪽으로 난 계단은 가게들과 아래층에서 열리는 시장 쪽으로 이어진 것 같았다.

메두사에 관한 소문이 바트뭉크 곰파에 빠르게 퍼지고 있었다. 집과 가게에 내려진 셔터들만 봐도 벌써 많은 사람들이 남쪽으로 피신한 것을 알 수 있었다. 그러나 그보다 더 아래층에는 아직 사람들이 많았다. 해가 방패벽 뒤로 넘어갈 즈음까지 톰은 분주한 전통 시장과 가파른 사다리 길들을 따라 이곳저곳을 헤매고 다녔다. 길모퉁이마다 점술가들의 가판대와 다 타들어 간 향에서 날리는 먼지로 가득한 하늘신 사당들이 보였다. 중앙 광장에선 사나운 얼굴을 한 위구르 곡예사들이 재주를 넘고 있었고, 어디에나 반 견인 도시 연맹의 군인과 비행사들이 보였다. 거인 같은 체구의 슈피츠버겐 출신 금발 용사들, 달의 산맥에서 온 칠흑같이 검은 전사들, 안데스 산맥의 정착촌에서 온 체구가 작고 짙은 갈색 피부를 한 사람들, 그리고 라오스와 안남 지역 정글에서 온 화염처럼 붉은 사람들….

톰은 이 젊은이들 중 몇몇이 곧 런던에 로켓을 떨어뜨릴 사람들이라는 사실을 잊기 위해 노력했고, 얼마 지나지 않아 수많은 얼굴들과 알아들을 수 없는 언어의 홍수를 즐기기 시작했다. 가끔 누군가가 "톰!" 혹은 "토머스!" 혹은 "타오-마!" 하고 자기를 가리키면서 친구들과 이야기를 나누기도 했다. 톰이 슈라이크와 벌였던 싸움 이야기는 무역 도시에서 무역 도시를 따라 번져 나가 톰이 도착하기도 전에 이미 이곳 바트뭉크 곰파까지 퍼져 있었다. 하지만 톰은 별로 신경 쓰지 않았다. 그 사람들이 말하는 토머스는 자신과 다른 토머스라는 느낌이 들었기 때문이다. 그 토머스는 용감하고, 강하고, 무슨 일을 해야 하는지 정확히 알고 있고, 마음속에 아무런 의혹도 품지 않은, 자신과는 전혀 다른 사람이었다.

톰이 다시 총독 관저로 돌아가 헤스터를 찾아 볼까 생각하고 있는데 어떤 키 큰 사람이 근처 계단을 따라 올라오는 게 보였다. 해진 붉은색 외투를 입고 깊숙이 눌러쓴 후드로 얼굴을 가린 채 한 손에는 기다란 지팡이를 짚고 어깨에는 짐 하나를 메고 있었다. 톰은 세상을 떠돌아다니며 수행하는 비슷한 차림의 사람들을 오늘만도 벌써 여러 명 본 터였다. 그들은 산의 신을 섬기면서 산 위로 난 통로를 따라 여러 도시들을 방문하고 다녔다.(안나 팽은 제니 하니버가 정박한 곳에서 이런 사람들 중 한 명을 만나자 허리를 굽혀 그 사람의 발에 입을 맞추고 납동전 여섯 개를 주면서 제니 하니버를 축복해 달라고 부탁했다.) 그러나 지금 계단을 내려오는 이 사람은 좀 달랐다. 그 사람의 뭔가가 톰의 시선을 끌더니 좀처럼 놔 주지 않았다.

그는 그 붉은 외투를 따라가기 시작했다. 수천 가지 놀라운 향기로 가득한 향신료 시장을 지나 아래로 내려가서 바구니 거리로 들어섰다. 가게마다 바깥에 내놓은 키 작은 막대에 바구니들을 걸어 놓아, 그 밑을 지나가는 톰의 머리에 계속 바구니가 부딪혔다. 빨간 외투를 입은 사람이 움직이는 모습과 지팡이를 쥔 기다란 갈색 손가락이 뭔가를 연상시켰지만 그게 뭔지 도통 생각이 나질 않았다.

중앙 광장을 지나가는데 랜턴 밑에서 어떤 소녀가 붉은 외투의 사나이를 붙잡고 축복을 내려 달라 부탁했다. 그때 톰은 후드 속에 감춰진 수염 난 얼굴을 흘낏 엿보았다. 매부리코와 뱃사람의 눈동자! 그리고 검은 눈썹 사이에 걸린 부적이 런던 역사학자 길드의 그 낯익은 마크를 감추기 위한 것임을 톰은 금세 알아차렸다.

붉은 외투의 사나이는 바로 밸런타인이었다!

MORTAL ENGINES

27

아켄가스 박사의 기억

런던이 산악 지대 쪽으로 빠르게 이동해 가던 그 마지막 며칠 동안 캐서린은 박물관에서 많은 시간을 보냈다. 먼지 낀 박물관 안에 들어와 있으면 엔진을 돌리기 위해 서클 파크에 남아 있던 마지막 나무 몇 그루를 베는 톱질 소리도 들리지 않았고, 대형 고글 스크린 앞에 모인 사람들이 크롬의 야심 찬 계획을 확인하며 지르는 환호성 소리도 듣지 않을 수 있었다. 박물관 안에 있으면 또 엔지니어 길드의 보안 담당관들도 피할 수 있었다. 이제 도시 구석구석 그들이 보이지 않는 곳이 없었다. 게다가 그들은 하얀 코트를 입은 옛날의 그 깡패들이 아니었다. 검은 코트에 후드를 눌러쓴 채, 아무 소리도 내지 않고 뻣뻣한 동작으로 걸어 다니고, 눈 주변을 모두 가린 커다란 색안경 안에서 초록색 불빛을 희미하게 빛내는 새로운 보안 담당관, 바로 닥터 트윅스가 만들어 낸 부활군들이었다.

그러나 솔직히 말하자면 캐서린이 박물관에 자꾸 오는 것이 꼭 평화와 고요 때문만은 아니었다. 박물관에는 베비스 포드가 있었던 것이다. 그는 교통수단 전시관에서 살고 있었다. 머리 위로 모형 글라이더와 비행 기계들이 매달려 있는 곳 바닥에 빌린 담요를 깔고 잠을 잤다. 런던이 더 동쪽으로 이동할수록 캐서린은 베비스와 더 긴 시간을 보내고 싶어졌다. 그가 자기만의 비밀이라는 사실이 좋았다. 그의 부드러운 목소리가 좋았고, 내장 갑판에서는 웃어 본 일이 별로 없는 그가 처음 쓰는 마이크를 테스트라도 하는 것처럼 어색하게 웃는 웃음소리도 좋았다. 그가 자신을 쳐다보는 것도 좋았다. 캐서린의 얼굴에 잠시 머물다가 머리카락에 가서 멈추는 그 검은 눈동자가 좋았다. "전에는 한 번도 머리카락을 가진 사람을 만난 적이 없어요." 하루는 베비스가 이런 말을 했다. "엔지니어 길드에서는 견습생이 되면 화학물질을 사용해서 머리카락을 모두 없애요. 그 다음에는 절대 다시 자라나지 않죠."

캐서린은 머리카락이 하나도 없는 베비스의 창백하고 매끄러운 머리도 좋았다. 그런 머리가 베비스에게 어울렸다. 사랑에 빠진다는 게 이런 걸까? 이야기에서처럼 처음 본 순간 바로 알아차리게 되는 커다랗고 놀라운 사건이 아니라, 파도처럼 서서히 발밑으로 밀려오다가 어느 날 엔지니어 길드 견습생처럼 전혀 예상치 않았던 사람에게 온 마음을 빼앗기고 마는 그런 것이 사랑일까?

캐서린은 아빠가 함께 있었으면 하고 바랐다. 아빠에게 물어보면 알 수 있을 것 같았다.

오후가 되면 베비스는 역사학자 길드의 가운을 입고 모자로 대머리를 가린 채 난캐로 박사를 도우러 내려갔다. 난캐로 박사는 박물관이 소장 중인 방대한 양의 그림과 스케치를 하나하나 사진 찍고 다시 기록하는 작업을 하고 있었다. 크롬 시장이 그것들까지 연료로 사용하자고 할 경우에 대비해서였다. 베비스가 일을 하러 가서 자리에 없을 때면 캐서린은 강아지를 데리고 박물관을 헤매면서 아빠가 발견한 물건들을 찾아다녔다. 세탁기, 컴퓨터 조각, 스토커의 녹슨 갈비뼈 등등 아빠가 찾아서 기증한 물건들에는 모두 '고고학자 Mr. T. 밸런타인 발견'이라고 적힌 라벨이 붙어 있었다. 아빠가 유물을 보호하고 있던 흙을 털어 내고 땅에서 소중하게 유물을 들어 올린 다음, 런던에 가져오기 위해 깨끗이 닦고 조심스럽게 포장하는 모습을 캐서린은 눈앞에 그린 듯 상상할 수 있었다. '메두사의 일부를 발견했을 때도 다른 유물들과 똑같이 취급하셨을 거야.' 캐서린은 속으로 생각했다. 그녀는 마음속으로 클리오에게 기도했다. 시간이 겹겹이 쌓인 이 건물 안에는 분명히 역사의 여신이 존재할 거라는 생각이 들었다. '런던은 아빠가 필요해요! 저도 아빠가 필요하고요! 아빠가 무사히, 그리고 신속히 집으로 돌아오실 수 있도록 도와주세요….'

하지만 그날 저녁 자연사관으로 발길을 돌리게 된 것은 캐서린이 계획해서가 아니라 순전히 강아지 때문이었다. 복도 다른 쪽 끝에 전시된 복제 동물들을 본 강아지는 몸을 땅에 붙이고 목 깊은 곳에서 낮게 으르렁거리는 소리를 내며 그쪽으로 다가갔다. 일을 마치고 집으로 가는 길에 그곳을 지나던 아켄가스 박사가 강아지를 보고 놀라 뒤로 물러섰다. 캐서린은 강아지 옆에 무릎을 꿇고 앉으며 "괜찮아요, 박사님. 물지 않아요."라고 말했다. 머리 위에는 상어와 돌고래 표본들이 줄에 매달려 흔들리고 있었다. 커다란 고래 표본은 최근 너무 심해진 진동 때문에 떨어질까 봐 미리 떼어서 벽에 기대 놓은 상태였다.

"멋지지 않아요?" 아켄가스 박사가 고래 표본을 가리키며 말했다. 관심 있는 사람에게는 언제라도 긴 강연을 늘어놓을 준비가 되어 있는 아켄가스 박사답게 "흰긴수염고래예요." 하고 말을 이었다. "과도한 사냥으로 21세기 중반 혹은 20세기 말에 멸종했죠. 남아 있는 기록이 부족해서 정확한 시점은 아무도 모르고. 사실 미시즈 쇼가 화석화된 고래 뼈를 발견하지 않았더라면 어떻게 생겼는지도 모를 뻔했죠."

캐서린은 다른 생각을 하고 있다가 '쇼'라는 이름이 나오자 정신을 차렸다. 아켄가스 박사가 가리키고 있는 진열장에는 고래의 척추뼈와 갈비뼈가 진열되어 있었고, 한쪽에 '흰긴수염고래의 뼈. 프리랜서 고고학자 Mrs. P. 쇼 발견'이라는 라벨이 붙어 있었다.

'판도라 쇼.' 캐서린은 전에 박물관 카탈로그에서 그 이름을 본 기억이 났다. 헤스터 쇼가 아니라 판도라 쇼…. 별 상관없는 우연이라고 생각하면서도 캐서린은 아켄가스 박사의 지루한 강연을 멈추게

할 목적으로 이렇게 물었다. "그분을 아시나요? 판도라 쇼 여사요."

"미시즈 쇼라면 당연히 알고말고." 아켄가스가 고개를 끄덕였다. "참 좋은 사람이었지. 아웃컨추리 고고학자였고 캐서린 양 아버지의 친구였어요. 물론 미스터 밸런타인과 친구였을 때는 결혼하기 전이라 미스 래이였지…."

"판도라 래이?" 캐서린도 아는 이름이었다. "그럼 아버지가 아메리카로 탐험을 떠나실 때 조수 역할을 했던 분인가요? 아버지 책에서 그분 사진을 본 적이 있어요!"

"맞아요." 아켄가스는 대답을 하면서도 캐서린이 자기 말을 가로막은 것 때문에 약간 인상을 찌푸렸다. "고고학자라고 내가 말했던가? 올드-테크 전문가였지. 하지만 올드-테크 말고도 다른 걸 발견하면 우리한테 가져오곤 했어요. 저 고래뼈 같은 것들 말이야. 그러다가 쇼라는 사람을 만나서 결혼하더니 서쪽 바다에 있는 이상한 섬에 가서 정착했어. 불쌍한 사람 같으니라고. 비극이야. 끔찍한 비극…."

"죽었죠, 그렇죠?" 캐서린이 말했다.

"살해당했지!" 아켄가스가 점점 흥분을 하자 그의 털복숭이 눈썹이 들썩거리기 시작했다. "6년인가 7년쯤 전 일이지. 어떤 고고학자가 소식을 전해 줬는데, 다른 데도 아니고 자기 집에서 당한 일이라지 아마. 남편도 같이 죽었어요. 끔찍한 일이야. 정말이지…. 캐서린 양, 괜찮아요? 유령이라도 본 것처럼 창백해졌구먼!"

캐서린은 전혀 괜찮지 않았다. 그녀의 머릿속에서 모든 퍼즐 조각이 제자리를 찾아 착착 맞춰지고 있었다. '판도라 쇼는 살해당했어. 7년 전. 아빠가 그 기계를 찾은 시점과 일치해. 판도라, 여비행사, 고고학자, 그리고 아빠가 메두사의 설계도를 발견했던 그 미국 탐험 여행에 동행했던 사람. 그리고 쇼라는 이름을 가진 소녀가 나타나서 아빠를 죽이려 하고….'

차마 입이 떨어지지 않았지만 캐서린은 마음을 다잡으려 애쓰며 물었다. "아이가 있었나요?"

"그랬을 거예요. 맞아, 그랬다고 들은 것 같아." 아켄가스 박사가 다시 기억을 더듬는 표정을 지었다. "그래, 내가 담당으로 있던 도자기를 발견한 뒤에 찾아왔을 때 나한테 아이 사진을 보여 준 적이 있지. 보물이었어. 전자제국 시대의 장식 꽃병이었는데, 그 종류로는 가장 잘 보존된 물건이었어요."

"이름을 기억하세요?"

"아, 그럼요. 뭐였더라…. EE27190이었을 거예요."

"꽃병이 아니라 그 아이 말이에요!"

캐서린이 참지 못하고 지른 고함 소리가 전시관 안에 쩌렁쩌렁 울렸다. 아켄가스 박사는 처음에는 놀란 듯하더니 곧 기분 나쁜 표정을 지었다. "잠깐! 미스 밸런타인, 그렇게 화낼 것 까지는 없어요! 내가 그 아이 이름을 어떻게 기억하겠어? 15~6년 전 일인데. 게다가 난 아이들을 별로 좋아하지 않아. 귀찮은 존재들이지. 양쪽 구멍으로 항상 뭔가가 새 나오고, 도자기에 대해 전혀 존경심이 없고….
아무튼 그 애 이름은 해티 아니면 홀리 아니면….”

“헤스터!” 캐서린은 흐느끼는 목소리로 그렇게 말하고는 몸을 돌
려 뛰고 또 뛰었다. 바로 뒤에서 쫓아오는 강아지와 함께 캐서린은
한없이 달렸다. 아무리 달려도 그 무서운 진실에서 도망갈 수 없다
는 것을 알면서도 왜 그렇게 뛰고 있는지 자신도 이해할 수 없었다.
이제 아빠가 어떻게 메두사의 제일 중요한 부품을 발견하게 됐는
지, 왜 그 일에 대해 한 번도 언급하지 않았는지 알았다. 마침내 왜
그 불쌍한 헤스터 쇼가 아빠를 죽이려 했는지 그 이유를 알게 된 것
이다.

28

극락 산맥의 이방인

고개를 숙이고 서 있는 소녀의 머리 위로 밸런타인은 축복을 내려 줬고, 소녀는 평온한 표정으로 만족스러운 미소를 지었다. 그것이 연맹 최악의 적으로부터 받는 축복인지 알 도리가 없었기 때문이다.

톰은 하늘의 여신 사당 뒤에 숨어 그 광경을 지켜보고 있었다. 톰의 눈은 그 붉은 외투의 수행자가 누구인지 이미 알고 있었다. 이제 그의 머리가 눈이 이미 알고 있는 것을 따라잡느라 바삐 돌아가기 시작했다. 캡틴 코라는 13층 엘리베이터가 산악 지대 여기저기서 출몰하고 있다고 말했었다. 아마 밸런타인은 바트뭉크 곰파 근처까지 13층 엘리베이터를 타고 와 내린 후 나머지 길은 걸어서 도둑처럼 몰래 잠입했을 것이다. 그러나 왜? 어떤 비밀 임무를 수행하려고 밸런타인이 여기까지 왔을까?

톰은 감정의 혼란을 느꼈다. 물론 두려웠다. 자신을 살해하려고 했던 사람이 이렇게 가까이 있으니 두려운 건 당연했다. 그러면서도 밸런타인의 대담성에 자기도 모르게 끌렸다. 모두 긴장하여 삼엄한 경비를 펼치고 있는 요즘 같은 시기에 연맹의 심장부를 이렇게 활보하고 다니려면 얼마나 강심장이어야 하겠는가! 바로 이런 모험이야말로 3등 견습생 기숙사에서 소등 시간이 훨씬 지난 다음에도 담요 밑에서 손전등을 밝히며 톰이 읽고 또 읽던 밸런타인의 책에 나오는 것들이었다.

밸런타인은 소녀를 축복해 준 후 또 어디론가 걸어가기 시작했다. 광장이 무척 붐비는 탓에 톰은 밸런타인의 모습을 1~2분가량 놓쳤지만 붉은 외투가 널찍한 중앙 계단을 따라 올라가고 있는 것을 금세 다시 찾았다. 그는 안전한 거리를 유지하며 계속 뒤를 밟았다. 거리에는 거지들과 순찰대, 음식 가판점 등이 있었지만 아무도 붉은 외투 사나이의 정체를 의심하는 것 같지 않았다. 밸런타인이 이제는 고개를 숙인 채 빠른 속도로 계단을 오르고 있었기 때문에 20~30보쯤 떨어져서 걸음을 재촉하며 뒤를 따르는 톰도 발각될 염려는 하지 않았다. 그러나 그는 이 일을 어떻게 처리해야 할지 아직 마음을 정하지 못한 상태였다. 헤스터는 그녀의 부모를 죽인 살인자가 여기 와 있다는 걸 알 권리가 있었다. 헤스터를 찾아 이야기를 해 줘야 할까? 그러나 밸런타인은 런던의 운명과 관련된 중요한 임무를 띠고 이곳에 온 게 분명했다. 어쩌면 엔지니어들이 메두사를 어디로 겨냥해야 할지 알아내기 위해 정보를 수집하고 있는지도 몰랐다. 헤스터가 밸런타인을 죽인다면, 톰은 자기 고향 전체를 배반하는 게 될 것이다.

톰은 부러진 갈비뼈로 인한 통증을 무시하면서 계속 계단을 올랐다. 바트뭉크 곰파의 테라스들에 점점이 불이 들어오기 시작했다. 층간을 오르내리는 기구 택시들은 기낭 안쪽에서 은은히 비쳐 나오는 빛 때문에 이상한 바다 생물이 산호초 사이를 헤엄쳐 다니는 것 같은 광경을 연출했다. 시간이 가면서 톰은 밸런타인의 계획이 무엇이건 간에 그 일을 성공적으로 완수하지 못하길 자신이 바라고 있음을 서서히 깨달았다. 런던은 턴브리지 휠스와 비교해도 더 나을 것이 없었다. 그리고 긴 역사를 가진 아름다운 이 도시가 잿더미로 변하도록 놔 둘 수는 없는 일이었다!

"밸런타인이다!" 톰은 주변의 행인들에게 경고하기 위해 이렇게 외치며 계단을 뛰어올라 갔다. 그러나 사람들은 톰이 무슨 말을 하는지 이해하지 못한 채 그저 바라보기만 했다. 마침내 톰은 붉은 외투의 사나이가 있는 곳까지 쫓아가 그의 후드를 벗겼다. 그러나 후드 속에는 밸런타인의 얼굴 대신 놀란 듯 눈을 껌뻑이며 바라보는 수도승의 둥그런 얼굴이 있을 뿐이었다.

주변을 재빨리 살펴본 톰은 어떻게 된 일인지 알아차렸다. 밸런타인은 톰이 다른 수도승을 따라가도록 유인한 뒤 중앙 광장에서 빠져나가는 다른 계단으로 이미 몸을 피한 상태였다. 톰은 계단을 다시 뛰어내려 갔다. 저 멀리 희미하게 밸런타인이 보였다. 랜턴 불빛을 뚫고 도시의 위층으로 올라가고 있었다. 비행 함대가 정박되어 있는 꼭대기 요새 쪽이었다! "밸런타인이다!" 톰이 손가락으로 가리키며 소리쳤다. 그러나 주변에는 앵글리시를 하는 사람들이 하나도 없었다. 어떤 사람들은 그가 미쳤다고 생각하는 듯했고, 또 어떤 사람들은 메두사가 지금 공격한다는 이야기로 알아들은 듯했다. 광장은 삽시간에 아수라장이 됐고, 사람들이 많이 몰려 있는 가게와 여관 테라스에서 경보음이 울리기 시작했다.

톰에게 제일 처음 떠오른 생각은 헤스터를 찾아야 한다는 것이었다. 하지만 어디서 찾아야 할지 막막했다. 톰은 기구 택시로 뛰어가 기사에게 "저 수도승을 따라가 주세요!" 하고 소리쳤다. 그러나 여자 기사는 미소를 지으며 고개를 흔들었다. 톰의 말을 알아듣지 못한 것이다. "펭후아!" 톰이 연맹에서 통하는 안나 팽의 이름을 기억해 내고 그렇게 외치자 기사는 그제서야 고개를 끄덕이며 미소 짓더니 기구를 출발시켰다. 기구가 위로 오르는 사이 톰은 마음을 가라앉히기 위해 애썼다. 미스 팽을 찾으면 모든 게 괜찮아질 것이다. 미스 팽은 어떻게 해야 하는지 알고 있을 것이다. 그는 산악 지대를 비행하면서 미스 팽이 자신을 믿고 제니의 조종간을 맡겼던 걸 기억해 내고는 총독 관저에서 그녀에게 등을 돌린 것이 부끄러워졌다.

톰은 택시가 총독 관저로 향할 거라 생각했지만 도착한 장소는 제니 하니버가 정박하고 있는 곳이었다. 택시 기사는 제비집처럼 테라스 밑에 바짝 붙여 지은 여관을 가리키며 "펭후아! 펭후아!"라고 말했다.

당황한 톰은 택시 기사가 펭후아라는 이름을 가진 여관으로 자기를 데려온 줄 알았다. 하지만 다음 순간 여관의 테라스들 중 한 곳에서 안나 팽의 핏빛 외투가 흘낏 보였다. 톰은 자기가 가진 돈을 기사에게 모두 내밀고는 "거스름돈은 다 가지세요!" 하고 외쳤다. 쿼크와 크롬의 얼굴이 새겨진 낯선 화폐를 받아 들고 어리둥절해하는 기사를 남겨 둔 채 톰은 여관으로 뛰어들었다.

미스 팽은 캡틴 코라 그리고 아까 톰에게 화를 냈던 그 젊은 케랄라 출신 여비행사 등과 함께 테라스에 앉아 있었다. 차를 마시며 심각한 이야기를 나누고 있다가 톰이 뛰쳐 들어오자 모두 화들짝 놀랐다. "헤스터는 어디 있나요?" 톰이 다짜고짜 물었다.

"비행선 정박 플랫폼에. 또 기분이 안 좋아진 것 같더라." 미스 팽이 대답했다. "그런데 왜?"

"밸런타인이에요!" 톰이 헐떡이며 말했다. "여기에 왔어요. 수도승 차림으로요!"

여관 홀에서 연주하던 사람들이 모두 동작을 멈췄고 아래층에서 울리는 경보음이 열린 창문으로 흘러 들어왔다.

"밸런타인이 여기 왔다고?" 케랄라의 여비행사가 비웃듯이 말했다. "거짓말이야! 이 야만인이 그러면 우리가 겁먹을 줄 아나 보군!"

"사티야, 조용히 해 봐!" 미스 팽이 다가와 톰의 어깨를 붙잡고 물었다. "혼자였어?"

톰은 최대한 빨리 자기가 본 모든 것을 미스 팽에게 이야기했다. 그녀는 꼭 다문 이 사이로 혀를 찼다. "우리 비행 함대를 노리고 온 거야. 우리에게 타격을 입히려고!"

"혼자서 비행 함대를 어떻게 상대하겠어?" 캡틴 코라가 생각만 해도 재미있다는 듯 웃으며 말했다.

"밸런타인을 몰라서 그래!" 미스 팽이 대꾸했다. 그녀는 이미 벌 떡 일어서 있었다. 런던 출신의 최고 스파이와 한판 대결을 벌일 생 각에 벌써 흥분한 듯했다. "사티야, 가서 경비 부대에 이 사실을 알 려. 비행 함대 요새가 위험에 처했다고 말해." 그녀는 톰에게 부드 러운 말투로 말했다. "우리한테 알려 줘서 고마워." 마치 톰이 겪어 야 했던 마음의 갈등을 이해하는 듯했다.

"헤스터에게 알려야 해요!" 톰이 항의하듯 말했다.

"절대 안 돼! 헤스터가 알게 되면 자기가 죽든지 밸런타인을 죽이 든지 둘 중 하나일 거야. 하지만 밸런타인은 꼭 생포해야 해. 정보 를 캐내야 하니까. 일이 끝날 때까지 여기서 기다리는 게 좋겠어." 안나 팽은 빨간 이빨을 드러내며 톰에게 웃어 보이더니 캡틴 코라 와 함께 이미 아수라장이 된 여관 밖으로 뛰어나갔다. 오늘 그녀는 엄숙하고, 위험하고, 무척 아름다워 보였다. 톰은 캡틴 코라와 케랄 라 출신 여비행사, 그리고 연맹의 모든 사람이 안나 팽에게 품고 있 는 그 뜨거운 애정이 자신에게도 조금 전염된 것 같다고 생각했다.

그러나 다음 순간 톰의 머리에 헤스터의 얼굴이 떠올랐다. 밸런타인을 보고도 알려 주지 않은 걸 알면 뭐라고 할지 뻔했기 때문에 톰은 자기도 모르게 "쿼크 맙소사!" 하고 소리를 질렀다. "헤스터를 찾아야 해!" 사티야가 톰을 쳐다봤다. 이제 그녀의 얼굴에 엄격하고 단호한 표정은 사라지고 그저 겁에 질린 어린 소녀의 표정이 돌아와 있었다. 톰은 계단 쪽으로 달려가며 그녀에게 외쳤다. "미스 팽이 한 말 들었잖아요! 빨리 이 상황을 사람들에게 알려요!"

이제는 캄캄해진 사다리 길을 따라 제니 하니버가 닻을 내리고 있는 항구 플랫폼으로 내려간 톰은 "헤스터! 헤스터" 하고 큰 소리로 불렀다. 비행선의 착륙을 돕기 위해 켜 놓은 불들이 은은하게 빛나는 길 사이로 헤스터는 톰이 사 준 빨간 스카프를 얼굴에 두른 채 걸어왔다. 톰에게서 모든 것을 듣고 난 헤스터는 예상했던 대로 아무 말도 하지 않고 냉정한 눈으로 그를 잠깐 노려봤다. 다음 순간 몸을 돌린 그녀는 전속력으로 뛰기 시작했고, 톰 또한 영원히 끝날 것 같지 않은 계단들을 다시 오르기 시작했다.

방패벽은 워낙 규모가 큰 탓에 높이에 따라 날씨가 급변했다. 꼭대기 쪽은 공기가 희박하고 온도가 낮았다. 헐떡거리며 올라간 톰과 헤스터의 얼굴에 나비 날개같이 커다란 눈송이가 스치고 지나갔다. 저 앞쪽에 비행선들의 가스를 충전해 준 후 빈 탱크를 매단 채 이륙하는 연료 공급선이 보였다. 그 순간 방패벽 표면에서 믿기지 않을 정도로 세찬 불길이 치솟더니 또 하나, 그리고 또 하나 연이어 새로운 불길이 치솟았다. 줄지어 서 있는 것들이 비행선이 아니라 마치 불을 뿜는 용처럼 보였다. 서서히 하늘로 올라가던 연료 공급선에 불길이 옮겨 붙자 기낭이 폭발했고 추락하는 연료 공급선 주변으로 낙하산들이 하나둘씩 꽃처럼 피어났다. 헤스터는 잠시 멈춰서서 뒤를 돌아봤다. 그녀의 눈동자에 불꽃이 반사되어 이글거리고 있었다. "그놈이 한 짓이야! 우리가 너무 늦었어! 밸런타인이 비행 함대에 불을 지른 거야!"

둘은 계속 달렸다. 톰은 숨을 쉴 때마다 갈비뼈가 쑤셨고 차가운 공기 때문에 목이 타는 듯했지만, 헤스터 뒤에 바짝 따라붙으려고 애를 썼다. 둘은 요새 바깥쪽에 설치된 플랫폼으로 나가는 좁은 통로에 쌓인 눈을 헤치며 계속 달렸다. 동으로 만들어진 문들이 활짝 열려 있었고 그곳에서 사람들이 우르르 몰려나왔다. 몇몇은 부상당한 동료들을 부축하고 있었다. 톰은 제일 큰 문 근처에서 두 명의 지상 요원이 누워 있는 코라를 간호하는 걸 봤다.

톰과 헤스터가 뛰어가자 코라가 올려다봤다. "밸런타인이었어!" 그가 신음하듯 말했다. "우리 비행 함대에 축복을 내리고 싶다면서 보초들을 속이고 들어간 것 같아. 나랑 안나가 도착했을 때는 폭발물을 설치하고 있었어. 아, 톰, 아무리 야만인들이지만 이렇게까지 할 거라고는 상상도 못 했어! 우린 전혀 준비가 안 돼 있었다고! 비행 함대 전체가…. 불쌍한 내 모켈레 음벰베도…." 그는 더 이상 말을 잇지 못하더니 피를 토해 냈다. 밸런타인의 칼이 그의 폐를 관통한 것 같았다.

"미스 팽은 어떻게 됐어요?" 톰이 물었다.

코라는 고개를 저었다. 자기도 모른다는 뜻이었다. 헤스터는 이미 얼굴을 돌리기조차 힘들 정도로 달궈진 격납고 쪽으로 걸어가고 있었다. 사람들의 만류를 완강히 뿌리치며 그녀는 결의에 찬 걸음을 옮겼다. 톰도 그녀 뒤를 쫓아 달려갔다.

마치 오븐 안으로 뛰어드는 느낌이었다. 내부는 커다란 동굴과 거기서 갈라지는 좀 더 작은 규모의 동굴 같은 방으로 이루어져 있었다. 이곳이 바로 연맹의 전투 비행선들을 보관하는 격납고였다. 밸런타인은 아마도 비행선마다 인산 폭탄을 설치한 것 같았다. 불길에 싸여 무너져 내리는 비행선들의 뼈대 외엔 아무것도 보이질 않았다. "헤스터!" 톰이 애타게 외쳤지만 그의 목소리는 세찬 불길에 온데간데없이 묻혀 버렸다. 그때 방패벽의 깊숙한 내부 쪽으로 향하는 좁은 통로를 따라 서둘러 걸어가는 헤스터의 뒷모습이 보였다. '헤스터를 따라 저 안쪽까지 들어가지는 않을 거야!' 톰은 속으로 다짐했다. '저 안에 갇혀서 불에 타 죽고 싶으면 맘대로 하라지….' 그러나 안전한 바깥쪽으로 나가려고 발길을 돌리는 순간 비행선에 실려 있던 탄약 쪽에 불이 옮겨 붙었는지 갑자기 로켓탄과 총알들이 어지럽게 날리면서 돌로 된 벽에 부딪혀 폭발하거나 톰 바로 옆을 스쳐 지나갔다. 출구보다 동굴이 더 가까이 있었기 때문에 톰은 그곳으로 몸을 피했다. 알고 있는 신이란 신은 모두 찾아

기도하면서 톰은 동굴 안쪽으로 들어갔다.

앞쪽 어디선가 신선한 공기가 들어오고 있었다. 톰은 이 통로가 동굴을 관통해서 방패벽의 서쪽에 설치되어 있는 로켓 발사대 쪽으로 연결된다는 것을 알아챘다. "헤스터!" 하고 불러 봤지만 대답 대신 화재 소음에 섞인 자기 목소리만 메아리가 돼서 돌아올 뿐이었다. 톰은 계속 앞으로 나아갔다. 터널이 갈라지는 곳에 누군가가 웅크리고 쓰러져 있었다. 자세히 보니 밸런타인의 칼에 베인 젊은 비행사였다. 톰은 헤스터나 미스 팽이 아닌 것을 알고 안도의 한숨을 내쉬었지만 곧바로 죄책감을 느꼈다. 불쌍한 그 비행사가 이미 숨을 거둔 상태였기 때문이다.

톰은 갈라진 터널 양쪽을 자세히 살폈다. 어느 쪽으로 가야 할 것인가? "헤스터!" 그는 긴장해서 헤스터를 다시 한번 불렀다. 메아리…. 격납고 쪽에서 날아온 산탄 하나가 톰의 귀 옆을 지나서 머리 바로 위 돌벽을 치더니 튕겨 나갔다. 더 생각할 것 없이 톰은 그냥 오른쪽 통로로 들어가 허리를 굽힌 채 걸음을 재촉했다.

조금 가다 보니 지금까지와는 다른 소리가 들리기 시작했다. 점점 멀어져 가는 격납고의 불길 소리에 쇠끼리 부딪힐 때 나는 새 울음 같은 소리가 섞여 들려왔다. 톰은 서둘러 미끄러운 계단을 내려간 후 터널이 끝나면서 빛이 보이는 쪽으로 뛰어갔다. 잠시 후 그는 춥고 눈 내리는 넓은 플랫폼으로 나왔다. 그곳에는 서쪽으로 미리 조준된 로켓 발사대들이 설치되어 있었다. 무쇠 화로들에서 불길이 솟구치면서 오래된 성벽과 그 주변에 흩어진 로켓 부대 대원들의 시체, 그리고 발자국으로 어지럽혀진 테라스를 휘저으며 칼싸움 중인 밸런타인과 미스 팽을 비추고 있었다.

톰은 아픈 갈비뼈를 움켜쥐고 터널 입구 어두운 곳에 쭈그리고 앉아 미스 팽과 밸런타인의 대결을 뚫어져라 지켜봤다. 밸런타인은 용맹하게 싸우고 있었다. 붉은 승려복은 벗어 던졌는지 흰 셔츠와 검은 바지, 검은 부츠 차림을 한 채 우아한 몸놀림으로 미스 팽의 칼날과 맞섰다. 그러나 톰은 그가 제대로 된 맞수를 만났다는 걸 알아챘다. 두 손으로 긴 칼을 부여잡은 미스 팽은 밸런타인을 밀어붙여 로켓 발사대와 그가 죽인 사람들의 시체가 널려 있는 쪽으로 그를 몰아갔다. 그녀는 밸런타인의 모든 공격을 예상하고 있던 것처럼 몸을 뒤로 젖히고, 옆으로 빼고, 위로 날리면서 칼을 피하다가 어느 순간 밸런타인의 칼을 일격에 날려 버렸다. 밸런타인은 칼을 다시 집기 위해 무릎을 꿇었지만 이미 그녀의 칼끝이 목에 와 있었다. 피가 가느다랗게 흘러 밸런타인의 하얀 셔츠 옷깃을 물들였다.

"잘했어!" 밸런타인은 미소 지으며 그렇게 말했다. 그것은 그날 밤 내장 갑판에서 보았던 그 친절하고 약간 냉소적이면서도 백 퍼센트 진심이 스며 있는 듯한 바로 그 미소였다. "잘했어, 펭후아!"

"입 닥쳐!" 미스 팽이 잘라 말했다. "이건 게임이 아니야…."

밸런타인은 웃음을 터뜨렸다. "게임이 아니라고? 펭후아! 이건 역사상 제일 재미있는 게임이야. 그리고 내 팀이 이길 것 같은데?

연맹의 비행 함대가 잿더미로 변한 것도 못 봤나? 보안을 더 강화했어야지. 지난 1000년 동안 연맹이 원하는 대로 일이 돌아갔으니 마음을 푹 놔도 된다고 생각했겠지. 하지만 세상은 변하고 있어."

'밸런타인이 시간을 벌기 위해 수작을 부리고 있어.' 톰은 그렇게 생각했지만 왜 그런지 이유는 알 수 없었다. 방패벽 꼭대기에 있는 플랫폼에 무기가 있는 것도 아니고, 탈출할 희망도 없는 마당에 상대방을 화나게 해서 얻을 것이 뭐가 있겠는가? 톰은 자기가 그곳으로 가서 땅에 떨어진 밸런타인의 칼을 집어 들고 다른 사람들이 올 때까지 미스 팽과 함께 있어야 하지 않을까 생각했다. 그러나 이미 패배한 후에도 밸런타인에게서 너무나 강력하고 위험한 기운이 느껴져 차마 나설 엄두가 나지 않았다. 톰은 터널을 내려오는 군인들의 발자국 소리가 들리길 바라며 귀를 기울였다. 헤스터는 어떻게 됐는지 궁금하기도 했다. 그러나 들리는 소리라고는 아래쪽에서 울리는 경보음과 방패벽 반대편에서 울리는 화재 경보, 그리고 밸런타인의 반쯤 놀리는 듯한 목소리뿐이었다.

"런던을 위해 나와 함께 일해 보지 그래, 안나. 내일 이 시간쯤이면 방패벽은 돌더미로 변하고 말 텐데. 새 고용주가 필요하지 않겠어? 반 견인 도시 연맹은 이제 날 샜어."

그 순간 하늘에서 강한 빛이 비쳤다. 눈밭 위를 훑고 지나가는 비행선의 서치라이트였다. 미스 팽은 눈이 부신 듯 한두 걸음 비틀거리며 뒤로 물러섰고 밸런타인은 그 틈에 몸을 날려 자기 칼을 집어

들더니 미스 팽을 한 손으로 당기면서 그녀의 가슴에 깊숙이 칼을 밀어 넣었다. 한동안 둘은 파티 끝에 술 취한 춤꾼들이 부둥켜안고 마지막 춤을 추는 것처럼 한데 엉겨서 비틀거리며 톰이 숨어 있는 곳 근처까지 다가왔다. 톰은 그제서야 미스 팽의 목 뒤로 삐져나온 칼끝을 보았다. 숨이 넘어가는 순간 미스 팽이 절박하게 속삭이는 소리가 들렸다. "헤스터 쇼가 널 찾아낼 거야. 널 찾아서…." 밸런타인은 칼을 빼고 미스 팽을 땅바닥에 쓰러뜨리더니 몸을 돌려 성벽 위로 올라섰다. 서치라이트를 피해 내려온 13층 엘리베이터가 어느새 다가와 근처에 대기하고 있었다.

MORTAL ENGINES

29
집으로

13층 엘리베이터는 엔진 가동을 최소한으로 해 소리 없이 비행하고 있었다. 바트뭉크 곰파 사람들이 화재와 폭발 사고에 대처하느라 정신없는 사이 칠흑같이 검은 이 비행선은 바람을 타고 밸런타인을 만나기로 한 장소 가까이 접근했다. 목적지에 도착한 13층 엘리베이터가 엔진을 최대한으로 가동하자 지금껏 조용히 내리던 눈송이들이 회오리바람을 일으키며 미친 듯이 날리면서 톰의 비명 소리를 묻어 버렸다.

밸런타인은 민첩하고 정확한 동작으로 로켓 발사대들 사이를 걸어 나와 스카이다이버처럼 사지를 벌리고 공중으로 뛰어들었다. 퓨시와 겐치가 내려 준 줄사다리가 손에 잡히자 그는 서커스 곡예사처럼 몸을 날려 곤돌라에 가볍게 올라탔다.

톰은 앞으로 달려 나갔다. 서치라이트가 갑자기 꺼지면서 사방이 다시 깜깜해졌다. 더 높은 지대에 있던 발사대에서 13층 엘리베이터 쪽으로 로켓을 쏘아 댔지만 그중 하나가 곤돌라의 유리를 깨는 데 성공한 것을 제외하고는 모두 별다른 성과를 내지 못한 채, 빠른 속도로 멀어져 가는 비행선 뒤에서 하릴없이 터지고 있었다. 비행선의 프로펠러에서 불어오는 세찬 바람을 맞으며 톰은 안나 팽 옆에 무릎을 꿇고 앉아 그녀를 흔들었다. 그녀가 혹시 잠에서 깨어나듯 일어날지도 모른다는 실낱 같은 희망에 매달리고 싶었던 것이다.

"너무 비겁해!" 그는 흐느껴 울었다. "밸런타인은 미스 팽이 놀란 틈을 타서 찌른 거야! 미스 팽이 이겼어요!" 안나 팽은 아무 말도 없이 토끼처럼 놀란 눈으로 톰의 머리 너머 먼 곳을 응시하고 있었다. 그녀의 눈은 말라 버린 조약돌처럼 빛을 잃은 상태였다.

톰은 안나 팽의 시체 곁에 앉아 빨갛게 물들어 가는 눈밭을 바라보며 생각을 집중하려고 애썼다. 이젠 바트뭉크 곰파를 떠나야 했다. 런던이 오기 전에 빨리 이곳에서 몸을 피하는 것이 상책이었다. 그러나 어디론가 또 이동해야 한다는 생각만으로도 그는 벌써 고단했다. 다른 사람들의 계획에 휩쓸려 세상의 이곳저곳을 부초처럼 떠다니는 것에 이제는 진력이 났다. 밸런타인이 영웅 대접을 받으며 금의환향할 거라는 생각을 하자 그의 가슴속에 뜨거운 분노가 치밀어 오르기 시작했다. 밸런타인이 이 모든 문제의 근원이었다. 자신과 헤스터의 인생을 망치고 수많은 사람들의 인생에 종지부를 찍은 것이 바로 밸런타인이었다. 엔지니어 길드에 메두사를 준 것도 밸런타인이었다. 헤스터의 말이 맞았다. 기회가 왔을 때 헤스터가 밸런타인을 죽이도록 내버려뒀어야 했다….

플랫폼의 저쪽 끝에서 소리가 나 쳐다보니 팔, 다리, 코트가 한데 엉겼다가 풀리는 듯한 실루엣이 보였다. 마치 커다랗고 검은 거미가 천장에서 떨어진 것 같은 형상의 주인은 헤스터였다. 밸런타인을 쫓다가 길을 잘못 들어 이제야 위쪽에 설치된 관측 벙커를 통해 나온 것이다. 그녀는 눈 덮인 벽을 10미터가량 어렵사리 기어 내려오다가 3~4미터쯤 남은 곳에서 뛰어내렸다. 헤스터는 쓰러진 미스 팽을 잠시 바라보고 서 있었다. 그러더니 성벽 쪽으로 가 어둠 속을 응시했다. 춤추듯 내리는 눈송이들을 바라보며 중얼거리는 그녀의 혼잣말이 들렸다. "죽어야 하는 건 나였어. 적어도 나였다면 그놈을 지옥으로 같이 데려갔을 텐데."

톰은 헤스터를 바라봤다. 솟구쳐 올라오는 슬픔과 분노 때문에 내장이 얼어붙고 온몸이 떨리면서 금방이라도 토할 것 같았다. 톰은 밸런타인이 그녀의 부모를 죽인 이후 헤스터가 늘 이런 심정으로 살아 왔을 거라는 사실을 깨달았다. 정말 끔찍한 일이었다. 이 비극을 해결할 방법은 오직 한 가지밖에 생각나지 않았다.

톰은 안나가 입고 있는 코트의 옷깃 아래쪽을 더듬었다. 가죽 끈에 달린 열쇠가 손에 잡혔다. 열쇠를 손에 넣은 그는 헤스터가 있는 곳으로 가 그녀의 어깨에 팔을 둘렀다. 긴장으로 온몸이 뻣뻣하게 굳어 마치 동상을 안는 느낌이었다. 그러나 톰은 무엇에라도 매달려야 했기에 헤스터를 계속 안고 있었다. 13층 엘리베이터를 격추해 보겠다는 헛된 희망으로 아직도 사격이 계속되고 있었다. 톰은 엄청난 소음 속에서 헤스터의 귀 가까이에 얼굴을 대고 외쳤다. "집으로 가자!"

그 말을 들은 헤스터는 의아함과 짜증이 뒤섞인 표정으로 톰을 돌아보며 말했다. "머리가 좀 이상하게 된 거 아냐?"

"모르겠어?" 톰이 소리쳤다. 그 순간 자기 머릿속에 미치광이 같은 아이디어가 떠오르자 톰은 자기도 모르게 소리 내어 웃으며 말을 이었다. "그놈이 죗값을 치르도록 만들어야 해! 네가 옳았어. 처음부터 널 방해하지 말았어야 했어. 하지만 그때 널 방해해서 다행이라는 생각도 들어. 안 그랬으면 내장 갑판 경찰들이 너를 죽였을 테고 그러면 널 만나지도 못 했을 테니까. 이젠 네가 복수하는 걸 도울 수 있어. 그런 다음 도망치는 것도 도울 수 있고. 런던으로 돌아가자! 지금! 둘이서 같이!"

"완전히 미쳤군!" 헤스터는 그렇게 말하면서도 톰을 따라갔다. 서로 도우며 방패벽의 미로 같은 길을 찾아 가는 두 사람 옆으로 연기에 그은 얼굴을 한 채 겁에 질린 연맹의 군사들이 달려갔다. 그러나 너무 늦게 도착한 그들은 로켓 발사대 플랫폼에 널린 시체들을 발견하고 슬픔의 비명을 지르는 것 말고는 달리 할 일이 없었다.

바트뭉크 곰파의 밤하늘은 연기와 타다 남은 기낭의 천 조각들로 가득했다. 비행 함대의 꼭대기 요새에서는 아직도 불길이 치솟았고, 방패벽에서 나가는 계곡에는 작은 횃불들의 행렬이 이어졌다.

터진 댐에서 물이 쏟아지듯 피난민들이 바트뭉크 곰파에서 빠져나가고 있었다. 비행 함대가 전멸하면서 방패벽의 운명도 끝이 났다. 걷는 사람도 있고, 당나귀를 탄 사람도 있고, 소가 끄는 달구지를 탄 사람도 있었지만 그들 머리를 공통적으로 꽉 채운 생각은 방패벽에서 최대한 빨리 멀어져야 한다는 거였다.

민간 비행선들이 정박 중인 항구에서는 이미 많은 비행선들이 연기 자욱한 하늘을 뚫고 남쪽으로 떠나고들 있었다. 케랄라에서 파견된 여비행사 사티야는 당황한 사람들을 독려하며 울부짖었다. "여기 남아서 방패벽을 지키자! 서던 비행 함대가 금방 도우러 올 거야! 일주일도 채 안 걸려!" 그러나 그때쯤이면 바트뭉크 곰파는 이미 폐허가 되고 말 거라는 걸 누구나 알고 있었다. 바트뭉크 곰파를 해치우고 나면 런던은 연맹의 심장부를 향해 남쪽으로 계속 전진할 것이다. "여기 남아서 방패벽을 지키자!" 비행선들은 이제 거의 애걸 조로 외치는 사티야를 남겨 두고 줄지어 이륙했다.

제니 하니버는 아무 소리, 아무 불빛도 없이 닻을 내린 채 기다리고 있었다. 톰이 안나 팽의 시체에서 찾은 열쇠를 이용해 둘은 별 문제 없이 제니 하니버의 문을 열고 들어갔다. 비행갑판에 선 톰은 계기판을 바라봤다. 자기가 기억했던 것보다 스위치와 레버들이 훨씬 많았다.

"우리가 정말 해낼 수 있을까?" 헤스터가 나직하게 물었다.

"물론." 톰은 그렇게 대답하면서 스위치 몇 개를 만졌다. 그러자 문이 다시 활짝 열리고, 비행선의 불이 다 들어오더니 목에 낀 가래를 없애느라 쿵쿵거리는 강아지 같은 소리를 내며 커피 머신이 돌아가기 시작했다. 그와 동시에 천장에서 고무 보트가 내려와 톰을 덮쳤다.

"정말 괜찮겠어?" 톰이 일어서는 걸 도와주며 헤스터가 재차 물었다.

톰은 고개를 끄덕였다. "어렸을 때 모형 비행선을 만들어 봐서 원리는 알고 있어. 산을 넘을 때 미스 팽이 잠깐 운전을 하게 해 준 적도 있고…. 미스 팽이 스위치들에 앵글리시로 표시를 해 놨다면 더 도움이 됐을 텐데."

톰은 잠시 기억을 더듬어 본 다음 레버 하나를 잡아당겼다. 이번에는 엔진이 기분 좋은 소리를 내며 돌아가기 시작했다. 플랫폼에 있던 사람들이 제니 하니버 쪽을 돌아봤다. 몇몇은 액운을 쫓아내는 손짓을 하기도 했다. 펭후아의 죽음에 대해 이미 들은 사람들은 제니 하니버를 움직이는 것이 펭후아의 유령이라고 생각하는 것 같았다. 그러나 사티야는 톰과 헤스터가 비행선에 앉아 있는 걸 보고 급히 달려왔다.

사티야가 이륙을 막을까 봐 두려워진 톰은 서둘러 이륙용 레버를 찾았다. 엔진 포드가 이륙 위치로 이동하면서 베어링들이 소리를 냈다. 톰은 자기가 계기판에 손을 대는 대로 비행선이 반응하는 게 너무 신기하고 즐거워서 소리 내어 웃었다. 머리 위에선 가스 밸브가 열리느라 서로 부딪히며 내는 낯익은 소리가 들렸고, 아래쪽에선 정박고리에서 닻이 빠지는 소리가 났다. 사람들이 팔을 휘두르며 소리를 지르기 시작했고 사티야가 권총을 꺼내 들었다. 그러나 마지막 순간에 동료의 부축을 받고 다리를 절며 플랫폼으로 걸어 나온 캡틴 코라가 그녀의 손에서 조용히 권총을 빼앗았다. 그는 톰을 올려다보며 행운을 비는 손짓을 했다. 비행 함대 요새에서 나오는 연기를 뚫고 하늘 높이 날아오르던 그때를 회상할 때면, 톰은 자신에게 손을 흔들며 행운을 빌어 주던 코라의 모습이 늘 가장 먼저 떠올랐다. 톰은 바트뭉크 곰파를 마지막으로 내려다보고 제니 하니버를 조종하여 방패벽을 넘은 후 서쪽으로 방향을 잡았다.

이제 집으로 돌아가는 것이다.

MORTAL ENGINES

30

영웅의 금의환향

바트뭉크 곰파에 눈을 뿌리던 구름은 서쪽으로 날아가 런던
에 비를 뿌렸다. 다음날 오후 13층 엘리베이터가 런던에 도착했을
때까지도 비는 계속되고 있었다. 13층 엘리베이터를 환영하러 나온
인파는 없었다. 서클 파크의 젖은 잔디는 마지막 남은 나무들을 베
어 내고 있는 재활용 분과 사람들 몇을 제외하고는 텅 비어 있었다.
그러나 엔지니어 길드 회원들은 밸런타인의 귀향에 대해 이미 알고
있었다. 비행선이 착륙 유도 조명등을 따라 땅에 내리자 엔지니어
몇이 뛰어나갔다. 추적추적 내리는 비가 엔지니어들의 대머리를 적
시며 흘러내렸고, 전등불이 고무 코트에 반사되어 반짝였다.

   캐서린은 자기 방 창문을 통해 비행선이 닻을 내릴 수 있게 돕는
지상 요원들과 그 주변으로 몰려든 흥분한 엔지니어들을 보고 있었
다. 곤돌라의 문이 열렸다. 매그너스 크롬이 앞으로 나서자 그 뒤에
하인 한 명이 고무 우산을 받치고 따라갔다. 드디어 아빠가 곤돌라

와 지상을 잇는 경사진 복도를 따라 내려왔다. 멀리서도 아빠는 금방 분간할 수 있었다. 큰 키에 자신만만한 걸음걸이로 망토를 휘날리며 비행선에서 내리는 그 모습은 아빠 말고 다른 사람은 흉내도 낼 수 없는 것이었기 때문이다.

아빠를 보자 캐서린은 가슴속 깊은 곳에서 뭔가가 쥐어짜는 듯한 느낌이 들었다. 분노와 슬픔으로 심장이 금방이라도 터져 버릴 것 같았다. 그녀는 아빠가 돌아오시면 제일 먼저 뛰어나가 반길 날을 얼마나 손꼽아 기다려 왔는지 생각했다. 이제는 아빠와 일상적인 대화를 할 수 있을지조차 의문이었다.

비에 젖은 창문 너머로 그녀는 아빠가 크롬과 이야기하면서 고개를 끄덕이며 웃는 모습을 봤다. 순간적으로 엔지니어들에 가려 아빠가 보이지 않았지만 다시 아빠의 모습이 보였을 때는 아빠가 엔지니어들 틈에서 빠져나와 비에 젖은 잔디밭을 건너 클리오 하우스로 걸어오고 있었다. 아마도 캐서린이 왜 비행선까지 마중 나오지 않았을까 궁금해하고 있을 것이다.

캐서린은 당황해서 숨고 싶었다. 그러나 그녀는 자기 옆을 지키는 강아지를 보면서 힘을 얻었다. 거북이 등껍질로 만든 블라인드를 닫고 그녀는 계단을 올라오는 발소리를 들으며 아빠를 기다렸다. 드디어 문을 두드리는 소리가 났다.

"케이트? 케이트, 거기 있니? 너한테 들려줄 모험 이야기가 잔뜩 있단다! 샨 구오 눈밭에서 지금 막 돌아온 거야. 해 줄 이야기가 어

찌나 많은지 아마 네가 중간에 잠들어 버릴지도 몰라! 케이트, 괜찮
니?"

케이트는 문을 조금 열었다. 아빠는 비에 흠뻑 젖은 채 문밖에 서
있었다. 며칠간 잠을 이루지 못하고 눈물로 범벅이 된 그녀의 얼굴
을 보자 아빠 얼굴에서 미소가 사라졌다.

"케이트! 이젠 괜찮아! 아빠가 이렇게 무사히 돌아왔잖아!"

"알아요." 케이트가 말했다. "그리고 괜찮지 않아요. 아빠가 산에
서 돌아가시는 편이 나았을 뻔 했어요."

"뭐?"

"이제 다 알아요. 헤스터 쇼한테 아빠가 무슨 짓을 했는지 알게
됐어요."

케이트는 아빠를 방으로 들어오게 한 뒤 문을 닫았다. 강아지가 꼬
리를 흔들며 아빠에게 달려가자 그녀는 날카로운 목소리로 다시 불
러 앉혔다. 블라인드가 닫혀 있었기 때문에 방 안이 어두웠지만 아
빠가 책들이 무더기로 쌓인 책상을 한번 쳐다보고 자기 쪽으로 고개
를 돌리는 것은 볼 수 있었다. 아빠 목에는 붕대로 감은 상처가 나
있었고 셔츠에는 피가 묻어 있었다. 그녀는 헝클어진 자기 머리카락
을 손가락으로 감았다 폈다 하면서 다시 울지 않으려고 애썼다.

밸런타인은 며칠째 헝클어져 있는 캐서린의 침대에 앉았다. 바트
뭉크 곰파에서 돌아오는 동안 안나 팽의 마지막 말이 내내 귀에서
떠나지 않았다. '헤스터 쇼가 널 찾아낼 거야.' 같은 이름이 케이트

의 입에서 나오는 걸 들으니 마치 심장에 비수가 꽂히는 것 같았다.

"걱정하실 것 없어요." 캐서린이 말했다. "다른 사람은 아무도 몰라요. 그 애 이름을 우연히 알게 됐고, 아켄가스 박사한테서 판도라 쇼가 어떻게 살해됐는지 듣게 됐죠. 판도라 쇼가 7년 전쯤에 죽은 것과 그 즈음에 탐험 여행에서 돌아오신 아빠를 시장이 갑자기 좋아하게 된 건 이미 알고 있었고…. 그래서 이것저것을 종합해 본 것뿐이에요…."

그녀는 어깨를 으쓱해 보였다. 실마리를 찾고 나니 나머지는 식은 죽 먹기였다. 그녀는 자기가 읽고 있던 책을 집어 아빠에게 내밀었다. 『죽은 대륙에서의 모험』이었다. 아메리카에서 겪었던 일을 밸런타인이 직접 저술한 책이었다. 캐서린은 책에 실린 단체 사진에서 한 사람을 가리켰다. 아빠 옆에 서서 미소 짓고 있는 여자 비행사였다. "처음엔 알아차리지 못했어요. 그때는 결혼 전이라 다른 이름을 쓰고 있었으니까요. 아빠가 직접 죽였나요? 아니면 퓨시나 겐트를 시켜 죽였나요?"

밸런타인은 화가 나고, 절망스럽고, 부끄러워 고개를 떨궜다. 모든 증거에도 불구하고 캐서린은 마음 한편으로 자기가 오해한 것이길 간절히 바라고 있었다. 아빠가 이 모든 것을 부인하면서 쇼 일가를 살해한 사람은 자신이 아니라는 결정적 증거를 제시해 주길 기다렸던 것이다. 그러나 아빠가 고개를 숙이는 순간 그녀는 그 모든 것이 진실임을 알았다.

밸런타인은 "네가 이해해야 해, 케이트. 모두 너를 위해 한 일이야…."라고 말했다.

"저를 위해서요?"

밸런타인이 마침내 고개를 들었다. 그러나 케이트에게 눈길을 주지는 않았다. 케이트의 팔꿈치 쪽 벽 언저리를 바라보며 그는 말했다. "난 너에게 모든 걸 주고 싶었어. 나 같은 아웃컨추리의 고물 수집상이 아니라 상류 사회의 숙녀로 자라길 바랐던 거야. 난 크롬이 필요로 하는 걸 찾아야만 했어…. 판도라는 아메리카 탐험을 함께 한 오래된 동료였단다. 맞아. 내가 메두사의 설계도와 접근 암호를 찾아냈을 때 같이 있었지. 그때만 해도 메두사를 다시 만들어 낼 수 있을 거라곤 예상 못 했단다. 판도라와 나는 각자 갈 길을 찾아 헤어졌어. 반 견인 도시주의자였던 판도라는 어디서 만났는지 아둔한 농사꾼하고 결혼해서 오크 아일랜드라는 곳에 정착했지. 나는 판도라가 계속 메두사에 대해 생각하고 있는지 몰랐어. 근데 혼자서 아메리카로 다시 탐험 여행을 갔나 보더군. 그때 판도라가 우리가 원래 갔던 지하 유적지의 또 다른 통로를 찾은 거야. 거기서 새로 찾은 게 바로…."

"컴퓨터 두뇌였죠." 캐서린이 참지 못하고 말했다. "메두사를 다시 복구하는 열쇠가 된…."

"맞아." 밸런타인은 캐서린이 생각보다 많이 알고 있는 것에 놀라며 작은 소리로 말했다. "판도라가 나한테 편지로 그 컴퓨터 두뇌를 찾았다는 소식을 전했지. 설계도와 접근 암호 없이는 자기가 갖고 있는 게 아무 소용 없다는 걸 그녀도 알았던 거야. 너도 알다시피 그 설계도와 암호는 런던에 있었고. 판도라는 컴퓨터 두뇌를 팔아서 이익을 나눠 가질 수 있을 거라 생각했어. 나는 그 정도의 물건을 크롬에게 넘기면 내 운명이 바뀔 거라는 걸 알았지. 그리고 네 미래가 확실히 보장된다는 것도!"

"그래서 판도라를 죽였군요."

"판도라는 크롬에게 그걸 팔려고 하지 않았어. 그녀는 반 견인 도시주의자였으니까. 판도라는 연맹에 메두사를 넘기고 싶어 했어. 난 그녀를 죽여야만 했단다, 케이트."

"하지만 헤스터는요?" 온몸의 감각이 마치 주사를 맞은 것처럼 멍멍해진 상태로 케이트가 물었다. "왜 그 애까지 상처를 입혔나요?"

"원래 그럴 계획은 아니었단다." 밸런타인은 비참한 목소리로 말했다. "그 애가 잠에서 깰 줄은 몰랐어. 아주 예쁘게 생긴 네 또래 아이였지. 너랑 너무 닮아서 자매라고 해도 믿었을 거야. 어쩌면 진짜 너와 자매 간일지도 몰라. 판도라와 난 상당히 가까운 관계였거든."

"제 자매라고요?" 캐서린이 놀라서 물었다. "그러면 아빠의 딸을!"

"그 애 엄마의 시체에서 고개를 돌렸는데 나를 노려보고 있는 헤스터와 눈이 마주쳤어! 그 애 입을 막아야만 했단다. 칼로 세게 내리쳤는데, 제대로 맞추질 못한 거지. 난 그 애가 죽은 줄 알았어. 차마 확인 사살까지는 못 하겠더구나. 결국 그 애는 탈출에 성공해서 배를 타고 사라져 버렸단다. 난 도망치다 물에 빠졌을 거라고만 생각했어. 그날 내장 갑판에서 날 찌르려고 하기 전까지는."

"그리고 톰은…." 캐서린이 말했다. "그 애의 이름을 들었기 때문에 톰도 죽여야 했던 거군요. 톰이 다른 역사학자들한테 그 애의 이름을 이야기하면 진실이 밝혀질 수도 있으니까."

밸런타인은 사정하는 눈빛으로 캐서린을 바라봤다. "넌 이해 못해, 케이트. 그 애가 누구인지, 내가 어떤 짓을 했는지 사람들이 알게 되면 아무리 크롬이라도 날 보호해 주지 못해. 그럼 너까지 나락으로 떨어지는 거고."

"하지만 크롬은 알고 있었어요. 그렇죠?" 캐서린이 물었다. "그래서 아빠는 크롬한테 그렇게 충성을 바치는 거고요. 보수만 충분하고, 딸년이 상류 사회 숙녀처럼 살 수 있게만 해 주면 개처럼 충성을 바친다 이거죠?"

비가 내렸다. 흠뻑 젖은 땅 위로 런던이 꾸역꾸역 몸을 끌며 계속 전진해 가는 바람에 집 전체가 흔들렸고 유리창에 젖은 빗물도 흔들려 보였다. 강아지는 앞발에 머리를 얹고 엎드려서 주인과 밸런타인을 번갈아 쳐다보고 있었다. 둘이 싸우는 걸 전에는 한 번도 본적이 없었다. 둘이 싸우니 정말 싫었다.

"전 아빠가 너무나 멋지다고 생각했어요." 캐서린이 말했다. "이 세상에서 제일 용감하고 제일 현명한 최고의 아빠라고 생각했죠. 하지만 아니었어요. 심지어 머리가 좋은 것도 아니었어요, 그죠? 크롬이 메두사를 어디에 쓸기나 하셨어요?"

밸런타인은 그녀를 날카롭게 쏘아봤다. "물론 알고 있었지! 도시가 도시를 먹는 세상이야, 케이트. 물론 판체르슈타트-바이로이트가 그렇게 파괴된 건 정말 안된 일이지. 하지만 런던이 살아남으려면 방패벽을 깨야만 해. 새로운 사냥터가 없으면 모두 죽을 수밖에 없어."

"그래도 거긴 사람들이 살고 있잖아요!" 캐서린이 울부짖으며 말했다.

"반 견인 도시주의자들만 살고 있지, 케이트. 그리고 대부분의 사람들은 지금쯤 몸을 피했을 게다."

"우릴 가만히 내버려두지 않을 거예요. 비행선들을 갖고 있으니까요…."

"그렇지 않아." 밸런타인은 자기도 모르게 자랑스러운 미소를 지었다. "크롬이 왜 나를 동쪽으로 보냈다고 생각하니? 연맹의 노던 비행 함대는 이미 잿더미로 변하고 말았어. 오늘 밤 메두사는 연맹의 그 유명한 방패벽을 뚫고 런던이 지나갈 길을 열어 줄 거야." 그는 일어서서 마치 그 승리가 지금까지 지은 죄를 모두 씻어 주기라도 할 것처럼 캐서린에게 손을 내밀었다. "발사 예정 시각이 저녁 9

시라고 그러더구나. 그 전에 길드홀에서 파티가 있을 예정이고. 와
인과 카나페를 먹으면서 새로운 시대의 동이 트는 걸 축하할 거야.
나와 함께 가지 않을래, 케이트? 네가 같이 가면 좋겠다⋯."

아빠가 크롬의 계획을 모르고 한 짓일지도 모른다는 게 캐서린의
마지막 희망이었다. 이제 그 희망마저도 사라져 버렸다. "바보!" 그
녀는 절규했다. "크롬이 얼마나 끔찍한 일을 벌이고 있는지 모르시
겠어요? 아빠가 말려야 해요! 그 위험한 기계를 아빠가 없애야 해
요!"

"그렇게 되면 런던은 자신을 방어할 길이 전혀 없어. 이미 사냥터
한복판에 들어섰는데 말이야." 아빠가 지적했다.

"그래서요? 지금까지 해 온 것처럼 살면 되잖아요. 작은 도시들을
쫓아가서 잡아먹고, 더 큰 도시를 만나면 도망가다 잡아먹히고⋯.
그렇게 잡아먹히더라도 살인자가 되는 것보다는 나아요!"

캐서린은 아빠와 한 방에 같이 있는 걸 단 1초도 더 참을 수 없었
다. 밖으로 뛰쳐나가는 그녀를 밸런타인은 잡으려 하지도, 부르지
도 않았다. 그저 충격에 빠져 창백해진 얼굴로 멍하니 그 자리에 서
있을 뿐이었다. 집을 나온 캐서린은 흐느끼며 비에 젖은 공원을 가
로질러 갔다. 강아지가 바로 뒤를 따르고 있었다. 아빠가 있는 곳의
정반대편 갑판 가장자리에 닿아서야 그녀는 멈춰 섰다. '어떻게든
해야 해!' 머릿속에는 온통 그 생각뿐이었다. '메두사를 막아야
해⋯.'

캐서린은 엘리베이터 역 쪽으로 서둘러 걸어갔다. 고글 스크린에서는 밸런타인의 귀환과 함께 날아온 기쁜 소식을 계속 반복해서 방송하고 있었다.

MORTAL ENGINES

31

도청자

런던은 속도를 더 올려 산악 지대 쪽으로 질주해 갔다. 스텝 기후 고산 지역에 몇 년간 안전하게 정착해 살던 준정착 타운들은 런던이 다가오자 놀라서 모두 다른 곳으로 이동했다. 이들이 떠난 자리에는 푸르게 가꿔진 농경지와 완전히 정착해서 살던 위성 타운들만 남았다. 그러나 런던은 그런 것에는 아무 관심도 두지 않았다. 이제는 런던 시민 전체가 시장의 계획을 알고 있었다. 사람들은 추위에도 불구하고 앞쪽 전망대에 모여 서서 망원경으로 샨 구오 쪽을 구경했다. 전설적인 방패벽을 처음으로 보게 되는 것이라 모두들 호기심이 대단했다.

"얼마 안 남았어!" 사람들은 서로에게 말했다.

"바로 오늘 밤이래!"

"완전히 새로운 사냥터가 우리 손에 떨어지는 거야!"

⊛ ⊛ ⊛

박물관 사람들은 이제 대부분 캐서린과 강아지에게 익숙해져 있었다. 그래서 하얀 늑대를 데리고 아래층 전시관을 급히 걸어가는 그녀에게 별다른 관심을 기울이는 사람들은 없었다. 몇몇이 그녀의 서두르는 듯한 눈빛과 얼굴을 적신 눈물을 보긴 했지만, 그녀는 손수건을 건네줄 틈도 없이 난캐로 박사의 사무실로 쏜살같이 걸어갔다.

사무실에 들어선 캐서린을 맞은 건 테레빈유 냄새와 난캐로 박사의 파이프 담배 냄새뿐이었다. 예술사를 전공한 사무실 주인과 베비스 포드는 어느 곳에도 없었다. 그녀는 다시 복도로 뛰어나가 바닥을 닦고 있던 뚱뚱한 3등 견습생에게 난캐로 박사가 어디 있는지 물었다. "미스터 난캐로는 보관실에 계세요." 견습생은 불만에 가득 찬 목소리로 말했다. "새로 온 그 이상한 놈하고 같이요."

캐서린이 보관실로 들어갔을 때 '새로 온 그 이상한 놈'은 난캐로 박사를 도와 보관 선반에서 그림을 꺼내고 있었다. 커다란 금박 액자에 들어 있는 그 그림은 월마트 스트레인지의 〈런던 재건을 관장하는 쿼크〉라는 작품이었다. 캐서린이 들어오는 소리에 놀란 베비스가 잡고 있던 그림을 놓치자 쾅 소리가 나면서 먼지 자욱한 보관실 가득 메아리가 울렸다. 마치 작은 폭발 사고라도 난 것 같은 소리였다. "이런, 포드!" 난캐로가 화난 목소리로 불평했지만 캐서린이 와 있는 걸 보고는 더 이상 험한 소리를 하지 않았다. "앉아서 차라도 한잔해야 할 것 같은 표정이로군요, 미스 밸런타인." 그렇게 말하면서 난캐로 박사는 미로처럼 얽힌 선반들 사이로 사라졌다.

"케이트!" 베비스 포드가 캐서린 쪽으로 어정쩡하게 몇 걸음 다가왔다. "무슨 일이야?" 베비스는 사람들을 안심시키거나 위로하는 일에 익숙하지 않았다. 그런 것은 엔지니어 견습생 훈련에 포함되어 있지 않았다. 뻣뻣하게 팔을 내밀어 캐서린의 어깨를 건드리는 순간 그녀가 자기 품으로 뛰어들자 베비스는 무척 당황했다. "어…." 그는 더듬거렸다. "자, 자, 괜찮아…."

"베비스…." 캐서린이 훌쩍거리며 말했다. "우리밖에 없어. 어떻게든 수를 내야 해. 오늘 밤…."

"오늘 밤?" 그는 울음 섞인 소리로 급히 설명하는 캐서린의 이야기를 빠짐없이 듣기 위해 애쓰며 물었다. "하지만 우리 둘이서 해야 한다는 거야? 미스터 밸런타인이 우릴 도와주실 거라고…."

"그 사람은 이제 더 이상 내 아빠가 아니야." 캐서린은 씁쓸한 어조로 그렇게 말하다가 문득 그 말이 진실이라는 것을 깨달았다. 그녀는 마치 베비스가 비참함과 죄의식으로 가득한 이 늪지대를 건너게 해 줄 유일한 뗏목이라도 되는 것처럼 그에게 있는 힘을 다해 매달렸다. "아빠는 크롬 편이야. 그래서 내가 메두사를 없애야 해. 무슨 말인지 알겠어? 아빠가 저지른 일들을 나라도 나서서 고쳐야 한다고…."

난캐로가 커다란 머그잔 두 개에 뜨거운 차를 담아서 돌아왔다. "음! 어! 음!" 두 젊은이가 서로 껴안고 있는 걸 본 그는 어색해서 그렇게 더듬거리더니 "내 말은… 서류 정리를… 빨리 가 봐야 하는데…. 한두 시간 후에 돌아올 테니 포드 자네는 하던 일을 마저…." 라고 얼버무리면서 서둘러 자리를 피했다.

난캐로 박사는 보관실을 떠나다가 문 바로 밖 복도를 닦고 있던 뚱뚱한 3등 견습생과 부딪혀 거의 넘어질 뻔했다. "쿼크 맙소사! 멜리판트!" 난캐로 박사의 고함 소리가 캐서린과 베비스에게까지 들려왔다. "좀 사람들 없는 곳에서 일할 수 없나?"

그러나 허버트 멜리판트는 사람들 없는 곳에서 일할 생각이 없었다. 3등 견습생으로 강등된 후부터 그는 늘 다시 1등 견습생으로 올라갈 길을 찾고 있었다. 그러던 중 포드라는 녀석이 며칠 전 멜리판트의 눈에 띄었다. 늙은 길드 회원들과 아주 친한 그 젊은 녀석은 역사학자 길드 회장의 딸과 붙어 다니고, 견습생 복장을 하고는 있지만 다른 견습생들처럼 기숙사에서 자거나 수업에 들어오지 않았다. 고글 스크린에서는 엔지니어 길드가 아직도 길드의 비밀 회의에 잠입해 들어간 테러리스트들을 수배 중이라는 뉴스가 나오고 있었다. 멜리판트는 닥터 밤브레이스가 난캐로의 조수에게 상당히 흥미를 보일 거라는 생각이 들었다. 난캐로 박사가 모퉁이를 돌자마자 멜리판트는 물걸레와 양동이를 집어던지고 다시 문 쪽으로 다가갔다.

"반 견인 도시 연맹은 메두사를 막을 힘이 없어." 캐서린이 말했다. "그게 바로 아빠가 하고 온 일이야. 연맹의 도시들을 정탐하고 비행 함대를 폭파시키고…. 그래서 이제 우리 손에 달렸다고 하는 거야."

"다른 역사학자 길드 회원들은?" 베비스가 물었다.

캐서린은 어깨를 으쓱했다. "역사학자들은 너무 겁이 나서 우리를 도와주지 못할 거야. 하지만 난 혼자 해낼 수 있어. 자신 있어. 아빠가 시장이 주최하는 파티에 날 초대했어. 거기 갈 예정이야. 아빠에게 용서한다고 말하고 다시 행복한 모녀가 된 것처럼 파티에 참석할 거야. 그러다 다른 사람들이 크롬을 칭찬하면서 음식을 먹고 있는 틈을 타 몰래 빠져나가야지. 메두사를 찾아 부숴 버리겠어. 망치가 좋을까? 아켄가스 박사가 공구실 열쇠를 어디에 두는지 알고 있거든. 거기에 분명 망치가 있을 거야. 아니면 쇠 지렛대라든지. 쇠 지렛대가 망치보다 나을까?"

캐서린이 갑자기 웃음을 터뜨렸다. 광기가 어린 듯한 그 웃음소리에 베비스가 움찔하는 것을 캐서린은 놓치지 않았다. 그녀는 순간 베비스가 "정신 차려."라든지 "절대 불가능해." 같은 말을 할까 봐 걱정이 됐다. 캐서린은 베비스의 얼굴을 어루만졌다. 발그레해진 귀로 손을 옮기고 이어서 침을 삼키느라 움직이고 있는 목 근육을 더듬었다.

"폭탄." 그가 말했다.

"뭐?"

"메두사는 엄청나게 클 거야. 아마 세인트 폴 성당의 절반을 차지할 만큼 클 거야. 그런 걸 부수려면 폭탄을 터뜨려야 해." 그가 흥분과 공포가 섞인 표정으로 말했다. "박물관을 청소할 때 쓰는 세제에 질소가 들어 있어. 그걸 난케로 박사가 그림 복원에 사용하는 액체와 섞고, 타이머를 만들어 달면…."

"어떻게 그런 걸 다 알아?" 캐서린이 놀라서 물었다. 자기도 폭탄까지는 생각하지 못했기 때문이다.

"기초 화학이야." 베비스는 어깨를 으쓱해 보이면서 말했다. "학습 실험실에서 기초 화학 수업을 들은 적이 있어."

"맨날 생각하는 게 그런 거야, 엔지니어들은? 폭탄 만들어서 뭘 부숴 버릴 생각…." 그녀가 작은 소리로 말했다.

"아니, 아니야! 하지만 그게 바로 과학이야. 그걸 이용해서 하고 싶은 일을 할 수 있는 거지. 케이트, 꼭 해야겠으면 작은 배낭에 들어갈 만한 폭탄을 만들어 줄게. 메두사 가까이 갈 수 있으면 폭탄을 컴퓨터 두뇌 근처에 설치하고 타이머를 맞춘 다음 몸을 피해. 그러면 30분 후에…."

문밖에서는 멜리판트의 귀가 창백한 민달팽이처럼 문에 붙어 떨어질 줄 모르고 있었다.

❀ ❀ ❀

더 빨리, 더 빨리, 더 빨리. 마치 시장의 열정이 런던의 세포 하나 하나에 스며든 듯했다. 엔진실의 피스톤들은 시장의 심장만큼 열정 적으로 움직였고, 바퀴와 트랙들은 앞서 가는 그의 생각을 따라 방 패벽과 런던 역사의 새로운 장을 향해 쉼 없이 질주했다.

밸런타인은 오후 내내 캐서린을 찾아 공원을 헤맸다. 빗물이 뚝뚝 떨어지는 피 묻은 옷을 입은 채 저녁 식사 중인 지인들의 집 창문을 두드리며 "우리 딸 여기 왔나요? 혹시 오늘 캐서린 본 적 있어요?" 라고 물어 사람들을 놀래키기도 했다. 지금 그는 클리오 하우스 거 실에서 서성거리고 있었다. 이미 진흙 범벅이 되어 버린 카펫에 물 을 뚝뚝 떨어뜨리며 뼛속까지 스민 한기 그리고 심장을 꿰뚫는 공 포감과 싸우고 있었다.

그때 자갈이 깔린 앞마당에서 발자국 소리가 들리더니 현관에서 기척이 느껴졌다. 다음 순간 주인만큼이나 비에 젖고 비참한 몰골 을 한 퓨시가 뛰어 들어왔다. "아가씨가 어디 계신지 알아냈습니다, 대장님! 지금 박물관에 계세요. 박물관 입구에서 일하는 크리버에 따르면 최근에 박물관에서 시간을 많이 보냈답니다."

"거기로 가자!" 밸런타인이 급히 외쳤다.

"정말이요, 대장님?" 퓨시는 눈물로 범벅이 되고 열에 들뜬 듯한 주인의 얼굴을 차마 보지 못하고 자기 발만 쳐다보면서 말했다. "그

냥 좀 혼자 계시게 하는 게 낫지 않을까 싶은데…. 박물관에 계시면
안전하기는 할 것이고 또… 혼자 생각을 해 볼 시간이 필요할 텐
데…. 때가 되면 돌아오실 거예요."

밸런타인은 의자에 쓰러지듯 몸을 던졌다. 나이 든 비행사 퓨시는
다 이해한다는 표정으로 조용히 방을 돌아다니면서 불을 켰다. 창밖
으로 서서히 해가 지고 있었다. "대장님, 칼에 광을 내고 드레싱 룸
에서 제일 좋은 예복을 꺼내 뒀습니다." 퓨시가 조심스럽게 말했다.
"시장님 주최 파티 잊지 않으셨죠? 빠지면 골치 아파질 겁니다."

밸런타인은 고개를 끄덕이며 자기 손을 내려다봤다. "내가 왜 크
롬 일에 동조했을까? 그토록 오랫동안…. 퓨시, 왜 내가 크롬한테
메두사를 줬을까?"

"제가 뭘 알겠습니까…."

밸런타인은 긴 한숨을 내쉬며 드레싱 룸 쪽으로 걸어갔다. 그는
자신도 케이트의 날카로움을 가질 수 있었으면 하고 바랐다. 그토
록 쉽게 옳고 그른 것을 판단할 수 있는 날카로움…. 그는 케이트가
원하는 것처럼 자신에게 크롬과 맞설 수 있는 용기가 있었으면 하
고 바랐다. 그러나 그러기엔 이제 너무 늦었다. 너무 늦은 것이다.

❁ ❁ ❁

같은 시간 크롬은 먹고 있던 저녁 식사(단백질, 탄수화물, 비타민 등을

이상적인 비율로 맞춰 넣은 야채와 고기 대체 식품을 갈아 만든 죽)에서 눈을 들어 식탁 앞에 벌벌 떨며 서 있는 견습생 역사학자를 바라봤다. 밤 브레이스가 지금 막 데려온 자였다. "멜리판트 견습생, 할 말이 있다고 그랬나?"

32

처들리 포메로이의 통찰

캐서린은 이 모든 걸 이겨낼 수 있을 것 같다는 생각이 들었다. 몇 시간 전까지만 해도 그저 한구석에 웅크린 채 슬픔으로 죽어버리고 싶었지만 이제는 괜찮았다. 엄마가 돌아가셨을 때 어떤 느낌이었는지도 기억났다. 온몸의 감각을 마비시킬 만큼 센 일격을 당하고 얼이 나가 있는데도 삶은 어떻게든 계속되는 것에 적잖이 놀랐더랬다. 적어도 이번에는 옆을 지켜 줄 강아지가 있었고, 무엇보다도 베비스가 있었다.

"케이트, 볼트가 하나 더 필요해. 이렇게 생긴 건데 조금 더 긴 거…"

케이트는 지금까지 베비스 포드를 착하고, 덤벙대고, 실생활에는 별 소용이 없는 그런 종류의 사람으로 여겼다. 그리고 다른 역사학자들도 베비스를 그런 식으로 생각하는 것 같았다. 그러나 그날 오후, 그녀는 베비스가 실은 자기보다 훨씬 더 머리가 좋다는 걸 알았다. 캐서린은 교통수단 전시관 구석에서 휴대용 아르곤 램프를 켜 놓고 몸을 한껏 구부린 채 일을 하는 베비스를 보고 있었다. 그는 세제로 사용하는 파우더의 양을 정확히 잰 후, 옛 그림을 복원하는 데 쓰는 액체도 따로 재서 담고, 그림을 거는 데 사용하는 철사와 수백 년 된 자동차의 계기판을 이용해 타이머를 만드는 중이었다. 이 모든 것을 합쳐 폭탄이 완성되면 캐서린이 가져온 작은 가방에 넣을 것이다.

"볼트 좀 줄래, 케이트?"

"아, 응…." 캐서린은 바닥에 어지럽게 흩어져 있는 여러 가지 부품들 중에서 베비스가 원하는 것을 찾아 건넸다. 시계를 봤다. 저녁 8시였다. 이제 곧 클리오 하우스로 돌아가 미소 띤 얼굴로 아빠에게 말해야 했다. "잘못했어요. 아까는 생각이 좀 짧았던 것 같아요. 시장 주최 파티에 저도 데려가 주실 거죠?"

"자!" 베비스가 가방을 들어 올리며 말했다. "이제 다 됐어."

"폭탄 같아 보이지 않는데!"

"바보, 바로 그게 포인트야. 봐!" 그는 가방을 열어 그 안에 들어 있는 것을 보여 줬다. 폭탄을 작동시키기 위해 눌러야 하는 빨간 버튼과 타이머가 보였다. "큰 폭발을 일으키지는 않을 거야." 베비스가 말했다. "하지만 컴퓨터 두뇌에 최대한 가까이 설치할 수만 있다면…."

"어떻게든 방법을 찾을게." 가방을 받아 들면서 캐서린이 다짐했다. "난 밸런타인의 딸이잖아. 메두사에 접근하기는 그나마 내가 제일 쉬울 거야." 그녀는 베비스가 우울해 보인다고 생각했다. 어쩌면 모든 엔지니어들이 꿈꾸는 고대인들의 놀라운 컴퓨터 기술이 희생된다는 생각에 우울해진 건지도 모른다는 생각이 들어 캐서린은 이렇게 덧붙였다. "꼭 해야만 하는 일이야."

"알아, 나도 같이 갈 수 있으면 하고 생각했을 뿐이야."

캐서린은 베비스를 꼭 껴안았다. 그리고 자기 얼굴을 그의 얼굴에, 자기 입술을 그의 입술에 댔다. 베비스는 온몸을 떨면서 긴장된 손길로 그녀의 머리를 쓰다듬고 또 쓰다듬었다. 강아지가 낮은 소리로 으르렁거렸다. 샘이 났는지도 모른다. 캐서린의 침실 선반에 먼지를 쓰고 앉아 있는 인형들처럼 캐서린의 애정을 다른 데 뺏기는 서글픈 신세가 될까 봐 두려운 것 같았다. "오, 베비스." 캐서린이 떨리는 몸을 뒤로 빼며 속삭였다. "우린 이제 어떻게 될까?"

아래층에서 계단 통로를 타고 누군가의 고함 소리가 메아리쳐 왔다. 무슨 소리인지 알아듣기엔 너무 희미했지만 그 순간 둘 다 뭔가 잘못되었음을 느꼈다. 지금까지 어느 누구도 박물관에서 소리를 지른 적이 없었기 때문이다.

강아지가 더 크게 으르렁대기 시작했다. 문 쪽으로 달려가는 강아지를 따라 캐서린과 베비스는 아래층 계단과 이어진 어두운 복도로 나왔다. 기다란 나선형 계단이 어둠 속으로 빨려 들어가듯 아래로 이어지면서 동으로 만든 손잡이만이 희미하게 빛을 반사하고 있었다. 어디선가 서늘한 바람이 불어오는가 싶더니 다시 고함 소리가 들려오면서 '빵!' 하는 소리와 함께 뭔가가 떨어지는 소리가 들렸다. 아래층 계단 언저리에서 손전등 빛이 어둠 속에 어지러운 선을 그리고 있었다. 이제 고함 소리가 더 확실히 들렸다. 처들리 포메로이의 목소리였다. "이건 말도 안 되는 일이야! 말도 안 돼! 이건 역사학자 길드 영역에 대한 무단 침입이야!"

엔지니어 길드의 보안팀이 계단을 서둘러 올라오느라 고무 창이 박물관 바닥에 부딪히면서 요란한 소리가 났다. 그들이 입은 하얀 고무 코트와 반들반들하고 복잡하게 생긴 총들이 손전등 빛을 받아 번쩍거렸다. 캐서린이 있는 곳까지 올라온 그들은 강아지가 눈을 번뜩이면서 귀를 뒤로 한껏 젖힌 채 언제라도 앞으로 튀어나갈 듯 몸을 낮춘 걸 보고 속도를 늦췄다. 강아지를 향해 총구가 겨눠지자 캐서린이 강아지의 목줄을 잡고 소리쳤다. "물지 않을 거예요. 그냥 겁을 내고 있을 뿐이에요. 쏘지 말아요…."

하지만 그들은 캐서린의 애원과는 상관없이 총을 발사했다. 총에서 뭔가 깨지는 것처럼 날카로운 소리가 들렸고, 총알에 맞은 충격으로 강아지의 그 큰 몸이 캐서린 손에서 빠져나가 벽에 부딪혔다. 춤추는 듯한 손전등 불빛 사이로 피가 보였다. 캐서린은 가쁜 숨을 몰아쉬었다. 심하게 오한이 들면서 온몸이 주체할 수 없이 떨려 왔다. 움직이고 싶어도 전혀 움직일 수 없었다. 그런 캐서린의 상태를 아는지 모르는지 날카로운 목소리가 들려왔다. "미스 밸런타인, 한 발자국도 움직이면 안 돼요."

"강아지…." 캐서린은 작은 소리로 절규했다.

"움직이지 말아요. 저 맹수는 이미 죽었습니다."

밤브레이스 박사가 희미한 연기를 뚫고 계단을 올라왔다. "포드, 너도!" 베비스가 강아지 쪽으로 다가가려 하자 그가 말했다. 무장한 보안팀 곁에 도착한 박사는 둘에게 미소를 지어 보였다. "견습생, 자넬 찾아 온갖 곳을 다 뒤졌지. 부끄러운 줄 알라고. 그 가방 이리 내!"

베비스가 가방을 내밀자 큰 키의 밤브레이스 박사는 거칠게 낚아 채더니 바로 안을 들여다봤다. "멜리판트가 경고한 대로야. 폭탄이군."

그가 돌아서서 계단을 내려가자 보안팀 중 두 명이 앞으로 나서 베비스와 캐서린을 끌고 가기 시작했다. "안 돼!" 캐서린은 둘을 떼어 놓으려는 보안팀을 뿌리치며 베비스의 손을 잡으려고 몸부림쳤다. "안 돼!" 그녀의 목소리가 천장에 부딪혀 계단 통로를 타고 아래층까지 메아리쳤다. 그녀는 그 소리가 떼를 쓰는 아이의 목소리처럼 약하고 무력하게 느껴졌다. 바보 같고 못된 장난을 하다가 걸려서 받게 된 벌이 불공평하다고 떼를 쓰는 그런 목소리 말이다. 캐서린은 자신을 붙잡고 있던 사람의 정강이를 걷어찼다. 하지만 그는 덩치가 큰데다 긴 부츠를 신고 있어서 눈 하나 깜짝하지 않았다. "우릴 어디로 데려가는 거죠?"

"나와 함께 최상층 갑판으로 가는 거요, 미스 밸런타인." 밤브레이스가 뒤를 돌아보며 말했다. "시장님 파티에 좋은 화젯거리가 될 거요. 남자 친구는 안됐지만 맹장 교도소로 가야 하고." 그 말에 두려움을 삼키며 신음하는 베비스를 보면서 그는 싱긋 웃었다.

"저 사람 잘못이 아니었어요." 캐서린이 항의했다. 모든 것이 무너지는 느낌이었다. 자신이 세운 바보 같은 계획이 수포로 돌아가면서 자신과 베비스, 그리고 강아지 모두 깊은 수렁에 빠져 들고 있었다. "내가 저 사람을 협박했어요! 베비스와는 아무 상관없는 일이에요!" 그러나 밤브레이스는 이미 몸을 돌린 후였고, 엔지니어 하나가 화학약품 냄새 풍기는 손으로 그녀의 입을 막았다.

❀ ❀ ❀

밸런타인의 차가 길드홀 앞에 멈춰 섰다. 다른 길드 회장들의 차는 이미 대부분 주차가 되어 있었다. 차에서 내린 겐치는 밸런타인이 내릴 수 있도록 문을 잡고 서 있다가 아들을 학교에 보내는 엄마처럼 밸런타인의 얼굴로 내려온 머리카락을 쓸어 올려 주고, 옷깃을 바로 세워 주는가 하면 허리에 찬 칼 손잡이를 다시 닦아 주는 등 괜한 법석을 피웠다.

밸런타인은 마음이 딴 데 가 있는 사람처럼 그냥 하늘만 쳐다보고 있었다. 하늘 높이 뜬 깃털 구름이 서산으로 지는 해를 받아 붉게 빛나고 있었다. 여전히 바람은 동쪽에서부터 불어왔고, 그 바람에 실려 온 눈 냄새 덕에 밸런타인은 잠시 캐서린을 잊고 샨 구오를 떠올릴 수 있었다. '헤스터 쇼가 널 찾아낼 거야.' 펭후아는 죽어 가면서 그렇게 말했다. 그런데 펭후아가 어떻게 헤스터에 대해 알고 있었을까? 그 애를 만났을 리 없는데, 어떻게? 헤스터가 아직 살아 있다는 말인가? 헤스터가 어찌어찌해서 바트뭉크 곰파까지 흘러들어 간 걸까? 그 애가 지금 산 속에 숨어서 다시 런던에 잠입해 자기를 죽일 기회를 노리고 있단 말인가? 혹시 캐서린에게 해코지하려는 건 아닐까?

법석을 떨고 있는 겐치의 커다란 손을 밀어내며 밸런타인이 말했다. "파티에 빠져도 상관없다면 13층 엘리베이터를 타고 올라가 런던 주변을 한번 둘러보는 것도 괜찮을 텐데. 연맹의 불쌍한 바보들이 무슨 짓을 할지 모르는 상황이니."

"알겠습니다, 대장님!" 두 베테랑 비행사는 시장이 주최하는 파티에 가는 게 어차피 별로 달갑지 않았다. 감질나는 음식 하며, 엔지니어들의 잘난 척하는 태도들을 참자면 상당히 힘이 들었기 때문이다. 제대로 된 전투가 있을지도 모른다고 생각하니 두 사람은 어깨가 저절로 들썩거렸다. 겐치와 퓨시는 다시 차에 타고 엔지니어들과 시장 호위병들을 놀래키면서 쏜살같이 사라졌다. 밸런타인은 넥타이를 다시 한번 매만지고 나서 길드홀 계단을 오르기 시작했다.

⊛　⊛　⊛

　엔지니어 보안팀은 죄수들을 데리고 박물관 1층 복도를 통해 주전시관으로 갔다. 박물관 전체가 텅텅 비어 있었다. 캐서린은 박물관에 이렇게 사람이 없는 걸 지금까지 본 적이 없었다. 역사학자들은 모두 어디로 간 걸까? 그 사람들이 거기 있다고 해도 자길 도와줄 수 없다는 걸 캐서린은 누구보다도 잘 알고 있었다. 하지만 그녀는 사람들이 보고 싶었다. 자신에게 무슨 일이 일어났는지 아는 사람이 있다는 걸 확인하고 싶었다. 뒤에 따라오는 강아지의 발자국 소리를 들으려 귀를 기울이다가 아무 소리도 들리지 않아 깜짝 놀라고, 무슨 일이 있었는지 기억해 내기를 여러 차례 반복했다. 베비스는 바로 옆에서 걸어가고 있었지만 캐서린 쪽은 쳐다보지도 않았다. 맹장 교도소의 모습과 그곳에서 자신에게 닥칠 일들이 보이기라도 하는 듯 그는 멍하니 앞만 보며 걷고 있었다.

　정문으로 통하는 계단 제일 위쪽에 다다른 엔지니어들이 갑자기 멈춰 섰다. 계단 아래쪽의 널찍한 공간에 역사학자들이 모여 있었다. 밤브레이스 일당이 위층에서 실랑이를 하는 동안 그들은 '무기와 전쟁' 전시관에서 고대인들이 사용하던 창, 보병총, 녹슨 칼, 투구 등을 꺼내 무장을 한 상태였다. 몇몇은 검은 가운 위에 가슴을 가리는 갑옷을 입고 있었고, 몇몇은 방패를 들고 있기도 했다. 마치 오합지졸 군대를 연기하는 아마추어 연극 단원들 같은 모습이었다.

"이게 무슨 뜻이오?" 밤브레이스가 외쳤다.

처들리 포메로이가 앞으로 나섰다. 튜바의 나팔 부분만큼이나 끝이 벌어진 나팔총을 들고 있었다. 캐서린은 다른 역사학자들도 벽쪽 어두운 곳, 진열장 뒤, 공룡뼈 뒤에 몸을 숨긴 채 모두 이 광경을 지켜보고 있다는 것을 알아챘다. 어떤 이들은 증기 단총을 겨누고 있기도 했다.

"여러분!" 포메로이가 긴장된 목소리로 말했다. "여러분은 역사학자 길드 관할 건물에 들어와 있소. 그 두 젊은이를 우리에게 즉시 넘길 것을 제안하오."

"즉시!" 카루나 박사가 다시 한번 강조하면서 들고 있던 먼지 긴 보병총을 밤브레이스의 미간에 조준했다.

밤브레이스가 웃기 시작했다. "이런 바보들 같으니! 우리에게 대항할 수 있다고 생각하나? 오늘 당신들이 한 바로 이 짓 때문에 역사학자 길드는 해체될 것이오. 그리고 세상에 쓰잘 데라곤 없는 저 유물들도 모두 보일러에 던져 태워 버릴 거고. 당신들은 모두 맹장 교도소에 가서 고통스럽게 죽게 될 것이오. 그렇게 역사를 좋아하니 우리가 당신들을 역사 속으로 보내 주지! 우리는 엔지니어 길드 회원들이야! 엔지니어 길드가 바로 미래를 쥐고 있다고!"

심장이 딱 한 번 뛸 정도의 짧은 순간 동안 정적이 흘렀다. 밤브레이스의 목소리가 오래된 박물관에 메아리치며 사라져 갔다. 그 순간 총을 뽑는 소리와 신경통으로 아픈 손가락을 굽혀 방아쇠를 당기는 소리가 들리더니 곧이어 온 천지에 총알이 난무하면서 박물관이 불빛과 연기로 가득 찼다. 높은 돔 천장 탓에 소음은 더욱 요란했다. 기침병이 난 마귀할멈의 웃음소리 같은 권총 소리와 포메로이의 나팔총이 내는 깊은 울림, 그리고 매표소 옆에 숨겨 놓았던 대포에 난캐로 박사가 라이터로 불을 붙여 발사한 포탄의 굉음 등이 모두 섞여 난장판이 됐다. 캐서린은 밤브레이스와 부하 두 명이 옆으로 쓰러지는 것과 아켄가스 박사가 팔을 휘저으며 뒤로 넘어지는 것을 봤다. 그리고 총알이 캐서린을 붙잡고 있던 엔지니어의 코트를 뚫고 지나가자 그가 몸을 움찔하고는 뒤로 나가떨어졌다.

자신을 잡고 있던 엔지니어가 쓰러지자 캐서린도 무릎을 꿇고 쪼그려 앉아 어디에 숨을지 잠시 생각했다. 밤브레이스는 연기가 피어오르는 부츠만 남겨 두고 형체도 없이 날아가 버린 것 같았다. 부츠 안에 아직 그의 발이 남아 있지만 않았어도 웃음이 나올 법한 만화 같은 장면이었다. 엔지니어들 절반은 쓰러졌지만 나머지 절반은 첫 번째 기습 공격에서 살아남았다. 그들은 역사학자들보다 더 나은 무기로 무장하고 있었다. 엔지니어들은 온 방 안에 비가 내리듯 총알을 쏘아 댔다. 대리석 바닥에 불꽃이 튀고 공룡 뼈가 공중 높이 날아갔다. 진열장들이 유리로 된 폭포수처럼 쏟아져 내리자 그 뒤에 숨어 있던 역사학자들은 엉금엉금 다른 숨을 곳을 찾거나 진열장의 잔해와 함께 그 자리에 누워 움직이지 않았다. 아르곤 램프가 껌벅거리더니 불이 나갔다. 총알이 발사될 때마다 나오는 밝은 불빛이 마치 디스코장의 깜빡거리는 조명 같아 보였다. 엔지니어들은 그렇게 총을 난사하면서 정문 쪽으로 천천히 이동했다.

그들 뒤에는 혼란 중에 놓친 베비스 포드가 있었다. 그는 손을 더 들어 땅에 떨어진 총을 하나 찾아 들더니 긴 손가락으로 안전장치와 방아쇠의 위치를 확인했다. 캐서린은 그 자리에 주저앉아 베비스를 보고 있었다. 주변은 온통 총탄들이 대리석 바닥에 튕겨 나가는 소리, 사람들의 아우성 소리로 가득했지만, 어딘가 숨을 곳을 찾아야 한다는 생각마저 잊을 정도로 그녀의 눈과 마음은 베비스 포드에게 집중되어 있었다. 캐서린은 베비스 포드가 총의 팔걸이를 펴고 자기 팔꿈치를 고정시키는 것을 봤다. 그리고 그가 쏜 엔지니어들의 하얀 코트에 푸르고 작은 구멍들이 생겨나는 것도 봤다. 그들은 팔을 하늘로 치켜 올리면서 총을 떨어뜨리고 몸을 돌리며 쓰러져 갔다. 베비스 포드는 그들이 쓰러지는 모습을 침착한 표정으로 지켜보고 있었다. 이제 그는 더 이상 캐서린의 온화한 베비스 포드가 아니었다. 냉정하게 사람을 죽일 수 있는 낯선 모습의 베비스 포드였다. 마치 그의 안에 숨어 있던 또 다른 엔지니어는 생명에 대한 존중심이 전혀 없는 존재이거나 맹장 교도소에서 너무 많은 죽음을 봐 누군가를 죽이는 것에 별다른 감흥이 없는 존재 같았다.

베비스가 사격을 멈추자 온 사방이 고요해졌다. 쓰러진 시체들이 엉기면서 고무끼리 닿는 소리와 뼈가 빠르게 부딪히며 나는 것 같은 소리 외에는 아무 소리도 들리지 않았다. 캐서린은 그게 자기 이빨이 맞부딪히며 나는 소리라는 것을 곧 깨달았다.

이곳저곳에서 역사학자들이 서서히 나오기 시작했다. 캐서린이 생각했던 것보다 훨씬 수가 많았다. 한참 총격전이 벌어지고 있는 동안에 캐서린은 역사학자들이 모두 총에 맞은 걸 봤다고 생각했지만, 죽은 사람은 캐서린과 한 번도 이야기 나눠 본 적 없는 웨이머스라는 사람과 아켄가스 박사뿐이었다. 도자기 전문가였던 아켄가스 박사는 문 근처에 화가 잔뜩 난 얼굴로 쓰러져 있었다. 마치 죽음이라는 것이 자기가 전혀 찬성하지 않는 최신 유행이라도 되는 것 같은 표정이었다.

베비스 포드는 무릎을 꿇고 앉아 자기 손에 들려 있는 총을 내려다봤다. 손이 심하게 떨리고 있었다. 총구에서 희미하게 푸른 연기가 나와 고대 문자 같은 곡선을 그리며 천장으로 올라갔다.

포메로이가 계단을 올라왔다. 가발은 어디론가 날아가 버린 상태였고 공룡 뼈 파편이 튀어 생긴 팔의 상처를 다른 쪽 손으로 덮고 있었다. "이런, 이런!" 그가 말했다. "공룡 때문에 다친 건 7000만 년 만에 내가 처음일걸!" 그는 캐서린과 베비스를 향해 눈을 한 번 껌벅이고는 쓰러져 있는 엔지니어들을 쳐다봤다. 아무도 그가 한 농담에 웃지 않았다. "자! 우리가 실력을 보여 준 거야. 망할 놈의 엔지니어들 같으니라고! 무슨 일이 벌어지고 있는지 동료들에게 이야기했더니 이런 식으로 당하고 있을 수만은 없다고 모두 동의하더군. 뭐, 거의 모두가 동의했어. 몇몇 다른 생각을 가진 사람들하고 크롬의 똘마니들을 도울 거라 의심 가는 견습생들은 식당에 가둬 놨고…. 우리를 봤어야 하는데, 케이트! '그놈들이 미스 밸런타인 을 잡아가도록 놔 둘 순 없지!' 다들 그렇게 말했다니까! 결국 잡아 가도록 놔 두지 않았잖아? 화난 역사학자 앞에서는 엔지니어도 상 대가 안 된다는 게 증명됐어!"

"맞아요!" 모이라 플림이 포메로이 옆으로 올라와 서면서 말했 다. "내 가구들에 손대면 어떻게 되는지 이제 알았겠지! 우릴 잘못 건드리면…." 그 순간 플림이 쓰고 있던 헬멧의 뚜껑이 내려가는 바람에 그녀가 하는 말의 나머지는 잘 들리지 않았다.

캐서린은 피와 잔해로 범벅이 된 계단에서 폭탄이 든 가방을 발견 했다. 기분 나쁜 얼룩들만 빼면 별로 손상된 것 같지 않았다. "최상 층 갑판까지 가야 해요. 메두사를 저지해야 한다고요. 이 방법밖에 없어요. 엘리베이터 역으로 가서…."

"그건 안 돼!" 클라이티 포츠가 앞문으로 들어와 급히 계단을 뛰 어 올라왔다. "밖에서 지키고 있던 엔지니어 두 명이 빠져나갔어요. 그들이 이미 사태를 보고했을 테니 엘리베이터 경비가 더 철저해질 거고 이곳에도 보안팀이 언제 다시 들이닥칠지 몰라요. 아마 스토 커들도 오겠죠." 그녀는 포메로이의 걱정스러운 표정을 보고는 모 든 게 자기 잘못인 것처럼 고개를 떨구며 말했다. "죄송합니다."

"괜찮아요, 미스 포츠." 포메로이가 호기롭게 포츠의 어깨를 툭 치는 바람에 그녀는 거의 넘어질 뻔했다. "캐서린도 걱정 말아요.

그놈들은 우리가 맡을 테니 최상층 갑판은 고양이 길로 가면 돼."

"고양이 뭐라고요?" 캐서린이 물었다.

"역사학자들은 알고 있지만 다른 사람들은 모두 잊어버린 것들 중의 하나지." 포메로이가 활짝 웃으며 말했다. "오래된 계단이야. 엘리베이터가 별로 믿을 만하지 못했던 런던 초기의 유물이지. 제3 갑판에서부터 최상층 갑판까지 올라갈 수 있어. 바로 이 박물관을 관통해서 지나가니까 안성맞춤이지. 마음의 준비가 됐나요?"

전혀 마음의 준비가 되어 있지 않았지만 캐서린은 고개를 끄덕였다.

"제가 같이 갑니다." 베비스가 말했다.

"안 돼!"

"괜찮아, 케이트. 그렇게 하고 싶어." 그는 구멍이 너무 많이 나지 않은 코트를 찾기 위해 죽은 엔지니어들을 뒤적였다. 적당한 코트를 찾자 그는 고무 단추를 끄르며 말했다. "엔지니어들이 케이트 혼자 그 위에서 걸어다니는 걸 보면 무슨 일이 일어났다는 걸 금방 알아채겠지만, 나랑 함께 있으면 내가 케이트를 잡은 줄로 알 거예요."

"포드 군 말이 옳아, 케이트." 포메로이가 고개를 끄덕이며 말했다. 클라이티 포츠가 나서서 베비스가 코트 입는 걸 도와줬다. 피가 너무 많이 묻은 곳은 자기 가운으로 닦아 줬다. 포메로이가 시계를 보더니 말했다. "8시 30분이군. 고글 스크린 뉴스에 따르면 메두사는 9시에 발사된다고 했으니, 무슨 계획인지 자세히는 모르지만 시간이 충분할 거야. 하지만 엔지니어 놈들이 또 들이닥치기 전에 빨리 출발하는 게 좋겠군."

33
새로운 시대의 여명

제니 하니버는 어디를 보나 안나 팽을 기억나게 하는 것으로 가득 차 있었다. 씻지 않은 컵에 묻은 그녀의 립스틱 자국, 정리 안 된 침대에 그녀가 누웠던 흔적, 205쪽에 리본 책갈피가 끼워진 채 비행갑판에서 주인을 기다리고 있는 반쯤 읽은 책…. 헤스터는 로커 중 한 곳에서 돈을 한 꾸러미 발견했다. 그냥 동전이 아니라 은화와 금화, 그리고 헤스터와 톰이 평생 구경해 본 것보다 더 많은 돈이 나왔다.

"진짜 부자였네!" 헤스터가 속삭였다.

조종석에 앉아 있던 톰이 고개를 돌려 돈을 쳐다봤다. 샨 구오에서 출발해 비행을 하는 동안 톰은 제니 하니버를 타고 출발한 데 대해 한 번도 달리 생각한 적이 없었다. 그저 미스 팽이 못 다한 일을 마무리하기 위해 제니 하니버를 잠깐 빌린다는 생각이었기 때문이다. 그러나 막상 헤스터가 돈을 만지작거리는 걸 보자 톰은 자신이 도둑 같다는 생각이 들었다.

"흠…." 헤스터가 돈궤를 소리 나게 닫으면서 말했다. "돈이 아무리 많아 봤자 미스 팽이 간 곳에서는 아무 쓸모가 없고, 우리한테도 별 쓸모가 없어. 어차피 우리도 곧 미스 팽이 간 곳으로 갈 거니까." 그러면서 그녀는 톰을 흘낏 쳐다봤다. "그 사이에 맘이 변한 게 아니라면…."

헤스터의 말에 그는 고개를 저었다. 그러나 사실대로 말하자면, 가까스로 제어반을 조작해 변덕스러운 산중의 날씨를 헤치고 서쪽으로 비행하는 사이, 처음에 느꼈던 분노는 어디론가 사라지고 이제는 점점 두려워지기 시작했다. 캐서린에 대한 기억도 되살아나면서 아버지가 죽고 나면 그녀는 어떻게 될까 걱정되기도 했다. 그러나 밸런타인이 죗값을 치르게 하고 싶다는 마음에는 변함이 없었다. 헤스터가 열심히 로커들을 뒤지는 동안 톰은 런던이 비행선들에게 보내는 자동 유도 시그널을 찾기 위해 라디오 주파수를 검색했다. 원하던 물건을 찾았는지 헤스터가 마침내 만족스러운 한숨을 내쉬었다. 그녀의 손에는 검은 권총 한 자루와 가느다란 칼날을 가진 긴 칼이 쥐어져 있었다.

❀ ❀ ❀

반짝이는 전구와 리본, 현수막 등으로 장식된 런던 참의원 회의실은 제법 축제 분위기가 났다. 크고 작은 길드의 회장들이 초록색 가죽 소파와 연단 같은 곳에 끼리끼리 걸터앉아 화기애애한 분위기로 이야기를 나누고 있었다. 모두 새로운 사냥터가 열릴 거라는 뉴스에 흥분해서 온통 그 이야기뿐이었다. 메두사를 발사할 시간이 가까워 오자 사람들은 흘끔흘끔 손목시계를 들여다봤다. 엔지니어 견습생들이 님모 감독관의 분과에서 만든 실험적인 스낵을 담은 접시를 들고 사람들 사이를 누볐다. 갈색빛의 그 스낵은 접시 위에 완벽한 기하학적 패턴으로 일사분란하게 놓여 있었는데 맛이 상당히 특이했다.

밸런타인은 사람들을 헤치고 크롬과 그의 부하들이 모여 있는 곳으로 갔다. 크롬은 머리에서 발끝까지 검은색 차림인 스토커 호위병들에 둘러싸여, 멀리서 보면 검은 바탕에 박힌 하얀 고무 쐐기 같았다. 밸런타인은 크롬에게 헤스터 쇼를 추적할 목적으로 보낸 에이전트의 소식을 묻기 위해, 물결처럼 몰려드는 사람들 사이를 가까스로 헤쳐 갔다. 가끔은 폭신폭신한 참의원들의 등을 팔꿈치로 밀어젖히기도 했다. 사람들끼리 "밸런타인이 저기 있다, 저기! 샨 구오에서 돌아온 거야!"라고 숙덕거리는 소리가 들렸다.

"연맹의 비행 함대 전체를 날려 버렸다는데!"

"스낵이 꽤 맛있는걸!"

"밸런타인!" 밸런타인이 마침내 시장이 있는 곳에 도착하자 크롬이 소리쳤다. "우리가 기다리던 사람이 드디어 도착했군!"

크롬은 잘 모르는 사람이 들으면 명랑하다고 생각할 정도로 평소답지 않게 들뜬 어조로 말했다. 시장 옆에는 메두사를 다시 작동하도록 만든 천재들이 서 있었다. 닥터 찬드라, 닥터 칩, 닥터 스플레이. 그리고 그 옆에 서 있던 닥터 트윅스가 짧게 고개 숙여 인사하면서 샨 구오 임무의 성공적 완수를 축하했다. 그녀 뒤에 검은 옷을 입은 호위병들이 동상처럼 버티고 서 있었다. 밸런타인은 그 호위병들 쪽으로 눈짓을 하면서 말했다. "내가 가져다준 스토커 부속들을 잘 이용한 것 같군, 크롬…."

"물론이지." 시장이 차가운 웃음을 띠며 대답했다. "완전히 새로운 부활군들이 탄생했어. 우리가 건설할 새로운 세상에서는 부활군들이 궂은일과 전쟁을 맡아 하게 되겠지. 우리가 이야기를 나누는 이 순간에도 일부는 저 아래 박물관에서 임무를 수행하고 있다네."

"박물관?"

"그래, 박물관." 크롬은 밸런타인의 반응을 살피면서 계산적인 표정으로 그를 쳐다봤다. "일부 역사학자들이 배신을 했다네, 밸런타인. 무장을 하고서."

"그러니까 전투가 진행되고 있다는 말이야? 하지만 케이트가 거기 있어! 내가 가서 구해 와야 해!"

"안 돼!" 몸을 돌리는 밸런타인의 팔을 붙잡으며 시장이 말했다. "제2갑판은 출입 금지 구역으로 선포되어 있어. 박물관은 스토커들과 보안팀 요원들로 포위된 상태야. 하지만 걱정하지 말게. 자네 딸은 해치지 말라는 엄명을 내렸으니까. 가능한 한 빨리 케이트를 데려오라고 했어. 파티에 참석해야지. 특히 케이트가 메두사 발사 장면을 봤으면 해. 자네도 여기 있어 줘야겠어, 밸런타인. 아무 데도 가지 말게."

밸런타인은 다른 파티 참석자들의 굳어 버린 표정들 사이로 시장을 노려봤다. 온 실내가 갑자기 조용해졌다.

"자네가 뭘 제일 중요하게 생각하는지 궁금해." 크롬이 혼잣말처럼 말했다. "런던인가, 자네 딸인가. 그 자리에 가만 있어."

그 자리에 가만 있어.—마치 개한테 명령하듯 크롬은 그렇게 말했다. 밸런타인의 손이 순간적으로 옆구리에 차고 있던 칼의 손잡이를 쥐었지만, 그는 자신이 결국 그 칼을 뽑아 들지 않으리란 걸 알고 있었다. 진실을 말하자면, 밸런타인은 두려웠다. 지금까지 했던 모험과 탐험들은 모두 이 진실에서 숨고자 하는 노력일 뿐이었다. 테데우스 밸런타인이 겁쟁이라는 진실.

그는 떨리는 얼굴에 애써 억지 미소를 띠고 고개를 숙였다.

"시장님, 분부대로 하겠습니다."

❁ ❁ ❁

자연사관 벽에 문이 하나 있었다. 그 전에 그곳을 수백 번 지나쳤을 텐데도 캐서린은 거기 문이 있는 줄 몰랐다. 포메로이가 자물쇠를 따고 무거운 문을 열자 긴 계단 통로가 나타났다. 이상한 신음 같은 바람 소리가 엔진실 소음에 섞여 들렸다. 포메로이는 베비스에게 열쇠와 손전등을 넘겨줬다. "행운을 비네, 미스터 포드. 행운을, 케이트⋯."

포메로이 뒤쪽 어디선가 커다란 꿍음이 나면서 진열장 유리가 흔들렸다. "도착했군." 포메로이가 말했다. "내 자리로 돌아가 봐야 할 시간이야⋯."

"우리랑 함께 가요!" 캐서린이 사정했다. "최상층 갑판에서 다른 사람들과 함께 있는 게 훨씬 안전할 거예요⋯."

"이건 내 박물관이에요, 미스 밸런타인." 그가 말했다. "내가 있을 자리는 여기야. 나는 따라가 봤자 시간만 지체시킬 거고."

캐서린은 포메로이를 꼭 껴안고 그의 가운에 얼굴을 파묻었다. 나프탈렌 냄새와 파이프 담배 냄새를 흠뻑 들이마시며 캐서린은 말했다. "박물관이 너무 안됐어요⋯."

포메로이는 어깨를 으쓱해 보였다. "어차피 엔지니어들은 우리가 유물들을 갖고 있도록 놔두지 않을 거야. 그나마 이렇게 싸워 보고 뺏기는 게 훨씬 낫지."

"이길 수도 있잖아요⋯."

"물론!" 나이 든 역사학자 포메로이가 작게 웃었다. "길드 대항 축구 시합에서는 우리가 항상 압승을 거두곤 했지. 그때는 엔지니어 길드 팀에 기관총도 스토커도 없었지만⋯." 그는 캐서린의 눈을 진지한 눈빛으로 들여다봤다. "캐서린, 엔지니어들을 막아야 해! 계속 이렇게 놔둘 수는 없어!"

"최선을 다할게요!" 캐서린이 약속했다.

"금방 또 만나게 되겠지." 포메로이가 결의에 찬 목소리로 말하며 나팔총을 들고 몸을 돌렸다. "아버지의 카리스마를 물려받았어, 케이트. 사람들이 네 말에 귀를 기울이잖아. 우리가 이렇게 변한 것 좀 봐!"

포메로이가 고양이 길로 통하는 문을 닫는 순간 대포 소리가 다시 한 번 울리고 콩을 볶는 듯한 총성이 들리면서 누군가 비명을 질렀다.

"저기야!" 톰이 말했다.

그들은 엷은 구름 위를 날아가고 있었다. 저 멀리 런던이 보였다. "바로 저기!"

런던은 기억했던 것보다 훨씬 크고 추해 보였다. 이상했다. 그곳에 살 때는 런던의 우아한 선들과 완벽한 아름다움에 대해 고글 스크린에서 떠들어 대는 것을 하나도 빠짐없이, 추호의 의심도 없이 믿었다. 그런데 이제 자기 눈으로 직접 보니 런던은 전혀 아름답지 않았다. 다른 타운과 비교해서 더 나은 것이 없었다. 그저 더 클 뿐이었다. 굴뚝에서 뿜어 대는 검은 연기는 폭풍우를 몰고 오는 먹구름 같았고, 하이 런던의 하얀 빌라들은 산악 지대로 굴러가는 어두운 물결 위에 뜬 조각배처럼 보였다. 이제 런던은 고향같이 느껴지지 않았다.

"저기….." 톰이 다시 말했다.

"보여." 옆에 선 헤스터가 말했다. "최상층 갑판에서 무슨 일인가 벌어지고 있어. 유원지처럼 불이 환하잖아. 톰, 바로 저곳에 밸런타인이 있을 거야! 메두사를 발사하기 위해 모여 있는 거야!"

톰은 고개를 끄덕였다. 메두사라는 단어가 나오자 죄책감이 들었다. 미스 팽이 있었다면 그 무서운 고대 무기를 멈출 작전을 이미 다 짜 냈을 것이다. 그러나 톰은 어떻게 해야 할지 전혀 알 수 없었다. 메두사는 너무나 크고, 너무나 끔찍하고, 상상하기조차 너무나 어려웠다. 자신과 헤스터는 직접 상관있는 일에만 집중하고, 그 밖의 일은 다른 사람들에게 맡기는 편이 훨씬 나을 것 같았다.

"그놈이 저기 있어." 헤스터가 속삭였다. "그놈이 저기 있는 게 느껴져."

톰은 런던에 너무 가까이 접근하고 싶지 않았다. 시장이 하늘 쪽을 감시하거나 정찰 비행선을 띄워 놓았을 가능성이 있기 때문이었다. 조종간을 잡아당기자 비행선이 묵직하게 반응하는 것이 느껴졌다. 비행선의 고도가 높아지면서 남쪽으로 방향을 잡아 큰 원을 그리기 시작하자 런던은 빠른 속도로 움직이는 한줌의 빛으로 변했다.

❀ ❀ ❀

둘은 암흑에서 암흑으로 계속 이동해 갔다. 베비스가 쥔 손전등에 비친 철 계단은 계속 거기가 거기 같아 보였다. 벽에 두 사람의 그림자가 커다랗게 드리워져 있었다. 말은 많이 하지 않았지만 둘은 상대방의 규칙적인 숨소리에 귀를 기울이며 혼자가 아니라는 사실에 고마워했다. 캐서린은 뒤에 강아지가 따라오고 있으려니 생각하면서 습관적으로 뒤를 돌아다봤다.

"500계단이야." 베비스가 좁은 층계참에서 걸음을 멈추고 위쪽으로 손전등을 비추면서 속삭였다. 계단은 나선형을 그리며 위쪽으로 끝도 없이 뻗어 있었다. "여기가 제1갑판인 것 같아. 반쯤 왔어."

캐서린은 고개만 끄덕였다. 뭔가 말을 하기에는 너무 숨이 가빴고 그렇다고 쉬기에는 너무 초조했기 때문이다. 저 위쪽에서는 시장의 파티가 한창일 것이다. 캐서린은 계속해서 계단을 올랐다. 무릎이 점점 더 뻑뻑해지고, 숨을 쉴 때마다 목 뒤쪽의 통증이 더 심해졌다. 무거운 가방이 등에 부딪히고 있었다.

❀ ❀ ❀

헤스터는 비행선 창문 너머로 아웃컨추리의 풍경이 스쳐 지나가는 것을 보고 있었다. 아래로 불과 100피트도 안 되는 거리에 그녀와 톰이 처음 만났을 당시에 따라가던, 참호처럼 깊고 자로 그은 듯 반듯한 바퀴자국이 나 있었다. 그 줄을 쭉 따라가면 런던이 보였다. 어둠 속에 런던의 후미 등이 빨갛게 켜져 있었다. 런던이 뿜어 내는 독을 품은 안개 같은 배기가스 안으로 톰이 비행선을 조종해 들어가자 빨간 후미 등이 조금 흐려졌다. 톰이 비행선 조종에 소질이 있다는 것을 그제야 깨달은 헤스터는 그의 계획이 실패할 게 불을 보듯 뻔하다는 사실이 안타까웠다.

무전기에서 무슨 소리가 나기 시작했다. 런던의 비행선 이착륙 및 항만 관리국에서 제니 하니버의 고유 번호를 묻고 있었다.

톰은 겁을 잔뜩 집어먹은 표정으로 헤스터를 쳐다봤다. 그러나 헤스터는 이럴 때 어떻게 해야 하는지 다 알고 있었다. 그녀는 무전기 쪽으로 다가가 '전송' 스위치를 몇 번 올렸다 내렸다 한 뒤 통신 수단이 고장 난 것처럼 완전히 뭉개진 소리로 "런던 비행선 GE47."이라고 말했다. 아스라한 옛날처럼 느껴지는 몇 주일 전, 에어헤이븐의 카페에 앉아 있을 때 스피커에서 들었던 어떤 비행선의 고유 번호를 기억하고 있었던 것이다. "슈라이크를 엔지니어리움으로 다시 데려가고 있는 중이다." 헤스터가 덧붙였다.

무전기에서 뭐라고 응답이 흘러나왔지만 헤스터는 얼른 스위치를 꺼 버렸다. 창문 가득 검푸른 스모그밖에 보이지 않았다. 창문 유리에 수증기가 모였다가 물방울이 되어 이리저리 흘러내리면서 불규칙한 선을 그리고 있었다.

"런던 주변을 20분 동안 돌다가 너를 데리러 돌아올게." 톰이 말했다. "그 정도 시간이면 밸런타인을 찾아서…."

"20분 후면 난 죽어 있을 거야, 톰." 헤스터가 말했다. "그냥 안전한 곳으로 멀리 가. 난 잊어버려."

"내가 다시 돌아온다니까…."

"난 죽을 거라니까."

"그래도 다시 돌아올 거야…."

"그럴 필요 없어, 톰."

"다시 돌아와서 널 데리고 갈 거야."

헤스터는 톰을 바라봤다. 그의 눈에 눈물이 가득 고여 빛나고 있었다. 톰이 울고 있었다. 자기를 위해 톰이 울고 있었던 것이다. 자기가 위험한 곳으로 가려 해서, 자기를 다시 보지 못할까 봐 그가 울고 있었다. 헤스터는 톰이 자기를 그렇게까지 생각한다는 것이 한편으로는 이상하고, 한편으로는 정말 좋았다. 헤스터는 "톰, 난 정말….", "톰, 내가 만일…." 하며 여러 차례 말을 시작했지만 결국 끝을 맺지 못했다. 헤스터 자신도 무슨 말을 하고 싶은 건지 잘 몰랐기 때문이다. 다만 톰을 만나게 된 일이야말로 헤스터 평생 일어난 일 중 가장 좋은 일이었다는 것을 톰에게 알려 주고 싶었다.

소용돌이치는 어둠 속에서 불이 한 번 깜빡였다. 그 뒤를 이어 다른 불빛들이 보이기 시작했다. 비행선이 런던의 제3갑판을 아주 가까이에서 지나치며 올라가고 있었던 것이다. 제2갑판을 지나갈 때는 사람들이 관측 전망대에서 올려다보는 것이 보였고, 곧이어 나무 사이에 랜턴들을 매어 놓은 서클 파크가 보였다. 톰이 제어반의 스위치와 레버들을 만지작거리자 제니 하니버는 나이츠브리지의 지붕 위를 낮게 날아 최상층 갑판 앞쪽으로 향했다. 그는 헤스터를 재빨리 쳐다봤다. 헤스터는 톰을 꼭 안아 주고 싶었다. 입을 맞춰 주고 싶었다. 무언가 해 주고 싶었다. 그러나 지금은 그럴 시간이 없었다. 그녀는 그저 짧게 외쳤다. "톰, 절대 죽지 마." 그러고는 비행선의 문 스위치를 '열림'으로 바뀌도록 주먹으로 친 후, 열린 문으로 곧장 몸을 던졌다. 비행선이 최상층 갑판 가장자리를 휘감고 있었다.

헤스터는 갑판으로 세게 떨어진 후 몇 번 몸을 굴렸다. 제니 하니버는 엔지니어리움의 대공포 부대가 쏘는 로켓을 피하기 위해 빠른 속도로 멀어져 갔다. 로켓은 비행선을 맞추지 못했고, 제니 하니버는 어둠 속으로 사라졌다. 이제 혼자가 된 헤스터는 그림자 속으로 몸을 숨겼다.

⚙ ⚙ ⚙

"비행선 한 대였습니다, 시장님!" 조개껍질 모양의 무전기를 귀에 꼽은 엔지니어가 긴장한 얼굴로 보고했다. "런던 상공에서는 철수했습니다만 탑승자 일부가 런던에 상륙했을 가능성이 있습니다."

"반 견인 도시주의자가 최상층 갑판에 침투했다는 거지…." 시장은 마치 이런 일이 매일 벌어지는 일상사인 양 말했다. "닥터 트윅스, 박사의 새 모델을 시험할 좋은 기회가 온 것 같소."

"야, 신난다!" 닥터 트윅스는 너무 신이 나서 들고 있던 카나페 접시를 떨어뜨렸다. "자, 따라와, 내 새끼들. 이리로!"

스토커들이 동시에 질서정연하게 몸을 돌려서 닥터 트윅스를 따라 파티장 밖으로 나갔다.

"생포해서 데려와!" 크롬이 소리쳤다. "메두사 발사를 보지 못하면 무척 실망할 테니!"

34

불꽃놀이를 위한 아이디어

톰은 손바닥으로 눈물을 훔친 후 제니 하니버를 런던에서 멀리 피신시키는 데 열중했다. 이제 두렵지 않았다. 마침내 뭔가를 하게 되었다는 것이 좋았고, 이 거대하고 멋진 기계를 다루게 된 것이 좋았다. 그는 비행선을 동쪽으로 돌려 잔 산의 정상 위에 마지막으로 반짝이는 햇살 쪽으로 향했다. 20분 동안 기다릴 것이다. 벌써 반쯤 시간이 지난 것 같아 시계를 보니 헤스터가 런던으로 뛰어내린 지 2분밖에 지나지 않은 상태였다.

그때 뭔가 번쩍이는 것이 빠른 속도로 곤돌라에 부딪혔고, 그 충격으로 톰은 의자에서 튕겨 나가 바닥으로 나가떨어졌다. 가까스로 기둥을 잡고 매달린 톰은 종이와 각종 기계, 미스 팽이 읽다 만 책, 전선, 사진과 리본이 담긴 사당 등이 모두 기체에 뚫린 구멍으로 빠져나가 볼품없는 새처럼 공중으로 흩어지는 것을 보았다. 다음 순간 커다란 창문이 박살 나면서 사방이 날카롭게 빛나는 유리 조각으로 가득 찼다.

톰은 목을 기다랗게 빼고 창문 밖을 살폈다. 기낭이 타고 있는지 알아야 했기 때문이다. 다행히 불꽃은 보이지 않았지만 머리 위로 커다랗고 검은 물체가 빠른 속도로 지나갔다. 달빛이 무장한 기낭에 비치는 것을 보고 톰은 그 물체가 13층 엘리베이터임을 알아챘다. 13층 엘리베이터는 성공적으로 제니를 쏘아 맞춘 것에 대한 축하 세리머니라도 하는지 샨 구오 어귀까지 갔다가 이번에는 제니 하니버를 완전히 격추하겠다는 듯 기수를 돌렸다.

⊛　⊛　⊛

매그너스 크롬은 파티 손님들이 길드홀 앞 광장으로 몰려나가 구름 위에서 벌어지고 있는 전투 장면을 구경하는 것을 보고 있었다. 그는 시간을 확인하더니 말했다. "닥터 찬드라, 닥터 첩, 닥터 스플레이. 메두사를 시작할 시간이오. 밸런타인, 따라와. 당신이 가져다 준 기계로 우리가 뭘 만들었는지 궁금하겠지."

"크롬." 밸런타인이 시장의 앞을 막으며 말했다. "꼭 해야 할 말이 있어."

시장은 호기심이 생긴 듯 한쪽 눈썹을 치켜 올렸다.

밸런타인은 머뭇거렸다. 이 순간 할 말을 생각하느라 저녁 내내 궁리했다. 캐서린이 원했던 그 말을 할 생각이었지만 막상 시장의 얼음장 같은 시선을 대하고 나니 밸런타인은 머뭇거리지 않을 수 없었다. "이렇게까지 할 가치가 있을까, 크롬?" 그는 마침내 입을 열었다. "방패벽을 파괴한다고 해서 연맹이 파괴되는 건 아니야. 파괴해야 할 다른 거점들이 수없이 나타날 테지. 수백 개의 요새를 없애야 하고, 그 과정에서 수천 명의 생명을 앗아가야 하는데, 그렇게까지 할 가치가 있는 걸까? 그렇게까지 해서 새로운 사냥터를 열어야겠어?"

근처에 있던 사람들이 놀라서 내는 소리가 물결처럼 퍼져 나갔다. 크롬이 차분하게 대답했다. "밸런타인, 그런 질문을 하기엔 이미 늦었어. 당신은 걱정을 너무 많이 하는 경향이 있지. 이제 닥터 트윅스가 스토커를 얼마든지 만들어 낼 수 있어. 야만스러운 반 견인 도시 연맹이 보내는 어떤 저항 세력도 단숨에 무찔러 버릴 거라고."

크롬이 앞으로 걸어가려 하자 밸런타인이 다시 길을 막아섰다. "생각해 봐, 시장. 새로운 사냥터를 찾는다 해도 우리가 그걸로 얼마나 버틸 수 있을까를. 1000년? 2000년? 언젠가는 이 세상 어디에서도 더 이상 사냥감을 찾지 못하게 될 날이 올 거야. 그날이 오면 런던은 이동을 멈춰야겠지. 우리 모두 그 사실을 인정해야 하지 않을까? 지금 멈추면 더 이상 무고한 생명을 앗아가지 않아도 돼! 메두사를 통해 배운 것을 평화적인 곳에 사용하면…."

크롬이 미소 지었다. "내가 그렇게 근시안적인 사람으로 보이나? 엔지니어 길드는 자네가 생각하는 것보다 훨씬 더 앞서서 계획을 세우고 있어. 런던은 절대 이동을 멈추지 않아. 움직이는 것 자체가 생명이야. 마지막 견인 도시를 사냥하고, 마지막 정착촌을 잡아먹은 다음 런던은 땅을 파내려 가기 시작할 거야. 지구의 핵에서 나오는 열기로 돌아가는 거대한 엔진을 만들 계획을 이미 세워 놨다고. 런던은 화성, 금성, 그리고 우리 주변의 모든 혹성들을 잡아먹을 수 있어. 태양 자체를 먹은 다음에는 우주 공간으로 날아가겠지. 백만 년 후에도 위대한 런던은 계속 이동할 거야. 그땐 다른 도시들을 사냥하는 게 아니라 완전히 새로운 세계들을 찾아다니면서 사냥하게 될 거야!"

밸런타인은 크롬을 따라 광장 너머 세인트 폴 성당을 향해 걸어가며 생각했다. '캐서린 말이 맞아. 크롬은 완전히 정신이 나갔어! 왜 진작 저 미친 계획을 막지 못했을까?' 구름 위에서 로켓들이 번쩍이며 폭발하고 있었다. 비행선 한 대가 폭파되면서 "와아아아아아!" 하고 감탄하는 사람들의 얼굴을 밝게 비췄다.

❀ ❀ ❀

헤스터 쇼는 부활군들의 초록빛 눈이 벽과 갑판 위를 훑고 지나가는 것, 갈고리 손톱들이 전투 자세로 번뜩이는 것을 그림자 속에 웅크린 채 지켜보고 있었다.

❀   ❀   ❀

고양이 길은 둥그런 모양의 작은 방에서 끝이 났다. 습기 찬 벽에는 페인트로 숫자가 적혀 있었고 한쪽에 철문이 보였다. 베비스가 열쇠 구멍에 열쇠를 넣고 돌리자 문 가장자리로 빛이 새 들어오며 바깥에서 소리가 들려왔다. 사람들이 "와아아아아아!" 하며 탄성을 지르고 있었다.

"파터노스터 광장에서 나오는 골목으로 통하는 문이야." 베비스가 말했다. "사람들이 왜 저렇게 흥분했는지 모르겠네."

캐서린이 시계를 꺼내 문 쪽에서 들어오는 가느다란 불빛에 비춰 보며 말했다. "9시 10분 전이야. 메두사가 발사되길 기다리고 있나 봐."

베비스는 캐서린을 마지막으로 꼭 껴안아 주고는 재빨리 그리고 부끄러운 듯 "사랑해!" 하고 속삭였다. 그러고는 캐서린을 밀어 문 밖으로 보내고 자기도 따라나섰다. 그는 캐서린의 친구가 아니라 그녀를 포로로 잡은 사람처럼 보이려고 애쓰면서, 자기가 방금 캐서린에게 한 말을 다른 엔지니어들이 한 번이라도 해 본 적이 있을지, 그리고 자기가 캐서린과 함께 있을 때 느끼는 감정을 다른 엔지니어들은 한 번이라도 가져 본 적이 있을지 궁금하다는 생각을 했다.

✵ ✵ ✵

톰은 기울어져 가는 제니 하니버의 곤돌라 바닥에 흩어진 기계와 유리 조각들을 헤치고 조종간이 있는 곳으로 기어갔다. 실내는 조명이 나가 어두웠고, 이마의 상처에서 난 피가 자꾸 눈에 흘러들어 앞이 잘 보이지 않았다. 부러진 갈비뼈에서 느껴지는 통증이 온몸을 파도처럼 훑고 지나가면서 구역질과 현기증이 동시에 났다. 톰은 그 자리에 누워 눈을 감고 쉬고만 싶었다. 하지만 그렇게 하면 안 된다는 것을 알고 있었다. 그는 로켓 제어판을 찾느라 더듬거리면서 지금까지 들어 본 신들의 이름을 모두 떠올리며 로켓은 부서지지 않았기를 기도했다. 운 좋게도 맞는 스위치를 찾아 올리자 주제어판에서 과녁을 닮은 조준 스코프가 올라왔다. 톰은 눈을 소매로 닦고 조준 스코프를 들여다봤다. 조준 스코프 십자선 한가운데에 유령 같은 13층 엘리베이터의 모습이 흐릿하게 보이다가 빠른 속도로 커지고 있었다.

톰이 있는 힘껏 발사 스위치를 치자 곤돌라 아래에 매달려 있던 로켓이 큰 소리를 내며 빠져나가면서 발밑의 갑판이 흔들리는 게 느껴졌다. 다음 순간 로켓이 목표물에 명중하면서 눈부신 빛이 불꽃처럼 피어났다. 그러나 밝은 빛 때문에 생긴 잔상이 사라지고 난 후 보니 그 검은 비행선은 여전히 그 자리에 있었다. 톰은 제니가 가진 로켓으로는 장갑차처럼 무쇠가 입혀진 13층 엘리베이터의 방탄 기낭에 아무 흠집도 내지 못한다는 것, 그리고 자신이 이제 죽게 되었다는 것을 깨달았다.

하지만 그 덕에 톰은 잠시나마 시간을 벌 수 있었다. 톰의 공격으로 우현에 달린 로켓 발사대가 손상을 입은 탓에 13층 엘리베이터가 제니 하니버를 지나쳐서 좌현 쪽이 제니 하니버를 향하도록 기수를 돌리고 있었던 것이다. 톰은 마음을 가라앉히고 캐서린을 생각하려 애썼다. 해 없는 나라로 갈 때 그녀에 대한 기억을 가져가고 싶었기 때문이다. 그러나 캐서린을 꿈에서라도 본 것이 너무 오래 전 일이어서 그녀가 어떻게 생겼는지조차 기억하기 힘들었다. 머리에 떠오르는 유일한 얼굴은 헤스터의 얼굴뿐이었다. 그래서 톰은 그녀를 생각하고, 같이 겪은 일들도 떠올려 보고, 어젯밤 방패벽에서 그녀를 껴안았을 때 어떤 느낌이었는지도 기억해 냈다. 헤스터의 머리카락 냄새, 다 해진 코트 속 뻣뻣하고 앙상한 그녀의 몸에서 느껴졌던 온기….

그리고 톰의 기억 한구석에서 바트뭉크 곰파를 떠나는 13층 엘리베이터를 향해 연맹의 로켓이 발사되면서 나던 메아리 소리가 되살아났다. 그는 언뜻 로켓이 터지는 소리와 함께 유리가 깨지는 작고 높은 피치의 소리가 들렸던 것이 기억났다.

'기낭은 장갑차처럼 중무장되어 있지만 유리창은 깨뜨릴 수 있어.'

그는 로켓 제어판으로 달려들어 조준을 다시 했다. 이번에는 조준 스코프의 십자선이 기낭에 가게 하지 않고 곤돌라의 유리창에 가도록 맞췄다. 계기판을 통해 로켓이 세 발 남아 있는 것을 확인한 톰은 세 발을 한꺼번에 발사했다. 로켓이 발사되면서 이미 손상을 입은 제니의 곤돌라는 다시 한번 심하게 삐걱거렸다.

톰은 순간적으로 13층 엘리베이터의 비행갑판에서 자신을 쳐다보는 퓨시와 젠치의 공포에 질린 얼굴을 봤다. 다음 순간 로켓이 13층 엘리베이터의 관측 유리창을 뚫고 들어가 곤돌라 전체를 폭파시켰고 두 비행사는 더 이상 보이지 않았다. 갑판에서 선실로 통하는 승강구를 타고 기둥처럼 솟구친 화염이 보였다. 톰의 시력이 다시 회복되었을 즈음에는 폐허가 된 13층 엘리베이터가 제니 하니버에서 멀어져 가고 있었다. 못쓰게 된 곤돌라에서도, 화물 갑판에서도, 방향을 조정하는 프로펠러에서도, 엔진 포드에서도 모두 불길이 일고 있었다. 기낭 안에서도 불길이 혀를 널름거렸다. 그러다가 마침내 13층 엘리베이터는 연등놀이의 거대한 등처럼 불꽃 덩어리가 되어 런던을 향해 추락하기 시작했다.

※　※　※

캐서린은 골목 어귀에서 나와 어디론가 뛰어가는 인파 속에 파묻혔다. 사람들이 모두 위를 보고 있었다. 어떤 사람들은 아직도 손에 마실 것과 먹을 것을 들고 있었지만 눈과 입만은 다들 크게 벌리고 있었다. 캐서린은 세인트 폴 성당 쪽을 바라봤다. 돔 지붕이 아직 열리지 않은 상태인 걸 보면 사람들이 쳐다보는 게 메두사는 아닌 것 같았다. 그렇다면 아르곤 램프들을 한낮 개똥벌레 꽁지의 불만큼이나 어두워 보이게 만든 이 주황색 빛의 정체는 도대체 무엇일까? 점점 커지는 그 주황빛 불에 비친 그림자들이 어지럽게 춤을 추고 있었다.

바로 그 순간 13층 엘리베이터의 뼈대가 불길에 휩싸인 채 하늘에서 모습을 드러내더니 엔지니어리움에 정면으로 충돌했다. 불꽃과 깨진 유리 조각, 불에 그은 날카로운 쇳조각들이 폭풍우처럼 몰아쳤다. 비행선에서 빨갛게 달궈진 엔진 하나가 통째로 떨어져 나와 뜨거운 연료를 뿌려 대며 캐서린이 서 있는 쪽으로 빠르게 굴러왔다. 베비스가 황급히 그녀를 옆으로 밀어 넘어뜨렸다. 캐서린은 베비스가 쓰러진 자신을 바라보며 뭐라고 외치는 것을 봤다. 그 순간 엔진 덮개가 베비스를 덮쳤고, 그녀는 덮개 위에 그려진 푸른 눈이 열로 인해 부풀어 오르는 것을 봤다. 굴러온 잔해와 함께 베비스가 최상층 엘리베이터 역에 날아가 부딪혔다. 엄청난 굉음으로 인해 그의 비명이 묻혀 버렸다.

엔진 덮개에 그려진 푸른 눈. 캐서린은 그 그림에 뭔가 의미가 있다는 것은 알았지만 그게 무엇인지 생각을 더듬어 볼 여유가 없었다.

그녀는 온몸을 떨면서 천천히 일어섰다. 주변에 작은 불길들이 가득했고, 엔지니어리움에서 난 큰 불로 인해 갑판 전체에 괴상한 분위기가 감돌았다. 캐서린은 아직 불타고 있는 엔진이 있는 곳으로 비틀거리며 걸어갔다. 갑판에 박힌 커다란 프로펠러 날개가 마치 선사시대의 거석처럼 보였다. 뜨거운 열기를 피하느라 손으로 얼굴을 가린 채 캐서린은 베비스를 찾았다.

베비스는 엔진 잔해 속에 묻혀 있었다. 베비스의 몸이 정상적인 상태로는 불가능한 각도로 꺾여 있는 걸 본 캐서린은 그의 이름을 부르는 것조차 의미가 없다는 것을 알았다. 불길이 점점 세지면서 베비스의 코트가 녹은 치즈처럼 거품을 내며 부풀어 올랐다가 흘러 내렸다. 열기가 캐서린의 얼굴에 다리미를 댄 것처럼 뜨겁게 달려들어 흘러내리는 눈물이 김이 되어 날아갈 것만 같았다. 갑판 곳곳에 시체와 비행선의 잔해들이 널려 있었다.

"캐서린 양?"

엔진 덮개에 그려진 푸른 눈. 날름거리는 불길의 혀 아래서 그림의 페인트가 서서히 벗겨지고 있었다. 아빠의 비행선 엔진이었다.

"캐서린 양?"

캐서린이 돌아서자 그곳에 엘리베이터 역에서 일하던 사람들 중 하나가 서 있었다. 친절한 마음을 가진 사람이었다. 그는 캐서린의 팔을 잡고 그 자리에서 살그머니 그녀를 데려가려 했다. 그는 비행선의 가장 큰 부분이 떨어져 아직도 불꽃 태풍이 내리치는 듯한 엔지니어리움을 가리키며 말했다. "그분은 저 안에 없어요, 아가씨."

캐서린은 그가 미소 짓는 것을 바라봤다. 이해할 수 없었다. 물론 그는 그 안에 없다! 바로 여기서 조금 전에 자기 눈으로 봤지 않은가. 그의 죽은 몸을 불꽃이 감싸는 것을 자기 눈으로 방금 봤지 않은가. 베비스 포드. 캐서린이 이렇게 만든 사람. 캐서린을 사랑한 사람. 이제 미소 지을 일이 뭐가 남았단 말인가? 그러나 그는 계속 미소 지으며 말했다. "그분은 비행선에 타고 있지 않았어요, 아가씨. 아버님 말씀입니다. 제가 그분을 바로 5분 전에 봤어요. 시장님과 함께 세인트 폴 성당 안으로 걸어 들어가셨어요."

그제야 캐서린은 자기 어깨에 매달린 가방의 무게를 다시 느끼고 자신에게 할 일이 있었다는 것을 기억해 냈다.

"자, 자, 아가씨." 그가 말했다. "충격이 크셨겠어요. 저기 앉아서 차라도 한잔 하세요…."

"괜찮아요. 아버지를 찾아야 해요." 캐서린이 말했다.

그녀는 친절한 그 사람을 거기 놔두고 비틀거리며 광장을 가로질러 갔다. 연기에 그은 가운과 파티 드레스 등을 입은 인파가 놀란 얼굴로 여기저기서 웅성거리고 있었다. 길고 소름 끼치는 사이렌 소리를 들으며 캐서린은 세인트 폴 성당으로 향했다.

⚙ ⚙ ⚙

헤스터는 길드홀을 향해 급히 달려가고 있었다. 폭발이 일어나자 그 충격으로 그녀의 몸이 내팽개쳐지면서 진동하는 갑판 바닥 위를 몇 번 굴렀다. 그 바람에 쥐고 있던 권총을 놓치고 스카프도 찢어지고 말았다. 일순 정적이 흐르더니 곧 사람들의 비명과 사이렌 소리가 이어졌다. 그녀는 폭발이 있기 직전의 기억을 더듬으면서 각각의 장면을 순서대로 기억해 보려 애썼다. 지붕 위에서 비친 빛, 불길에 휩싸여 하늘에서 떨어진 것은 바로 비행선이었다. "제니 하니버! 톰!" 뜨거운 갑판 바닥을 향해 톰의 이름을 부르며 헤스터는 평생 자기 자신이 이렇게 왜소하고 외롭게 느껴진 적이 없었다는 생각을 했다.

헤스터는 억지로 몸을 일으켜 손과 무릎을 짚고 엎드렸다. 새로 만들어진 스토커 중의 하나가 폭발한 비행선 잔해에 부딪혔는지 반으로 잘려 다리만 남은 채 쿵쾅거리고 다니면서 아무데나 충돌하고 있었다. 톰이 준 스카프가 바람에 날렸다. 헤스터는 그 스카프를 잃어버릴까 두려워 얼른 붙잡아 목에 매고 총을 찾기 위해 고개를 돌렸다. 그러나 그녀의 뒤에는 총 대신 그녀를 잡으러 온 스토커 한 무리가 버티고 있었다. 그들의 갈고리 손톱이 어둠 속에서 칼날처럼 빛났고, 길고 시체 같은 얼굴들 또한 엔지니어리움의 화염에 비쳐 빛나고 있었다. 헤스터는 이것이 마지막임을 직감했다. 가슴이 공허해지는 동시에 실망감이 밀려왔다.

검은 윤곽선만 보이는 길드홀의 지붕 위, 연기와 춤추는 불꽃 너머로 세인트 폴 성당의 돔 지붕이 열리기 시작했다.

대성당

제니 하니버를 런던에서 멀리 싣고 온 세찬 서쪽 바람이 구멍 난 곤돌라를 통과하자 비행갑판 전체가 마치 피리를 부는 것처럼 신음 소리를 냈다.

톰은 기진맥진해서 제어반 위에 엎드려 있었다. 깨진 유리 조각이 모래알처럼 그의 얼굴과 양손에 붙었다. 그는 손상된 기낭에서 수소가 새면서 압력 표시판의 바늘이 미친 듯이 돌아가는 것을 보지 않으려 애썼다. 불타는 곤돌라 안에 타고 있던 퓨시와 겐치도 생각하지 않으려 애썼다. 그러나 눈을 감을 때마다 톰은 비명을 지르던 두 사람의 얼굴을 떠올리지 않을 수 없었다. 두 사람의 놀란 입이 그리던 검은색의 숫자 '0'이 그의 안구에 영원히 새겨진 듯했다.

머리를 들자 멀리 동쪽으로 런던이 보였다. 대성당에서 무슨 일인가 벌어지고 있는 듯했다. 엔지니어리움에서는 붉고 푸른 불길이 미친 듯이 타오르고 있었다. 톰은 무슨 일이 일어난 건지 서서히 이해하기 시작했다. 다 자기 잘못이었다! 저 아래에서 사람들이 죽었을 것이다. 퓨시와 겐치만 죽은 것이 아니라 다른 사람들까지 많이 죽은 것이다. 자신이 13층 엘리베이터를 격추하지만 않았어도 그 사람들은 지금 살아 있을 것이다. 톰은 모든 게 자기 탓이라는 걸 알면서 런던의 최상층 갑판이 타들어 가는 것을 보며 앉아 있느니 차라리 죽는 편이 낫다는 생각이 들었다.

그리고 그는 또 생각했다. '헤스터!'

헤스터에게 돌아올 거라고 약속했다. 그녀가 저 불길 속 어디에선가 자기를 기다리고 있을 텐데…. 헤스터를 실망시킬 수는 없었다. 톰은 크게 숨을 들이쉬고 제어반에 정신을 집중했다. 엔진이 기침을 하듯 쿵쾅거리더니 다시 정상 가동되기 시작했고, 제니 하니버는 천천히 바람을 맞으며 런던을 향해 날아갔다.

❀ ❀ ❀

캐서린은 파터노스터 광장을 건너 이제는 변신한 세인트 폴 성당을 향해 몽유병 환자처럼 걸어갔다. 불길이 번지고 있었지만 넋이 나가 알아차리지 못 했다. 그녀의 눈은 머리 위에 펼쳐진 끔찍하면서도 묘하게 아름다운 광경에 고정되어 있었다. 밤하늘을 배경으로 수도자가 하얀 고깔 모양의 망토를 벗으며 동쪽으로 머리를 돌리는 것 같은 장면이 펼쳐지고 있었다. 캐서린은 이제 더 이상 두렵지 않았다. 그녀는 아빠가 저지른 무서운 죄들을 대신 속죄할 수 있도록 클리오 여신이 자기를 보살피는 거라고 믿었다.

성당 문을 지키던 감시인들은 화재에 정신이 팔린 나머지 작은 가방을 맨 여학생에게는 별 관심을 기울이지 않았다. 처음에는 당장 꺼지라며 거칠게 말했지만, 캐서린이 아버지가 성당 안에 먼저 들어가셨기 때문에 자기도 따라 들어가야 된다고 고집을 피우면서 구겨진 골드 패스를 보여 주자 그냥 어깨를 으쓱하고는 들여보내 줬다.

캐서린은 지금껏 세인트 폴 성당 안에 한 번도 들어가 본 적이 없었지만 성당 내부 그림을 본 적은 있었다. 그러나 오늘 본 성당의 내부는 그녀가 보아 왔던 그림과 완전히 달랐다. 기둥이 쭉 늘어서 있는 복도와 높고 둥근 모양의 돔 천장은 그림에서 본 그대로였지만, 그 밖의 곳은 변해 있었다. 엔지니어 길드에서 벽을 하얀 금속으로 둘러치고 천장에는 아르곤 램프를 매달아 놓은 상태였고, 두꺼운 전선들이 의자들 사이를 뱀처럼 휘감으며 올라가 대성당 중심부에 있는 무언가에 에너지를 대고 있었다.

캐서린은 키 큰 기둥들의 그림자에 몸을 숨기고 천천히 앞으로 나아갔다. 수십 명의 엔지니어들이 전선이 잘 연결되어 있는지 점검하고 클립보드에 뭔가를 적기도 하면서 바쁘게 오갔다. 성당의 앞쪽 주 돔 바로 아래에 있는 교단에 이상한 기계들이 서 있었다. 두꺼운 대들보와 유압식 기계들이 밤하늘로 솟아 올라간 커다란 코브라 목 같은 것의 무게를 지탱하고 있었고, 그 주변을 숲처럼 둘러싼

금속 코일에서는 에너지 레벨이 점점 올라가면서 웅웅 소리가 났다. 그 사이를 서둘러 왔다 갔다 하거나 중앙에 설치된 철 계단을 통해 오르락내리락하는 엔지니어들로 사방이 붐볐지만, 그보다 더 많은 수의 엔지니어들이 제어반 앞에 모여 마치 기계 신의 제단에 선 제사장들처럼 흥분된 목소리로 속삭이고 있었다. 캐서린은 제어반 근처에 모여 있는 사람들 사이에서 시장을 봤다. 그리고 그 옆에 우울한 표정의 아빠가 서 있었다.

캐서린은 그 자리에 얼어붙었다. 어두운 쪽에 숨어 있었기 때문에 발각될 염려는 없었다. 아빠의 얼굴이 선명히 보였다. 인상을 쓴 채 크롬을 바라보고 있는 아빠의 표정을 보니, 밖으로 나가 인명 구조를 돕고 싶지만 크롬의 명령 때문에 여기 잡혀 있다는 것을 한눈에 알 수 있었다. 몇 초 동안 그녀는 아빠가 살인자라는 사실을 잊고 아빠한테 달려가 안아 드리고 싶었다. 그러나 이제 자신은 클리오의 보살핌을 받는 존재이고, 역사를 대변하는 사람이었기 때문에 꼭 끝내야 할 일이 있었다.

캐서린은 조금씩 연단 쪽으로 이동해 마침내 연단으로 올라가는 계단 옆에 있는 세례대까지 접근했다. 그곳에서는 크롬과 다른 엔지니어들이 무슨 일을 하고 있는지 잘 보였다. 제어반에는 전선, 고무 덕트, 플라스틱 관들이 복잡하게 얽혀 있었고, 그 가운데 축구공만 한 구형의 물건이 놓여 있었다. 캐서린은 그게 뭔지 바로 눈치챘다. 이제는 사라져 버린 아메리카의 땅 속 깊이 묻힌 실험실에서 판도라 쇼가 찾아내 오크 아일랜드로 가져간 물건, 결국 아빠가 그녀를 살해하고 런던으로 가져온 바로 그 물건이었다. 엔지니어들은 그 공처럼 생긴 컴퓨터 두뇌를 능력이 닿는 데까지 청소하고 수리한 다음 스토커들의 뇌 부품을 모아 만든 원시적인 기계들로 손상된 회로들을 교체했을 것이다. 닥터 스플레이가 거미 다리 같은 손가락으로 상아색 키보드에 숫자들을 쳐 넣자 휴대용 고글 스크린에 일련의 초록색 숫자들이 나타났다. 두 번째 스크린에는 런던 앞에 펼쳐진 풍경이 희미하게 비치고 있었고, 화면 중앙의 조준 스코프 십자선은 멀리 방패벽에 맞춰져 있었다.

"충전이 완료되었습니다." 누군가가 말했다.

"자, 밸런타인!" 크롬이 뼈만 남은 손을 밸런타인의 팔에 얹으며 말했다. "새로운 역사를 만들어 낼 준비가 다 됐네."

"하지만 밖에는 불이 나서 난리인데…. 크롬…."

"소방수 놀이는 나중에 해도 돼" 크롬이 잘라 말했다. "지금 바로 방패벽을 파괴하지 않으면 안 돼. 화재로 메두사가 고장 날 가능성도 있으니까."

스플레이가 키보드 두드리는 소리 외에 성당 안의 다른 모든 소리는 이제 사라졌다. 엔지니어들은 괴상한 빛이 동그랗게 물결치고 있는 코일의 숲을 경이에 찬 표정으로 바라봤다. 빛의 물결은 열려 있는 돔 위의 하늘로 곤충의 날갯짓 같은 소리를 내면서 올라가고 있었다. 캐서린은 아빠가 가져다준 이 테크놀로지를 사실은 엔지니어들도 잘 이해하지 못하고 있는 건 아닐까 하는 생각을 하기 시작했다. 그들도 캐서린만큼이나 아무것도 모르고, 모든 게 신기하다고만 생각하는 것이 분명했다.

그때 캐서린이 폭탄을 작동시킨 후 컴퓨터를 향해 던졌다면 모든 걸 바꿀 수 있었을 것이다. 하지만 어떻게 그럴 수 있었겠는가? 아빠가 그 컴퓨터 두뇌 바로 옆에 서 계시는데…. 그 사람은 더 이상 아빠가 아니라고 속으로 아무리 되뇌어 봐도, 바트뭉크 곰파에서 무고하게 죽을 수천 명의 목숨과 아빠 한 사람의 목숨을 저울질해 보려 해도 캐서린은 여전히 아빠를 해치는 행동을 할 수 없었다. 실패한 것이다. 그녀는 천장을 향해 얼굴을 들고 마음속으로 물었다. '제가 어떻게 하길 원하시나요? 왜 저를 이리로 보내셨나요?'

그러나 클리오 여신은 대답이 없었다.

크롬이 키보드 쪽으로 한 발 더 다가서며 명령했다. "메두사에 목표물 위치를 입력해!" 바트뭉크 곰파의 위도와 경도를 입력하는 스플레이의 손가락이 키보드 위에서 춤을 췄다.

"목표물이 확보되었음!" 스플레이가 앉아 있는 곳 위에 설치된 스피커에서 기계음 같은 목소리가 그렇게 선언했다. "사정거리 130마일, 접근 중. 접근 암호를 입력하시오."

닥터 첩이 두꺼운 플라스틱 시트들을 한 무더기 꺼냈다. 고대 문서에 라미네이팅을 한 것들이었다. 호박 속에 갇힌 벌레처럼 코팅된 문서 속에 고대인들이 써 놓은 숫자들이 희미하게 보존되어 있었다. 닥터 첩은 시트들을 한 장 한 장 넘기면서 필요한 문서를 찾았다. 마침내 찾고 있던 문서를 발견한 그는 스플레이가 숫자를 잘 읽을 수 있는 위치에 그것을 들어서 보여 줬다.

그러나 스플레이가 접근 암호의 숫자들을 입력하기도 전에 정문 쪽에서 떠들썩한 소리가 들려왔다. 그곳엔 닥터 트윅스가 스토커들을 데리고 서 있었다. "안녕하세요, 여러분!" 복도를 따라 잰 걸음으로 걸어오면서 그녀는 뒤에 선 스토커들에게 따라오라는 손짓을 했다. "우리 똑똑한 아이들이 뭘 찾았는지 보세요, 시장님! 살아 있는 반 견인 도시주의자예요. 시장님이 말씀하신 대로 생포했습니다. 좀 못생기긴 했지만⋯."

"접근 암호를 입력하시오." 메두사가 다시 명령했다. 기계음이 처음과 비교해서 조금도 변하지 않았는데도 캐서린은 어딘지 모르게 이번 목소리에선 조급함이 느껴진다고 생각했다.

"조용히 해, 트윅스!" 매그너스 크롬이 소리를 지르며 메두사의 컴퓨터 두뇌 쪽에서 눈을 떼지 않았다. 그러나 다른 사람들은 모두 스토커 중의 하나가 연단으로 올라와 들고 있던 것을 시장의 발 앞에 짐 부리듯 던지는 걸 보고 있었다.

손이 앞으로 묶여서 문자 그대로 속수무책이 된 채 우울한 표정으로 끌려온 사람은 바로 헤스터 쇼였다. 그녀는 아직도 왜 스토커들이 자기를 보자마자 죽이지 않은 건지 어리둥절해하고 있었다. 끔찍하게 망가진 헤스터의 얼굴을 보고 사람들은 그 자리에 얼어붙어 버렸다. 마치 그녀의 눈길이 닿는 것은 모두 돌로 변하기라도 하는 것처럼.

'오, 클리오!' 캐서린은 경악했다. 아빠가 칼로 무슨 짓을 했는지 처음으로 본 것이다. 헤스터를 바라보다 아빠 쪽으로 눈길을 돌린 그녀는 더욱 놀랐다. 아빠의 얼굴에서 모든 표정이 사라지고 헤스터의 얼굴보다 더 끔찍한, 인간이라는 생각이 거의 들지 않는 회색 마스크만이 그 자리에 남아 있었기 때문이다. 판도라 쇼를 죽이고 돌아서서 헤스터가 자기를 보고 있다는 것을 알게 된 순간에도 저런 표정이었을 것이다. 아빠의 칼이 칼집에서 번개처럼 빠져나오기 전부터 캐서린은 무슨 일이 벌어질지 직감하고 있었다.

"안 돼!" 캐서린은 아빠가 무슨 짓을 하려는지 알고 비명을 질렀다. 그러나 그녀의 입은 완전히 말라붙어 있었고, 밖으로 나온 목소리는 그저 속삭임에 불과했다. 불현듯 캐서린은 클리오 여신이 왜 자신을 여기까지 오게 한 것인지 깨달았다. 그리고 아빠의 죗값을 치르기 위해 자신이 어떻게 해야 하는지를 알게 됐다. 그녀는 그 쓰잘 데 없는 가방을 던져 버리고 계단을 뛰어 올라갔다. 헤스터는 밸런타인의 칼을 막기 위해 묶인 손을 위로 들어 올리며 비틀비틀 물러섰고, 캐서린은 둘 사이로 자기 몸을 날렸다. 밸런타인의 칼은 쉽게 그녀의 몸을 관통했다. 캐서린은 칼의 손잡이가 갈비뼈에 부딪히는 것을 느꼈다.

엔지니어들은 입을 쩍 벌려 가며 경악했고, 닥터 트윅스는 비명을 질렸다. 크롬마저도 놀란 기색이 역력했다.

"접근 암호를 입력하시오." 마치 아무 일도 일어나지 않은 것처럼 메두사가 다시 한번 단호하게 말했다.

밸런타인은 "안 돼!" 하고 절규하며 머리를 젓고 있었다. 캐서린이 어떻게 이곳에 와서 자기 칼을 맞게 됐는지 전혀 알 수 없다는 표정이었다. "케이트, 안 돼!" 그는 칼을 빼면서 한 발 물러났다.

캐서린은 칼이 자기 몸에서 빠져나가는 것을 지켜봤다. 누가 짓궂은 장난이라도 하는 것처럼 모든 것이 우스꽝스럽게 느껴졌다. 전혀 아프지가 않았다. 그러나 입고 있는 옷 위로 선홍빛 피가 솟구쳐서 바닥을 적시고 있었다. 어지러웠다. 헤스터 쇼가 그녀를 붙들었지만 캐서린은 그 손을 뿌리쳤다. "아빠, 저 애를 해치지 마세요." 라고 말한 그녀는 앞으로 두 발짝 내딛다가 닥터 스플레이의 키보드 위로 쓰러졌다. 캐서린의 머리가 키보드에 부딪히면서 고글 스크린에 초록색 숫자들이 무작위로 나타나기 시작했다. 아빠가 그녀를 들어 올려 조심스럽게 바닥에 눕히는 동안 메두사가 "잘못된 암호 입력!"이라고 말하는 소리가 들렸다.

스크린에 새로운 숫자들이 빠른 속도로 지나갔다. 어지럽게 엉켜 있는 전선들 사이에서 뭔가 부러지듯 날카로운 소리가 나더니 작은 폭발음이 들렸다.

"어떻게 된 거야?" 닥터 첩이 신음하듯 말했다. "도대체 이 기계가 무슨 짓을 하는 거지?"

"입력된 목표물 위치를 거부했습니다." 닥터 찬드라가 다급히 말했다. "하지만 에너지는 계속 축적되고 있습니다…."

엔지니어들이 서둘러 자기 자리로 돌아가면서 밸런타인의 무릎 위에 머리를 얹고 누워 있는 캐서린 위를 넘어갔다. 캐서린은 엔지니어들을 무시하고 헤스터를 쳐다봤다. 자기 얼굴을 깨진 거울에 비춰 보는 것 같았다. 캐서린은 마침내 이복 자매를 만난 것이 기뻐 미소 지었다. 둘이 친구처럼 지내게 될까 궁금했다. 딸꾹질이 났다. 딸꾹질을 할 때마다 목으로 피가 넘어와 입으로 흘러내렸다. 뭉툭한 느낌의 냉기가 온몸에 퍼지면서 자신이 어디론가 떠내려가는 것 같았다. 주변에서 나는 소리가 점점 멀어져 갔다. '내가 죽는 걸까?' 캐서린은 생각했다. '죽을 수 없어. 아직 안 돼. 준비가 안 됐어!'

"도와줘!" 밸런타인이 엔지니어들에게 소리쳤다. 그러나 그들은 오직 메두사에만 정신이 팔려 있었다. 그가 입고 있던 옷을 찢어 흘러나오는 피를 멈추기 위해 필사적으로 서두르는 동안 옆에 와서 캐서린을 들어 올리며 도와준 것은 그 소녀였다. 밸런타인은 그녀의 하나 남은 회색빛 눈을 보면서 속삭였다. "헤스터…. 고맙다!"

헤스터는 밸런타인을 바라봤다. 그를 죽이기 위해 여기까지 왔다. 그 오랜 세월을 기다려 왔는데, 이제 그의 운명이 자기 손에 달린 순간이 왔는데 그녀는 아무 감정도 느낄 수 없었다. 밸런타인의 칼은 그가 떨어뜨린 바로 그곳에 버려져 있었다. 아무도 자기를 보고 있지 않았다. 손이 묶여 있긴 해도 칼을 집어 들고 밸런타인의 심장을 찌르는 것은 어렵지 않았다. 그러나 이젠 아무 상관이 없었다. 그녀는 밸런타인의 눈물이 딸의 몸에서 흘러나와 호수처럼 고인 피 위로 떨어지는 것을 바라봤다. 그녀의 머릿속에서 혼란스러운 생각들이 꼬리에 꼬리를 물었다. '저 애를 사랑하는구나! 저 애가 나를 살려 줬어! 저 애를 죽게 둘 수 없어!'

헤스터는 손을 내밀어 밸런타인을 가만히 만졌다. "밸런타인, 의사를 불러와야 해요."

밸런타인은 메두사에 온 정신을 팔고 있는 엔지니어들을 쳐다봤다. 그들에게서 도움을 구하기란 하늘에서 별따기보다 더 어려웠다. 성당 밖에선 황금빛 화염이 커튼처럼 파터노스터 광장을 휘감고 있었다. 위를 쳐다보니 창문 너머로 붉은색 물체가 런던의 불빛을 받아 반짝이는 것이 보였다.

"제니 하니버다!" 헤스터가 벌떡 일어서며 소리쳤다. "톰이에요! 저 비행선 위에 의료 시설이 있어요…." 그러나 최상층 갑판이 화재로 아수라장이 되어 제니가 착륙하는 건 불가능했다. "밸런타인, 지붕으로 올라갈 방법이 있을까요?"

그는 칼을 집어 들더니 헤스터의 손을 묶은 로프를 잘랐다. 칼을 내던진 그는 캐서린을 안아 들고 사나운 소리를 내고 있는 전선들을 헤치며 돔 지붕과 연결된 철 계단을 향해 걷기 시작했다. 그 뒤를 쫓는 헤스터를 향해 스토커들이 다가오자 밸런타인이 그들에게 물러서라고 명령했다. 놀란 시장 호위병에게 그는 "대장! 저 비행 선만은 저격하지 마시오!"라고 소리쳤다.

매그너스 크롬이 달려와 그의 소매를 붙잡았다. "기계가 완전히 미쳐 버린 것 같아!" 그는 울 듯이 말했다. "당신 딸이 무슨 명령어 를 입력했는지 아는 건 쿼크밖에 없어! 발사도 할 수 없고, 에너지 축적도 멈출 수가 없어! 어떻게 좀 해 봐, 밸런타인! 저 망할 놈의 물건을 발견한 사람이 바로 자네 아닌가! 기계를 멈춰 줘!"

밸런타인은 크롬을 옆으로 밀쳐 버리고 계단을 오르기 시작했다. 위로 올라갈수록 점점 밝아졌다. 아래쪽 전선들에선 계속 정전기가 발생했고 공기는 깡통이 타는 듯한 냄새로 가득했다.

"난 런던을 돕고 싶었을 뿐이야!" 갑자기 늙어 버린 것 같은 모습 으로 크롬이 흐느꼈다. "런던을 강하게 만들고 싶었을 뿐이라고!"

뼈의 그림자

헤스터는 앞장서서 돔을 빠져나간 후 연기와 불꽃이 자욱한 지붕 위로 올라가 메두사의 그림자 아래 섰다. 오른쪽으로는 13층 엘리베이터의 뼈대만 남은 잔해가 완전히 폐허가 된 엔지니어리움에 걸려 있는 것이 보였다. 마치 오랫동안 사용하지 않은 롤러코스터 같았다. 화재가 길드홀까지 번져 계획부와 기록부 건물은 이미 활활 타고 있었다. 불꽃이 반딧불이 떼처럼 반짝였고 가끔씩 서류가 떠다녔다. 세인트 폴 성당은 화염의 바다에 떠 있는 섬이었고, 제니 하니버는 그 위에 싸구려 달처럼 걸려 있었다. 비행선은 한쪽으로 기울은데다, 불에 그은 채 타들어 가는 건물들에서 솟구치는 바람 때문에 술 취한 사람처럼 이리저리 비틀거렸다.

헤스터는 메두사의 코브라 목 부분까지 기어 올라갔다. 밸런타인이 뒤를 따라오고 있었다. 그가 눈은 비행선에 고정시킨 채 캐서린에게 계속해서 속삭이는 소리가 들렸다.

"어떤 바보가 저 비행선을 조종하고 있지?" 헤스터가 있는 곳까지 오기 위해 조심스럽게 발을 떼면서 밸런타인이 물었다.

"톰이에요!" 헤스터는 그렇게 대답하고는 일어서서 두 팔을 흔들며 소리쳤다. "톰! 톰!"

❀ ❀ ❀

톰이 제일 먼저 본 것은 스카프였다. 페리파테티아폴리스에서 헤스터에게 사 준 그 빨간색 스카프가 헤스터의 목에 감긴 채 바람에 펄럭이는 것을 얼핏 본 듯해 다시 고개를 돌려 보니 저 아래에서 헤스터가 손을 흔들고 있었다. 그때 검은 연기가 커다란 새의 날개처럼 휩쓸고 지나갔고, 톰은 메두사의 코브라 목 위에서 손을 흔들던 그 작은 형체를 자기가 상상해 낸 건 아닐까 순간적으로 의심했다. 자기 때문에 일어난 이 대화재에서 누군가가 살아남는다는 게 거의 불가능하게 느껴졌기 때문이다. 톰은 제니 하니버를 몰아 메두사에 더 가까이 다가갔다. 연기가 걷히자 바로 거기 헤스터가 손을 흔들며 서 있었다. 길고 검은 코트에, 성큼성큼 걷는 걸음걸이, 그리고 못생기고 멋진 그 얼굴!

❁ ❁ ❁

캐서린은 눈을 떴다. 몸 안의 냉기가 점점 퍼져 나가고 있었다. 칼이 들어간 그 자리에서 시작된 냉기였다. 딸꾹질도 여전했다. 캐서린은 딸꾹질을 하면서 죽는 건 참 바보 같다는 생각을 했다. 너무 품위 없는 짓 아닌가! 강아지가 함께 있으면 좋겠다는 생각도 했다. "톰! 톰!" 누군가가 외치고 있었다. 고개를 돌려 보니 비행선이 연기를 뚫고 점점 더 가까이 오고 있었다. 얼마 후 곤돌라의 옆 부분이 메두사의 목에 긁힐 정도로 가까이 다가왔다. 여기저기 부딪혀 패인 자국이 난 엔진 포드에서 바람이 세차게 불어왔다. 아빠가 자신을 안은 채 비행선으로 걸어가고 있었고, 톰이 깨진 유리창 너머로 자신을 쳐다보는 것이 보였다. 이 모든 일이 시작되었을 때 톰이 거기 있었다. 죽었다고 생각했는데 이렇게 살아서 검댕이 잔뜩 묻고 놀란 얼굴로 저러고 있다니. 톰의 이마에는 알려지지 않은 길드의 마크처럼 알파벳 'V' 모양의 상처가 나 있었다.

곤돌라는 밖에서 보기보다 안에 들어가니 훨씬 더 컸다. 클리오 하우스와 굉장히 비슷했다. 강아지와 베비스가 그녀를 기다리고 있었다. 이제 딸꾹질도 멈췄고 생각했던 것만큼 상처가 심하지도 않았다. 그냥 찰과상에 불과했다. 톰이 모두를 실은 비행선을 맑고 푸른 하늘로 몰고 올라가자 햇빛이 창문 가득 들어왔다. 캐서린은 편안하게 아빠의 품 안에서 몸을 쉬었다.

헤스터가 비행선 옆구리의 깨진 구멍을 통해 곤돌라로 올라갔다.
그러나 밸런타인에게 손을 내밀며 뒤를 돌아보니 그는 무릎을 꿇고
주저앉아 있었다. 헤스터는 캐서린이 죽었다는 것을 알아차렸다.

그녀는 손을 내민 채 그 자리에 그렇게 멈춰 섰다. 왜 그러고 있는
지 자신도 알 수 없었다. 그 순간 하얀 금속 후드 위쪽의 공기 중으
로 전기가 번뜩이는 것을 본 헤스터는 "밸런타인, 빨리!" 하고 소리
쳤다.

딸의 얼굴에서 잠깐 눈을 든 밸런타인은 "헤스터! 톰! 어서 가!
너희들이라도 살아야 해!"라고 외친 뒤 다시 캐서린에게로 고개를
돌렸다.

톰은 귀에다 손을 가져다 댄 채 소리 지르고 있었다. "뭐라고 했
지? 저거 캐서린이야? 어떻게 된 거야?"

"그냥 가!" 헤스터는 그렇게 외치면서 제어반으로 다가가 아직
작동 가능한 엔진들을 모두 최대한으로 가동시켰다. 다시 내려다봤
을 때 밸런타인은 이미 점점 작아져 가고 있었다. 그의 품에 안겨
있는 검은 형체를 창백한 손이 쓰다듬고 있었다. 헤스터는 자신이
꼭 하늘로 올라가는 캐서린의 영혼 같다는 생각을 했다. 가슴이 참
을 수 없이 아파 오면서 숨을 쉴 때마다 치솟는 흐느낌을 멈출 수
없었다. 축축하고 뜨거운 것이 볼로 하염없이 흘러내렸다. 헤스터
는 어디를 다친 게 아닐까 잠시 의아했지만 이윽고 자신이 울고 있
다는 것을 깨달았다. 엄마를 위해, 아빠를 위해, 슈라이크를 위해,

캐서린을 위해, 그리고 심지어 밸런타인을 위해 헤스터는 울고 또 울었다. 성당 꼭대기를 감싼 번개 같은 빛이 점점 밝아지는 것을 뒤로 하고 제니 하니버는 어둠 속으로 사라져 갔다.

⊕ ⊕ ⊕

내장 갑판에서 끊임없이 돌아가던 런던의 거대한 모터들이 갑자기 멈춰 섰다. 런던의 구석구석까지 뻗친 이상한 빛에 휩싸인 채 아무런 경고도 없이 모든 모터들이 동시에 꺼진 것이다. 대 육교를 건넌 후 처음으로 거대한 견인 도시 런던은 속도를 늦추기 시작했다.

런던 박물관 안에 급하게 쌓아 올린 바리케이드 안쪽에서 처들리 포메로이는 흰긴수염고래 모형 너머로 조심스레 고개를 빼 주위를 살폈다. 역사학자 길드 회원들의 마지막 보루를 향해 가차 없이 전진해 오던 스토커들이 제자리에 모두 얼어붙은 듯 멈춰 서 있었다. 창백한 스파크가 그들의 무쇠 머리 주변에 구름처럼 이는 모습이 마치 철조망을 감아 놓은 것처럼 보였다. "쿼크 맙소사!" 아직 살아 있는 몇 안 되는 역사학자들을 돌아보면서 처들리 포메로이가 말했다. "우리가 이겼잖아!"

⊛　⊛　⊛

밸런타인은 그 붉은 비행선이 최상층 갑판을 태우는 불길과 세인트 폴 성당 꼭대기를 감싸고 있는 번개 같은 것의 빛을 받으며 멀리 날아가는 것을 바라봤다. 저 아래 어딘가에서 아무 소용도 없는 화재 경보들이 울리고 있었고 도망가는 엔지니어들의 당황한 고함 소리가 들렸다. 세인트 엘모의 불이 캐서린 얼굴 주변에 후광처럼 켜졌고 머리카락을 쓰다듬을 때마다 강한 정전기가 일어 불꽃이 튀었다. 밸런타인은 바람에 날려 딸의 입으로 들어간 머리카락을 자상하게 넘겨 주고 그녀를 꼭 껴안은 채 기다렸다. 번갯불이 머리 위로 번쩍이더니 둘은 곧 불덩어리로 변했고, 다음 순간 형체도 없이 사라져 버렸다. 두 사람의 뼈가 남긴 그림자가 밝게 빛나는 하늘로 흩어져 갔다.

37

새의 길

런던은 마치 번개 화관을 쓴 듯 보였다. 100마일을 뻗어 나가 바트뭉크 곰파의 돌들을 태우려고 했던 광선 빔이 런던의 상층 갑판에 대신 휘감긴 듯했다. 도시의 옆면으로 녹은 쇳물이 폭포수처럼 흘러내렸고, 내장 갑판은 연이은 폭발로 모두 부서져 폭풍우에 마른 이파리가 날리듯 그 잔해가 하늘로 날려 올라갔다. 가까스로 몸을 피한 사람들이 몇 대의 비행선을 타고 탈출을 시도했지만 기낭에 불이 붙는 바람에 그 자리에서 타들어 가 버려, 마치 커다란 모닥불 옆에 날리는 작은 불꽃처럼 보였다.

 살아남은 것은 오직 제니 하니버뿐이었다. 폭풍의 가장자리를 타고 충격파가 비행선을 강타할 때마다 바람에 휘감겨 위아래가 뒤집히고 로프와 프로펠러에서 오색 불꽃이 튀었지만 어쨌든 제니는 살아남았다. 처음 충격파가 불어닥쳤을 때 모든 엔진이 정지해 버렸고, 톰의 능력으로는 아무리 해도 다시 켜지지 않았다. 그는 부서지고 남은 파일럿 의자에 주저앉아 밤바람이 자신을 죽어 가고 있는 고향 도시로부터 점점 더 먼 곳으로 데려가는 것을 무기력하게 바라보며 눈물을 흘렸다.

"내 탓이야." 톰의 머리에 떠오르는 생각은 오직 그것뿐이었다. "모두 내 탓이야…."

헤스터도 세인트 폴 성당이 서 있던 곳을 바라봤다. 이제는 밝은 빛으로 감싸인 그곳에서 캐서린과 자기 아버지의 마지막 모습을 다시 볼 수 있기라도 한 듯 눈을 떼지 못했다. "톰, 아니야." 그녀가 말했다. "사고였어. 그 기계에 뭔가 잘못된 부분이 있었어. 밸런타인이랑 크롬의 탓이야. 그 물건을 작동하게 만든 엔지니어들이랑 애초에 그걸 땅에서 파낸 우리 엄마 탓이야. 또 그걸 만들어 낸 고대 사람들 탓이고. 그리고 퓨시랑 겐치가 널 죽이려 하고 캐서린이 날 살리려 한 탓이기도…."

헤스터는 톰 옆에 앉았다. 그를 위로하고 싶었지만 그에게 손을 대기가 망설여졌다. 메두사의 불길이 혀를 날름거리며 빛을 내뿜고 있었다. 깨진 유리창에 비친 그녀의 얼굴이 그 어느 때보다 더 괴물 같고 끔찍한 모습으로 자신을 노려보며 비웃는 듯했다. 그러다가 헤스터는 생각했다. '바보 같은 생각하지 마. 톰이 널 위해 다시 돌아와 줬잖아, 그렇지? 널 위해 다시 돌아와 줬어.' 헤스터는 가늘게 떨면서 톰의 어깨에 팔을 두르고 톰을 끌어당겨 그의 머리에 얼굴을 파묻었다. 톰의 눈썹에 새로 난 상처에서 피가 흘러내렸다. 헤스터는 수줍게 입 맞추며 피를 닦아 줬다. 죽어 가는 메두사가 에너지를 모두 소진하고 지평선 위로 회색빛 먼동이 트기 시작할 때까지 헤스터는 그를 꼭 껴안고 있었다.

"괜찮아, 톰." 헤스터는 계속 그 말을 반복했다. "괜찮아…."

런던은 이제 멀리, 저 멀리 있었다. 공중에 마치 현수막처럼 걸린 연기 아래에 꼼짝 않고 서 있었다. 톰은 미스 팽의 오래된 망원경을 찾아 자기 고향 쪽을 바라봤다. "살아남은 사람이 있을 거야." 그렇게 입 밖에 꺼내어 말하면 그것이 사실이 될 것 같은 희망에 매달리며 톰이 말했다. "미스터 포메로이랑 클라이티 포츠가 저 아래에서 지금쯤 사람들을 구해 낼 작전을 짜고 따뜻한 차를 나눠 주고 있을 게 틀림없어…." 그러나 자욱한 연기와 수증기 기둥, 구름처럼 떠도는 먼지 사이로 톰은 아무것도, 정말 아무것도 볼 수 없었다. 망원경을 이리저리로 옮기면서 아무리 초점을 맞추고 또 맞춰 봐도 보이는 건 불에 검게 그은 철골과 주변으로 떨어져 나간 바퀴들, 거대한 뱀이 허물을 벗은 것처럼 엉킨 트랙, 그리고 그 옆으로 흘러내려 호수처럼 고인 연료에서 새롭게 솟아오르는 불길뿐이었다.

"톰?" 한동안 조종간의 여러 레버들을 시험하고 있던 헤스터는 비행선의 키가 부서지지 않고 용케 작동한다는 것을 알아챘다. 제니 하니버는 헤스터의 조종에 반응하면서 이리저리 방향을 틀었다. 그녀가 부드럽게 말했다. "톰, 바트뭉크 곰파에 갈 수 있을지도 몰라. 그곳에 가면 사람들이 반겨 줄 거야. 아마 널 영웅이라고 생각하겠지."

그러나 톰은 머리를 저었다. 13층 엘리베이터가 런던의 최상층 갑판을 향해 나선형으로 곤두박질치던 장면과 불길에 휩싸여 추락하면서 지르던 퓨시와 겐치의 검고 소리 없는 비명이 아직도 눈앞에 선했다. 톰은 자신이 누구인지 알 수 없었다. 그러나 영웅이 아니라는 것만은 확실했다.

"좋아." 헤스터는 그의 침묵을 이해했다. 어떤 것들은 극복하는 데 시간이 걸린다는 것을 그녀는 잘 알고 있었다. 그동안 인내심을 갖고 톰을 기다려 줄 생각이었다. 그녀는 나직한 목소리로 말했다. "블랙 아일랜드로 방향을 잡자. 그곳에 있는 비행선 정비소에서 제니를 고칠 수 있을 거야. 그런 다음 새의 길을 따라 어디론가 멀리 떠나자. 수백만섬 다도해 아니면 탄호이저 산맥, 아니면 남극의 얼음 황무지… 어디라도 좋아. 나를 같이 데려가 주기만 한다면."

헤스터는 톰의 곁에 무릎을 꿇고 앉아서 그의 무릎에 팔을 대고 그 위에 머리를 기댔다. 톰은 헤스터의 비뚤어진 미소를 보고 미소짓지 않을 수 없었다. 헤스터가 말했다. "넌 영웅이 아니고, 난 아름답지 않고, 아마 우린 영원히 행복하게 살지 못하겠지만, 둘 다 살아 있고, 그리고 함께 있잖아. 모든 게 괜찮아질 거야."

초신성처럼 빛나는 상상력과 통찰

"바람이 세차게 불고 하늘은 잔뜩 찌푸린 어느 봄날, 런던 시는 바닷물이 말라 버린 옛 북해를 가로질러 작은 광산 타운을 추격하고 있었다."

소설은 그렇게 시작된다. 단 한 문장 안에서, 그것도 소설의 첫 문장에서 놀라운 미래상을 이토록 생생하게 묘사할 수 있는 작가가 또 어디 있을까! 런던 시가 작은 광산 타운을 추격한다? 그것도 말라 버린 북해(北海)를 가로질러? 헤밍웨이였다면 연필을 수십 자루 깎으며 고민했을 법한 첫 문장이다.

궤도발사 원자탄과 '60분 전쟁'이라는 이름의 맞춤형 바이러스 폭탄들로 초토화된 약 3000년 뒤의 미래. 지표면은 황무지로 변하고, 이제 얼마 남지 않은 인류는 말 그대로 캐터필러 바퀴에 의존해 기어 다니는 도시들에 거주한다. 미래의 도시들은 황폐한 옛 유럽과 주변 바다 위를 떠돌며 강하고 빠르고 큰 도시가 살아남는다는 적자생존의 도시진화론(the Municipal Darwinism)에서 한 치도 벗어나지 못한 채 연명해 간다.

런던 역시 마찬가지. 철저하게 길드화한 사회 체제를 유지하며, 자신보다 작고 약한 도시들을 집어삼키고 크고 강한 도시들을 피해 지구를 떠돈 지 오래. 역사학자 길드에 속한 3등 견습생 톰 내츠워디는 런던 시의 행동하는 영웅 테데우스 밸런타인과 같이 골동품을 찾다가, 부모의 원수를 갚겠다며 밸런타인을 암살하려던 흉측한 얼굴의 소녀 헤스터 쇼와 함께 도시 아래로 추락한다. 그리고 지구 생존자들의 운명을 결정짓게 될 음모와 모험에 휩쓸린다.

도시는 오랫동안 픽션의 배경이자 주제로 즐겨 등장해 왔다. 도시야말로 근대 이후 우리의 삶과 운명을 결정짓고 수용하는 가장 중요한 환경이 되었기 때문이다. 도시에서 태어나 살다 죽을 우리에게 도시는 거주민의 심상과 조건과 희망을 투영하는 직접적인 매체가 된다. 희망을 이루는 도전의 무대가 되고, 꿈과 사랑까지 보듬은 현재가 되며, 상처받은 영혼의 혼란스러운 미로가 된다. 역사가 살아 숨 쉬는 유적이 되기도 하고, 삶을 옥죄는 감옥이 되기도 하며, 끝내 이룩해야 할 유토피아(또는 피해야 할 디스토피아)가 되기도 한다. 그래서 픽션에 등장하는 도시는 때와 장소에 따라 특별한 의미를 지닌 맥락과 상징이 되어 작가의 상상력을 자극하고 독자 내면의 심상을 비춘다.

픽션 속의 도시를 논하자면 조너선 스위프트(Jonathan Swift)의

『걸리버 여행기(Gulliver's Travels)』(1726, 1735)에 등장하는 '라퓨타 (Laputa)'를 빼놓을 수 없다. 예술과 과학에 대한 맹목적 헌신이 일견 천국인 듯 보이지만, 천공의 성 '라퓨타'는 맹목적인 수탈과 비열한 전쟁을 밑바탕으로 삼고 있다. 또한 작가 제임스 블리시(James Blish)는 『공중 도시(Cities in Flight)』(1955~1962)에서 반 중력 장치 '스핀디지'(spindizzy)를 발명하고 불멸의 생을 얻은 인류가 도시 전체를 우주 밖으로 옮겨 가는 이야기를 들려준 바 있다. 하지만 『모털 엔진』에 등장하는 견인 도시들은 조금 다르다. 굳이 꼽자면 크리스토퍼 프리스트(Christopher Priest)가 『반전된 세계(The Inverted World)』(1974)에서 묘사한 기어 다니는 도시에 가깝다. 프리스트의 도시는 조금만 멀어져도 현실이 일그러져 보이기에 이를 피해서 점근적으로(asymptotically) 최적점을 향해 끝없이 움직이지만, 『모털 엔진』에 등장하는 견인 도시들은 이미 철저하게 왜곡된 이데올로기에 젖어 서로 먹고 먹히는 참혹한 생존 경쟁의 길을 끝없이 헤맬 뿐이다. 그리고 그러한 생존 경쟁의 이데올로기가 철저한 허위의식임을 견인 도시 신봉자들은 전혀 깨닫지 못한다.

『모털 엔진』은 도시라는 배경을 새롭게 해석해 내는 것은 물론 그 안에서 우리의 오랜 역사적 고민을 진지하게 그러나 새롭게 풀어낸다는 점에서도 빼어나다. 산업혁명기 초반 런던의 뒷골목을 연상시키는 (말 그대로 아래층에 거주하는) 하층민 런던 시민들의 지옥 같은 삶은 야수와도 같은 자본주의가 생산 체제 중의 하나가 아닌 지고 지선의 이데올로기로 변모할 때 인류에게 어떤 불행을 강요하는지 상징적으로 보여 준다. 또한 견인 도시주의자들과 반 견인 도시주의자들 사이의 오랜 다툼은 비인간적이며 부도덕한 제국주의와 반 제국주의의 충돌을 의미한다.

한편 『모털 엔진』은 난해한 도덕률의 문제도 회피하지 않는다. 런던이 최고의 고향이자 진리이며 핵심임을 믿어 의심치 않았던 톰이 헤스터와 함께 죽음의 고비를 넘기며 얻는 것은, 도시진화론이라는 잘못된 이데올로기가 인류 전체의 그리고 개인의 존엄성을 얼마나 무참히 그리고 잔인하게 짓밟을 수 있는가 하는 고통스러운 깨달음이다. 거기에 밸런타인과 캐서린, 헤스터 사이에 얽힌 비밀까지 겹쳐지며, 소설은 결코 흑백론이나 양비론 따위로는 쉽게 이해할 수 없는 미묘한 회색지대를 용감하게 응시한다.

그러나 『모털 엔진』을 초신성(super nova)처럼 빛나게 하는 가장 훌륭한 점은 새로움(novum)을 통해 인간의 존재와 사명을 되돌아보게 만드는 탁월한 솜씨라고 하겠다. 익숙한 것이 갑자기 낯선 것으로 다가올 때, 우리는 깨어난다. 이른바 '개념적 돌파'(conceptual breakthrough)다. 숱한 예술 작품들이, 특히 SF가 필수불가결한 성공 전략으로 사용하고 있는 이 방식을 『모털 엔진』은 탁월하게 보여 준다. 필립 리브는 이 작품이 데뷔작이라고는 도저히 믿어지지 않을 만큼 간결하면서도 효과적으로 수천 년 후 미래의 모습을 눈앞에 펼쳐 보인다. 더할 나위 없이 딱 들어맞는 용어나 명칭은 구차

한 설명 없이도 정확한 이미지를 전달한다. 런던 시를 추적하는 더 크고 빠른 기갑대도시 판체르슈타트-바이로이트(Panzerstadt-Bayreuth), 비행선들이 들고 나는 거대한 공중 무역항 에어헤이븐(Airhaven), 그리고 죽음에서 되살아나 끝없이 적을 추격하도록 운명 지워진 스토커 슈라이크(Shrike) 등의 명칭은 비트겐슈타인(Wittgenstein)의 초기 철학에서 지칭하는 '그림 이론으로서의 언어'(the picture theory of language)에 고스란히 들어맞는 예가 아니겠는가.

영화로 만들어도 너무 멋질 것만 같은, 그러나 영화화를 염두에 두고 씌어진 냄새는 전혀 나지 않는 이 소설의 플롯과 장면들은 마치 2시간 30분짜리 액션 영화처럼 숨 가쁘게 펼쳐진다.(최근에 접한 기사에 의하면 기쁘게도 피터 잭슨 감독이 영화화 작업 중이라고 한다.)

게다가 『모털 엔진』은 이러한 세계 창조(world building)를 극한으로 밀어붙인다. 폴 디 필립포(Paul Di Filippo)가 『선형 도시에서의 1년(A Year in the Linear City)』(2002)에서 곧은 길을 따라 끝없이 펼쳐진, 100만 구역이 넘는 규모의 선형 도시를 창조해 내고, 차이나 미에빌(China Miéville)이 『도시 그리고 도시(The City and the City)』(2009)에서 물리적으로 같은 공간을 차지하되 거주민의 시각에 따라 선택적으로 현현하는 두 도시 베젤(Beszel)과 울 쿠오마(Ul Qoma)를 상상해 냈다고 하지만, 『모털 엔진』을 시작으로 총 4부작에 걸쳐 지구 전체의 대륙과 대양을 포괄하는 세계 창조의 규모는 기존의 SF 대작에서도 찾아보기 힘든 성취라고 하겠다. 게다가 이러한 세계 창조가 신기한 구경거리로만 작동하는 것이 아니라, 역사적 맥락과 현실 비판에 철저하게 연계되어 작품의 주제를 초지일관 관통해 내는 솜씨는 가히 탁월하다.

그래서 『모털 엔진』은 한 편의 빼어난 사변(思辨)인 동시에, 신선한 아이디어, 생생한 묘사, 숨 막히는 액션, 섬세한 도덕적 성찰이 한데 어우러진 향연이 된다. 또한 신념과 도그마, 믿음과 배신, 사랑과 집착, 야망과 야욕, 의무와 관성에 젖은 나태를 구별하려는 용감한 몸짓이 된다. 더구나 이 모든 것들을 바라보는 작가의 눈은 신랄하면서 동시에 따사롭다. 그래서 이 작품은 일급의 원미래(遠未來) SF이자 일급의 성장 소설인 동시에 일급의 모험 소설, 일급의 스릴러이다.

영어덜트 픽션이라도 작품성과 대중성이 충족되는 경우 베스트셀러가 되는 일이 흔한 영미권 출판계와 달리, 청소년용 소설을 청소년조차 많이 읽지 않는 우리나라의 현실을 생각할 때, 이 작품이 좀 더 넓은 독자층과 만날 수 있도록 청소년용이라는 딱지를 붙이지 않고 번역 출간되었다는 점은 고무적이다. 그러므로 나는 이 작품을 감히 한국의 충성도 높은 SF 독자들뿐만 아니라, 신나고 재미있는 픽션을 즐기는 모든 독자들에게 추천한다. 초중고 학생들은 물론 40~50대 성인 독자들에게도 권유한다. 심지어 신자유주의의 격류에 휩쓸려 파편화되어 가는 삶을 힘없이 응시하고 있는 한국의 소설가들에게도 들이밀고 싶다. 이런 소설을 찾아 읽고, 쓰고, 출간할 수 있는 한국은 분명 지금보다 훨씬 멋지고, 아름답고, 희망찬 곳이 되지 않을까.

2010년 2월

홍인기*

---

* 경제학자이자 SF 평론가. 고려대학교 및 텍사스-어스틴대학교 졸업. 현 대구대학교 경제학과 교수.